La Babilonia, 1580

Susana
Martín Gijón

La Babilonia, 1580

Papel certificado por el Forest Stewardship Council®

Primera edición: agosto de 2023

Imágenes interiores:

Pág. 19: Imagen procedente de los fondos de la Biblioteca Nacional de España
Pág. 167: © *Atlas catalán*. Abraham Cresques, 1375. Biblioteca Nacional de Francia
Pág. 279: ACI
Pág. 377: Mapa de Tierra Firme, George Braun y Frans Hogenberg. Centro Nacional de Información Geográfica; Dirección del Instituto Geográfico Nacional, Madrid, 2019

Printed in Spain – Impreso en España

ISBN: 978-84-204-7044-3
Depósito legal: B-12215-2023

Compuesto en MT Color & Diseño, S. L.
Impreso en Unigraf, Móstoles (Madrid)

A L 7 0 4 4 3

A todas las mujeres que no hicieron historia

Eso hay en el Arenal.
¡Oh, gran máquina Sevilla!
¿Esto es solo maravilla?
Es a Babilonia igual.

LOPE DE VEGA

Los jueces de este mundo, todos varones,
no hay virtud de mujer que no tengan por
sospechosa.

TERESA DE JESÚS
(eliminado por el padre García de Toledo
por considerarlo apología de las mujeres)

La verdad se edifica a partir de un cúmulo
de verdades fragmentarias.

JORGE VOLPI

Una nota previa

A lo largo de los tiempos, han sido muchos los escritores con la enorme fortuna de hallar un manuscrito que los transportara a una historia fascinante. Ya le ocurrió en el siglo VII antes de Cristo al rey Josías de Judá con el Deuteronomio, o a Lucio Septimio hace mil setecientos años con las crónicas sobre la guerra de Troya narradas por Dictis Cretense. En la recta final de la Edad Media sobrevino otra ráfaga de buena suerte para todos aquellos que tropezaron con textos sobre increíbles aventuras caballerescas en cuevas y sepulcros, desde el *Amadís de Gaula* hasta el *Cristalián de España*. Sin olvidar, cómo no, la de carambolas que hubieron de acaecer para que las peripecias de *El ingenioso hidalgo don Quijote de la Mancha* llegaran a manos de Miguel de Cervantes y, con ello, a las nuestras. También Umberto Eco gozó de esa fortuna al hallar *Le manuscrit de Dom Adson de Melk* o, apenas unos años antes, Camilo José Cela al toparse con las memorias de Pascual Duarte en una farmacia almendralejense. Por no hablar de aquellos en cuyas manos cayeron atadijos de epístolas extraordinarias, como las *Cartas marruecas* a las que tuvo acceso José Cadalso tras la muerte de su amigo.

Cómo iba yo a imaginar, una modesta escritora de novela negra contemporánea, que pudiera el destino depararme tamaña dicha. A mí, que no me ha tocado nunca ni el peluche de la tómbola, no hablemos ya de los boletos vendidos por los estudiantes para sufragar su viaje de fin de curso o de una mísera pedrea en la lotería de Navidad.

Pero halladas por una azarosísima casualidad estas páginas en el Colegio de Gramáticos de Cuerva —edificio abandonado al que mi curiosidad temeraria me había llevado a introducirme en aras de comprobar el estado ruinoso que arrastró a la Lista Roja del Patrimonio el lugar donde ya se impartían clases de gramática hace cuatrocientos años—, una intuición poderosa —y algo cleptómana, para qué engañarnos— se adueñó de mí. No dudé en guardarlas en mi mochila y salir pitando hasta la casa rural donde me hospedaba. Solo allí, en la privacidad previamente apoquinada de una habitación individual, me atreví a abrir el manuscrito. Estaba fechado en el siglo XVIII, mas el transcriptor aseguraba haber realizado una copia fiel de un manuscrito del XVI. Esto fue determinante, pues la escritura paleográfica de tal época hace legibles los textos para una muy selecta minoría, de la cual no puedo jactarme de formar parte.

Así, a pesar de encontrarse el legajo en un estado de conservación paupérrimo y tener un estilo muy alejado del de nuestros días, era al menos inteligible. Mi entusiasmo creció al comprobar que el relato transcurría en la época dorada de mi ciudad natal, y se convirtió en absoluto fervor cuando fui descubriendo los hechos que refería. En los días que permanecí en aquel hospedaje, salí del dormitorio únicamente para comer —más por no desaprovechar la media pensión que ya tenía pagada que por genuina necesidad, tal era mi embeleso— y volví de nuevo a recluirme. Me volqué en la historia con la misma pasión con que otras veces lo hice con amores de carne y hueso. Dormí pegada a ella, me desveló en las madrugadas y la retomé sin saciarme nunca, la admiré de la mañana a la noche, me llevó a querer saber más y más de ella y, en última instancia —y quizá es aquí donde comienzan las diferencias—, a querer compartirla con todos.

Durante los dos últimos años me he dedicado con vehemencia a estudiar cada uno de sus personajes y momentos históricos y a crear una versión actualizada del texto. Me he sumergido en la época hasta sentirme dentro de ella como solo esa locura consustancial a algunos escritores permite. Lo he trasladado a un lenguaje fácilmente comprensible, permitiéndome incluso algunos breves excursos solo tolerables desde la contemporaneidad de esta publicación que hoy ve la luz. De otro lado, he considerado útil para la agilidad de la trama trocar algunos términos en desuso por otros reconocibles que no requieran un esfuerzo extraordinario por parte del lector. Si bien he de insistir en que esta historia no me pertenece a mí, como tampoco al transcriptor intermedio, sino a una gran escritora del XVI caída en el olvido. Como tantas. Mi deseo de visibilizarla justamente se sobrepone, por tanto, a la vanidad de otorgarme algún mérito en esta historia.

SUSANA MARTÍN GIJÓN
Sevilla, junio de 2023

Proemio

Mis viejos enemigos no se han dado por vencidos, y hoy sé que la Desnarigada por fin va a aliarse con ellos. En los que serán probablemente mis últimos momentos de paz, concluyo el texto que siempre quise escribir, pero que fui posponiendo año tras año. Los deberes interminables ansí me forzaron a ello, aunque, en honor a la verdad, también lo hizo la grandísima turbación que me mortificó desde que tuve conocimiento de esta historia. Vencer el miedo ha sido una de mis mayores conquistas.

A lo largo de mi vida he tomado la pluma para plasmar hartas cosas. A algunas de ellas me he sentido obligada; con las más, lo he hecho por puro goce. Pero estas páginas son las que debía a mi conciencia, y también a quienes existieron en aquella época y lugar.

Hace dos días me han comunicado mi destierro, y llega la hora de partir. He sido una extranjera demasiado tiempo, vilipendiada y perseguida desde que me encomendé a esta misión. Primero lo fui en esa ciudad populosa del sur donde me encarcelaron, como hicieron también en la metrópoli portuguesa. Mi salud flaquea y, en el caso de que lograra llegar a destino, sospecho que ellos no me permitirían seguir con vida. Moriré en paz y con resignación, tal como me han enseñado. He cumplido con lo que se esperaba de mí de la mejor forma que supe y jamás pretendí nada a cambio. Que no me pidan tampoco más.

Si tan solo me atreviera a desear algo, sería que este legajo no se perdiera entre aquellos que el Santo Oficio depura. Que algún día pueda ser conocido y ansí se haga justicia, aunque se trate de una justicia histórica porque sea lo único que reste ya. Mientras ese día llega, es menester que permanezca oculto.

Una señora de Toledo
Lisboa, octubre de 1603

Primera parte

Vista panorámica de Sevilla desde Triana. Autor: Rombout van den Hoeyen.
Museo de Bellas Artes de Sevilla.

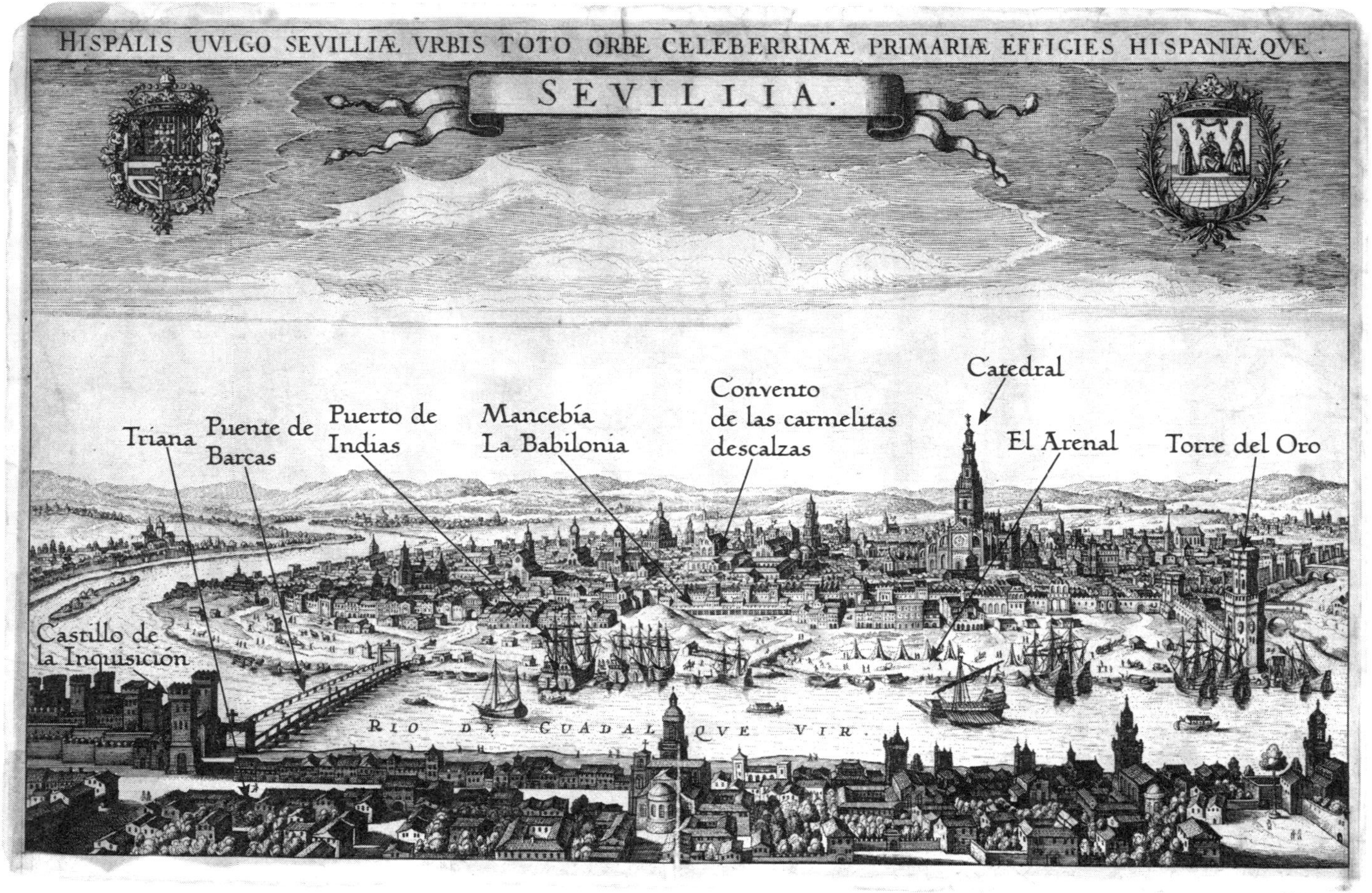

HISPALIS UULGO SEVILLIÆ URBIS TOTO ORBE CELEBERRIMÆ PRIMARIÆ EFFIGIES HISPANIÆ QUE.

SEVILLIA.

Catedral
Convento
de las carmelitas
descalzas
Puerto de
Indias
Mancebía
La Babilonia
Triana
Puente de
Barcas
El Arenal
Torre del Oro
Castillo de
la Inquisición

RIO DE GUADAL QUE VIR.

1

26 de abril del año del Señor de 1562

El calor se abate como plomo derretido sobre la muchedumbre.

Sin embargo, no parece importar a los miles de personas aglutinadas en la plaza. Desde la aristocracia hasta los más desamparados de la sociedad, nadie quiere perderse el espectáculo.

Hace tres jornadas que está llegando el público, tanto que en toda Sevilla no se hallan posadas y muchos han trasnochado a la intemperie. La ciudad está engalanada de punta a punta. Balcones, fachadas y ventanas lucen tapices y colgaduras para festejar la ocasión. Aun así, tan solo los más adelantados entre los pecheros han logrado un buen sitio en el andamiaje. Los palcos están reservados para las autoridades, que comienzan a aparecer con sus comitivas. Ellas no necesitan madrugar; los marqueses, señoras y caballeros muy principales tampoco: tienen su emplazamiento en una grada preparada a tal efecto. Para quien posee los dineros, pero no la condición, se cuece un tejemaneje de subastas en las que más de uno desembolsa sus buenos ducados.

La mayoría de la concurrencia conversa en grupos alegres. Hay quien comisquea altramuces o piñones que ofrecen a voz en grito los vendedores ambulantes. También quien le da de buena gana a las vituallas que ha portado consigo, o quien se ha hecho con una empanada de puerco adobado o un poco de aloja para amenizar la espera.

No faltan las hordas de mendigos, amén de tullidos, ciegos, cojos y mancos, aunque la mitad de las veces tan solo lo son durante el tiempo que se prolonga su exposición pública. Todos, los fingidos y los reales, se lamentan con igual empeño. No cejan en sus plañidos hasta hacer soltar alguna moneda o bien acabar increpando con una sarta de obscenidades que harían escandalizarse al estibador más curtido.

Tampoco escasean los ladronzuelos que hurtan el lienzo o la bolsa al primero que se despista. No en vano la picaresca es la forma de supervivencia de estos tiempos.

Entre toda esa marabunta, un hombre permanece apostado en una esquina con un bebé de piel oscura en los brazos. Tan solo cuando la cría arranca a llorar, se balancea torpemente para acunarla. Su semblante duro y reseco, el ceño fruncido sobre las cejas hirsutas, la barba cerrada, los labios prietos bajo un mostacho tupido y los recios brazos le confieren el aspecto de fulano con el que uno no quiere meterse en problemas. A ello contribuye la faca envainada que cuelga del cinto a la altura de los riñones.

La plaza de San Francisco ya es un hervidero. Lejos de barruntarse el cansancio o el desagrado ante el hedor agrio de la turbamulta, la expectación es creciente. Hace casi dos años de la última celebración y se prevé una jornada memorable.

Los carpinteros se afanan en los últimos retoques. El damasco carmesí resplandece con el boato requerido para la ocasión. En cuanto al tablado, supera los sesenta pies de largo. Al fin se acerca el momento de la conclusión pública y grandiosa de todos los trabajos, que embellecen la ya de por sí elegante plaza, con el majestuoso edificio del Cabildo, su doble galería porticada y su suelo empedrado.

El barullo aumenta de volumen. Por el ala siniestra de la plaza asoma la procesión. Unos minutos después, la cruz verde se muestra expuesta en el estrado. Ahora sí, la función puede comenzar.

Más de treinta hombres y mujeres avanzan en medio de una escolta de soldados del cuerpo especial de la Zarza. Tras ellos, los familiares de la Inquisición, esos informantes al servicio de la causa. Visten distinguidos ropajes negros y portan el estandarte con orgullo. En contraposición, el andar trabajoso de los penitenciados denota el largo encarcelamiento en el castillo de Triana y las torturas sufridas en su cámara de los tormentos. Tras meses de penurias, sus carnes flacas les caen como un disfraz de pellejos que quisiera separarse del cuerpo.

La mayoría han sido acusados de herejes en un auto ejemplar. Todos llevan velas en las manos, y la coroza, ese capirote humillante, les cubre la cabeza como símbolo de castigo.

El público se enfervoriza al ver a los portadores de sambenitos negros pintados con las llamas del infierno. Son los sentenciados a muerte y fuego. Se escuchan abucheos e injurias de todo tipo. Alguien arroja una col podrida que abre la veda. Sigue una nube de frutas y verduras aderezada con palos y algún que otro pedrusco. Una piedra lanzada con puntería va a dar en la frente de un penitenciado, que cae al suelo con la sangre tiñendo su semblante de calavera. Varios familiares de la Inquisición lo levantan y lo llevan a rastras hasta el tablado. Detrás del cortejo de muerte, a caballo con gualdrapas de terciopelo, llegan circunspectos los señores inquisidores, alguaciles, jueces y secretarios. Ya no falta nadie.

Tras el sermón, sigue la lectura de las sentencias. Hay alborozo ante la severidad mostrada para con los herejes luteranos, quienes pasarán por la hoguera, ya sea en carne y hueso o en la simbólica efigie, caso de que hayan logrado huir de la justicia. Los cuerpos de nueve desdichados arderán antes de que caiga el sol. Entre ellos está el componedor de imprenta Sebastián Martínez, sentenciado por sus coplas heréticas. Los condenados en efigie son muchos y muy conocidos al pertenecer la mayoría al monasterio de San Isidoro del Campo: el sevillano Antonio del Corro o los extremeños Casiodoro de Reina y Cipriano de Valera son algunos de los más abucheados. No se libran las mujeres. Nombres de la talla de Ana de Mairena o María de Trigueros pasarán también por el cadalso, así como la hereje Nali de Villanueva o la vecina de Gibraleón Leonor Gómez con sus tres hijas.

Varias horas después, en un escenario muy distinto, el hombre con el bebé ha presenciado la segunda parte del proceso. Está en el prado de San Sebastián, un llano desde el que se avista la ciudad amurallada.

Los condenados a la hoguera han pasado a manos de la justicia seglar, que ha ejecutado su misión con presteza. Las piras trágicas ya han ardido y tan solo permanecen los restos del naufragio: los postes en que ataron a las víctimas, las capas de carbón impregnado en grasa humana, una costilla calcinada, algún fragmento de tela que el aire ha salvado de la quema, la trenza chamuscada de una mujer, una medalla combada por el fuego. La ceniza sobrevuela por doquier y en el ambiente perdura el hedor inconfundible de la carne quemada.

Si no fuera por un ligero temblor en la mandíbula, el hombre bien podría pasar por una estatua como las que han ardido junto a los penados. No se movió cuando dieron garrote a los arrepentidos, antes de prender las hogueras. Tampoco cuando los cuerpos se transformaron en antorchas humanas, cuyo resplandor iluminó la tarde. Ni siquiera cuando aquella madre, pertinaz hasta el tablado, comenzó a aullar al contemplar cómo las lenguas de fuego devoraban a sus hijas.

Solo cuando los soldados han recogido los cuerpos reducidos a huesos y pavesas y los han introducido en sacos mugrientos, cuando la mayoría del público ya ha abandonado el lugar y la noche empieza a caer, el hombre emerge de su propia conmoción. Si alguien le hubiera mirado a los ojos, habría visto un dolor inconmensurable. Y un poco más al fondo, en el espacio que ocupan los más velados sentimientos, un atisbo inequívoco de culpa. Habla al bebé con una voz ronca que parece salida del infierno al que hoy han ido a parar varias almas. Ese infierno en el que, así lo desea con todas sus fuerzas, también acabarán los responsables de esto:

—Tu madre ya no está, Damiana. Ahora solo quedas tú.

2

27 de agosto del año del Señor de 1580

Es domingo, día de asueto para Fermín.

Se lo ha ganado tras varias jornadas en el puerto de Sevilla calafeteando una de las cincuenta y seis naves que partirán hacia las Indias. Como se ha ganado un poco de divertimento, de ahí que sus pasos se dirijan rumbo al lupanar del que solo ha oído alabanzas en boca de otros hombres. Atraviesa el Arenal en dirección a la muralla y camina en paralelo a ella hasta dar con la puerta del Golpe. Es la entrada principal de la Mancebía, llamada así por su pestillo que se cierra con un simple empellón. Allí, junto a un zagal apático que la custodia, encuentra un panel en el que se plasman las ordenanzas redactadas por el Cabildo para el interior de la institución. Inútil, pues no sabe leer. Cuando se dispone a franquear el paso, un hombre de pobladas barbas llega hasta él y lo anima a acompañarlo. El mozo del Golpe no pone objeción alguna; aquel tipo es uno de los hombres con más boticas a su cargo, que así se da en llamar a las casillas donde ejercen las prostitutas.

—En la plaza de la Laguna hallaréis las mejores mujeres. Saben satisfacer los deseos más secretos de cualquier hombre sobre la faz de la tierra.

Con lenguaje untuoso, el barbudo le relata las excelencias de las mancebas. Fermín se deja envolver y paga el precio por adelantado, tal y como establecen las reglas. No se le ocurre mejor forma de gastarse los cuartos embolsados con el sudor de su frente: va a yacer con una de las mujeres con más fama del mayor burdel del reino. Si hay placeres terrenales comparables a los que glosan los religiosos sobre el paraíso, ha de ser aquí. Y él no va a esperar hasta morirse para disfrutar de algunos de ellos.

Una vez que el hombre se despide de él, camina por la calle principal examinando a las muchachas. La mayoría apenas pasa de los catorce o quince años. Todas descocadas, en parte para facilitar la seducción y en parte por el calor atosigante que envuelve la ciudad. Una regordeta apostada en la puerta de una casilla se levanta en cuanto lo ve y trata de llevárselo hacia dentro con zalamerías.

—En El Pecado Original gozaréis como no imagináis.

—¡Boquirrubio, venid p'acá! ¡La Babilonia es el mejor sitio pa pecar de toa Sevilla! —grita otra a la altura de la plaza. Tiene la piel oscura, una larga cabellera morena y está sentada con las piernas abiertas.

—Que no os engañen, lo mejor de la ciudad lo tenéis justo aquí. —La primera se contonea para que quede claro dónde lo encontrará. Luego le guiña un ojo pícaro—: Me llamo Milagros, y os aseguro que no es en balde.

Fermín logra soltarse de su brazo. Tardará mucho en volver a permitirse algo así, y quiere emplear bien los dineros ya esfumados. Observa a la chica atezada que le ha gritado desde la otra casa. No es de las más jóvenes, aunque tampoco es vieja aún. Tendrá unos dieciocho, quizá diecinueve años. Le llaman la atención sus rasgos singulares: ojos almendrados, pómulos prominentes, unos labios muy gruesos y una nariz aguileña que le da aire de ave rapaz. No sabría decir si es guapa, pero desde luego no posee la belleza canónica que uno espera hallar entre las mujeres más cotizadas de la ciudad.

Ella se adelanta sin pérdida de tiempo.

—Damiana, para serviros. —Le dedica su sonrisa más descarada—. En todo lo que gustéis.

Él la repasa de arriba abajo sin recato alguno. El color de su piel le llama la atención, pues nunca se ha amancebado con una mujer tan exótica. Luego voltea la mirada hacia la otra, que aún sigue pendiente de su decisión. Milagros tiene más carne de donde agarrar. Sin embargo, quién sabe qué artes secretas le esperan en cada una de las alcobas.

Está debatiéndose cuando llega a sus oídos el fragor de una agria discusión desde la entrada de la Mancebía. Un griterío confuso de voces masculinas que suben de volumen. Milagros no duda en desaparecer dentro de la casa.

Varios religiosos vestidos de negro acaban de penetrar en el perímetro del muro junto con fieles que portan rosarios y Biblias, pero también látigos y garrotes. Unos cuantos ahuyentan a correazos a un par de tipos que merodeaban las primeras casillas. Otros han entrado en ellas y están arrojando fuera a los hombres que pillan, algunos en situaciones nada dignas. Asustado, Fermín se gira buscando a alguien a quien preguntar. Pero la morena flaca también se ha esfumado.

Damiana va de cuarto en cuarto avisando a sus compañeras:

—¡A los agujeros! ¡Está aquí el padre León!

Algunas chiquillas salen despavoridas. Otras optan por esconderse, mientras que las más veteranas, acostumbradas a estos lances, permanecen donde estaban. Eso sí, vituperando al cura y a toda su casta. Damiana sigue agitada revolviéndolo todo. La casa es un caos de ir y venir de gentes, pero el cuarto del fondo está vacío y no encuentra a quien más le preocupa.

—¿Alguien ha visto a Violante? —grita en mitad del barullo.

—Con Lucinda —le susurra una moza que está recolocándose la saya tras dejar un servicio a medio terminar.

Damiana va directa a uno de los cuartos que dan a la parte de atrás. En la cama hay una niña que no pasa de los doce años, la edad oficial para ejercer en el prostíbulo. Tiene la melena rubia enmarañada y sus ojos verdosos miran cansados hacia algún punto indefinido en la pared de enfrente.

Una mujer con una cabellera roja como el fuego se encuentra sentada junto a ella. Grande y de curvas anchas, su sola presencia impone, en contraste con la chiquilla enclenque que podría ser su hija. Le da de beber de un tazón con gran ternura.

Damiana interrumpe la escena.

—Violante, está aquí el padre León.

—¡Maldita sea su estampa! ¿Vienen muchos?

—Todo su ejército de chiflados.

—Recristo.

—Trae, yo se lo daré a Luci. ¡Tú recógelo todo!

La pelirroja obedece y se pone en pie con gesto nervioso. Antes de salir del cuarto, se gira hacia Damiana.

—Hay que esconderla. Si la pillan, la obligarán a dejar la Mancebía.

—Lo merezco. Es la cólera divina —gimotea Lucinda con un hilo de voz.

Damiana contempla a la chiquilla, su rostro gentil y perfecto ahora agotado por la enfermedad. Ha tenido mala suerte, ni dos meses desde que el dueño de la botica la desvirgó y ya ha pillado el mal de bubas.

—¿Te ves con fuerzas para salir de la piltra?

La niña asiente con un cabeceo y Damiana la ayuda a ponerse en pie. Justo entonces, Violante regresa. Se apresura a coger a Lucinda del otro brazo.

—¿Qué pasa con tus potingues? —pregunta Damiana.

—A buen recaudo. Ese cura del demonio no podrá encontrarlos.

Ella asiente, no exenta de preocupación. Violante es la curandera de la botica. Una curandera extraoficial, porque a las mujeres solo pueden atenderlas los médicos que inspeccionan la Mancebía de tanto en tanto, galenos que las tocan con desprecio o lascivia, o ambas cosas a la vez, y por cuyas revisiones les descuentan el equivalente a varios servicios. Eso sí, si caen enfermas, tienen la obligación de dejar de ejercer, que es lo que les da para manducar. Si no cobran, ni siquiera pueden pagar el real diario que les exigen por la ropa de cama donde duermen y donde los hombres vienen a desfogarse de sus frustraciones cotidianas. Tampoco tienen permitido contraer deudas. Y eso significa no dejar de prostituirse ni un solo día. Por eso las chicas se ponen en manos de Violante, una bruja buena que salva a muchas de la peor de las suertes, incluida la de la temida preñez. Y por eso la cubren: si alguien se fuera de la lengua, las autoridades inquisitoriales no tardarían en condenarla.

Ahora las tres salen por una puerta trasera que da a un corralón y desde ahí enfilan hacia la calle Pajería, paralela al muro que las aísla de las mujeres decentes. En un recodo oculto por unos matorrales, alguien se ha encargado de horadar un agujero en la amalgama de tierra y ladrillo. El vestido de Violante se engancha y se le hace un jirón.

—¡Por Belcebú! A fe mía que el padre León me lo pagará.

—Calla, vas a ir al averno —murmura Lucinda.

—Y a ese me lo llevo por los huevos.

La niña la mira con reproche, demasiado débil para replicar, y deja que Damiana la ayude a traspasar el muro. Una vez que sus dos amigas están del otro lado, la morena las despide con apremio.

—No regreséis hasta que todo se calme.

—¿Y tú?

—Me quedo. —Damiana sonríe con gesto desafiante—. Quiero escuchar lo que ese condenado cura tenga que decirnos.

3

La celda ocupa poco más de dos metros cuadrados.

En la misma calle Pajería, a pocos metros de donde Damiana ha dejado a sus dos amigas, una joven de su edad se encuentra absorta leyendo entre cuatro paredes recalentadas por las altas temperaturas.

Su confesor le ha proporcionado un libro bajo cuerda. Gracias a ese gesto filantrópico, este es uno de los escasos momentos en que puede abstraerse de su monótona existencia. Ahora su mente está en Constantinopla, donde Floriseo ha viajado para salvar a la bella reina de Bohemia, cercada por sus enemigos. Y eso después de haber sido él mismo cautivo cuando la reina Lacivia lo tuvo encantado mediante ligadura amorosa. Pero, a pesar de ser prisionero, su calabozo estaba lleno de riquezas. Imagina tapices primorosos, alfombras tupidas, puertas y ventanas de roble con decoraciones geométricas y, por supuesto, una cama con dosel del que caen cortinajes de seda para cobijar lo que, producto del encantamiento, sucede en su interior. Nada que ver con su celda, que cuenta por todo mobiliario con el jergón de paja, la cruz de madera en la pared y el corcho en el que arrodillarse a rezar.

Y es que el convento de las carmelitas descalzas tiene su sede en este inmueble destartalado donde un grupo de mujeres ha consagrado su vida a Dios. Sor Catalina es una de ellas. Puede ser una vida elegida, pero no por ello fácil. A las cinco sonaron los tres golpes de tablilla para comenzar las oraciones, y desde entonces no ha tenido un instante de asueto. Ahora, tras el frugal almuerzo, por fin dispone de unos minutos de recreación para sumergirse en un mundo mucho más emocionante.

En el fondo, la reina tiene buen corazón. Prueba de ello es que se ha apiadado de los familiares de Floriseo y ha resuelto liberarlo. Se siente conmovida. Lacivia le ha recordado a su amiga de la infancia, esa niña testaruda y soñadora que fantaseaba con las más grandes empresas mientras comían lo poco que hubieran podido conseguir gracias a la venta de objetos robados. Esa que después la repudió y no quiso volver a saber de ella. Como siempre que la recuerda, un aguijón se le clava por dentro en una amalgama de ternura, dolor y tristeza.

El tañido de la campana la saca de su ensimismamiento. Toca a nona, la hora de la misericordia. Con un suspiro resignado, sor Catalina esconde el libro bajo el jergón y se arrodilla para rezar.

4

28 de agosto del año del Señor de 1580

La noche comienza a caer en la zona portuaria.

Hay un hormigueo de gentes retirándose. Pescadores que vuelven con las últimas capturas del día, arrieros con sus carretones cargados de vituallas, barqueros que llevan y traen gentes de Triana, todos desaparecen al tiempo que lo hacen los rayos del astro rey. En breve, la estampa cotidiana dejará paso a los amigos de meterse en baraja, los concienzudos escurridores de jarros y los tahúres sabedores de todos los engaños.

Es la hora en que las cantoneras se mezclan con los marineros que trabajan en los almacenes de pertrechos navales, quienes ven en ellas una forma propicia de acabar la jornada. Algunos, sin monedas para pagar sus servicios, se arriesgan a robar en las naves. Se las ven con las mujeres más desesperadas de todas, prostitutas ilegales que se ofrecen fuera de los límites de la Mancebía. Cualquiera de ellas aceptará el pago en especie a fin de tener algo que trocar por la comida del día.

Fernando lleva escondida una malla de pescador bajo el jubón raído. Su sonrisa desdentada le confirma a la ramera que ha obtenido lo que quería. Ella le hace una seña disimulada hacia las casillas del fondo, donde podrán hacer el intercambio libremente.

Al introducirse en el chamizo, un hedor penetra las fosas nasales de Aldonza hasta clavársele en el cerebro. Es intolerable incluso para su nariz, tan acostumbrada a la putrefacción del río y los desechos de los muladares. Piensa en algún perro a medio devorar por las ratas. El sol ha atizado sin piedad todo el día, y eso acelera la descomposición de forma vertiginosa. Pero, en cuanto se habitúa a la penumbra, su vista le confirma que no hay perro alguno.

Delante de ella, el cuerpo desnudo de una mujer. Solo que, donde debería estar la cabeza, lo que hay es una masa informe sanguinolenta. Una masa con un par de ojos fijos en sus cuencas, sin párpados que puedan ocultarlos, y una mandíbula expuesta alrededor de franjas de músculos rosados. Es una imagen tan espeluznante que Aldonza ya sabe que no se borrará jamás de su memoria. Quizá por eso, para tratar de conjurar el horror, chilla con todas sus fuerzas.

Fernando huye de allí sin mirar atrás. En la carrera, la malla le resbala y acaba tropezando en ella y enredándose como un atún de almadraba más.

5

29 de agosto del año del Señor de 1580

Gaspar ha podido escapar del palacio de su señor.

Aunque por su condición de zambo debería ser un hombre libre, la realidad es que con sus dieciocho primaveras sigue en la casa donde sirve su madre, una esclava negra que tuvo la mala fortuna de desposarse con un indio fallecido al poco de preñarla.

Aprovechando un recado, ha ido a ver cómo van los preparativos del próximo viaje a las Indias. Decenas de barcos atestan el Betis, conformando un asombroso bosque de mástiles que apenas deja ver las aguas. Está a punto de zarpar la segunda flota anual, conocida popularmente como Los Galeones, por esos impresionantes buques armados, o bien como la Armada de la Avería, al estar financiada gracias al seguro marítimo del mismo nombre. A él le fascina el hormiguero en que se convierte el puerto en esas fechas; si la estampa cotidiana ya es de por sí dinámica, todo se acentúa en los días previos a la partida. El trajinar de ir y venir a las naos, los trabajos con estopa y brea para acondicionar la madera, las recuas de mulas que transportan las mercancías, todo ello impregnado del nerviosismo de quienes pronto se sumirán en la gran aventura de sus vidas.

Sin embargo, Gaspar percibe una confusión inusual en torno a la nave capitana. La muchedumbre se apelotona en derredor y un rumor de voces angustiadas llega hasta los oídos del joven zambo, que se aventura entre el gentío. A medida que se acerca resulta más difícil avanzar, pero los gritos de quienes han logrado situarse en primera fila lo espolean a fin de saciar esa curiosidad morbosa tan propia del ser humano.

Un hombre que también trata de abrirse paso lo empuja sin cuidado. El tipo es ancho de hombros, bastante más alto que la media y lleva una barba bien recortada que no disimula del todo la profunda cicatriz de la mejilla. A Gaspar le basta con un vistazo a su porte y sus vestimentas para percatarse de que no es un fisgón más. Una camisa valona y un coleto de ante le diferencian de la mayoría casi tanto como lo hace su tamaño.

El grandullón corta el paso a un muchacho menudo que va contracorriente. Tiene una perilla rubia y un cabello lacio y grasiento que le llega hasta los ojos.

—¿Dónde vas, Fermín?

—Vuelvo a mi aldea.

—¡Por mis barbas que no! Partimos al cabo de dos jornadas.

—Ya me lo avisó mi madre, nunca debí haber venido en año bisiesto.

—Déjate de supersticiones, patán. Necesitamos calafates en el viaje.

—Antes de ayer tuve que salir huyendo de unos frailes y ahora esto —se lamenta Fermín—. No pienso esperar a que el Señor me dé un tercer aviso.

—El Señor mandará en la iglesia, pero en la Soberbia mando yo.

—Ese buque está maldito.

—Vive Dios, Fermín. Un hombre serio no presta oídos a burlerías.

—No es ninguna burlería, don Eugenio. Id a verlo con vuestros propios ojos.

Gaspar observa la escena boquiabierto. Don Eugenio. Ese fulano no es otro que Eugenio de Ron, el piloto mayor a cargo del rumbo de la flota y uno de los hombres más admirados en toda Sevilla. Dirige la Soberbia, la nave capitana en la que él mismo sueña con embarcarse si algún día consigue el anhelado pasaje a las Indias. De nadie podría aprender tanto como de él.

Fermín ha logrado esquivarlo y continúa su escapada entre la multitud. El rostro de don Eugenio ha enrojecido de puro enojo. Le grita a su espalda:

—¡Ya aclararemos esto!

Luego sigue abriéndose paso, y Gaspar se pega a su espalda para avanzar más fácilmente. El apiñamiento hace que el calor se reconcentre, y ya ha roto a sudar. Precisan aún de varios minutos rebasando cuerpos pegajosos para llegar al pie del imponente buque de guerra.

Cuando lo hacen, la mirada del joven se dirige hacia el mismo punto en el que se enfocan todos los ojos: el mascarón de proa. Por un momento le parece que le han dado una nueva mano de pintura a la talla que preside el tajamar del barco. Pero hay algo escabroso en la imagen, algo que le pone a uno tiesos los pelos de la nuca. Al observarla mejor, el estómago le da un vuelco. No es pintura, recristo, sino sangre. Sangre humana. Porque, sobre la faz esculpida del león, alguien ha superpuesto el rostro arrancado de una mujer. La piel desollada y una cabellera roja le otorgan al guardián de la embarcación un aspecto sobrecogedor.

Eugenio de Ron observa el mascarón al mismo tiempo que Gaspar. Las piernas le flojean y trata de apoyarse en una mujer, pero ella se zafa con la agilidad de un raterillo de mercado.

A Gaspar le cuesta digerir lo que está sucediendo a su alrededor. La imagen aterradora de ese rostro que un día debió ser bello y que alguien ha descarnado a punta de navaja, la profanación del barco que implica ultrajar su mascarón y, casi más increíble aún, el piloto mayor de la Real Armada lívido como una damisela.

Todo el mundo conoce la importancia de los mascarones de proa para los marineros, amuletos protectores de los peligros de la mar. Todo el mundo sabe también que los pelirrojos atraen la mala suerte. Y que siempre es mejor no viajar en año bisiesto. Motivos suficientes para provocar el pánico de tripulantes incultos y agoreros. Pero Eugenio de Ron no es hombre de supersticiones, como él mismo acaba de reprobarle al joven calafate.

Lo que nadie sabe, y Eugenio de Ron se cuidará mucho de que así siga siendo, es que ha reconocido en esa piel desollada el rostro de la mujer con la que yació hace dos noches. Y muchas noches antes de esa noche.

6

Damiana descorre las cortinas de uno de los cuartos.

Un viejo arrugado embiste a una de sus compañeras, pero está demasiado preocupada como para que eso la frene.

—Isabel, ¿has visto a Violante?

La otra niega entre acometida y acometida. Damiana insiste.

—Necesito encontrarla.

—Ayer no la vi en todo el día.

—Luci tiene calentura, está delirando.

—Ponle un trapo mojado en la frente. A mí me funcionaba...

El viejo arrea un guantazo a Isabel en plena mejilla.

—¡Callaos ya, zorras! No pago para escucharos chismorrear.

Damiana da un paso adelante.

—¡Eh! No podéis hacer eso.

El tipo se detiene, cada vez más crispado.

—¿Es que tú también quieres?

—No osaréis.

Se cruzan miradas pendencieras. Al fin, el viejo decide dejarlo estar, pero entonces ve que ha perdido la concentración y ya no puede seguir con Isabel. Damiana se da cuenta al instante.

—¿Se os ha puesto floja, abuelo?

El viejo se anuda los pantalones y se separa de Isabel.

—Esto no quedará así —dice disfrazando de furia su humillación.

—¿Vuesamercé me va a atravesar con su puñal? —se burla Damiana.

—Ten cuidado, perra negra. A ver si vas a acabar como la pelirroja.

Tal vez sea la media sonrisa perversa que se ha dibujado en el rostro del hombre, tal vez los ojos entornados o el tono con que ha hablado, pero el caso es que un estremecimiento recorre el cuerpo de Damiana.

—¿Qué habéis dicho?

—Nada, tú sabrás. —Otra vez esa sonrisa de lado.

Ella se le encara.

—Os he preguntado qué habéis dicho.

Ahora sí ha desbordado la paciencia del hombre, que sostiene su mirada al tiempo que extrae una navaja de detrás de su cinto.

Pero Damiana tiene demasiada calle como para dejarse sorprender por algo semejante. Antes de que le dé tiempo a blandirla, ya se la ha arrebatado con un gesto ágil y es ella quien la empuña.

—¿Me lo vais a decir ahora?

—Devuélveme eso, furcia.

La joven mantiene en alto la faca durante unos instantes. Luego, resignada, baja el brazo. No puede permitirse bravuconerías con los clientes.

—Os la devuelvo. Y vos os largáis y no volvéis por aquí.

El viejo la mira con un rencor renovado. Agarra su arma de malas maneras y sale del cuarto, pero ha dado solo unos pasos cuando se vuelve.

—Ha aparecido la cabellera de una pelirroja en el puerto. La cabellera y el pellejo, desollada como una gallina para el guiso. —Recupera la sonrisa al ver la reacción aterrorizada de Damiana—. Dicen que era una bruja que puteaba por aquí. No hay muchas así, ¿verdad?

Damiana ha echado a correr en dirección a la calle Pajería, hacia el mismo agujero que atravesaron sus compañeras dos días atrás. Una vez franqueado el muro que separa a las izas y rabizas del resto de la sociedad, se escurre entre las callejuelas camino a la puerta del Arenal. Tarda en reparar en las miradas de desprecio de algunas mujeres: ha olvidado ponerse del revés la toca amarilla con la que debe cubrirse al salir del lupanar. Cuando no quiere que la identifiquen la usa por el otro lado, que ella misma ha tejido con astucia en un apagado tono parduzco. Pero lo único importante ahora es asegurarse de que no son ciertas las palabras de ese miserable. De que a su amiga no le ha pasado nada. A la mujer que la salvó de un futuro mucho más desgraciado en las casillas ilegales fuera de la muralla, la que la colocó en la botica de mayor postín. La madre de todas las chiquillas de esa Mancebía, que pone en juego su propia vida para curar a las demás. La única persona en quien confía en este mundo infeliz. Violante no. Violante no, por favor. Lo repite en su fuero interno una y otra vez, como si acaso no supiera ya que Dios no acostumbra a atender los ruegos de una mujer como ella.

Ya en el puerto, va de cabeza hacia la zona más concurrida. Se mueve aprisa entre el gentío y no tarda en ver un grupo de alguaciles y corchetes al pie de uno de los barcos. Que la justicia ande cerca nunca es buena señal. En su desesperación, choca con un chico zambo que va de vuelta. Tiene buen porte, piel más oscura que ella, pelo rizado azabache y un cuerpo atlético de los que pocas veces acaban en su catre.

—Pardiez, a ver si mira vuestra merced por dónde va.

—Miradlo vos, si no sois ciego.

Él se queda sin saber qué replicar. En parte sorprendido por la afrenta, en parte embelesado por la bravura. Pero Damiana no tiene tiempo ni cuerpo para cuitas. Prosigue su camino entre el vulgo. El inclemente sol de mediodía y la visita del jefe de alguaciles con toda su gurullada han disuelto la muchedumbre, de modo que a ella no le cuesta llegar hasta el punto en cuestión.

Se habría arrancado los ojos antes que presenciar la escena que tiene delante. Ni siquiera los corchetes se han atrevido a retirar la piel apergaminada que sigue adherida a la cabeza de león, a estas alturas atestada de moscas entusiastas. Los cabellos, pringosos por la sangre seca, bailan con el viento. Un grito desgarrador se abre paso entre el barullo. Cuando las cabezas viran hacia ella, Damiana cae en la cuenta de que sale de sus propias entrañas.

7

30 de agosto del año del Señor de 1580

—*In nomine Patris et Filii et Spiritus Sancti. Amen.*

Sor Catalina está sentada en el confesionario. Tras la abertura enrejada, un cura que anda mediada la treintena. Con su barba y cabellera espesas y un rostro de facciones finas, es un hombre apuesto a pesar de la sotana. Acaba de imponerle a la religiosa la penitencia para expiar sus culpas y, una vez cumplido el trámite, la santigua y procede a extraer un libro de debajo de su escapulario.

—¿Qué me habéis traído, padre?

Abre la puerta de rejillas lo justo para que sor Catalina pueda alcanzarlo. Ella lo apresa con devoción, acaricia sus cubiertas de pergamino y lee el título en un susurro:

—*Cristalián de España.*

—Supuse que ya habríais terminado con el anterior.

—Vuestra paternidad me conoce bien.

A don Pedro de León se le dibuja una sonrisa que ella no alcanza a ver.

—Aún me pregunto cómo sacáis tiempo con tanto trabajo aquí.

—Me lo quito del sueño, y no podía tenerlo mejor empleado. —Sor Catalina se da cuenta de su incorrección y la enmienda—: Aparte de rezar, claro.

—Por supuesto. —El clérigo ríe con indulgencia—. Creo que esta historia también será de vuestro agrado.

Sor Catalina hojea el manuscrito con mimo.

—Padre, no sé cómo agradecéroslo.

—Debemos fomentar el cultivo de la mente. Dios nos la dio para algo, ¿no es cierto?

—Pero si mis hermanas se enterasen... Están convencidas de que las artes intelectuales conducen al pecado de la soberbia.

—No así la priora, quien únicamente os ha de importar. La llaman la monja letrera por algo.

Sor Catalina asiente. La abadesa de las descalzas sevillanas es, junto con la fundadora Teresa de Jesús, la principal razón que la decidió a entrar en esa orden. Dos mujeres cultivadas y que pregonaban la disminución de los privilegios para las monjas con mayor dote.

—Ojalá pudiera leer los poemas que escribió cuando estaba en Malagón.

—Menea la pluma con mucha gracia, pero la poesía mística de vuestra priora en nada se parece a esos libros de caballerías que a vos tanto os placen.

Sor Catalina se sonroja. Aunque el propio Pedro de León se preste a conseguirle esas obras, sabe que no está bien visto.

—No os inquietéis, hija. María de San José es una mujer inteligente y sensible.

—Vuestra paternidad tiene razón.

—Pedídselos algún día, le agradará. Y seguid estudiando los libros sagrados. Estos son solo... para los ratos de ocio.

—Sí, padre.

—Ahora he de irme. Quiero pasar por el hospital para galeotes antes de confesar a los presos de la Cárcel Real.

Ella disimula su pena. Las conversaciones con el padre León son una de las pocas cosas que la estimulan en su vida de recogimiento y oración.

—La gracia del Espíritu Santo vaya con vuestra paternidad.

—Amén, hija.

Cuando ella ya se está alejando, su confesor la reclama de nuevo.

—No olvidéis la penitencia de ayuno.

—Padre...

—Veinticuatro horas, sor Catalina. Bien sabéis que una mujer de Dios ha de dar ejemplo de virtud; no puede permitirse el pecado de la gula.

La monja asiente con gesto resignado y el padre León se encamina a la salida de la iglesia. En sus labios luce una expresión benévola, con un punto soñadora. Aún persiste cuando, ya en la calle, casi se da de bruces con una moza de piel oscura que se dirige hacia el convento. Juraría que la ha visto antes. Viste sin lujos, con saya, jubón y mantilla. Quizá sea una criada o una esclava enviada con algún recado. Y la forma en que ha desviado la mirada... Diría que ella también lo conoce a él. Arruga la frente. Quien evita a un cura es porque tiene algo que esconder. Pero, de otra parte, ¿hay alguien que no tenga secretos? Incluso él, que Dios lo perdone.

Aparta a esa mujer de sus pensamientos y acelera el paso, pues el sol está ya muy arriba. Siempre se entretiene demasiado con sor Catalina. Tendrá que darse prisa si quiere ayudar a servir la sopa boba, único alimento del día para los enfermos de la caridad.

—Tenéis visita, hermana.

Sor Guadalupe la ha asustado. Estaba ya de vuelta en su celda, observando el nuevo libro. Lo coloca tras de sí justo a tiempo de que ella no pueda verlo.

—Mi confesor acaba de irse.

—Otra visita. En el locutorio.

Sor Catalina la mira desconcertada. A ella jamás va nadie a verla salvo el padre León. No tiene familiares, ni en Sevilla ni en ninguna otra parte del mundo, y tampoco es lo suficientemente importante como para que ninguna de las señoras se digne a conversar con ella. Ella es solo una monja que logró tomar los hábitos gracias a la dote que dejó una viuda en herencia. Su velo blanco la distingue de la mayoría de las hermanas, tocadas con una tela negra que recuerda que sus familias aportaron una dote mayor. Algunas la miran por encima del hombro a causa de ello, y sor Guadalupe no es una excepción. A pesar de llevar también ella el velo blanco, la trata con el desdén con el que un sirviente trata a otro de su misma escala, reservando toda su simpatía para quienes ostentan un rango mayor.

—¿Estáis segura de que es para mí?

—¿Acaso hay otra sor Catalina en este convento?

—No... Claro... Ahora mismo voy.

Pero la profesa permanece en la puerta de su celda.

—No hace falta que me acompañéis, sor Guadalupe.

La escucha de otras hermanas en las visitas está reglada para garantizar que se ciñan a los asuntos espirituales, pero es habitual permitir cierta intimidad a las religiosas. Al menos, la priora solía hacer la vista gorda. Aunque eso era antes de que la juzgaran por iluminada. Desde que ha vuelto, no parece fiarse de nadie.

Sor Catalina no tiene la menor idea de quién puede haber ido a verla; pero, justo por eso, prefiere averiguarlo a solas. De ahí que le mantenga la mirada fija a sor Guadalupe, una mirada que advierte de que no se dejará amilanar. La hermana vacila. De una parte, le martiriza verse obligada a supervisar a esa monja de los arrabales. De otra, se da perfecta cuenta de que ella prefiere gozar de intimidad, y eso le hace crecer el deseo de importunarla. Al final puede más la pereza, o quizá una indulgencia fugaz. Sor Guadalupe lanza un suspiro de hastío y se da la vuelta para marcharse.

Solo cuando el sonido de sus pasos se apaga, sor Catalina agarra de nuevo el libro, lo introduce con cuidado bajo el jergón, alisa su hábito y se dirige al locutorio donde aguarda su visita misteriosa.

8

—*¿Es esta la cola para enrolarse?*

El marinero se da la vuelta y mira al joven como si estuviera loco.

—Esta es la cola para cobrar lo que nos deben.

—Entonces ¿cuál es la cola para enrolarse? —insiste Gaspar—. He oído que los candidatos podían presentarse hoy.

Desde que se corrió la voz del asunto del mascarón han sido muchos los que han desertado, y eso ha avivado en Gaspar la esperanza de entrar como aprendiz en alguno de los oficios necesarios durante el viaje.

—No hay cola.

—¿No?

—Nadie quiere subirse a un barco después de lo ocurrido, zagal. Esa flota está condenada.

—Pero están reclutando tripulantes.

—Conmigo que no cuenten, vive Dios.

«Perfecto —piensa Gaspar—. Menos competencia».

—¿No sabéis dónde tengo que presentarme?

El marinero alza la vista al cielo, como si el Señor fuera a explicarle a qué viene ese empeño inconcebible.

—Subid a bordo y preguntad por don Eugenio de Ron. Que me parta un rayo si no es el único obstinado en zarpar.

9

A Damiana le cuesta reconocer a su amiga de la infancia.

El hábito la cubre de los pies a la cabeza ocultando su cabello castaño claro, su cuello de cisne e incluso sus graciosas orejas de soplillo. Pero, a pesar de lo ancho de la túnica carmelita, puede apreciar que ha engordado. La correa que sujeta los ropajes a su cintura revela bastante más grosor que el de la muchachita que correteaba por Triana intentando escaquear un trozo de pan. Sus proporciones son ahora de una redondez envidiable. Y en su rostro, donde antes se marcaban unos pómulos afilados, ahora se dibujan mejillas saludables, redondas y arreboladas sin necesidad de afeite alguno. A pesar del rencor que ha conservado durante todos estos años, siente una punzada de alegría. Su amiga dijo que no volvería a pasar hambre y parece estar cumpliendo su objetivo.

—Hola, Carlina.

La monja que tiene frente a ella sigue escudriñándola como si no supiera quién es. Pero es absurdo. Ella sí que no ha cambiado. De acuerdo, sus ropas ya no son andrajos. Emplea hasta el último maravedí en vestidos para que no la confundan con la mendiga que fue. Y no se ha cubierto con el color amarillo que la identificaría como una pecatriz, pues así jamás habría podido introducirse en lugar sagrado. Hoy viste la toca del otro lado. Es una de sus pertenencias más valiosas: elegante y discreta, le sirve para sortear algunas de las muchas prohibiciones que la sociedad se empeña en imponerle.

—¿Carlina? ¿Qué pasa, tan guapa estoy que no me reconoces? —bromea.

Lo que Damiana no sabe es que en el interior de la religiosa se está librando una lucha titánica. La del amor que profesó a su amiga de la infancia contra el despecho, pero también el temor y rechazo que la vida licenciosa de esa mujer ahora le provocan.

—¿Qué haces aquí? —dice al fin.

—¿Tantos años sin verme y eso es lo primero que se te ocurre?

Sor Catalina aprieta los labios. Su amiga nunca le perdonó que la abandonara para entregar su vida a la Iglesia. La misma Iglesia que quemó a su madre en la hoguera.

—Por eso. No sé qué mosca te ha picado ahora.

Damiana la mira con sorna.

—Creía que la vida conventual te habría hecho más amable.

—Me he metido a monja, no a santa.

—Y te ha hecho más amargada de lo que ya eras.

—Tú en cambio sigues igual de víbora —replica sin pensar.

Una mirada cargada de rabia se sostiene en las dos direcciones. Hasta que, de repente, Damiana se echa a reír.

—Pues mira, en eso tienes razón.

A sor Catalina se le dibuja una sonrisa, pero la cancela en cuestión de segundos.

—Dime a qué has venido.

—A verte. —El gesto de Damiana también se torna serio—. Y a pedirte ayuda.

La lucha se recrudece en el interior de la monja. Una parte de sí misma se siente tentada a preguntarle, como siempre, qué puede hacer por ella. Otra, a contestarle que cómo se atreve, después de tantos años de silencio. Los labios se tensan más y más. Le sale una voz cortante como el filo de un estilete.

—Una ramera en el convento de San José. ¿No se te ha ocurrido pensar que tendré serios problemas si alguien te ve?

—No entiendo por qué. —Damiana se recoloca el escote con descaro—. La que se encama con todo el que afloja la bolsa soy yo.

—Dios del cielo.

—Carlina, no te alborotes tanto. No te pega nada.

—Deja de llamarme así. Soy sor Catalina.

—Dios que te llame como quiera, para mí sigues siendo Carlina.

—En serio. Márchate.

—A mí tampoco me ha hecho ninguna gracia venir. Pero, si tengo que esperar a que salgas tú, voy fresca.

Sor Catalina se queda en silencio. Su mente viaja a un pasado que le suena demasiado lejano, un pasado en el que aún no había consagrado su vida a un Dios que nunca se ha manifestado, pero que le ofrece a cambio comida, techo y alguna que otra lectura.

14 de febrero del año del Señor de 1571

La una, blanca como el albayalde; la otra, más tostada que una castaña. Ambas deambulan en silencio por las calles estrechas del arrabal. La más oscura va descalza; la otra lleva unos zapatos picados y sin suela, que estorban más que protegen. Camisas parduzcas que algún día fueron blancas y andrajos por faldas, salpicados de agujeros y zurcidos. Las dos niñas están escurridas de carnes. Carlina propone acercarse a la plaza de San Salvador, donde siempre cae algo para despistar el hambre. Su amiga no la escucha, tiene los ojos fijos en alguien. Por el brillo en su mirada de azabache, Carlina sabe que ha marcado a su próxima presa.

—Entretén a ese —le susurra.

El elegido va tocado con un bonete rojo y lleva blusón y capa azules, los colores que identifican a los marineros. El convoy de Nueva España atracó hace unos días y todos han cobrado ya la soldada. Hasta una niña sabe que ahora no hay grumete en Sevilla con la faltriquera vacía.

Ella se acerca y comienza a contarle penurias. Tiene labia, sabe cautivar a un mancebo como él. Damiana, atenta a cada movimiento, le corta la bolsa al pasar, la esconde entre los harapos y sigue su camino. Cuando Carlina ve que su amiga ya está lejos, se despide bruscamente para reunirse con ella en el lugar pactado.

—Cagüenmismuelas.

Damiana se exaspera al ver el contenido de la bolsa. El botín no es lo que esperaba: un puñado de maravedíes y un pañuelo viejo. Ese grumete guardaba el cumquibus a buen recaudo, si es que no lo había gastado ya en naipes y vino.

—Tenemos para comer unos días. —Carlina trata de animarla—. Venga, vendamos el mocante en el Malbaratillo.

El Malbaratillo es un mercado heterogéneo de objetos robados, ropa de segunda mano, mercancías procedentes de lugares remotos y cualquier tipo de producto imaginable. Como el propio nombre indica, todo de poco valor y peor calidad. Pero apenas les da tiempo a encaminar sus pasos, pues al mancebo no le ha durado el hechizo.

—¡Eh, vosotras!

Las niñas se lanzan a la carrera, esquivando tenderetes y carromatos. La una corre como una liebre, la otra salta como un gamo. Sortean charcos e inmundicia con la destreza de quien lleva una vida entera en las calles. Ambas saben dónde se dirigen: a su pasadizo secreto en las murallas. No hay quien les dé alcance, y tampoco es que nadie, salvo la víctima, tenga mucho empeño. Hasta que Carlina topa con un frutero que le cierra el paso.

—¿Dónde vas, raterilla? ¿Crees que no sé que me hurtáis las manzanas?

Mientras el hombre la agarra por el pelo, el marinero llega entre jadeos y la mira con el rencor de quien se sabe engañado.

—¿Busca vuesamercé a esta prenda?

—Tengo que ajustar cuentas con ella.

El tendero mira a la cría. Aunque intenta mantener el tipo, está aterrorizada. Le gustaría darle él mismo su merecido, pero hay una esclava esperando junto a su puesto de fruta.

—Toda vuestra —resuelve.

Está a punto de entregarla cuando Damiana reaparece. Ha vuelto sobre sus pasos y clava la vista alternativamente en uno y otro hombre.

—Por los clavos de Cristo, la otra ladronzuela. A fe mía que esta es peor —resopla el frutero.

Damiana sabe que solo tiene una oportunidad, y pasa por pillarlo desprevenido. Sin dudar, le arrea una patada en sus partes nobles y el hombre suelta a Carlina con un grito de dolor.

—¡Vamos! —grita a su amiga.

Ambas niñas reemprenden la carrera mientras el marino las persigue acordándose de todos los santos del calendario.

Sor Catalina trata de apartar sus recuerdos. Mira de frente a esa mujer que tantas veces la puso en aprietos, pero también la salvó de ellos.

—Cuéntame en qué lío te has metido esta vez.

Damiana comienza a relatar su historia, y ella va arrugando el ceño cada vez más. Hasta que lo que escucha la revuelve en lo más profundo.

—¿Una bruja desollada?

—Pero una bruja buena, Carlina.

—¿Practicaba conjuros?

Damiana niega con la cabeza.

—Nos sanaba con sus pócimas.

Sor Catalina se santigua y su amiga la mira enfadada.

—Si lo hace un hombre, lo llaman medicina. ¿Qué diferencia hay?

—No es lo mismo...

—Claro que no. Ella no nos cobraba ni nos manoseaba como los médicos de la Mancebía.

—Si sus pócimas surtían efectos, es que estaba endemoniada.

—Cómo puedes seguir siendo tan ingenua —se enoja Damiana—. Quien condena a las brujas no es el demonio, sino los tuyos.

Sor Catalina se duele al sentir la inquina con que ha pronunciado esas palabras. Hace tiempo que juegan en bandos contrarios, y eso es lo que le da tanta pena: que su amiga no pueda salvarse. Respira hondo.

—Has dicho que necesitabas mi ayuda.

—El mayor temor de Violante era que alguien la delatara. Quiero saber si todo ese ritual macabro fue un castigo.

—La Iglesia jamás haría eso.

—La Iglesia es capaz de las mayores crueldades. —La voz de Damiana está cargada de aversión.

Sor Catalina traga saliva.

—Si se comete un delito, el Santo Oficio abre un proceso —dice con cautela—. No se toma la justicia por su mano.

—¿Estás segura?

—Lo hacen en nombre de Dios —trata de defender sin mucha convicción—. Y nunca de esa forma, ya lo sabes.

—Odiáis a las brujas.

—Yo no odio a nadie, no me metas en ese saco.

—Tú te metiste.

Damiana advierte la expresión de tristeza de la monja y se da cuenta de que ha sido injusta con ella, pero es superior a sus fuerzas. Vender el alma a la institución despiadada que le arrebató a su madre le parece mucho peor que vender su cuerpo a los hombres.

—Perdona. Es que además... necesito saber si yo también estoy en peligro.

—¿No te habrás metido en esas malas artes?

—No es eso.

—¿Entonces?

Damiana vacila por primera vez desde que llegó.

—El talismán —dice en un susurro apenas audible.

El rostro de la monja empalidece.

—¿La talla de la diosa extranjera? ¿La que te dio tu padre antes de desaparecer? ¿Qué tiene que ver con esa bruja?

—Ella la guardaba.

—¡Damiana!

Pero su amiga no ha terminado.

—Y ahora no sé dónde está. Creo que alguien se la ha llevado.

Sor Catalina siente un frío gélido a pesar de las altas temperaturas. Damiana acaba de confirmarle uno de sus mayores temores.

10

El buque no tendrá menos de seiscientas toneladas.

El sol hierve sobre la cubierta por la que transita Gaspar. Todo está lleno de cachivaches: barriles, fardos, cofres, jaulas, redes, rollos de cuerda y aparejos de todo tipo. Los va esquivando al tiempo que admira la maquinaria de guerra. Entre cañones, culebrinas, medias culebrinas y otra artillería menor como sacres y falconetes, suman más de medio centenar de piezas dispuestas a batir a los insensatos corsarios que pretendan hacerse con la preciada mercancía de la flota.

La actividad frenética del día anterior se ha visto sustituida por una calma fantasmal. Tras recorrer la cubierta sin dar con un alma, avista a dos hombres en la popa que manotean en actitud de disputa. Uno de ellos destaca por su tamaño. No cabe duda: es el piloto mayor.

—¡Tendríais que estar buscando a los nuevos tripulantes!

—Hágalo vuestra merced, ya que tiene tanto interés.

—¡No podéis huir vos también! ¿Se puede saber cómo vamos a partir sin el contramaestre? ¿Quién se ocupará del mantenimiento de los aparejos? ¿Quién dirigirá las maniobras en las cubiertas y en los palos?

—Se me da una higa —replica el oficial—. Todo eso ha dejado de ser asunto mío.

El piloto mayor está rojo como la grana, parece dispuesto a comerse a ese hombrecillo, pero se frena al ver a Gaspar contemplando la escena. Lo mira impaciente y solo entonces el mancebo se atreve a hablar.

—Don Eugenio de Ron, ¿verdad?

—Si es para cobrar, la cola de abajo.
—No me deben nada.
—¿Qué se te ha perdido entonces, zagal?
—Quiero formar parte de la tripulación.

Ha captado el interés de Eugenio, que se acerca a él mientras el contramaestre aprovecha para escabullirse. Lo observa con escepticismo.

—¿Eres hombre libre?
—Sí.
—¿Español?

Gaspar asiente de nuevo.

—Nací aquí.
—Pero libre —quiere asegurarse el piloto.

Es cierto que cada vez hay más negros liberados en Sevilla, una ciudad en la que la población de color es tan numerosa que algunos han llegado a describirla como un tablero de ajedrez. Pero muchos de esos hombres y mujeres siguen siendo esclavos, bien porque los traen a través del conducto de Portugal, donde las normas son más laxas en cuanto a su importación y venta, o bien por nacimiento. No en vano Lisboa es, junto con la metrópoli hispalense, la ciudad de Occidente con las mayores colonias de esclavos.

—¿Acaso ve vuestra merced alguna marca en mi rostro? —pregunta molesto Gaspar—. A mi madre la secuestraron en su país y la vendieron para la casa de un noble, pero hace mucho que compró su libertad con la carta de ahorría. Y yo nací libre.

—Está bien, rapaz, está bien. Se me da un ardite la historia de tu madre mientras tú tengas los papeles en regla. A ver, ¿cuánto tiempo llevas navegando? ¿Eres marinero o todavía grumete?

—Esta es la primera vez que pongo el pie en un barco, señor.

—Voto a Dios, no iba a cambiar mi suerte ahora. —Eugenio chasquea la lengua—. Mira, el maestre se ha marchado y, por lo que parece, el contramaestre va detrás. Tengo mucha tarea por delante.

Gaspar se queda allí parado sin atreverse a decir nada.

—Si conoces a alguien con experiencia en esos cargos, házmelo saber —sigue con gesto desabrido—. Y, ahora, largo.

Como el mancebo continúa sin irse, Eugenio de Ron deja escapar un suspiro de hastío.

—¿Sabes calafatear? El cobarde de Fermín ni siquiera acabó de cerrar las juntas que tenía entre manos.

—No, señor. Pero aprendo rápido.

—Un crío corajinoso, a fe mía. Solo que una grieta no espera a que aprendas. Haríamos aguas antes.

Eugenio se rasca la mejilla de la cicatriz en un gesto pensativo.

—¿Qué es lo que sabes hacer? Por faltarme, me falta hasta el capellán. Pero no tienes pinta de cura.

—Yo... trabajo en el palacio de don Rafael de Zúñiga y Manjón. Hago recados.

—Haces recados para un caballero veinticuatro. Un correveidile de uno de los nobles del Cabildo. ¿Y qué recados pensabas hacer a bordo de un buque de guerra, chiquillo?

Gaspar nota cómo la sangre se le acumula en las mejillas.

—Puedo ser paje de escoba.

—Estás bien criado para eso. Mis pajes empiezan con ocho años, rediós.

—Ya os he dicho que aprendo rápido —dice con determinación—. Y no estoy apegado al terruño. Quiero navegar.

Se hace un nuevo silencio. Entre las mercedes que Dios ha concedido a Eugenio de Ron no se encuentra la de la paciencia. Gaspar no sabe si va a emprenderla a gritos con él o directamente a arrojarle por la cubierta del barco. Barbaridades mayores ha oído en las posadas.

—Largo de aquí.

El piloto se aleja camino a la proa del barco, el lugar maldito. Gaspar le sigue sin arredrarse.

—También sé escribir.

Eugenio de Ron frena en seco y se gira para mirarle. La mayoría de los marinos son analfabetos, y alguien así siempre es de utilidad, ya sea para ayudar a velar por el registro de la carga, comprobar las marcas de cada fardo, tener al día el recuento de provisiones o dejar constancia de cualquier suceso que pueda acaecer en el trayecto. Y no está de más asegurarlo, no vaya a ser que el escribano salga también por piernas.

—Imagino que conoces los números.

—Sí, señor.

—¿Sabes sumar y restar?

Gaspar cabecea con contundencia.

—Raudo como una centella.

Eugenio se vuelve a rascar el costurón que le llega hasta la oreja.

—Haber empezado por ahí, zagal.

11

—*Cómo se te ocurre.*

Damiana siempre fue una imprudente, por eso Miguel confió más en la propia Carlina que en ella. Y no se le escapa que eso también acabó siendo una fuente de conflicto entre ambas. Pero su antigua compañera de correrías acaba de demostrar que él tenía razón.

—Yo no tenía dónde guardarlo. El padre podía verlo, o los beatos que inspeccionan las boticas cuando les viene en gana. Por eso Violante lo escondía en un lugar secreto junto a sus hierbas...

—Ya ves que no era tan secreto —le reprocha.

—No sé qué hacer, Carlina.

Sor Catalina sopesa la situación. Damiana ha ido en busca de consejo, así que eso es lo que le piensa dar.

—De momento, salir de ahí. Dedícate a otra cosa.

Damiana la mira como si hubiera perdido el juicio.

—¿Y de qué otra forma crees que puedo ganarme la vida?

—De cualquiera. Lavando ropa, por ejemplo.

—Primero, no es tan fácil hacerse con una clientela. Segundo, ni loca. Las lavanderas y las tintoreras se dejan la piel para ganar menos de un real al día y apenas les llega para comer. ¿Quieres saber cuánto me pagan a mí?

—No, no quiero. ¿Y tú? ¿Quieres acabar en el infierno?

—De ahí es de donde venimos las dos.

La monja aprieta la mandíbula, y ella aprovecha para continuar.

—En el puerto era mucho peor. Algunos me arrojaban una moneda al terminar, otros ni eso. ¿Para qué? No tenía cómo exigírsela. —Le clava sus grandes ojos negros—. Aquí al menos tengo mi dinero, y el prestigio que me he ganado.

Sor Catalina está mortificada por lo que escucha.

—¿Prestigio? ¿Cómo puedes siquiera hablar de prestigio?

—La Babilonia es una de las casas más cotizadas de la Mancebía. *Yo* soy una de las más cotizadas de la Mancebía. Y eso significa serlo de toda Sevilla, Carlina. ¿Te imaginas lo difícil que ha sido llegar?

—Es asqueroso.

Damiana suspira.

—Sí, lo es. Como el aliento apestoso de la mayoría de ellos, como sus vergas sucias de orín rancio.

Los labios de sor Catalina se tuercen en un gesto de repugnancia.

—Pero tengo mi peculio —prosigue Damiana—, y un padre que vela por que nadie me haga salvajadas.

—Un padre —dice la monja con cinismo—. Esos sinvergüenzas hasta tienen el valor de hacerse llamar como si fueran guías espirituales.

—Bastante más me protege que vuestros curas.

—No es lo que hizo con tu amiga, ¿no? ¿De verdad no te atormenta la idea de sufrir por toda la eternidad?

Damiana le sostiene la mirada. Es una mirada seria, carente ahora de cualquier atisbo de ironía.

—Me conformo con que eso aún tarde en llegar.

—Dios santísimo.

—Necesito averiguar quién le hizo algo así a Violante —reconoce Damiana—. Ella me salvó la vida, ¿sabes?

La monja se revuelve en su hábito. Desde que se separaron, siempre intenta no pensar en quien fue su única familia, su compañera fiel, para evitar la melancolía y el despecho, pero también el sufrimiento ante la idea de que le suceda algo. Ahora se da cuenta de que nunca ha enfrentado en serio esa posibilidad tan real.

—¿Qué ocurrió?

—Me recogió en la calle cuando me desangraba. Me habían violado tres bestias, uno detrás de otro, por todos los agujeros posibles. —Sor Catalina vuelve a persignarse y ella reprime una sonrisa amarga—. Violante me curó y me escondió durante semanas. Cuando estuve repuesta, ella y el resto de las mujeres me prestaron ropas, me dieron afeites y me llevaron ante el padre que regenta la casa. Tras catarme, decidió tenerme a prueba.

La religiosa asiente. Solo Dios sabe cuánto le cuesta escuchar eso.

—Jamás desperdicio una oportunidad —Damiana no disimula su orgullo—, así que en unos meses ya era conocida más allá de los muros del Compás. Todos los hombres me desean. Y, cuando pasan una noche conmigo, me desean aún más.

—Reprime esa lengua, Damiana. Se te olvida que estás en la casa del Señor.

—¿Se puede ofender, acaso?

—Por supuesto.

—Debería ofenderse más con otras cosas.

Sor Catalina no encuentra respuesta para eso. La mirada de Damiana se ensombrece de nuevo.

—A Violante la mataron y la desollaron.

—Es a lo que se expone una mujer de mal vivir —replica con tristeza.

—Creía que tú lo entenderías. Tú, que vienes del mismo lugar...

—Yo he luchado por salvarme.

—¿Ahora te crees mejor? ¿Por estar aquí encerrada esperando a que unas viejas te den una limosna a cambio de tus rezos? ¡Tú también te has vendido, Carlina! —Damiana sube el volumen sin poder contenerse—. ¡Y no solo tu cuerpo, que se pudre debajo de esa túnica horrible! ¡También tu libertad!

Sor Catalina no se esperaba esa acometida. Le sale una voz amedrentada.

—No me creo mejor. Me busqué la vida, igual que lo hiciste tú.

—Yo no tuve la suerte de que una muerta me pagara el noviciado.

—Tampoco lo habrías querido.

Damiana la mira con encono, pero después sus facciones se suavizan, y acaba sonriendo con un punto de amargura.

—Es verdad. Jamás podría estar aquí encerrada.

Sor Catalina asiente. Lo sabe. La conoce bien. A su mente viene la imagen de dos chiquillas abrazándose en mitad de la noche invernal para infundirse calor y coraje. Con ocho años habría jurado que Damiana siempre sería su mejor amiga. Con ocho años no se tiene ni idea de la vida, ni siquiera cuando una se ve obligada a madurar tan rápido.

—Necesito saber por qué la mataron.

Un silencio denso inunda la estancia por unos segundos. Hasta que la religiosa toma una decisión.

—No sé cómo, pero te ayudaré a averiguarlo. —Lo dice en un murmullo ronco, como si su lucha interior hubiera alcanzado las cuerdas vocales—. Y a recuperar la talla de madera que te pertenece.

Los ojos de la prostituta brillan de emoción. Alarga los brazos y le coge las manos. Es todo lo que permite la doble reja del locutorio.

—Gracias, Carlina.

La monja va a protestar, pero Damiana se le adelanta, categórica:

—Para mí siempre serás Carlina.

Hay una mezcla de reprobación y ternura en las facciones de la joven profesa. A su pesar, no puede impedir que una sonrisa se le dibuje en los labios.

12

La priora lee ayudada por la luz mortecina de un candil.

Está sentada en un tosco taburete de madera, apoyadas las manos sobre la mesa. No por ser la que gobierna el convento posee su celda algún lujo. La filosofía de austeridad que pregona la orden de las descalzas la lleva sor María de San José hasta sus últimas consecuencias, en parte porque la casa de la calle Pajería no da para más. En ese cuartucho tan solo hay espacio para el camastro, la mesa y el taburete. No es que le importe: es poco más de lo que tenía en la cárcel donde ha estado encerrada durante meses.

María de San José lleva cinco años regentando la comunidad de carmelitas descalzas, desde que en 1575 llegó a Sevilla junto a Teresa de Jesús para fundarla. Como si Dios quisiera ponerlas a prueba, los obstáculos se sucedieron sin tregua.

Con la falta de dineros y los recelos de sus propios hermanos, vinieron las conspiraciones. Cuando la beata María del Corro las acusó a ambas de alumbradas, hubieron de someterse con gran bochorno a las pesquisas de la Santa Inquisición. Tras meses de humillaciones, al fin fueron absueltas y la madre dio por acometida su labor, marchando a Castilla. Pero los problemas siguieron sucediéndose. María de San José fue diana de nuevas acusaciones y no siempre logró salir airosa: con apenas treinta años la mandaron apresar por defender la doctrina teresiana. Pero eso es algo intrínseco a su vocación, a su existencia misma. Si hay algo que teme en este mundo, más allá del juicio de Dios, es no estar a la altura de lo que la madre Teresa espera de ella.

Precisamente ha recibido carta suya, lo que siempre hace que le brinque el corazón de puro contento. Se goza de las nuevas que le cuenta, aunque la madre no deja pasar ocasión para amonestarla; cuanto mayor es el amor, mayor es la exigencia. Por eso la apremia a fin de que le mande presto los caudales para fundar nuevos conventos.

Agarra papel y pluma y se dispone a contestarla. Hoy no le reiterará su petición de que medie en los conflictos con el convento aledaño de franciscanos. Tampoco los aprietos con los que han de bregar en esa nueva ubicación. Son tantos los pleitos y marañas que prefiere no cansar a su maestra. Se centra en hablar de las hermanas, cosa que la madre estima en gran manera. No es que esto sea tampoco plato de gusto: los problemas cotidianos de las propias monjas ya dan en sí sus buenos dolores de cabeza. Pero es lo primero que hay que cuidar, el bienestar moral de las suyas. Solo así podrán acometer juntas el resto de los desafíos.

Hay una monja que la tiene preocupada. Le da mala espina que ande con un confesor distinto al de las demás. Aún tiene fresco el recuerdo de Garciálvarez, el prelado que se alió con las monjas traidoras. Sabe que el demonio se cuela en cualquier parte y por eso las únicas personas en quienes confía son la madre Teresa y ella misma, y de esto último aún a veces duda. Pero, además, una de las religiosas le ha hablado de una desconocida que ha venido a visitarla. Una mujer que, Dios la ampare, venía directa desde las calles de la Mancebía.

Decide contárselo a su mentora, quien con su espíritu profético ya la advirtió de alguna beata desleal. Además, poner las ideas negro sobre blanco siempre la ayuda a aclararse. Moja la pluma en el tintero y va trazando con pulcritud la letra apretada que la caracteriza.

Cuando termina, agita el papel para secar la tinta al tiempo que se decide. Necesita comprobar si puede fiarse de esa joven que tanto perseveró hasta formar parte de la orden. Va a atar en corto a sor Catalina. Con esa determinación, dobla el papel que utilizará como sobre, introduce la carta y toma la barra de lacre para sellarlo.

13

Don Rafael de Zúñiga y Manjón despacha con su secretario.

Se encuentran en el gabinete que el caballero veinticuatro destina a los negocios, un cuarto de grandes ventanales y paredes cubiertas de costosos tapices provenientes de Flandes. Es una de las estancias más suntuosas, pues el cargo de regidor municipal que ostenta a través de la Veinticuatría ha de apreciarlo todo aquel que establezca tratos con él.

En la mañana dio orden de averiguar qué sucedía con la conserva de naves pendiente de partir para las Indias, y el secretario acaba de regresar con malas nuevas.

—El cuerpo de la mujer estaba en una choza del río. Lo encontró una cantonera la noche anterior.

Don Rafael hace un gesto de desprecio. Se estira las puñetas de encaje fino, se quita una mota de polvo del jubón.

—Una furcia.

—Hay más. —El labio del secretario tiembla bajo su bigotillo ralo—. La partida se ha pospuesto de forma indefinida.

—¿Cómo es posible, Florencio?

—Muchos marineros han desertado, en especial de la Soberbia.

—¿Por una ramera? ¡Vive Dios, estamos hablando de la flota de las Indias! ¡De Los Galeones, el convoy de Tierra Firme!

—No por la mujer, sino por lo que representa.

—¿Y qué demonios representa?

—Las gentes de la mar son las más supersticiosas, señor. Y si existe algo intocable para los marineros es su mascarón. No digamos ya si el ultrajado es el de la nao capitana, el león rampante coronado que representa a nuestro reino y encabeza la Armada de la Avería.

El caballero se queda pensativo, con la mirada perdida en el retrato que cuelga de la pared frente a él. La pintura refleja su propio rostro, aunque el pintor ha sido bastante indulgente con los rasgos del modelo.

—¿Qué dice el jefe de alguaciles? —pregunta al cabo de unos segundos.

—Poca cosa. Limpiaron la cubierta y no se preocuparon de más.

—Entonces, ¿no se sabe quién lo hizo?

—Ni llegará a saberse —asume Florencio con convicción—. Por la noche allí solo se aventuran los rufianes. Nadie dirá una palabra.

—Pues, si corchetes y alguaciles no valen un maravedí, habrá que reclamar al Consejo de Indias. El retraso en la partida es una materia que le atañe gravemente, no digamos ya la ofensa perpetrada.

—Si no hay marineros, poco pueden hacer salvo esperar a que las aguas se calmen.

Don Rafael descarga un puñetazo sobre la mesa.

—Se nos echará a perder la mercancía.

—Lo siento, señor.

—Tiene que haber algo que podamos hacer.

—Bueno...

—Habla, por Dios. No pienso arruinarme por una rabiza.

Florencio da un paso adelante y baja la voz.

—He oído que el piloto mayor está tratando de enrolar a nuevos tripulantes.

—¿Sí?

—Pero hay pocos tan audaces como para partir tras lo sucedido.

El caballero comienza a dar vueltas por el gabinete al tiempo que se atusa las guías del mostacho.

—He de tener una reunión con ese hombre.
—Lo organizaré, señor.
—En cuanto a todos esos presagios... no pueden ser casualidad. —Don Rafael deja en paz su bigote y vuelve a colocarse bien los puños—. El año bisiesto, el mascarón de proa, la pelirroja... Mujer, además.
—Sin olvidar que subir difuntos a un barco es una de las cosas de peor agüero para un marino.
El caballero se detiene en su paseo circular y lo mira con gesto grave.
—¿Entonces?
Florencio se encoge de hombros, lo cual le da un aspecto aún más ratonil.
—He pegado alguna que otra oreja en las tabernas del puerto.
—Habla, por Cristo.
—Los rumores van en dos direcciones: unos creen que advierte de un castigo divino por la avaricia de los oficiales... Tienen fama de meter más plata que munición en sus bodegas.
—¿Y los otros?
—Los otros piensan que hay alguien interesado en provocar el pánico de la tripulación.
—Alguien que no quiere que parta la flota —completa don Rafael.
—Y lo ha conseguido, señor.
Un nuevo puñetazo resuena en toda la estancia.
—¡No por mucho tiempo, voto a Dios!

La mujer búfalo

Año de 1216. Tierra de Do, orillas del río Sankarani

La mujer búfalo se está bañando en el agua templada. A esa hora de la tarde el sol golpea con fuerza y es la única forma de refrescarse. Se sumerge por completo y luego, poco a poco, deja que su cuerpo aflore a la superficie boca abajo. Primero lo hace la gran joroba de su espalda, luego la cabellera de rizos ensortijados, los brazos y las robustas piernas. Flota dejándose llevar hasta que sus pulmones la oprimen lo suficiente para sacar la cabeza. Toma una gran bocanada de aire tórrido, abre perezosamente los ojos y, justo entonces, los ve: dos cazadores donsos al pie del río. La observan fijamente, con la frente arrugada y la boca torcida en una mueca de asco. Eso último no le sorprende, está acostumbrada a ver la misma expresión en quien la mira por primera vez. Sabe que es por su fealdad, que ha alcanzado fama más allá de las vastas llanuras de Do. Lo que no entiende es ese brillo triunfal en la mirada de ambos, como si hubieran capturado una buena presa. Lo que tampoco sabe aún es que la presa es ella. La llevan con el rey, que ha inmolado un toro rojo y ha dejado que su sangre empape la tierra para que nada se oponga a la llegada de la mujer que espera. Cuando la vea, la certeza lo sacudirá y la desposará de inmediato. Los donsos están convencidos: Sogolon Kedjou es la elegida para cumplir la profecía anunciada a través de los doce cauris. Su hijo será rey.

14

30 de agosto del año del Señor de 1580

En una mancebía no existe el luto.

Tampoco el descanso. Los hombres siguen llegando, y a los que ya eran clientes habituales de Damiana se han sumado quienes venían buscando a la pelirroja. El padre se los manda todos a ella; no se fía de las más jóvenes. Sabe que muchos prefieren esos cuerpos aniñados de pechos apenas sugeridos, caderas sin definir y pubis lampiños. Pero otros, los que acudían a Violante, lo hacían en busca de otras cosas. Cosas que una chiquilla de doce o trece años aún no domina.

Damiana sí. Es unos años más joven que Violante, la más veterana de sus putas, pero para cuando llegó a la Mancebía ya llevaba mucha escuela. Con esa nariz afilada y esos rasgos extraños no puede presumir de ser la más hermosa, aunque sí la más espabilada, porque la muy bellaca es más lista que el hambre. Se adapta rápido, presta atención y sabe qué es lo que desea cada uno sin que tengan siquiera que formularlo. Y hay pocas cualidades más apreciadas en una ramera.

Sin embargo, hoy ella misma sabe que no está dando la talla. No puede dejar de pensar en Violante. Necesita saber cómo acabó así. Qué monstruo pudo hacerle eso. Y también necesita recuperar el único objeto que ha conservado de su infancia, lo único que aún la ata a su familia y que prometió conservar.

Cada vez que un hombre entra en la alcoba, se pregunta si tuvo algo que ver. Las tripas se le revuelven solo de pensarlo, y el sexo con esos cuerpos sudorosos y malolientes le resulta más duro que nunca. Hoy ha vomitado dos veces. A estas alturas lo único que tiene en el estómago es pura bilis. Una bilis que se proyecta amarillenta en la palangana, pero que dentro de su cuerpo la invade hasta alcanzar el cerebro, donde se torna en una niebla roja y densa.

Ahora se recoloca las ropas y sale tras el último servicio. Al levantar la cortina, ve al padre hablando con un fulano alto que reconoce. Siempre elegía a su amiga. Era de esos que buscan algo más. Se desahogan, les cuentan intimidades, las tratan como amigas, intentan que los comprendan. Para Damiana, son los peores. Por unas monedas, ella permite que usen su cuerpo, pero que no traten de gozar también de su simpatía. Puede aparentar deseo y placer por un cuerpo que le repugna, pero lo que no puede, ni quiere, es fingir admiración por aquellos que la utilizan.

Violante era distinta. Quizá no estaba tan rota, quizá simplemente era más fuerte. Daba cabida a los sentimientos y se encariñaba con algunos hombres. Ese era uno de ellos, ese miserable que no ha tardado ni dos días en ir a sustituirla.

Damiana ve cómo su protector la señala y el gigante la mira, pero ella niega con la cabeza. No va a dejar a ese hombre entrar a su alcoba. Da un paso al frente y lo verbaliza con una contundencia que a ella misma le sorprende.

—No.

El padre la agarra del brazo y la lleva hasta un rincón apartado.

—¡Por Belcebú! ¿Te has vuelto loca? ¡Delante de él!

—Ni uno más hoy.

—Violante era su favorita.

—Y la de media Sevilla. ¿Pretendéis que me los tire a todos?

—Ten la lengua, furcia. —El padre la mira con severidad. Si deja que una sola de sus mancebas se le suba a las barbas, está perdido.

—No puedo más —confiesa ella, bajando la vista.

El tono sumiso lo aplaca.

—Este es distinto —dice por toda explicación.

—¿Y qué le hace tan especial?

Él deja escapar un suspiro. No se le ocurrirá hablarle de la importancia de ese hombre. Es una de sus reglas básicas: cuanto menos sepan las putas, menos problemas.

—Quiere yacer en la alcoba de Violante —se limita a contestar.

—Ni por todo el oro de las Indias.

—No te lo estoy pidiendo.

Ella lo mira con rebeldía. Va a replicar y, con ello, a meterse en aprietos, cuando ve que Lucinda sale de su cuarto y se acerca al sujeto con zalamerías. Tiene el cabello rubio recién cepillado y eso, junto a la tez más pálida que nunca debido a la enfermedad, casi podría hacerla pasar por una cortesana. Siente una punzada en el corazón: la pequeña aún se encuentra débil. No debería siquiera haberse levantado.

El padre se gira a tiempo de ver cómo Luci se deja llevar por el hombre al cuarto de Violante. Esboza una sonrisa satisfecha y taimada.

—Parece que la rubita te va a coger la delantera.

Damiana ha de contenerse para no correr a detenerla. Pero una no puede mostrar debilidad si pretende sobrevivir en el mundo que le ha tocado, de modo que hace acopio de todo su sarcasmo:

—Intentaré sobrellevarlo.

—No te pases, pájara.

El padre la ha soltado y ha comenzado a alejarse, pero entonces la voz de ella suena a sus espaldas.

—¿Es que no vais a hacer nada?

Él la mira sin entender.

—Violante. Se supone que nos protegéis. Para eso os pagamos, ¿no?

Su rostro refleja una incredulidad que se torna rápidamente en enojo.

—¿Quieres volver al puerto? ¿Estarás mejor allí, con las putas ilegales?

—Puede. —Damiana se infunde de coraje—. No conozco a ninguna a quien hayan arrancado la piel.

—A la única que le aguantaba salidas de tono era a la pelirroja, y porque me curaba a las otras putas.

Ella no acierta a disimular su sorpresa y al padre se le dibuja una expresión burlona.

—¿Acaso crees que soy idiota? ¿Que no sé todo lo que se cuece en mis boticas?

—Y... ¿por qué...?

—¿Que por qué lo permitía? ¿Tú qué crees? Es mucho menos rentable dejar que os lleven a un hospital cada vez que una caiga mala. Por no hablar de sus bebedizos para no preñarse, que me han ahorrado muchos disgustos. —El padre calla un momento, se le agria la expresión—. Pero Violante está muerta y la vida sigue.

—¿Quién le hizo eso? —Damiana no quiere ni puede reprimirse.

—A mí qué me cuentas.

—Habéis dicho que sabéis todo lo que pasa en las boticas.

—Y así es. Pero Violante salió a escondidas después de cerrar las puertas.

—¿Cómo lo sabéis?

—Ella se lo buscó. —El padre ignora la pregunta—. Una puta sola en plena noche. Y, para colmo, bruja y con el pelo del color del diablo. ¿Qué esperaba?

Damiana lucha por dominar la pena y la ira que afloran en forma de humedad en sus ojos oscuros. Pero no pasan desapercibidas para el padre, quien se templa al verla sufrir.

—Mira, moza. Violante era mi mejor ramera, pero las brujas nunca acaban bien. Y yo no puedo protegeros fuera de aquí.

15

—*Os noto intranquila, madre.*

Se encuentran en el refectorio tras una cena espartana. Sor Catalina ha remoloneado hasta que el resto de las religiosas se retiran y aprovecha para acercarse a la priora, a quien no le pasa desapercibida su maniobra.

—El convento ha de lidiar con muchas dificultades, hermana. No es algo que pueda ocultar.

—Si no hay suficientes limosnas, puedo redoblar mis esfuerzos en el huerto. Quizá consiguiendo algunas semillas más, al cabo de unos meses...

—Dentro de unos meses deberíamos estar fuera de aquí. —La prelada la interrumpe sin ambages—. Este no es lugar para la comunidad de las carmelitas descalzas de Sevilla.

—Por nosotras no os preocupéis, madre. Vinimos a practicar la austeridad.

María de San José disimula una sonrisa escéptica. Y lo dice justo esa monja, la única que ha engordado tras entrar en la regla.

—Lo que me preocupa más es la ubicación —replica—. Esas mujeres perdidas se pasean alrededor sin respeto alguno.

—¿Os referís...?

—A las del torpe oficio, claro. Las que viven en el Compás.

Sor Catalina se santigua y la priora ha de contenerse para disimular el enojo ante su falsa actuación.

—También las habréis visto, ¿no, hermana?

—No entiendo por qué esa preocupación. —Sor Catalina esquiva la pregunta—. Ya sé que no dan buen ejemplo, pero a nosotras no nos afecta. Somos mujeres de Dios.

—Escandaliza a nuestras benefactoras, señoras de honra que no quieren cruzarse con gente así. Temo que cada vez acudan menos.

—Eso supondría una merma de los ingresos...

—Exacto. Una merma cuantiosa. Ahora que al fin hemos logrado pagar la alcabala.

La priora calla. Ha hablado de más; una monja de velo blanco no tiene derecho a conocer los pormenores del convento. Sor Catalina nota su incomodidad y se apresura a encauzar la conversación.

—Creía que el motivo de vuestras preocupaciones sería otro.

María de San José la mira con un recelo renovado. ¿No osará mencionarle su precaria situación desde que la restituyeron en el cargo? ¿Se atreverá a cuestionarla? ¿Es eso lo que trama esta monja?

—Y cuál creíais que era.

Su voz ha sonado fría y cortante, pero sor Catalina no se amilana.

—Han llegado rumores sobre lo ocurrido en el puerto. Esa mujer que apareció en uno de los barcos.

Las facciones de la priora se han suavizado un instante, aunque enseguida su frente vuelve a arrugarse.

—Estos muros deberían servir para proteger a las esposas de Dios de los males mundanos, no para recordárselos. Me parece que las beatas hablan más de lo que deberían.

—Entonces es verdad.

—Apareció la piel de una mujer en el mascarón de un barco y... —María de San José exhala un suspiro—. Es una historia francamente desagradable.

—¿Es cierto que era pelirroja? Y una... ¿Una meretriz?

La priora la observa con atención. Se pregunta cada vez más escamada qué relación puede tener una de sus carmelitas con los asuntos de las rameras.

—Dicen que tenía el pelo rojo como el fuego —confirma.

—Y que era bruja... —añade sor Catalina.

—Pero recordad que no hay que prestarle oídos a los rumores, hermana.

—La brujería está penada con la muerte, ¿no es así?

—¿Se puede saber a qué vienen tantas preguntas?

—Perdonadme, madre. Es solo ansia de saber.

La priora asiente. ¿Acaso sea eso? La curiosidad irrefrenable que le recuerda tanto a ella misma. A ella misma antes de que las obligaciones como gobernanta del cenobio arrasaran con todo. Fue ese anhelo por aprender lo que la llevó a señalarla como candidata a la dote que dejó una viuda para doncellas sin recursos. Pero no, aquí ha de haber algo más. Y la única manera de llegar hasta el fondo es, precisamente, que sea sor Catalina quien confíe en ella. Darle lo que quiera oír.

La priora se acomoda en el banco de madera.

—Sentaos, hermana.

Sor Catalina obedece.

—Así lo preceptúa la *Constitutio Criminalis Carolina*, promulgada por nuestro emperador Carlos I de España, que Dios tenga en su Gloria. Las criminales y acólitas de Satán han de ser exterminadas.

—Y... ¿la Iglesia? También el Santo Oficio las persigue.

—Por supuesto. La teoría demonológica viene de antiguo. Se funda en los principios teleológicos de san Agustín y santo Tomás de Aquino.

—Cuánto me admira vuestra sabiduría, madre. No me extraña que os llamen la monja letrera.

María de San José sonríe. Ese sobrenombre se lo puso la propia Teresa de Jesús y se ha ido extendiendo entre la comunidad, cosa que la halaga en gran manera. Pero se fuerza a tornarse seria; no ha de permitirse ese tipo de vanidades.

—¿Creéis que yo podría leer esos escritos de los que me habláis? —dice la monja afectando humildad—. Quisiera instruirme en las normas que rigen nuestra sociedad.

La prelada la mira con interés. Para la mayoría de las hermanas, la sencillez está reñida con el saber, que solo lleva a la soberbia, pecado tan propio de poetas e intelectuales. Sin embargo, para la priora el convento debiera ser un centro de erudición y creatividad femeninos, como lo es tantas veces en el caso de los varones.

—Ya sabéis que muchos de nuestros libros son donaciones de parroquias o legajos que nos dejó alguna viuda. Aun así, algún tesoro tenemos —dice con orgullo—. De hecho, hay algo relacionado con el tema que suscita vuestra curiosidad. Echaré un vistazo.

—Podría ir yo, si me dais vuestro permiso. Cuando os destituyeron como priora clausuraron la biblioteca y desde entonces no he podido regresar.

Esa osadía toma por sorpresa a María de San José.

—Tenéis razón, hermana —dice tras unos instantes de reflexión—. Con tantos disgustos, aún no me he encargado de reorganizarla.

Sor Catalina asiente con deferencia.

—En el fondo me aterra comprobar que los extremistas se hayan llevado nuestros ejemplares más valiosos...

—Entiendo, madre.

—Os acompañaré después de nona. —María de San José se decide—. Tendréis hasta el oficio de vísperas para consultar los manuscritos que gustéis.

—Os lo agradezco.

—De todas formas, hace mucho que no se condena a muerte por brujería. Ahora lo que interesa son los herejes, sobre todo los alumbrados —dice con una mueca de amargura—. Como mucho, se sentencia también a sodomitas, blasfemos o fornicadores.

—¿A las brujas no?

—No creo que el auto de fe fuera más allá del calabozo o el destierro.

—O sea, que no las matan.

—Ahora volvamos a nuestras tareas. Hay mucho que hacer —zanja la abadesa.

Ambas salen paseando juntas, cada una disimulando sus propias preocupaciones. La de la priora, acentuada al comprobar que sor Guadalupe tenía razón: esa carmelita esconde algo que se le escapa. La de la monja, porque si su superiora está en lo cierto y el asesinato de Violante no ha tenido que ver con la brujería, Damiana corre más peligro del que imaginaba.

16

Sor Catalina admira la biblioteca.

Más bien son un par de estanterías desvencijadas en cuyos estantes se amontonan manuscritos viejos y atados de papeles, pero para ella, que antes de entrar en el convento nunca había tenido ocasión de contemplar más de dos libros juntos, así ha de ser el paraíso. Hacía demasiado tiempo que no la pisaba, desde antes de que las acusaciones de alumbradas pusieran el convento patas arriba.

—No parece que el Santo Oficio se haya llevado muchos. —María de San José no oculta su alivio.

Sor Catalina se acerca a uno de los anaqueles y explora su contenido. La priora sonríe ante esa emoción que ella reconoce tan bien.

—Deberíais haber visto la biblioteca de doña Luisa de la Cerda —dice con nostalgia.

—¿Quién es?

—La hija del duque de Medinaceli, me instruí en su palacio. Allí fue donde conocí a la madre Teresa.

—¿Ella también vivía allí?

—Solo por un tiempo. La enviaron para consolarla cuando doña Luisa enviudó. Su vida había estado jalonada de desdichas.

A la Carlina que aún habita el interior de sor Catalina le cuesta creerlo. Ha visto demasiadas desgracias como para que le produzcan lástima las de una noble de alta cuna, criada con incontables privilegios. No es fácil aceptar que el destino le puso a una todos los obstáculos que le allanó a otras. Lo aparta de su mente, porque lo que le interesa es granjearse la confianza de la priora.

—La madre Teresa cambió vuestra vida, ¿verdad?

—Así es. Yo tenía apenas catorce años cuando vino a palacio, y ella definió mi vocación religiosa. Así fue como entré a profesar en el convento de Malagón, fundado con las rentas de la propia doña Luisa.

—Ahí escribisteis vuestros primeros poemas.

La priora se sorprende por que conozca esa parte de su pasado y trata de disimular la complacencia. Es la segunda vez que esa monja consigue halagarla hoy.

—Al poco tuve el honor de ser escogida por la madre Teresa para fundar nuevos conventos y emprendimos el camino hacia el sur. Aquí no hay tiempo para ociosidades. Y dejemos ya de hablar de mí. Aprovechad, antes de que os deis cuenta tocará a vísperas.

Tal y como su prelada vaticinó, las horas se han detenido para sor Catalina. Ahora que por fin ha recuperado el acceso a ese espacio del saber, se ha sumergido en lo relacionado con el Santo Oficio y la brujería, y todo apunta a que su superiora tenía razón. Las normas procesales son estrictas, pero muy claras al respecto. Cuando María de San José penetra de nuevo en la biblioteca la encuentra enfrascada en la lectura de un texto.

—Es la hora, hermana. ¿Habéis satisfecho vuestra curiosidad?

—Necesitaría toda una vida para eso.

La priora sonríe ante la respuesta.

—Vamos, la oración nos espera.

—¿Puedo preguntaros algo antes, madre? ¿Por qué molesta tanto que las monjas nos instruyamos? Muchos frailes consagran su vida a ello y hacen un gran bien a la comunidad.

María de San José la mira con sorpresa. Es, sin duda, una monja osada esta sor Catalina.

—Es diferente, hermana.

—¿Por qué debería? ¿Y acaso no ocurre algo parecido con las mujeres que saben curar las enfermedades? ¿Por qué las castigan en lugar de permitírselo como a los hombres? ¿Acaso no es ayudar al prójimo lo que el Señor nos anima a hacer?

En el rostro de María de San José se trasluce ahora algo parecido a la admiración, pero también los restos de un temor que se empeña en enterrar. Mira a esa monja como nunca la había mirado antes. Luego, contesta muy seria.

—Hay cosas que se pueden pensar, hermana, pero nunca decir en voz alta. Recordadlo siempre.

17

31 de agosto del año del Señor de 1580

Sor Catalina mastica un puñado de frambuesas.

Las saborea al tiempo que mira a uno y otro lado del huerto para asegurarse de que nadie la ha visto cogerlas.

Su madre siempre decía que, con trabajo y un pedazo de tierra, nunca faltaría qué llevarse a la boca. Odiaba la ciudad, pero su padre creía que era precisamente allí donde se cumplían los sueños. Discutían a menudo, y siempre por el mismo motivo. Él había oído hablar de las riquezas de la metrópoli hispalense, y, como tantos otros, había emigrado arrastrando a su familia. Al final, no habían conseguido más que malvivir en la habitación de una corrala en el arrabal de Triana, al otro lado del Betis. Cuando uno de los brotes de peste llegó a la ciudad, con lo primero que arrasó fue con las familias allí hacinadas. Y eso los incluyó a ambos. Vio agonizar a sus padres delante de sus ojos, y casi perece ella misma. Hasta que un día su cuerpo clamó que no estaba dispuesto a pudrirse tan joven. Salió de aquella habitación insalubre y se puso a vagar por las calles de Triana. En cinco días, solo consiguió que una mujer le diera una pera pasada y arrebatarle a un perro un mendrugo de pan duro.

Quiso la suerte que se cruzara con Damiana. Era una niña enclenque y de tez oscura con una sonrisa que iluminaba a su alrededor. Lo bueno de la infancia es que no se juzga, solo se juega. Y eso fue lo que hicieron. Cuando la pequeña dijo que era hora de volver a casa, Carlina le confesó que ella no tenía donde regresar, así que Damiana convenció a su padre para que se quedara con ellos unos días. Vivían en un cuarto minúsculo con techumbre de cañizo, y aun así Carlina lo sintió como un hogar desde el primer momento. Los días se transformaron en meses y luego en un año, dos, casi tres. Hasta que Miguel desapareció. Comenzó la lucha diaria, la de distraer una pieza de fruta a un tendero, hurtar un lienzo para trocarlo por un pedazo de pan o pedir limosna si nada de eso funcionaba y, aun así, acostarse con las tripas rugiendo cada noche. Solo había algo bueno en todo eso: que estaban juntas. El hambre, el frío, la tristeza, todo era menos duro cuando se acurrucaban a contarse historias antes de dormir. Luego crecieron y las cosas cambiaron.

Cuando Carlina consiguió entrar en el convento, lo tuvo claro. La orden de las descalzas era la más austera de todas, pero entre los muros de ese edificio destartalado había espacio para un pequeño huerto, y se ofreció a cuidarlo. Proveía algunas frutas y verduras que acompañaran a los alimentos donados por la beneficencia, y ella las probaba antes que nadie: una vaina de guisantes, un puñado de uvas, un par de naranjas despistadas de un árbol.

Se arremanga el hábito y se sube la saya, agobiada por el calor. Aunque el lienzo es más ligero que la lana con la que suelen estar hechos los vestidos monjiles, sigue siendo demasiado para los rigores del estío hispalense. Va deshaciendo con la azada los terrones de cada uno de los surcos. Se agacha para ver la evolución en las semillas traídas de las Américas por el hermano de la madre Teresa. Don Lorenzo de Cepeda, que Dios lo tenga en su Gloria, siempre veló por el cenobio sevillano.

Sonríe al ver el fruto. Es verde, pero, si todo va bien, en breve se volverá del color de la grana. Y ella habrá cosechado su primer tomate.

—Carlina.

Pega un respingo que provoca una carcajada de la intrusa.

—Siempre igual de asustadiza.

—¡Damiana! ¿Qué haces aquí?

—¿Es que no te cansas de hacerme la misma pregunta?

—Pero si el huerto está cercado...

—Y la tapia hecha un asco. Es mucho más fácil colarse en tu convento que salir de la Mancebía.

—No puedes hacer eso.

—¿No dijiste que no querías verme en el locutorio?

La monja se limpia el sudor y suelta la azada al pie del surco. Luego escudriña con reprobación el rostro de Damiana.

—¿Es necesario que te eches esos afeites? Estás más pintada que un retablo.

—El arrebol me hace parecer una buena chica que se ruboriza a la mínima, ¿no lo ves?

—¿Y ese lunar? Antes no estaba ahí.

—Es postizo, deja ya de gruñir.

—Señor.

—A los hombres les gusta. —Damiana se encoge de hombros.

—Anda, vamos a un rincón donde no puedan vernos. Y a la sombra, que se te van a cuartear todos esos ungüentos.

Ambas se sientan al pie de una higuera y Damiana va directa al grano.

—¿Qué has averiguado sobre Violante?

—He accedido a la transcripción de una bula papal de 1484, la *Summis desiderantes affectibus*. El papa Inocencio VIII exhortó a la Santa Inquisición a castigar y purificar a las brujas, y constituye la base moral por la que se han regido las persecuciones. Es harto interesante.

Damiana deja escapar un suspiro. Sor Catalina y sus lecturas. Como si acaso la respuesta a los problemas de este mundo se hallara en papeles viejos.

—¿Harto interesante? ¿Es así como piensas ayudar?

—He confirmado que hace años que no mandan ajusticiar a nadie por brujería —continúa la monja, algo molesta—. Y en todo caso...

—¿Qué?

—Si la condena fuera a muerte, el brazo ejecutor del Santo Oficio no la desollaría. La ley es clara: las culpables de causar daño mediante embrujos deben ser ejecutadas con fuego, y siempre tras un proceso.

—Pues alguien se lo ha saltado.

—No puede ser.

—Carlina, pareces nueva. La ley solo funciona en esos legajos que tú tanto gustas de leer.

—La Iglesia no actúa de esa forma —insiste ella.

—Mandan a los seglares el trabajo sucio.

—Damiana, no estás siendo justa —le reprocha—. Sigues obsesionada con la Iglesia.

—¿Yo? ¿Obsesionada? No, yo te diré quién está obsesionado. —Damiana arranca varios higos bajo la mirada censora de su amiga y aspira su olor antes de proseguir—: Hay un cura... Viene a la Mancebía con sus beatones. Nos insultan y echan a nuestros clientes. Y nos roban.

—¿Os roban?

—Les obligan a darles las monedas que iban a gastarse con nosotras.

—No sé, mujer. Las emplearán en obras de caridad.

Damiana la mira enojada.

—¡Me da igual en lo que las empleen! Yo consigo mis dineros de forma justa, no pueden robarme para dárselo a otro que no se lo ha ganado.

La monja aguarda a que se tranquilice. No le apetece discutir.

—¿No te das cuenta, Carlina? —sigue ella—. Ese cura es un fanático. Si se ha llevado el talismán, podría destruirlo. Queman cualquier cosa que huela a herejía.

Esto último lo ha dicho cargada de frustración. Su amiga la conoce bien, sabe en qué está pensando y por eso le pasa el brazo por los hombros. Damiana se deja acurrucar. El gesto reconforta a ambas. A una, porque lleva demasiado tiempo sin ningún tipo de contacto humano. A la otra, porque los muchos que tiene no son plato de gusto.

A su pesar, es sor Catalina quien se separa.

—Has de irte, no podemos exponernos a que alguna hermana te vea.

—Apuesto a que él la mató.

—¿Te das cuentas de lo que dices? —La monja, horrorizada por la acusación, baja la voz a un tono apenas audible—: Podrían prenderte por acusar a un hombre de Dios.

—Ya les gustaría.

La morena le pasa un par de higos y ella los toma sin disimular la inquietud. Finalmente puede más la glotonería. Se los mete en la boca y ambas mastican en silencio mientras cada una sigue rumiando sus pensamientos.

—Estás más gorda —suelta Damiana al poco—. Y más tostada.

—Pues tú sigues igual de flaca. Y de negra.

Damiana no puede evitar reírse.

—Es por el huerto —sigue la monja.

—¿Qué?

—La piel. Me da mucho el sol, paso aquí todo el tiempo que puedo. —La monja le quita el último higo—. Bueno, y la gordura. Siempre hay algo que echarse al coleto.

Su amiga ríe de nuevo. Sor Catalina la mira divertida, pero enseguida regresa la inquietud a sus facciones.

—Has de irte ya —insiste.

—Yo también he averiguado algo. Violante salió por la noche de la Mancebía.

—¿Viva?

—¡Cómo si no!

—Pero las... Vosotras no podéis salir una vez que anochezca, ¿no?

—Claro que no. Las putas no podemos salir, dilo por su nombre —responde con socarronería—. Como tampoco podría estar aquí ahora, y estoy.

—O sea, que la mataron fuera de allí.

—Y yo agobiada pensando que cada tipo con el que fornicaba podía ser su asesino.

Sor Catalina se persigna casi con disimulo. Damiana esboza una sonrisa triste que no le llega a los ojos.

—No lo entiendo —dice, casi más para sí misma—. Se exponía a una multa de seiscientos maravedíes. Y otros seiscientos al padre por no haberla controlado, que ya se encargaría él de cobrarse.

—¿Y si se llevó la talla?

—¿Para qué iba a llevársela?

—Ha desaparecido al mismo tiempo —recuerda sor Catalina—. Quizá le contó a alguna de las mujeres dónde iba.

Damiana rechaza la idea.

—Con la única que se confiaba era conmigo, y no creas que demasiado.

—¿Cómo sabes entonces que salió?

—Alguien la delató.

—¿Quién?

—No lo sé. Pero es lo primero que voy a averiguar —dice Damiana con una convicción repentina. Se pone en pie de un salto y se sacude la saya.

—Ten cuidado —le ruega la monja, en parte aliviada porque se vaya al fin.

—También hay que seguirle la pista al cura.

—No te metas en más líos, por favor. Con la Iglesia no. —Por la expresión de su amiga, sor Catalina ya sabe que no piensa hacer caso—. Además, ¿se puede saber cómo piensas investigarle?

—Lo harás tú.

A la religiosa se le escapa una risa nerviosa.

—¿Qué pretendes, que me ponga a saltar tapias como tú?

—Lo vi salir de este convento.

—¿Al cura fanático? Lo habrás confundido con algún franciscano del monasterio de al lado.

—No.

—Aquí solo viene el clérigo benefactor de las descalzas y los confesores especiales de algunas hermanas... —Una sombra nubla el semblante de sor Catalina—. ¿Cuándo dices que lo viste?

—El día que vine a verte al locutorio.

—¿Cómo era?

—Tiene unas treinta y tantas primaveras bien llevadas. Cejas pobladas, barba prieta, cabellos frondosos. Buen porte y donaire. Si no llevara sotana, por Belcebú que hasta podría pasar por un galán.

Damiana se dirige a la tapia sin pcrcatarsc dc la conmoción que ha sembrado en su amiga. Se gira antes de encaramarse, como si hubiera recordado algo más.

—Su nombre es Pedro de León y no es franciscano, sino jesuita. Y, si le hizo algo a Violante, va a pagarlo, ¡voto a todos los diablos del averno!

18

María de San José va ensimismada en sus pensamientos.

Ha estado repasando los desperfectos de la casa. No puede postergarlo más, ha de dar cuenta de sus estrecheces a la madre Teresa. Son tales que tendrá que poner la misiva a porte debido, porque ni para eso le llega. Cuando el invierno asome, el viento del norte se colará por las grietas de los muros y más de una hermana volverá a enfermar. Eso le recuerda que aún no ha revisado la tapia que circunda la parte trasera, más propia de un edificio en ruinas que del cenobio de las descalzas en la capital hispalense. Dirige hacia allá sus pasos, pero se frena al escuchar voces. Las hermanas no deberían estar conversando en la hora del silencio. Sonríe magnánima: volverá en otro momento.

Cuando se dispone a tornar a su celda, se le cuela una ráfaga de desconfianza. Los susurros le traen el recuerdo de confabulaciones pasadas. Se prometió a sí misma permanecer alerta y no lo está haciendo. No lo suficiente. Como para justificar su aprensión, en ese instante resuena en sus oídos una blasfemia. Siente un escalofrío en la espina dorsal: ninguna de sus religiosas se atrevería jamás a pronunciar tal voto al maligno.

Se acerca con sigilo justo a tiempo para ver a una mujer trepar por la tapia desvencijada. A una mujer de piel oscura y, que Dios la perdone, con una mantilla del color de la gualda.

En un par de zancadas más se ha colocado en el huerto. Ahí está sor Catalina, afanada en las tomateras con tal esmero que cualquiera la tendría por la más laboriosa de todas las descalzas. Al percibir su presencia, la monja se incorpora y la saluda con una mirada inocente como la de un borreguillo recién parido.

—Buenos días, madre.

María de San José observa a esa hermana de velo blanco. A esa chiquilla que se presentó cada día en el convento para demostrar que el noviciado era su mayor aspiración. Esa chiquilla flaca que ya no es tan chiquilla ni está tan flaca, porque, bien lo sabe ella, se mete a la boca más de lo que llega a la mesa. Esa que toma más que nadie, que pide más que nadie. A quien ha dado acceso a la biblioteca, el mayor de los tesoros de ese cenobio humilde, y por quien se ha dejado adular como una bisoña. Esa, además, que tiene un confesor externo que no deja de acudir a verla, un confesor que, bien lo sabe ella y toda Sevilla, está obsesionado con las fulanas de la Mancebía. Fulanas como la que acaba de salir por su tapia. Como la que el otro día fue a visitarla, ahora ya no hay duda.

Tras todas las traiciones e infamias, tras haber estado encerrada por los falsos testimonios de personas en quienes confiaba, tras prometerse a sí misma y a su Dios, porque ella trabaja y vive para Dios, que jamás volvería a dejarse engañar.

—Buenos días, hermana —contesta con tanta amabilidad como inocencia hay en el rostro de la monja.

Después, continúa su camino de vuelta a la celda. Lleva años perseverando en las virtudes de la serenidad y la paciencia. Incluso cuando la destituyeron y tuvo que afrontar todo tipo de humillaciones, aguantó con estoicismo. Algo se está cociendo de nuevo en su convento, pero no va a perder los nervios. Aunque el corazón le lata como si quisiera salírsele del pecho. Ha aprendido a actuar en frío. Y sabe cuál es el próximo paso que le toca dar.

19

La noche ha caído hace rato.

Y, con ella, la puerta del Golpe ha clausurado el Compás hasta el día siguiente. Como siempre que no están de servicio, las mujeres se encuentran en la estancia principal de la botica. Conversan a la luz de un candil, sentadas en los cojines de guadamecí que dan un toque distinguido a la casa de placer más preciada de la Mancebía. La mayoría viste una camisa por todo atuendo, sin saya ni calzones. La casa está caldeada del bochorno que ha imperado durante todo el día y más de una se ha tumbado en el suelo buscando algo de frescor. Una chica le frota a otra la cara con polvos de albayalde.

—Esto escuece mucho, Mencia.

—Ya verás cuando acabe. Vas a tener la cara más blanca que el culo de una dama.

Se oyen carcajadas mientras la muchacha sigue protestando. Otra explica a una manceba de unos quince años cómo evitar que el vello se le fortalezca.

—Tienes que batir zumo de limas con claras de huevos y polvo de jengibre. Luego te untas la pasta ahí y esperas.

—¿Así no me crecerá más?

—Seguirás pareciendo una niña. Como Luci.

—Luci no tiene estas tetas —replica la quinceañera bajándose el escote y balanceándolas frente a todas.

—Al menos, de cintura para abajo —dice Mencia—. Seguro que no tienes ni un pelo, ¿eh, Luci? O, si los tienes, rubios como esa cabellera tuya.

Damiana entra en la estancia a tiempo de ver cómo Lucinda agacha la cabeza muerta de vergüenza.

—Dejadla en paz —la defiende.

—Tú cállate, que te quieren hasta sin el albayalde.

—A esta no la vuelves blanca ni con todos los polvos de la Mancebía.

Varias se ríen con el doble sentido, pero Damiana sabe que las chicas no lo hacen con maldad. Desde niña ha soportado todo tipo de vejaciones por su color de piel y sufrir por ello no le valió de nada. Además, ahora que se ha ganado una cierta popularidad, tampoco le importa. Si consigues que hablen de ti todos los marineros del puerto, da igual de qué color tengas el rostro o los pelos del higo.

—¿Dónde consigo todas esas cosas? —La quinceañera vuelve a lo que le preocupa.

—En el mercado, dónde va a ser.

—No lo piso nunca.

—¿Y se puede saber dónde vas tú a manducar? —pregunta Alonsa.

—Al bodegón de puntapié de la calle Harinas. O, si me ha ido bien, a cualquier posada donde me den una olla decente. Y luego me doy un paseo para lucirme y lo remato en la calle de los Confiteros.

—¡Golosa!

—Todo lo que puedo. —Su rostro se torna serio—. ¿No me hará daño ese ungüento?

—Menos que perder clientes cuando los pelos se te pongan duros como alambres.

—¿Y cuánto tiempo tengo que dejármelo?

—Todo lo que aguantes.

—Pero no olvides lavártelo bien después —tercia Isabel—. ¡O a alguno le picará la verga!

Damiana hace un gesto para acallar las carcajadas.

—Actuáis como si no hubiera pasado nada.

—¿Y qué quieres que hagamos? —protesta Brígida.

—Al menos, mostrar un poco de respeto por nuestra compañera.

—Violante no querría vernos con caras largas —dice la quinceañera.

—Tampoco querría ver cómo te fríes la almeja con esas mierdas —replica Damiana.

Las carcajadas arrecian de nuevo. De todas excepto de Margalinda, una veinteañera de larga melena castaña.

—Necesito artemisa —suelta de repente.

La seriedad envuelve el rostro de sus compañeras.

—¿Desde cuándo?

—No lo sé. Creía que era un retraso, pero van varias semanas.

—¿No has estado tomando las infusiones de ruda? —se escandaliza Mencia.

—Me provocaban náuseas.

Es Isabel quien interrumpe el silencio general que sigue. La falta del menstruo es una de las peores pesadillas para cualquiera de ellas.

—Tendrás que avisar al padre.

—Ni loca. Antes me golpeo la barriga hasta reventar.

—Puedes probar a levantar peso —dice Alonsa—. O correr por toda la Mancebía. O saltar hacia atrás muchas veces.

Una veterana zanja el tema.

—No seáis berzotas. Buscaremos la artemisa en el cuarto de Violante. Yo sé cómo es la planta, la he visto preparármela varias veces. Eran tres infusiones al día...

—No hay nada —la ataja Damiana.

—¿Qué?

—Todas las hierbas han desaparecido.

La noticia impacta a las mujeres. Puede que hasta ahora algunas no hubieran sido conscientes de las verdaderas dimensiones de la desaparición de Violante. No han perdido solo a una buena compañera, sino que con ella se han evaporado las soluciones que les hacían la vida menos ardua: desde remedios para los dolores del menstruo hasta aquellos capaces de curar la sífilis o la preñez. Todas hablan a un tiempo, sin escucharse las unas a las otras. Hasta que Damiana las acalla con una simple frase.

—He estado hablando con el padre.

El dueño de la botica habla pocas veces, y, cuando lo hace, no suele ser para bien.

—Me ha dicho que Violante salió esa noche. Alguien la vio escapar.

Un silencio de camposanto invade la estancia.

—Quiero averiguar quién le hizo eso —prosigue con firmeza—. Una de nosotras sabe más de lo que nos ha dicho y le ha ido al padre con el cuento.

Es Brígida quien contesta al fin.

—¿Nos estás acusando de chivatas, pájara?

—Yo no acuso a nadie. Solo digo que el padre está al tanto de todo lo que pasa en la botica.

Se cruzan miradas de suspicacia.

—Sabéis que siempre duerme en su casa de Cantarranas. Solo pudo enterarse de que salió esa noche si alguien se lo contó —insiste.

Damiana calla, aguardando una respuesta. Lo hará en balde. Lo único que saldrá de allí serán nuevas protestas por su falta de confianza. Es cierto. Ha perdido la confianza en todo el mundo, empezando por sus propias compañeras. Y eso le hace sentirse más sola que nunca.

20

Damiana se ha quedado a solas con Lucinda.

Ya no tiene pinta de estar a punto de irse con la dama de la guadaña.

—¿Cómo estás? —Se acomoda a su lado en la alfombra.

—Me salvaron las infusiones de guayaco. Y las mantas en las que me envolvió Violante. Fue horrible sudar las bubas, llegué a pensar que estaba en el mismísimo infierno, pero ahora me siento mucho mejor.

Damiana asiente. Es una pena que a Violante no le diera tiempo a transmitir a nadie sus conocimientos. Con ella lo intentó, pero le entraba somnolencia solo de pensar en memorizar recetas. Ahora se arrepiente. Además de perder las hierbas, se han quedado sin algo mucho más importante: sus conocimientos.

—Gracias por defenderme antes —dice la niña con un hilo de voz.

—Qué tontería, Luci. Soy yo quien debe agradecerte... por lo del fulano aquel.

—¿El alto que le gustaba tanto a Violante?

—Ya no podía más —admite Damiana—. Pero no debiste hacerlo, aún estás muy débil.

—Saldré de esta. —Lucinda se encoge de hombros, restándole importancia.

No son pocas las mujeres a las que Damiana ha visto morir por la sífilis, pero esa chiquilla de aspecto delicado encierra en su interior más fuerza de la que parece. Sonríe porque sabe que es lo único que vale en esta puñetera vida. Levantarse, una y otra vez.

—Además, podrías contagiárselo. Y, si acude al padre, ahí sí te verás en un aprieto.

—Por eso ni te preocupes. —Sonríe con picardía.

—¿No se le levantó?

Luci niega con la cabeza.

—Solo quería hablar sobre Violante.

Damiana entrecierra los ojos. Quizá a aquel grandullón sí que le importaba su amiga de verdad. Quizá solo pretendía estar en su alcoba por última vez.

—Voy a descansar, aún no me encuentro del todo bien —dice la cría al tiempo que se levanta.

—Espera. ¿Cómo se llamaba ese hombre?

—No sé. Cariño, como todos.

—Ya. Y qué... ¿qué fue lo que le contaste?

—Lo justo para que se fuera satisfecho. —Luci le guiña un ojo—. Como todos.

—De acuerdo. Solo hablar, entonces.

—Eso y hurgar en las cosas de Violante.

Damiana da un respingo.

—¿En qué cosas?

—Miró por todas partes. Supongo que se olvidaría algo la última vez.

—Supongo. —A Damiana le cuesta disimular la inquietud—. Y eso explicaría que insistiese en ir a su cuarto.

—Claro, y que volviera tan pronto.

—¿Tan pronto? ¿Qué quieres decir?

Un escalofrío se enseñorea del cuerpo de Damiana a pesar del bochorno. La voz de su compañera no hace más que confirmar su mal presentimiento:

—¿No lo sabías? Estuvo con Violante la noche que desapareció.

21

—*Dime qué es lo que te traes entre manos.*

—¿Yo? —Gaspar se hace el despistado.

—Llevas días con esa sonrisa de bobo. Confiesa, ¿te has enamorado? ¿Es eso?

Él se echa a reír. Su madre siempre está con lo mismo.

—No digáis tonterías.

Ella detiene su labor y le clava una de esas miradas que le calan hasta dentro.

—¿Seguro?

Gaspar niega con la cabeza. Es cierto que no ha dejado de pensar en la manceba con la que se chocó en el puerto, pero eso no es lo que le quita el sueño.

—¿Qué, entonces?

Él titubea. No quiere decirlo aún, no hasta que tenga la seguridad de que el convoy partirá hacia Tierra Firme. Pero su madre le saca siempre lo que se proponga. Se libra por poco, porque el señor hace entrada en la sala y ella se agacha en un acto reflejo. Agarra el trapo, lo moja y sigue frotando el suelo. Don Rafael lleva días de un humor de perros, y lo mejor en esos casos es no ponerse a tiro.

—Ifigenia.

—¿Sí, señor?

—Ayuda en la cocina. El invitado llegará pronto y no quiero ni un fallo en esta cena.

Ifigenia asiente, aún con la cabeza gacha. Don Rafael le pega un puntapié.

—¡Vamos, mujer, que es para hoy!

A Gaspar se le enciende el rostro de la ira. Da igual que ostente la condición de persona libre, ese tipo sigue actuando como si lo único que pudiera ver en ella fueran las marcas del hierro en sus mejillas. La carimba, una letra «S» en un carrillo y el dibujo de un clavo en el otro. «Es-clavo». Esclava. Herrada para siempre, digan lo que digan unas leyes dictadas demasiado lejos de personas como su madre.

Además, Ifigenia ya no es ninguna joven. Una vida entera de trabajo le ha pasado factura, y su hijo sabe que hay noches en las que no puede conciliar el sueño por el dolor en la rodilla, y que cada vez le cuesta más disimular la cojera. Tuvo una oportunidad al casarse con su padre, pero la parca se lo llevó demasiado pronto, y a ella, con un bebé a cuestas, no le quedó más remedio que regresar como criada a la casa donde había sido esclava.

Él la sacará de ahí para siempre, se dice. Hará fortuna en el Nuevo Mundo y regresará para darle a su madre el final de vida que merece.

La voz del señor interrumpe sus pensamientos:

—Que te ayude el baldragas de tu hijo, que lo veo ocioso. No quiero zánganos en mi casa.

22

Damiana no consigue dormir.

Da vueltas en el camastro, la paja se le pega a la piel sudorosa y los mosquitos parecen más interesados que nunca en devorarla. Se rasca con saña mientras piensa en todo lo sucedido horas antes. Quizá se ha equivocado acusando a sus compañeras. Puede que alguien de otra botica viera salir a Violante y le fuera con el cuento al padre. No es tonta, sabe que el resto de las rameras envidia a quienes trabajan en La Babilonia, y que la envidia hace más estragos que muchas armas. Pero lo que más le preocupa es el papel misterioso de ese hombre. ¿Qué buscaba en el cuarto de Violante? ¿Y qué pretendía averiguar pidiendo a Luci que le hablara de su compañera? Tiene que volver a preguntarle, sonsacarla hasta que le cuente cada detalle. ¿Acaso fue él quien se llevó su efigie? ¿Violante se dio cuenta y por eso salió de la Mancebía? Pero entonces ¿por qué regresar? Y, lo que más le preocupa: ¿qué pasó aquella noche entre él y Violante? ¿Tuvo algo que ver en su asesinato?

Piensa en esa talla tosca labrada en madera de palisandro. Es una figura antropomorfa de formas femeninas con flores y hojas pintadas de vivos colores. Tiene dos piedras de azabache incrustadas a la altura de los ojos que parecen desafiar a quien la mira y, para ser honesta, nunca le gustó demasiado. Violante le decía que le recordaba a su propia mirada, pero eso a ella le generaba aún más inquietud. Por eso le alivió que fuera la pelirroja quien la custodiara en algún rincón secreto donde no tuviera que toparse con un trozo de leño que parecía estar juzgándola y que siempre le recordaba la confianza que depositó su padre en Carlina y no en ella. A Carlina sí le legó algo importante de verdad. Y, aunque Damiana nunca lo admita, eso empezó a fraguar la distancia entre ellas.

Harta de esperar a que el sueño la alcance, sale a dar una vuelta en un intento de refrescarse. En vano, pues no corre ni la más ligera brisa. Va quitándose briznas de paja adheridas al pelo y a la piel al tiempo que camina. Por las noches las puertas cierran y puede caminar sin que un solo ojo masculino la haga objeto de su deseo. Quienes sí campan a sus anchas son las ratas y las cucarachas. Una cría de gato juega con el cadáver de uno de esos insectos, zarandeándolo a placer mientras la madre lo mira con orgullo. Probablemente esté pensando que será un buen cazador. Las expectativas familiares. Damiana exhala un hondo suspiro: eso a ella no le toca. Ninguna de las rameras del Compás de la Laguna tiene una madre que pueda defraudarse por lo que hace. Al menos, en la ciudad. Es uno de los preceptos que regula la ordenanza del puterío: no ser natural de la propia Sevilla ni tener allí familia alguna. De su madre ni siquiera le dio tiempo a guardar memoria, y, con respecto a su padre, cuando desapareció lo buscó durante meses por toda la ciudad, arrastrando a Carlina con ella. Recorrieron cada barrio, cada posada, cada calle. Si por ella fuera, hasta habría entrado en cada casa. Pero la propia supervivencia la obligó a dejar a un lado la búsqueda y aceptar que era una huérfana más. Con diecinueve años, está más que curtida. Le va bien sola, y eso es justo lo que quiere: no tener que preocuparse por nadie.

Unos cuchicheos la sacan de sus cavilaciones. Proceden del callejón donde tiene el padre su gabinete. Se pega a la pared y se aproxima con sigilo. A medida que lo hace, las palabras se tornan inteligibles y comprende que una de sus compañeras está poniéndole al día de la conversación mantenida horas antes. De que ella anda metiendo la nariz donde nadie la llama. Sus sospechas eran fundadas: la soplona está dentro.

Se acerca todo lo que puede, mas sigue sin ser capaz de descifrar qué voz se esconde tras esos susurros. Si da un paso más, pueden descubrirla. Se muere de ganas de ponerle cara a la traidora, pero ha de ser más lista que ella. Decide regresar y resguardarse tras la cortina de su alcoba hasta verla aparecer.

No ha de aguardar mucho tiempo. Una sombra escuchimizada, apenas un fantasma, retorna a la casa y la recorre hasta llegar a la habitación del fondo. Una habitación que ella ha visitado mucho en los últimos días.

La traición duele. Si proviene de alguien a quien has protegido como esa gata a su cría asesina, entonces duele todavía más. Luci. La pequeña Luci, maldita sea.

23

La priora lleva un candil de latón de una sola mecha.

Alumbra apenas unos centímetros a su alrededor, pero basta para saber por dónde va. Lo que menos quiere es que la vea alguna hermana rezagada del oficio de completas.

Baja la escalera de caracol hasta llegar al sótano. Allí recorre un pasillo lóbrego impregnado de moho. Aparta con las manos varias telarañas y continúa el avance hasta una puerta cerrada. Saca el manojo que previamente le ha tomado a la monja clavaria, custodia de todas las llaves del convento, y prueba hasta dar con la correcta. Está oxidada, ha de emplear toda su fuerza para hacerla girar. Eso le recuerda que hace tiempo que no se incorpora ninguna novicia. Las acusaciones de alumbradas han pasado factura a su popularidad. En los primeros tiempos les costó hacerse un hueco en la ciudad, pero poco a poco las aspirantes a descalzas comenzaron a llegar. Hoy por hoy, toda Sevilla sabe que la priora ha sido juzgada ante el Alto Tribunal. Y, por mucho que la santa siga creyendo en ella, el resto siempre albergará la duda.

Nada más penetrar en la estancia, algo se dirige contra su cara a toda velocidad. Se cubre con ambas manos en un acto reflejo al tiempo que un chillido emana de su garganta. El alado temerario la esquiva en el último instante y ella se recrimina por su bobería. Por el amor de Dios, es solo es un murciélago.

Se concentra en observar el cuarto. Hay varios fardos acumulados junto a los bienes que don Lorenzo de Cepeda dejó a su cuidado tras el regreso de ultramar. Ha de preguntarle a la madre Teresa qué hace con ellos, pero la muerte del hermano está reciente y aún no se atreve a sacar el tema. El resto de los objetos son de poco bulto. Las propiedades de las novicias se han empleado en su mayoría como dote, y aquí solo acaban algunos pertrechos de escaso valor. Localiza el atadijo correspondiente a sor Catalina y se sienta en el suelo con él.

Va a desatar el cordón que pretende dar una burda impresión de privacidad, pero se detiene. Por un momento está a punto de devolverlo a su sitio y volver por donde ha venido. Es la máxima autoridad del convento, sin embargo esta noche se siente como una vulgar ladrona, violando a escondidas la intimidad de una mujer que se ha entregado en cuerpo y espíritu a la causa que ella lidera en Sevilla. No se puede caer más bajo, ser más ruin. Sus dedos juguetean nerviosos con el cordón. ¿Está haciendo lo correcto? Trata de determinar qué es lo que dirige sus actos. ¿Acaso el miedo a volver a un calabozo, a ser juzgada de nuevo y que esta vez las mentiras convenzan al Santo Oficio? Acabar como una hereje más, quemada en lo alto de un poste. Trata de convencerse de que no es así. La guía una causa mayor, la misión por la que está sufriendo esas humillaciones. Recuerda las palabras de la santa cuando depositó su confianza en ella. La madre Teresa se deja la piel y la vida en la orden, fundando conventos por toda la geografía castellana. A ella lo único que le ha encomendado es cuidar de uno. Tras todas las penalidades que soportaron para fundarlo, María de San José solo ha de velar por que nadie destruya la semilla que ya está plantada.

Ha reunido el coraje suficiente. Con parsimonia, extrae el contenido y examina cada una de las pertenencias. Una camisa parda hecha andrajos, una saya apolillada con más agujeros que la tapia de la Mancebía, un cordoncillo del que cuelga una cruz de madera. Las pruebas de una vida de privaciones. Se siente cada vez más avergonzada por remover ese pasado sin duda penoso para su hermana.

Hasta que llega al fondo y toca un objeto que parecía querer eludirla. Es un viejo librillo manuscrito, una especie de cuaderno. Acerca la luz del candil y comienza a leerlo. Primero con extrañeza, luego con perplejidad, hasta que cualquier atisbo de culpa se extingue en su cabeza.

Sí, esa monja la ha estado utilizando, y ahora sabe por qué.

24

Ifigenia reclama la atención de su hijo.

Él no reacciona, perdida la mente en lo que le aguarda. Va a viajar en un buque de guerra, cuyo objetivo es asegurarse de que todos los productos y animales lleguen sanos y salvos a las Américas, tanto o más que las propias personas. Velará por los caballos, vacas, ovejas, cabras, cerdos, conejos, gallinas, pero también por especias como el jengibre, el preciado azafrán, orégano, cilantro o perejil, frutas y verduras, y por supuesto toneladas de aceite y vino, de garbanzos, habas, trigo o arroz, comestibles básicos para cubrir las necesidades alimenticias de los hombres y mujeres afincados allende los mares. Que todo eso llegue a buen puerto formará parte de sus nuevas responsabilidades. A cambio, un horizonte de posibilidades se abre ante él. Conocer nuevos mundos, aprender el oficio de navegar, quién sabe si labrarse un oficio dentro del mundo de la mar.

Su madre insiste, pasa a su lado moviéndose todo lo rápido que le permite su cojera.

—Ayúdame a organizar esto, el invitado está a punto de aparecer.

Al fin Gaspar espabila y le quita la loza de las manos.

—Tú coloca los cubiertos, que siempre me equivoco con el orden. Yo me encargo de lo demás.

Le lanza una mirada de agradecimiento. Qué haría sin él, se dice, ignorando que su hijo está pensando exactamente lo mismo. Le va a costar saberse lejos de ella, sin poder ver su sonrisa cada día, sin saber cómo amaneció de los dolores, si el señor miserable al que sirven la trató bien o no.

Oyen voces y se apresuran a terminar. Gaspar observa satisfecho la disposición de la mesa: la mantelería impoluta, las servilletas plegadas en forma de mitra, la cubertería de plata en perfecta alineación con los platos de cerámica esmaltada, todo iluminado por unos candelabros de rica orfebrería. Su madre ya ha desaparecido discretamente tras la puerta quc conecta con las cocinas y él se dispone a hacer lo mismo cuando reconoce una voz ronca.

—Pero bueno, mancebo. ¿Acaso piensas perseguirme a todos lados?

El hombre que acaba de entrar por la puerta no es otro que don Eugenio de Ron. Tras él, el caballero veinticuatro los mira a ambos sin entender.

—Yo... me retiro, señor —dice con la cabeza baja en dirección a don Rafael.

—Quieto ahí —le ordena él—. ¿De qué conocéis a este mendrugo, don Eugenio?

El piloto mayor frunce el ceño. Se da cuenta de que puede poner en un aprieto al zagal, que no parece haber pedido permiso para enrolarse. Ni quiere enfrentarse con su anfitrión ni perder a uno de sus nuevos efectivos.

—Tropezó conmigo en el mercado. Ese siervo vuestro no mira por dónde va.

—A fe mía, vive en las nubes.

—No lo toméis a mal. Es cosa de juventud.

—No sé dónde vamos a ir a parar —gruñe el veinticuatro.

Luego hace un gesto displicente a Gaspar para que se retire. Eugenio fuerza una sonrisa. Le da en la nariz que su anfitrión no se ha tragado el anzuelo.

El caballero no entra en materia durante los primeros platos. Conversan sobre los viajes de Eugenio de Ron a las

Américas mientras degustan perniles asados, alboronía con codorniz escabechada y un generoso plato de jamón de Aracena. Al tiempo, van regando cada bocado con un vino traído de Burdeos.

Don Rafael le pregunta por la ciencia náutica y Eugenio habla con pasión de los elementos que la guían y cómo se combinan: las brújulas, los juegos de compases, las cartas portulanas con el rumbo de la rosa de los vientos o los ábacos que facilitan las cuentas, pero también el astrolabio o la ballestilla. Su anfitrión escucha con cortesía, fingiendo un interés que no siente ni en lo más remoto. Es solo una vez trinchado y servido el cordero cuando decide que ha llegado el momento.

—He oído lo que ha ocurrido en vuestro barco.

«Aquí vamos», se dice Eugenio. Aunque desde su nombramiento como piloto mayor se ha codeado con más de un noble, es la primera vez que un caballero veinticuatro lo invita a una cena organizada exclusivamente para él. Sabe que ha de existir una razón muy concreta para ello.

—Lo ha oído vuestra señoría y toda Sevilla.

—Desde luego. No es fácil detener a la flota de Indias.

—En realidad, ocurre todo el tiempo.

—¿Cómo decís? —Arruga la frente, no está acostumbrado a que nadie le lleve la contraria.

—Siempre hay algún motivo de retraso. Ya sabe vuestra señoría que el convoy de la Nueva España ha de partir en abril, así como el de Los Galeones ha de hacerlo en agosto. Sin embargo, estos plazos rara vez se cumplen. Cuando no hay que adquirir nuevos barcos por el mal estado de los que regresan, llegan noticias sobre la presencia de corsarios en la ruta o no se acaban de recibir los bastimentos que hay que embarcar.

—Pero, una vez embarcados, se supone que todo está a punto para zarpar.

A Eugenio de Ron se le escapa una sonrisa. Qué torpe es este hombre, no ha tardado ni un minuto en mostrar sus naipes.

—Claro, no lo recordaba. Oí en las gradas que un veinticuatro había invertido en la expedición. Es vuestra señoría, ¿cierto?

Rafael de Zúñiga y Manjón se ruboriza a su pesar. También él se ha percatado de su propia ingenuidad, pero lo que más le irrita es comprobar que al mentidero de Sevilla, las gradas de la catedral, ya han llegado los rumores. Cuanto acontece en la ciudad lo comentan los hombres que pasan allí las horas haciendo y deshaciendo sus propios tratos. Da un sorbo a su copa para disimular el bochorno.

—No os voy a engañar —comienza, tragando vino y orgullo—. Para alguien de mi estamento, es complicado mantenerse. Los mercaderes nos comen el terreno, y son muchos los gastos de los que debo hacerme cargo como responsable del patrimonio de los Zúñiga y Manjón. Por eso decidí invertir yo mismo en la venta del vino que va a Tierra Firme. Ochocientas pipas de los mejores caldos del Aljarafe sevillano.

—Eso supone muchos escudos de oro.

—Desde luego. A cuatrocientos litros por pipa, más monedas de las que pueda vuestra merced imaginar. —Don Rafael hace una pausa, da un nuevo tiento a su copa de cristal tallado—. Pero sabéis tan bien como yo que en Tierra Firme puedo vender ese vino por diez o doce veces su valor en la Península.

Eugenio calla a la espera de que prosiga. Sabe que está haciendo un gran esfuerzo: si hay algo que pueda avergonzar a un noble hidalgo, más que reconocer que está sin blanca, es dedicarse a comerciar como un vil usurero.

—He empeñado este palacio para adquirir el vino. Y me he visto obligado a pedir otro préstamo para el acarreto de todos los toneles hasta los barcos.

El piloto mayor comprende.

—Y lo perderá todo si la mercancía se malogra antes de llegar a su destino.

— El vino podría picarse. Si lo que llega al otro lado de la mar océana es puro vinagre, estaré en la ruina. No puedo permitirlo. —El semblante del veinticuatro se torna duro, mucho más de lo que lo ha visto Eugenio hasta ahora—. Bajo ninguna circunstancia.

El invitado se centra en la comida, pensativo. Los prestamistas, en su mayoría genoveses o portugueses, rara vez se andan con tonterías. Asumen un gran riesgo al financiar este tipo de empresas, pero la compensación ha de ir a la par. Don Rafael se lo ha jugado todo a un solo naipe, aunque nadie esperaba que ese vino ni siquiera saliera del punto de partida. Que se agriara en las bodegas de las naos mercantes.

Está sirviéndose una nueva ración de cordero cuando el caballero vuelve a la carga:

—No me trago lo del castigo divino.

—Yo tampoco —admite—. Detrás de ese crimen solo está la mano del hombre.

—¿Quién puede tener interés en que la flota no parta?

—Ya me gustaría a mí saberlo.

—No me vengáis con esas, vuestra merced ha de tener información privilegiada.

Eugenio sopesa su respuesta. ¿Hasta dónde es de fiar un hombre tan desesperado?

—Adelante, podéis confiar en mí.

El caballero parece haberle leído la mente. Sin embargo, la avidez con que se inclina hacia delante, la tensión de su rostro, la mirada penetrante le hacen sentir todo lo contrario. Apura su copa, carraspea para aclararse la garganta y toma una decisión.

—Como sabéis, el espectacular auge que ha experimentado esta ciudad se debe a su hegemonía portuaria.

Don Rafael asiente con la cabeza.

—Si vivimos en la ciudad más grande y mejor urbanizada de toda la Corona, si habitan Sevilla más de cien mil almas, si se han edificado cientos de casas palacio, y si hasta la Mancebía genera unos ingresos abismales, todo eso es consecuencia de ser puerta de entrada y salida del comercio con las Indias.

—No me contéis lo que ya sé. —Don Rafael comienza a impacientarse.

Eugenio, por el contrario, está imbuido de calma. Habla con tal parsimonia que cualquiera diría que busca precisamente poner nervioso a su interlocutor.

—Al parecer su majestad el rey Felipe II, que Dios guarde, se ha rodeado de ciertas personas... —busca la palabra adecuada— influyentes.

—¿Os referís a comerciantes?

—Eso es. Comerciantes españoles y extranjeros.

El veinticuatro tuerce el morro. Si hay algo que deteste más que a un mercachifle es a un mercachifle extranjero. Como su prestamista, ese endemoniado de Martinelli.

—Comerciantes —sigue Eugenio— a los que no les interesa el monopolio sevillano.

—Pero es lo más práctico —protesta don Rafael—. Al remontar las aguas fluviales, los barcos están a salvo de ataques enemigos.

—Tiene sus inconvenientes. La barra de Sanlúcar entorpece el atraque de los barcos, cada vez de mayor tonelaje, y se pierde demasiado tiempo al transportar el oro y la plata en barcazas río arriba. Por no hablar de la parte que se distrae en el tránsito.

Don Rafael se enferma solo de pensar que alguien pueda burlarle las ganancias de las Américas tras tantos trabajos. A él, que no ha trabajado nunca.

—Habría que reforzar la seguridad.

—Implicaría más gastos —explica Eugenio—. En cambio, si hubiera cerca una bahía amplia y accesible para todo tipo de navíos... a, pongamos, unas nueve leguas de la desembocadura del Betis..., una bahía que evitara remontar la pesada y peligrosa travesía río arriba...

—Gádir... —murmura don Rafael.

—Exacto.

—La ciudad de Cádiz se beneficiaría de los privilegios que ostenta Sevilla.

—Todo lo que ha traído aquí la bonanza se iría con viento fresco al nuevo centro comercial del mundo —confirma Eugenio.

—Voto a Cristo.

—Imaginad que se corre la voz de que este puerto está maldito: que empiezan a desertar los marineros, a estropearse las mercancías, a generar necesidades en destino al no llegar a tiempo... Eso por no hablar de lo que ocurrirá si la flota se retrasa lo suficiente para que el tornaviaje nos pille en época de huracanes. Podríamos naufragar justo cuando llevemos la plata de regreso.

—Entonces Cádiz tendrá una oportunidad de conseguir su objetivo. —El caballero se levanta de un salto de su silla y camina en círculos alrededor de la mesa con los brazos tras la espalda—. Por eso vos no teméis la maldición del mascarón.

—El piloto mayor de la Armada de la Guarda de la Carrera de Indias tiene entre sus funciones el estudio científico —dice con mucho boato—. Cartografío el mundo, mido las distancias, las olas y los vientos. Sería vergonzoso que me dejara llevar por algo tan irracional.

—Y, por eso —prosigue don Rafael—, estáis enrolando nuevos tripulantes.

—Hay que enmendar este desatino antes de que la situación empeore —corrobora el piloto.

Don Rafael contiene la furia que pugna por salir de su interior. Un boicot en toda regla, justo ahora que había vislumbrado una posibilidad de salvar su patrimonio. Pero ha de mantenerse frío, jugar lo mejor posible los naipes que le han tocado.

—Permitidme otra pregunta. ¿Por qué lo hacéis?

Eugenio de Ron se lleva la mano al costurón de su mejilla, un gesto que siempre delata su inquietud. Pero en ese momento traen los postres y la vanidad distrae a su anfitrión por unos segundos.

—Una invención de mi cocinera. Cuece el cacao de las Américas con caña de azúcar.

Él espera a ser servido y lo degusta en silencio. Ha comido varias veces esa delicia, pero jamás en una combinación así.

—Por mis barbas.

—Lo sé, es exquisito. Y ahora contestadme. Vuestra merced parece el único marinero con empeño en retomar la partida.

—No hago otra cosa que cumplir con mi deber.

—Con un denuedo tal —replica el veinticuatro— que hasta pensáis robarme a mi joven sirviente.

Eugenio sonríe de medio lado; como había sospechado, su anfitrión no se ha creído la mentira improvisada de antes.

—No sabía que trabajaba para un veinticuatro —miente antes de lanzarle una mirada con un punto de desafío—. Y, de todas formas, es un hombre libre.

Ahora es el otro quien encaja el golpe. Aunque no es el único que sigue tratando a la servidumbre como esclavos, legalmente no puede hacerlo. Pero Rafael de Zúñiga y Manjón se ha criado en el convencimiento de que siempre lleva la razón.

—No hablo de las leyes del rey, sino de unas reglas de mínima cortesía. O sois un maleducado o vuestra desesperación por partir es tal que ni eso os importa ya.

—He invertido en varios inmuebles en Sevilla —dice Eugenio tras vacilar un instante—. Yo también me arruinaría si se desvalorizaran.

Don Rafael se atusa los bigotes en un gesto automático, digiriendo la nueva información.

—Aun así, no creáis que me importan lo más mínimo vuestros negocios. Solo hay algo que me interesa en todo esto.

Eugenio aguarda y el veinticuatro sonríe. Es una sonrisa falsa, pero no por ello menos amplia.

—Que estamos en el mismo barco.

Al tiempo que lo ha dicho, ha sujetado en alto el cuchillo de trinchar como si fuera algo casual. Solo que ambos saben que no es otra cosa que una amenaza encubierta, menos sutil de lo que el torpe caballero hubiera pretendido. Pero Eugenio de Ron no es hombre al que pueda intimidarle un noble venido a menos. No en vano ha recorrido todos los mares, se ha enfrentado a tormentas y corsarios, ha sobrevivido a varias epidemias en travesía y ha ejecutado las mayores proezas navales que ha conocido el siglo.

—La cena estaba muy lograda. Felicitad a la cocinera. Y ahora, si vuestra señoría lo tiene a bien, dígame qué diantres quiere de mí.

El caballero cambia el gesto y una dureza repentina se apodera de sus facciones.

—No os equivoquéis. Yo no os voy a pedir nada. Al contrario, voy a dároslo. —Don Rafael hace sonar la campana e Ifigenia aparece al instante—. Manda llamar a mi secretario. —Hace una pausa, como si disfrutara con ello—. Y a tu hijo.

Cuando ambos se presentan, don Rafael es claro.

—Desde este momento, quedáis a las órdenes del piloto mayor de la Armada de la Avería. Habréis de ayudarlo a reclutar tripulantes. Buscad en todas las colaciones, entrad a los corrales a difundirlo o aireadlo en las barracas fuera de las murallas. Me da igual. Pero enlistad a cuantos hombres estén dispuestos a navegar. —Luego pasa la mirada de Florencio y Gaspar al piloto—. Don Eugenio, espero que no tengáis inconveniente en que un zambo sirva en vuestro barco.

—Hay marineros de todos los colores, señor. Mientras trabaje duro, será bienvenido.

—En ese caso, zoquete, eres el primer enrolado de esta campaña. Haz que no tenga que avergonzarme.

—Sí, señor —contesta Gaspar apretando los dientes.

A su lado, el rostro de Ifigenia empalidece. Querría gritarle a ese farfante que su hijo no es propiedad de ningún veinticuatro, que no puede ordenarle algo así y, sobre todo, que no puede arrebatárselo. Alejarlo de ella para siempre. ¿Acaso hay mayor desastre? Gaspar es lo único que la hace levantarse cada mañana, trabajar para seguir teniendo un buen techo y alimento diario. Es su ilusión, su esperanza, aquello por lo que vale la pena vivir, aunque solo sea para tratar de protegerlo en lo poco que una vieja como ella pueda ya proteger al hombre hecho y derecho en que se está convirtiendo. Gritaría todo eso y más, muchas más palabras que han permanecido reprimidas demasiado tiempo. Pero sus labios se mantienen discretamente sellados, porque tiene bien aprendida la lección: replicar al señor, lejos de ser el remedio a ningún entuerto, constituiría la causa de nuevos disgustos. De modo que no hace nada. O casi nada, porque a su pesar las rodillas la traicionan y ha de agarrarse a su hijo para no dar con sus huesos en el suelo.

—Mañana al alba os presentaréis en el puerto y el piloto mayor os dará órdenes precisas —prosigue don Rafael, indiferente al tormento de su criada. Bebe un último trago antes de dirigirse al piloto—: Ha sido un placer cenar con vuestra merced.

Es una forma como otra cualquiera de echar a alguien de tu casa. Eugenio de Ron se despide y sale tras Ifigenia y Gaspar, aferrados el uno al otro.

Una vez que el veinticuatro se queda a solas con su secretario, su semblante se torna duro de nuevo.

—Ese hombre sabe mucho más de lo que dice, Florencio. Apuesto mi mano derecha a que esconde algo importante.

El secretario achina los ojillos en dirección a la puerta por la que acaba de salir Eugenio.

—Averiguaré qué es, señor.

El rey león

Año de 1228. Tierra del Mandén

Sundiata se siente la persona más desgraciada sobre la faz de la tierra. Con diez años no es capaz de andar por sí solo, y eso le impide proveer de alimentos a Sogolon, su madre, quien tiene que pedírselos a la malvada Sassouma.

Hoy, como tantas otras veces, Sogolon ha entrado en la choza disimulando las lágrimas. Él ha visto cómo Sassouma la humillaba. «Prefiero un niño que anda sobre sus dos piernas a un león que se arrastra por tierra», le ha espetado al tiempo que le arrojaba a la cara las hojas de baobab.

¿Por qué no los deja en paz? Sassouma lo tiene todo. Es bellísima, es la primera esposa del rey, y Alá le ha dado unos hijos fuertes y sanos. Además, tiene el favor de todo el pueblo mandinga. ¿Cómo no tenerlo con esa inteligencia, esa voz dulce, esa elegancia natural que la acompaña a todas partes?

Pero ella lo odia. Se mofa de sus extremidades raquíticas y su cabeza enorme, de lo inútil que es y lo desafortunado que estuvo su padre al contraer segundas nupcias con alguien tan fea como Sogolon. Y también de lo ridículo que fue al darle nombre: Sundiata Keita, que significa «rey león» en la lengua mandinga. Un león simboliza el poder, la fuerza, el valor, el orgullo. Todas cualidades de las que él no puede presumir.

Aunque la mujer búfalo trata de proteger a su hijo, a estas alturas Sundiata ya ha oído todas las leyendas que circulan sobre él, muchas fruto de la mente perversa de Sassouma. Para el pueblo mandinga, él es un ser mitad hombre y mitad monstruo. Estuvo en la panza de Sogolon durante dieciocho meses, hasta que gritó desde sus entrañas que había llegado la hora de salir. Entonces el mundo se ensombreció, grandes nubarrones venidos del este ocultaron el sol, un trueno rugió y raudos relámpagos desgarraron las nubes. Al tiempo que soplaba un fuerte vendaval, una tormenta arrojó tanta agua que anegó el poblado. Ni los más viejos recordaban un desastre semejante. Solo muchas horas después, con su madre a punto de desfallecer, una cabeza gigantesca emergió de su interior y la tempestad amainó. Cuentan que tenía los ojos rojos como la sangre, la boca llena de dientes y una sonrisa aterradora. Un ser deforme, un error de la naturaleza.

También cuentan que, antes de todo eso, su padre tardó siete meses en ser capaz de yacer con Sogolon. Ella lo rechazaba con tozudez. Esa mujer cheposa y horrenda, que debiera haber recibido como una bendición a cualquier hombre que se interesara por ella. No digamos ya el príncipe hermoso. Naré Magan es reputado mucho más allá de las fronteras del Mandén por su increíble belleza.

Sin embargo, cada vez que él se adentraba en la cabaña, ella se transformaba en búfalo, en puercoespín o en pantera. Los bramidos se oían en todo el poblado, y, vez tras vez, el rey fracasaba en sus intentos de hacerla suya. Hasta que un día, cansado de luchar, entró portando su sable y la amenazó con cortarle la cabeza. La sangre de una virgen debía regar la tierra para mayor gloria de su estirpe. Eso le dijo conforme la agarraba por los cabellos con mano de hierro. Solo entonces, la mujer búfalo, que no dejaba de ser una chiquilla aterrorizada, se dejó vencer. «Será una mujer extraordinaria si consigues poseerla», había profetizado el cazador que llegó de un lugar lejano. Eso, y que le daría a su heredero. Y, aquella misma noche, Sogolon concibió.

¿Para qué tanto empeño?, se pregunta ahora Sundiata. Sus días transcurren al pie de la cabaña, viendo pasar a los habitantes del Mandén entre el polvo del camino y sin más esperanza que la de ser capaz de ponerse en pie algún día.

Va a arrastrarse hasta el interior para consolar a su madre cuando ve cómo se acerca el griot de su padre, Balla Fassaké. El contador de historias es también el consejero y hombre de confianza del rey, como lo han sido todas las generaciones de Fassaké para los gobernantes mandingas. Se sobresalta al confirmar que se dirige hacia él, y aún más cuando lo ve agacharse a su lado con gesto grave.

–El rey ha muerto, Sundiata –le dice sin rodeos.

Su cuerpo se torna rígido, como si se hubiera atascado a mitad de latido. Pasa de la conmoción a la pena, y de ahí a la angustia. Sin el favor de su padre, Sassouma puede hacer lo que quiera con su madre y con él.

–Ahora mi hermanastro Karandan lo sucederá en el trono –dice en un tono apenas audible.

El griot niega con la cabeza.

–Te nombró su heredero, Sundiata Keita.

–¿A mí? –Los ojos del muchacho le miran con incredulidad–. No puede ser. Me odiaba.

–Eres su hijo, no podía odiarte. Solo te creía incapaz de gobernar su reino.

–Entonces ¿por qué lo hizo?

–Un rey no puede permitirse desafiar el capricho de los dioses.

La angustia crece hasta convertirse en una ansiedad que se apodera de Sundiata. Nota cómo le tiemblan los labios al hablar.

–¿Y Karandan?

Al griot, maestro en el arte de hablar, le cuesta responder. Cuando al fin lo hace, se le filtra esa compasión que el niño tan acostumbrado está a ver en los ojos de quienes lo miran.

–No te lo pondrá fácil, Sundiata.

25

1 de septiembre del año del Señor de 1580

Damiana no ha pegado ojo.

Se ha pasado la noche debatiendo sobre qué hacer. Por momentos veía con claridad que tenía que seguir vigilando a Lucinda, comprobar hasta dónde era capaz de llegar. Luego cambiaba de posición y con ella de idea, y le daban ganas de ir a su alcoba y obligarla a confesar todo. En esos ratos, incluso ponía en palabras las preguntas que le iba a hacer. ¿Qué viste, Luci? ¿Qué viste aquella noche? ¿Por qué traicionaste a Violante, mientras ella te cuidaba como a una hija? ¿Es verdad que estuvo con aquel hombre o me engañaste además de traicionarme a mí también? ¿Cómo has podido irle al padre con el cuento de lo que he dicho? ¿Acaso no sabes que me pasará factura? ¿Que ya no se fiará de mí? Es eso lo que querías, ¿verdad? ¿Verdad? Ponerle en nuestra contra a la vez que tú te ganas su confianza. Ser su chismorrera y su ojito derecho. ¿Es eso? ¡Vamos, confiesa de una vez! Y entonces, cuando Lucinda daba su brazo a torcer, Damiana le decía todo lo que pensaba de ella. Niña mezquina, miserable. No te das cuenta de que, si no nos ayudamos entre nosotras, nadie lo hará. El padre menos que nadie, zopenca. Y con una mirada de desprecio, pero también de lástima infinita, la dejaría allí y se volvería a su cuarto, no sin antes pegarle un buen mojicón. Y entonces sí conciliaría el sueño para olvidar a esa cría sin escrúpulos. Que fuera ella la que se quedara sin dormir.

La noche en vela y tanto rumiar le han dado hambre. Pronto los hombres comenzarán a llegar y ya no dispondrá de un momento. Se coloca la toca por el revés amarillo, sale de la botica y echa a andar a buen ritmo en busca de algún puesto ambulante que ofrezca un desayuno generoso. El sol apenas empieza a alumbrar y la ciudad se despereza. En la puerta del Golpe, el zagal bosteza al verla. Ella le devuelve un saludo igual de apático. Acaba de franquear la salida cuando escucha su nombre. Es Isabel, que trota como un potrillo hasta alcanzarla. Luego modula el paso y caminan en silencio. Ambas prefieren ir acompañadas, aunque Damiana sabe que no le ha perdonado lo del día anterior. Traga saliva.

—Isabel...

—Qué.

—Creo que pudo ser alguien de otra botica —miente Damiana.

Las facciones de Isabel pierden dureza.

—Seguro que el padre trató de confundirte, maldita sea su estampa. Quiere evitar que tengamos miedo dentro de la Mancebía.

—No lo había pensado.

—Pues deberías. Antes de acusarnos a nosotras o a cualquiera de las otras.

—Llevas razón —admite Damiana, segura de que es mejor seguirle la corriente.

Isabel se da por satisfecha y recupera su charlatanería habitual.

—Oye, ¿sabes lo que me gustaría comerme? Una mazorca de maíz.

—No las he probado.

—Vente conmigo. En el Arenal hay un fulano que las trajo de Nueva España y las vende asadas.

Damiana sonríe. Isabel es la más glotona de todas, y eso se nota en sus carnes generosas, de las que presume con orgullo. No pocos clientes de La Babilonia van allí solo por el gusto de solazarse en ellas.

—Le llevaré una a Luci.

—Bien pensado —conviene Damiana—. Le vendrá bien para reponerse.

—No, si bien repuesta está ya.

—¿Por qué lo dices?

—He ido a ver cómo había pasado la noche y no estaba en su alcoba.

—¿Cómo que no estaba? Apenas ha amanecido...

—Por eso. Será la primera vez que esa dormilona madruga. A saber dónde ha ido —ríe Isabel.

Damiana no secunda su risa. Aprieta el paso y se arrebuja la mantilla alrededor del pecho, como si le hubiera entrado un frío repentino. Hay algo que le da mala espina. Muy mala espina.

26

—*Se rumorea que acudís mucho a la Mancebía.*

Sor Catalina lo ha dicho a calzón quitado. La duda le ha arrebatado el sueño y el sosiego desde que se lo aseguró Damiana y, tras tanto cavilar, lo ha soltado sin el menor tacto. Se ruboriza al notar que el padre León la mira atónito desde el otro lado de la celosía. Parece estar decidiendo si contestarla o levantarse y largarse de allí. Pero ella necesita saber qué tipo de hombre hay en realidad debajo de esa sotana.

—Así es —responde al fin.

Ella le devuelve la mirada con un desencanto profundo. Es algo que el padre León nunca ha visto en sus ojos, y duele más de lo que estaría dispuesto a admitir a nadie. Empezando por él mismo. Lo que sí hace es explicarse de inmediato.

—Voy a dar pláticas para redimir a esas pervertidas.

—¿Para redimirlas? —Sor Catalina suena confusa.

—Sí, hija. Esas mujeres son los emblemas de la corrupción moral, de la vileza, el signo trágico del apocalipsis.

La monja disimula su incomodidad. Se debate entre el alivio al saberle lejos de los pecados de la carne y el rechazo a la forma en que se dirige a muchachas como Damiana.

—No todas serán tan malas.

—Todas las que comercian con su cuerpo, como la perversa Jezabel.

—Tal vez no han tenido otra opción.

El clérigo la mira turbado. ¿Su apreciada sor Catalina, mujer devota de Dios donde las haya, defendiendo a las meretrices? Quizá no debió darle a leer textos impíos a alguien tan joven. Quizá primero debió animarla a estudiar a los autores que han profundizado en la doctrina de la Iglesia.

—El próximo día os traeré el texto de san Juan.

Sor Catalina asiente con obediencia, aunque en sus ojos no hay ni rastro del brillo que los ilumina cuando hablan de libros de caballerías. O cuando lo ve llegar y sentarse al otro lado del confesionario.

—Ahí están representadas —sigue él—. En la gran meretriz de Babilonia.

—¿De Babilonia?

—La ciudad más impía, la cuna del pecado y la perdición.

—Creía que era una botica.

Ahora la consternación del sacerdote es manifiesta. ¿Cómo una monja de clausura puede saber de la existencia de ese lugar? Toma aire y cuenta hasta cinco. Luego adopta su tono más pedagógico.

—En el Compás hay una botica a la que han dado tal nombre. Eso es lo peor: incluso se jactan de ello. Pero una mujer de Dios no debería saber de esas cosas —la reprueba.

Sor Catalina se refrena como puede. Le gustaría decirle que entonces quizá él tampoco debería saberlas. Porque él también es un hombre de Dios, y no solo conoce esa botica en persona, sino que la frecuenta, como ha reconocido. Así que le diría que se cuide él de su propia alma primero. Y que deje de tratarla como a una niña indefensa, de protegerla del saber, porque sin el saber una es más niña y no puede crecer, y así seguirá siendo indefensa siempre. Y ella no ha bregado tanto para quedarse sin crecer.

Pero no le dice nada de eso; o, al menos, no así exactamente.

—Vuestra paternidad tiene razón. Aquí llegan más noticias de lo que parece. Por eso, para no errar el juicio, preciso más información.

—Babilonia fue una ciudad grande y poderosa, pero cargada de pecado. Como lo es esta nueva Babilonia en la que se ha convertido nuestra ciudad, hija mía, atestada de casas de gula y lujuria, de truhanes, rameras y fulleros.

—Entiendo —dice sor Catalina con la cabeza gacha. Luego la levanta y mira de frente—. ¿Por qué tanto interés en esas pobres mujeres?

Pedro de León sonríe benévolo, y a ella esa sonrisa la desconcierta y desarma a un tiempo.

—El pecado de las prostitutas no les afecta solo a ellas, sino que ese matadero de almas perjudica a toda la sociedad que lo consiente. Una sociedad así se encuentra enferma, y la enfermedad hay que eliminarla de raíz. De modo que hemos de sacarlas de su error: amenazan la salvación colectiva.

—¿Por eso los sermones?

—Intentamos que hagan propósito de enmienda.

—Entiendo —vuelve a decir sor Catalina, aunque no está muy segura de si lo hace realmente.

—De todas formas, os repito que no son temas para una religiosa.

—Solo una cosa más, padre.

Él la mira con una mezcla de impaciencia e indulgencia.

—¿Por qué os quedáis con sus dineros?

La indulgencia se transforma en estupefacción.

—Los dineros que provienen del pecado —aprieta ella—. ¿Por qué se los queda vuestra paternidad?

—Dios del cielo. —Pedro de León inspira profundamente antes de contestar—. Ya que sabéis tanto, sabréis lo que son las casas de arrepentidas.

Ella niega con la cabeza y él explica:

—Lugares de tránsito hasta comenzar una nueva vida.

—¿Una especie de purgatorio?

—Algo así. En Sevilla está la de San Vicente. Pero hay tantas mujeres del torpe oficio que por pocas que se arrepientan allí no dan abasto. A veces ni siquiera tienen para servirles una comida diaria. Muchas se desesperan y vuelven al pecadero.

—Entonces no cumple su cometido.

—Por eso estoy trabajando en una nueva institución que llevaremos los jesuitas —dice sin disimular el orgullo.

—¿Una nueva?

—La Casa Pía. Ya hemos reunido una buena suma, y eso nos permitirá que las convertidas puedan tener su dote para encontrar marido o tomar los hábitos.

—Entonces, esos dineros...

—Una parte proviene de las limosnas de la caridad y la otra... son limosnas un poco menos voluntarias. —El eclesiástico fuerza una sonrisa—. Convencemos a esos hombres de que solo purificarán su alma si entregan sus monedas a la causa. Sus dineros volverán a ellas, hija. Pero en una forma alejada del pecado.

Sor Catalina permanece en silencio. Se siente en culpa por haber desconfiado del padre León, que siempre ha demostrado ser un hombre bueno y piadoso. Ojalá Damiana aprovechara esa oportunidad y escogiera, por fin, el buen camino. Entonces al fin podría entregarle lo que le pertenece, cumplir con la promesa dada. Alza la cabeza de repente.

—Padre.

—¿Sí, hija mía?

—Hay una mujer... en la Mancebía. Si yo se lo pidiera, ¿la ayudaría a salvar su alma?

Cuando sale del confesionario, el padre León tiene el ceño arrugado en un gesto de preocupación. Y, sin embargo, no es eso lo que le lleva a subir los hombros de forma instintiva, como si quisiera desembarazarse de algo que se le ha prendido a la nuca.

A unos metros, oculta tras el coro de la iglesia, la priora le clava una mirada que aúna toda la suspicacia del universo. Es la tercera vez en una semana que ese sacerdote viene a confesar a sor Catalina. No sabe qué traman, pero si algo tiene claro María de San José a estas alturas es que lo que encontró en el fardo de esa hermana es un texto peligroso. Mal utilizado, las pondría en peligro a todas. Y eso no puede permitirlo.

27

Damiana ha salido de la alcoba después de cada servicio.

Siempre preguntando por Lucinda, pero nadie sabe dónde ha podido meterse. Es la una del mediodía y el nerviosismo comienza a instalarse en el resto de las mujeres. Por mucho que intenten alejarlo de sus pensamientos, a ninguna se le olvida la muerte cruenta de una de las suyas. Inevitable recordar lo efímero de la vida cuando la Desnarigada se pasea a tu lado. Si además el óbito ha sido precipitado, violento, causado por otro ser humano, el miedo se acentúa. Quizá logres apartarlo de tu mente, pero se precipita cabeza abajo y se infiltra por cada uno de los doscientos seis huesos del cuerpo humano. Y ahí permanece agazapado.

De forma que todas se han ido sumando a la búsqueda. En los ratos libres recorren la Mancebía calle a calle, preguntan en cada botica, a cada una de las mozas. Pero nada.

—Quizá el padre sepa algo —deja caer Alonsa.

Brígida niega con vehemencia.

—Ni se te ocurra mentarlo delante de él. Como se entere de que lleva tanto tiempo fuera, le va a caer una buena tunda.

—Pero... ¿y si le ha pasado algo?

—No lo he visto por ninguna parte —tercia Damiana. El padre es una de las personas de las que menos se fía—. Estará haciendo gestiones en la ciudad.

—Vayamos a su gabinete para asegurarnos.

No hay tiempo para discutirlo, porque en ese momento aparece Isabel.

—El mozo del Golpe la ha visto.

—Pero si le pregunté hace horas.

—Ese macandón solo habla a cambio de algo —replica con asco Isabel.

—¿Cuándo fue?

—Antes de que amaneciera. Iba con un hombre.

—¿Un cliente?

—No, uno de los médicos. Alguien le vio las marcas del mal francés y la denunció. Se la han llevado al Hospital de Bubas.

Se oyen suspiros de consternación. Aunque el Hospital de San Cosme y San Damián se utilizó por la cofradía de médicos y cirujanos como lugar de aislamiento tras la gran epidemia, el Cabildo lo ha destinado a tratar las enfermedades venéreas debido a su aumento exponencial. Para una prostituta, acabar ahí significa señalarse. No es solo la falta de recursos al no poder ejercer, sino la desconfianza generada en el improbable caso de que se le permita regresar.

Damiana se entristece. Lo siente por esa chiquilla que intentó ascender demasiado rápido y que ahora habrá de volver a la prostitución ilegal. Aun así, ha de aclarar las cosas con ella. Agarra la toca y se dirige a sus compañeras:

—Cubridme las espaldas si llega el padre. Voy a ir a verla.

—Creía que no te fiabas de nosotras, pájara —dice Brígida. Hay un sarcasmo premeditado en cada palabra—. ¿Qué pasa si le vamos con el cuento?

Damiana la observa con dureza un instante, justo antes de forzar una sonrisa. Quién sabe si de confianza o de advertencia:

—Sé que no lo haréis.

28

Don Eugenio consulta el Padrón Real.

Se encuentra en la biblioteca privada de la Casa de Contratación, a la que solo pueden acceder los más altos mandos en el arte de navegar. En una mesa de inmensas proporciones se hallan extendidos múltiples pergaminos superpuestos que el piloto observa con la máxima concentración.

Antes del Padrón Real gobernaba una verdadera anarquía en los trabajos geográficos. Los padrones y las cartas de marear que se fabricaban eran diferentes los unos de los otros, plagados de equívocos y, por tanto, con localizaciones geográficas distintas. Eso derivaba en permanentes riesgos para las navegaciones. De ahí que este documento se constituyera en mapa general de la navegación y carta inventario de toda la tierra conocida, aglutinando el conocimiento disponible, enmendando los yerros previos y actualizando las nuevas tierras descubiertas. De esa matriz surgieron los datos para las nuevas cartas de marear, mucho más realistas que las derivadas del caos previo.

Por eso, si hay un documento fiable en la cristiandad, ese es el Padrón Real. Junto con el cosmógrafo real, una de las funciones de Eugenio de Ron como piloto mayor de la Armada es precisamente mantener este mapa al día y sin yerros, cotejando las cartas náuticas que le entregan los demás pilotos tras el tornaviaje para garantizar un fiel reflejo de la realidad geográfica. Don Eugenio lo tiene grabado a fuego en su memoria, como tiene grabada cada bahía, cada ensenada, cada arrecife de cada litoral por el que ha navegado.

A él, que censura las cartas y los instrumentos de navegación, no le habría hecho falta venir hoy hasta aquí para revisarlo. Si lo ha hecho es solo porque la empresa que se trae entre manos es de una magnitud tal que necesita cerciorarse de que su memoria no le falla en nada. Y así es. Acaba de confirmar que puede ubicar en esos mapas el hallazgo de algo si cabe más valioso que el propio documento que tiene entre manos. Algo con lo que todos los hombres de su época llevan años soñando.

29

Damiana camina por la calle del Sol.

Es una vía larguísima, estrecha y rectilínea que atraviesa varios barrios. Se arrepiente de haber elegido ese camino porque el hedor es mortificante. Una de las principales cloacas que desembocan en la muralla se canaliza por Sol, y ello unido al calor que azota hoy contribuye a reavivar la pestilencia hasta límites intolerables. Incluso para narices ejercitadas como las de los sevillanos de la época.

Aprieta el paso. Ahora se encuentra a la altura de la collación de Santa Catalina, en el extremo noreste de la ciudad, limitada por la muralla almohade y vinculada a la puerta del Osario. El paisaje de huertos comunes y corrales de vecinos atestados de familias ha ido dando paso al de casas unifamiliares donde se establecen talleres y tiendas. Santa Catalina es zona de comerciantes, artesanos y hosteleros, y eso se nota en la calidad de las viviendas y en los mesones y casas de hospedaje que pueblan la zona. Un barrio pujante gracias a la ubicación en él de la alhóndiga del pan y a la llegada masiva de migrantes franceses, genoveses e italianos, pero también valencianos, vizcaínos o moriscos. No en vano la ciudad se ha convertido en una de las mayores metrópolis europeas, especialmente desde la conquista de Nueva España y Perú, y el consiguiente acceso a sus reservas de plata y oro.

Así, Santa Catalina se ha sumado a este impulso y se asimila cada vez más a San Salvador y el entorno de la catedral, las zonas más comerciales. No es para menos, pues esta colación tiene ochocientos vecinos, los mismos que toda la ciudad de Cádiz.

Hoy es día de venta de ganado caballar, y eso hace que el trasiego de mercaderes y arrieros aumente, y también las ganancias para la hostelería. Un trujamán que ha hecho buen negocio advierte su tocado amarillo y la llama a gritos, deseando invertir el beneficio en los placeres del cuerpo. Ella continúa su camino con altivez. Sabe que eso disuade a algunos moscones, aunque para otros solo sirva como acicate.

—¿Qué pasa, fulana? ¿Es que no me has oído? Ven aquí, que vas a saber lo que es una buena verga.

Algunos viandantes ríen, pero ella no baja el ritmo.

—No parece que le atraiga mucho la tuya —le suelta uno.

—Que la den.

—Eso hará otro... cuya verga le interese más.

Las carcajadas aumentan y el mercader duda entre arrastrarla consigo para hacérselo pagar o dejarlo ir. Finalmente decide gastar sus monedas en uno de los muchos mesones que le rodean. Vino y buenos manjares que le darán menos quebraderos de cabeza.

Damiana suspira con alivio y avanza por la calle que, pese a ser sombría y macilenta, es también una de las más transitadas. Los carruajes la obligan a pegarse a la pared a fin de no ser atropellada. Pasa por el Corral del Conde, una casa de vecindad propiedad del conde de Olivares en la que viven muchas almas. Es cuna de lavanderas y de tahúres, quienes siempre tienen un motivo de festejo, aunque sea para poner en juego sus trucos. Hoy, como es habitual, hay algarabía. La mayoría de esos festejos acaba con algún enfrentamiento entre vecinos.

No han sido pocas las ocasiones en las que Damiana visitó el corral con alguno de esos tahúres, y se precia bien de saber cómo se las gastan. Gracias a ellos aprendió todos los juegos de azar y las fullerías necesarias para ganarlos, que le permitieron matar el hambre e incluso darse un festín en más de una ocasión. Ahora prefiere pasar inadvertida y agiliza el paso hasta dejar el corral en la distancia.

Al fin llega al Hospital de Bubas. Avanza por su enorme claustro porticado sobre columnas de mármol. Los patios menores se han convertido en estancias tanto para enfermos como para empleados del propio hospital que, a la postre, acaban alcanzando también la primera categoría.

Se cubre nariz y boca con un lienzo y recorre las salas. La vista es desoladora. Enfermos hacinados que yacen sobre sacos rellenos de paja haciendo las veces de colchones, tan cerca el uno del otro que sus inquilinos acabarán compartiendo cualquier mal que no trajeran ya consigo.

En uno de los patios cree reconocer a una chica de la Mancebía y se acerca para cerciorarse. Está tumbada en uno de los jergones con un camisón sudado por toda vestimenta. Las pústulas asoman ya por brazos y piernas, y la inflamación de los ganglios alcanza a deformarle el rostro. Su otrora flamante cabellera se ve ahora con calvas aquí y allá.

Damiana se pega el lienzo aún más a la cara.

—Hola.

La chica anda sumida en un duermevela de pesadillas. Mueve la cabeza a uno y otro lado y gruñe palabras ininteligibles.

—¿Martina? Eres tú, ¿verdad? —insiste.

Un aletear de pestañas, un sutil gesto de escucha.

—Soy Damiana, de La Babilonia. La pájara —añade el sobrenombre por el que muchas la conocen.

Uno de los ojos se abre de forma lenta, la escudriña. Un atisbo de curiosidad. Una sonrisa que se esboza fatigosamente en sus labios. Unas palabras roncas, apenas susurradas:

—Ya veo que las mejores putas tampoco se libran.

La envidia. Ahí está, presente incluso en la cercana hora de la muerte.

—No tengo el mal, Martina. Solo estoy buscando a una compañera. Se llama Lucinda. Fue de las últimas en llegar a mi botica —explica Damiana—. Muy niña, con cabello rubio y piel blanca.

Pero Martina ha perdido todo interés: ha vuelto a cerrar los ojos y no está para ayudar a nadie.

—¿La has visto? La trajeron esta mañana.

Nada. Silencio.

—Han tenido que pasar por delante de ti.

Último intento.

—Martina... Por favor...

La mujer hace un esfuerzo supremo por incorporarse. Damiana se agacha expectante, aproxima su rostro al de ella. Parece que quiere decirle algo, pero un ataque de tos se lo impide y ella se echa atrás en un gesto instintivo. Cuando remiten los estertores, Martina le hace un gesto para que se acerque de nuevo. Están a solo un palmo de distancia, casi puede oír los pitidos en el pecho de la joven tratando de colar aire a sus pulmones. Con esfuerzo, logra coronar la frase que buscaba decirle:

—Nos vemos en el infierno, pájara.

Martina se voltea en el jergón, cierra los párpados y exhala. Quién sabe si su último aliento.

30

—*¿Lucinda Expósito?*

Damiana está a punto de irse cuando lo oye. La voz procede de un hombre de ojos castaños que la mira con expresión benevolente. Aunque ella no se fía lo más mínimo de ningún tipo de expresión. Aprendió hace mucho que la cara no es el espejo del alma.

—¿Qué?

—¿No es la muchacha que estás buscando? Expósito.

—No... No conozco su apellido. —Nunca había reparado en ello. Apenas se acuerda del suyo propio.

—Entró esta mañana. Ella dijo que tampoco lo conocía, por eso la registramos así, Expósito. Tenía cara de ángel y el pelo dorado como un campo de trigo en verano.

Damiana contiene la emoción.

—Sí, es ella. ¿Dónde está?

—En una de las casas frente a la colegiata de San Salvador. Aquí no había ni un hueco. Es la segunda finca desde el hospital, busca en los jergones del fondo.

Ella lo agradece y se lanza en pos de esa dirección.

—¡Oye, espera! —la llama el hombre.

Frena y se gira con desconfianza.

—¿Qué, queréis algo a cambio?

Él le dirige una mirada extraña. Dolida, quizá. No le importa. Si ella tuviera que dolerse por cada frase que pudiera ofenderla...

—No, yo no quiero nada. Solo iba a decirte que la convenzas para que se dé las unciones mercuriales. No quiere pasar por el tratamiento, y así no saldrá nunca de aquí.

Damiana sonríe para sus adentros. No cabe duda: esa testaruda tiene que ser Lucinda.

Llega a la casa y escudriña entre nuevas decenas de hombres y mujeres. Las paredes recalentadas y el hacinamiento han caldeado el inmueble hasta lo insoportable. Se dirige hacia la esquina del fondo y examina los montones de paja uno a uno. Una anciana rebosante de llagas la observa con curiosidad.

—¿Qué se te ha perdido?

—Estoy buscando a alguien.

—Largo de aquí, negra.

—No hasta que la encuentre —replica Damiana sin inmutarse.

La vieja se encoge de hombros.

—Nadie quiere entrar y tú no quieres salir.

—La trajeron al alba. Doce años, aunque aparenta diez, melena rubia, flaca como un perro callejero. Bonita, muy bonita.

—Lucinda —dice la anciana como para sí.

—¡Eso es!

—Estoy podrida hasta el tuétano, pero sigo teniendo buena memoria para los nombres.

—¿Dónde está?

—No está.

—¿Cómo que no está? —Damiana comienza a impacientarse—. Me dijeron que la habían colocado aquí.

—Dijeron bien. Aquí mismo, a mi vera.

—¿Y por qué no está?

—Ni que llevara el registro de entradas y salidas.

Damiana siente cómo se le calientan las venas. Zarandearía a esa mujer, pero es su única esperanza. Así que se sienta junto a ella y le habla con suavidad.

—¿Cuándo fue la última vez que la visteis?

La vieja exhibe sin pudor una sonrisa desdentada.

—¿Qué me das a cambio?

Damiana se mira a sí misma. No lleva encima ni medio maravedí, así como tampoco ninguna pertenencia de valor. Sería ponérselo fácil a los mil y un truhanes sin otro oficio que agenciarse la propiedad ajena.

—No tengo nada.

—El pañuelo.

—Lo necesito para protegerme.

—Tonterías.

Damiana sabe que no lo son. Violante se lo enseñó, y si de alguien se fiaba en cosas de la salud era de su bruja buena.

—Luego fornicarás con doscientos y ahí sí que te pondrás en riesgo.

La vieja la mira desafiante. En eso sí que tiene razón. Damiana le acerca el pañuelo con desgana pero, cuando la vieja estira un brazo para alcanzarlo, ella se lo aleja de un tirón.

—Primero lo que sabéis.

—La trajeron poco después del amanecer —cuenta con pereza—. Un incordio, no hacía más que quejarse. Como si a las demás nos hiciera gracia estar aquí.

—¿Y luego?

—Luego pataleó cuando le intentaron untar los afeites de mercurio. No hubo manera, demonio de muchacha.

—¿Qué pasó?

—Nada. La tuvieron que dar por imposible. Decía que no estaba por la labor de envenenarse. —La vieja deja escapar un suspiro de hartazgo—. Nada más que locas me traen.

A Damiana se le dibuja una sonrisa triste. Eso también era cosa de Violante. Ella defendía el tratamiento con infusiones de guayaco o palo santo, mucho menos agresivo que el mercurio. Aseguraba que ese ungüento mataba a más de las que curaba.

—Ah, y más tarde vino ese hombre.

—¿Qué hombre?

—Uno muy gallardo. —La anciana esboza su sonrisa mellada—. Suerte la de la cría.

—¿Qué más pasó?

—No lo sé. A mí me llevaron a revisar y cuando volví ya no estaba.

—¿Quién no estaba?

—Ninguno de los dos.

—¿Era cura?

—Ese tenía de cura lo que yo de santa.

Damiana trata de pensar con rapidez. Si no era el maldito padre León..., ¿quién podría haber ido a buscarla?

—¿Por azar no sería muy alto?

—Como los mástiles de un mercante.

—¿Recordáis una cicatriz en la mejilla?

La mujer le quita el pañuelo en un descuido. Se lo lleva al rostro llagado y se acaricia con él.

—Es suave.

—Tenía una cicatriz, ¿sí o no? —insiste.

—Sí. Hasta la oreja le llegaba. Pero le hacía todavía más galán.

De nuevo esa sonrisa con más picardía que dientes. Damiana se pone en pie enfurecida. Todo le lleva a la misma persona: el querido de Violante, el que fue a indagar a la botica. El que ahora se ha llevado a Lucinda.

—¡Muchacha!

Ella se gira. La anciana se coloca el lienzo en la cabeza, cubriendo la calva con una coquetería que no la abandonará antes que la muerte.

—Eugenio de Ron.

—¿Qué?

—El galán —explica mientras anuda el pañuelo—. Te dije que tengo buena memoria para los nombres.

31

2 de septiembre del año del Señor de 1580

Amanece en el puerto.

Los primeros rayos de sol despuntan y los más madrugadores ya se afanan en las tareas iniciales de la jornada, sustituyendo a la ralea nocturna que abunda en la explanada cuando solo la ilumina el brillo de la luna y algún que otro hachón clavado en la arena, lo justo para ver los naipes que han tocado en suerte o el destello de la faca que un bellacazo te quiera enjaretar entre pecho y espalda. Ahora el escenario cambia por completo: los mercaderes montan sus tenderetes, los carpinteros de ribera comienzan a desbrozar troncos, los barqueros llegan y los recios estibadores se disponen a cargar lo que se preste... La vida se pone en marcha entre bostezo y bostezo. También bosteza algún que otro rufián al que aún no le dio tiempo a irse a dormir el vino.

Gaspar ha madrugado para estar allí. Ha de intentar enrolar a cuantos hombres pueda, da igual si tienen o no experiencia. Ya se encargará don Eugenio del cursillo acelerado. Ayer recorrió mesones y posadas con el secretario y no les fue mal. No es que ese lacayo de don Rafael sea santo de su devoción, pero las órdenes eran claras y ha de reconocer que tiene mucho que aprender de Florencio. Pese a su corta estatura y esos ojos tan juntos que le hacen cara de ratón, es un tipo que sabe hacerse respetar. Pocos osan meterse con él, la mano diestra de uno de los regidores del Cabildo. Además, la empresa que tenían encomendada no era tan compleja: en Sevilla hay demasiado ocioso esperando una oportunidad de embarcar hacia una vida mejor.

Vistos los resultados, hoy se han dividido para acelerar el trabajo. Quizá, después de todo, logren zarpar sin demasiado retraso. Se pregunta por quién comenzar. Desde luego, no por la canallería que está lanzándose improperios junto a la puerta de Triana. Si siguen así, se batirán antes de que el sol asome por completo. No son pocos los duelos que se presencian por esos lares, y los barriles de vino que cada noche se consumen en el Arenal no ayudan a mantener las espadas en el cinto.

Suspira y deja vagar la vista por la flota. Siempre le ha fascinado esa imagen próxima a la partida del convoy de las Indias. Toda una batería de naves que llegan a ocultar el río. Casi se podría saltar de una en otra hasta donde alcanza la vista sin mojarse los pies. Y él viajará nada menos que en el buque de guerra que abre la flota, dotado con las mayores prestaciones de artillería. Mira la Soberbia con el pecho hinchado de orgullo. Solo hay una nao que puede igualar a la capitana y es la almiranta, el galeón encargado de cerrar la escuadra. Así, entre la una y la otra, en el resto de las embarcaciones pueden sentirse seguros: ningún corsario que estime su vida osaría abordarlos.

Ahora su mirada se dirige hacia la almiranta. Es temprano y no hay nadie en las proximidades, por lo que sus más de cuatrocientas toneladas lucen en todo su esplendor. Es otra belleza, una nave de guerra de treinta metros de eslora equipada con cuarenta y ocho cañones de bronce y de hierro. Sus costados negros de calafate están reforzados por gruesas tablazones punteadas por las filas de troneras. Desde su posición, Gaspar puede admirar el castillo de proa, labrado con volutas de vivos colores que relucen bajo los suaves rayos inaugurales. Observa las banderas, estandartes y gallardetes que se erigen en cada mástil, toda una arboladura que se eleva hasta el cielo. Un momento. Hay algo colgado del trinquete. Una línea de luz se cuela entre la nao militar y él, haciendo sombra sobre el objeto e impidiéndole ver con claridad. Con la mano de visera, se aproxima embargado por la curiosidad.

Ese estado de conmoción en que uno no procesa lo que ve. Segundos eternos hasta que el cerebro se sobrepone a la fatalidad y de nuevo es capaz de traducir las imágenes en conceptos, en palabras. Conceptos: de lo alto del palo pende un cuerpo humano. No un objeto, no. Un cuerpo. Palabras: no, no y no. Y otra vez no. Es la fase de la negación, a la que se sigue aferrando cuando comprueba que la persona a la que perteneció ese cuerpo era apenas una niña, que tiene una larga cabellera rubia y que, por lo abotargado de su rostro, hace horas que la soga en torno a su cuello le arrebató la vida. Y, sin embargo, hay algo puro en ella, esa palidez extrema, esas facciones finas como labradas en porcelana, esa expresión de paz que le hace parecer una virgen. Pero no lo es, y la sensación no hace más que acentuar el horror. Es una muchacha asesinada, asesinada como la pelirroja.

La intriga se sobrepone en la cabeza de Gaspar y camina hasta plantarse a la altura del galeón. Es entonces cuando se percata de que también cuelga algo de los otros mástiles. ¿Gaviotas? Son gaviotas sombrías. Gaviotas negras muertas, ahorcadas igual que la muchacha. Sogas que se balancean con sus cuerpos calientes. Cuenta los cabos, los pájaros, y, como si hasta ahora no hubiera sido capaz de asimilarlo de verdad, comienza a gritar para dar la voz de alarma.

Los transeúntes del Arenal se acercan, ven lo mismo que él, sus cerebros pasan por el mismo proceso de trasposición a la realidad, y a los pocos instantes se forma un revuelo que llama a más gente a su vez hasta convertirlo en una turba como la del día en que apareció el mascarón mancillado. Gaspar observa, vuelve a contar: una, dos, tres, cuatro; trata de encajar lo que significa. Y siente cómo se le eriza el vello en la nuca, en los brazos. Son trece. Trece gaviotas muertas. Y, además, negras. El peor presagio posible.

32

—*Damiana, tienes visita.*

Damiana lanza votos a tal y cual. Un servicio a esas horas es lo que menos necesita. Apenas ha amanecido, y ella estaba a punto de escabullirse para buscar a Eugenio de Ron. Ayer la noche le cayó encima y se vio obligada a regresar, pero hoy pensaba remover Sevilla con Triana hasta conocer su paradero y averiguar qué ha hecho con Lucinda ese hideputa.

—¿No puedes cubrirme, Isabel?

Su compañera esboza una mueca socarrona que Damiana no llega a entender.

—No con ese, querida. Y mira que está de buen ver.

Ella lanza un bufido. Le importa un comino la guapura del putero de turno.

—Que pase, maldita sea su estampa.

Antes de que el cliente corra las cortinas y penetre en el cuarto, a Damiana le da tiempo a dejar los chapines a un lado del camastro, sacarse la saya y tumbarse. Luego se lo piensa un segundo y se desnuda por completo. A ver si al menos acaban rápido.

—¡Dios del cielo! —clama una voz masculina.

La persona que está frente a ella es quien menos esperaba encontrar y también a quien menos le apetece ver.

—El cura fullero.

—Cubríos, por Jesús bendito.

Damiana se tapa las partes pudendas con una sábana. Pedro de León espera mirando a la pared hasta que ella le avisa. Entonces se da la vuelta y la observa con flema. Reconoce en ella a la mujer de piel oscura y nariz de pájaro que vio entrando en el convento carmelita días atrás. Y también, ahora por fin hace la conexión, a la ramera que escuchó con mirada desafiante su última prédica en la Mancebía.

Esa fulana descocada y pendenciera es la famosa amiga de sor Catalina. Que Dios los ampare. Hace un esfuerzo por mostrar un rostro afectuoso, aunque el rubor que se lo ha cubierto al verla de esa guisa aún no ha desaparecido por completo.

—Me alegro de conoceros en persona.

Damiana suelta una carcajada.

—¿A mí? ¿Hasta la Iglesia llegan las noticias de mi destreza en las artes amatorias?

El padre León se sonroja ya hasta las orejas.

—No es eso. Dejadme explicaros.

—¿Me vais a vosear como a una mujer respetable? —Ella esboza una sonrisa cargada de sarcasmo—. Si queréis conseguir algo, os basta con pagarme.

—Solo pretendo mantener una conversación con vos.

—Hablar está muy mal pagado. Lo siento, tengo prisa.

Damiana se coloca la blusa, pero él junta arrestos y da un paso adelante.

—Solo será un momento.

—No lo tengo.

—Me manda sor Catalina.

Ella lo mira con desconfianza. Es una trampa, seguro que es una trampa.

—Soy su confesor.

Damiana calla. ¿Su confesor? Imposible, Carlina se lo habría dicho. Es más, Carlina jamás habría tenido por confesor a un embaucador como ese, ¿no?

—La he guiado desde que entró como novicia. Buscaba alguien que pudiera ayudarla en el cultivo de las letras.

Ella sigue a la escucha. Eso sí cuadra con Carlina.

—Le presto libros. Algunos sagrados, otros... menos, pero a ella le provocan harto alborozo. Y la lectura también ha de cumplir esa función.

—A mí no me interesa la lectura —le espeta, brusca como solo ella sabe serlo.

—Gran cosa os perdéis. Pero no estoy aquí para eso... O tal vez sí.

—¿Qué queréis decir?

—Sé que sois la mejor amiga de sor Catalina. Diría que la única. Y que os quiere, que Dios me perdone, casi tanto como a Él.

Ante el silencio de la mujer, el padre León aprovecha para tratar de ganársela.

—¿Me dejáis invitaros a algo de manducar? Así podremos departir más tranquilos.

La suspicacia no disminuye en la mirada de Damiana, pero también tiene hambre y, qué demonios, no todos los días un sacerdote le paga a una la pitanza.

—Rapidito, tengo trabajo que hacer.

Ha ido muda hasta el mesón de Ginés, que colinda con la tapia de la Mancebía. Los intentos de entablar una conversación por parte del padre León han sido en vano. Damiana solo ha hablado para hacer el pedido del desayuno a la mesonera. El más contundente que había: una sopa de capirotadas junto a un grasiento salpicón de vaca y tocino del que ahora da buena cuenta. El sacerdote ha pedido una longaniza frita y hace lo propio. Los clientes no paran de cuchichear: verlos comiendo juntos es motivo de sobra para acompañar los tragos con una ración de habladurías.

—Qué bien viven los curas —dice ella al verle engullir con apetito.

—Vos tampoco os quedáis atrás.

—Ya querría yo probar carne todas las semanas. Esto va por lo que me habéis robado.

—¿Yo, robar? Dios me libre.

—Me habéis quitado de las manos más de un servicio.

—Entiendo. De eso precisamente quería hablaros... Tengo una oferta para vos.

—¿Una oferta? No sería el primer cura, desde luego.

El padre León contiene un resoplido. De verdad que esa mujer agota su paciencia.

—Estoy poniendo en marcha una nueva institución: la Casa Pía.

Ella asiente mientras sigue masticando a dos carrillos.

—Ya os escuché sermoneando el otro día.

—Será una casa de arrepentidas muy diferente. Allí no os faltará de nada.

—¿A quién, a mí? Ni por todos los santos del calendario.

—Incluso puedo conseguiros una dote para entrar en un cenobio. Quizá, con un poco de suerte, en el mismo que sor Catalina...

—Vendo mi cuerpo, amigo. Mi alma ya es pedirme demasiado.

—... o para casaros con quien gustéis.

—Lo que me faltaba, un hombre que me fornique sin pagar.

Pedro de León comienza a exasperarse. Hace un último esfuerzo por guardar las formas.

—Tenéis preocupada a vuestra amiga. Ahí estaríais segura.

Damiana apura el plato y se pone en pie. Hacía mucho que Carlina no lograba enfadarla tanto.

—Si para eso es para lo que os ha enviado, ya habéis cumplido. Podéis decirle que se lo ahorre la próxima vez.

—Me ha dicho que corréis peligro —insiste él—. Yo podría daros protección. Y una comida diaria.

—Con la de hoy me doy por contenta —dice al tiempo que se aleja—. Y, si Carlina está tan preocupada, que rece unos avemarías por mí.

—También podría enseñaros a leer. Creo que... os resultaría útil.

Ahora es Damiana quien se ruboriza hasta las orejas. Cómo se atreve Carlina a meterse en eso.

—Ya he dicho que no me interesa la lectura.

Sin más, sale y deja al padre León con tres cuartos de narices. Y, por supuesto, con la comida por pagar.

33

La Virgen de los Mareantes lo mira con dulzura.

O eso es lo que siempre le sugiere. Su semblante maternal transmite una paz única. La forma en que protege los barcos en plena travesía, cómo cubre con su manto a los reyes y a los aventureros españoles que cruzaron los mares. Allí están todos: Fernando el Católico, Carlos I de España, Cristóbal Colón... También Américo Vespucio, el primer piloto mayor que nombró la Corona, el cartógrafo y explorador a quien Eugenio más admira. Ha seguido cada uno de sus pasos y cumplido todos los requisitos para ocupar un cargo de su nivel: navegar por más de seis años a las Indias, llegar a Tierra Firme, a Nueva España, a las islas españolas y a Cuba. Por eso se sintió tan honrado el día que fue designado piloto mayor del convoy de Los Galeones.

Está postrado frente al retablo en la Sala de Audiencias, que ejerce también de capilla de la Casa de Contratación. Así la Virgen exquisitamente pintada por Alejo Fernández puede guardar a los oficiales y cartógrafos mientras organizan la travesía y guiarlos para tomar las decisiones correctas. Y juraría que esta vez también lo ha hecho.

Acaba de reunirse con los máximos cargos de la flota: generales, almirantes, capitanes y pilotos parecen dispuestos a partir, y están colaborando para que los puestos de la marinería también estén cubiertos. Se permite una sonrisa. Pronto podrán zarpar, y de ese modo él, con un poco de ayuda de la Virgen, lograr su objetivo.

La sonrisa se le borra de los labios al ver entrar al capitán Vásquez. Por la cara que trae, el piloto mayor ya sabe que no porta buenas nuevas.

—¿Qué ocurre?

—Ahora me ha tocado a mí, Eugenio. —Su voz es el vivo reflejo de la desesperación.

—¿A vos? ¿Qué queréis decir?

—La almiranta. La maldición ha caído sobre la almiranta.

34

—*¿Sabes dónde puedo dar con él?*

Damiana se encuentra en una taberna de la plazuela de la Paja. Ha preguntado en varios bodegones antes, pero en todos le han dado largas. Por eso se ha presentado en La Esquinilla para ver a una conocida que le debe algún favor. Marianela salió de la prostitución ilegal al contraer matrimonio con José Juan. Ahora se ocupa de servir a los hombres un pecado mucho más manejable, el de la gula.

—¿Para qué buscas a Eugenio de Ron? ¿No te habrá hecho un hijo?

—¿Me ves a mí con cara de tener retoños?

—Ni con cara ni con ganas. Tómate algo, anda. —La tabernera le pone una jarra de vino sin preguntar.

—Invita la casa, supongo.

—Solo a la primera. Y porque eres tú.

Damiana da un sorbo al vino. Está avinagrado, pero se guarda de decir nada. A caballo regalado no le mira ni si le queda algún diente. Pega el segundo trago, este más largo.

—¿Lo sabes o no, Nela?

Ella la mira con cansancio.

—¿Por qué tanto interés? ¿Seguro que no te ha preñado?

—Tengo que aclarar unas cosas con él.

—¿No podías haberte elegido uno con menos galones?

Damiana arruga la frente. Cómo decirle que no tiene maldita idea de quién es.

—Yo siempre tiro p'arriba.

—Pues mira a ver si te vas a caer, que hay mucho trecho hasta el suelo.

—¿Me vas a contar algo entonces?

—Espera.

Han entrado varios clientes y Marianela se apresura a atenderlos. Por la jarana que vienen montando, ya llevan bastante alcohol en el cuerpo. La tabernera lidia con ellos por un buen rato que Damiana emplea en terminarse su jarra. Quizá no esté tan malo ese vino, a fin de cuentas.

—Todo está muy revolucionado desde lo del mascarón —dice Marianela de vuelta.

Damiana la mira sin comprender a qué viene eso.

—Te enteraste, ¿no? —insiste la otra—. Lo de la nao capitana. Esa pelirroja desollada...

—Sí, sí. —Ella la corta de raíz. No soporta volver a escucharlo.

—Don Eugenio anda de aquí para allá con diligencias para que la flota zarpe —explica al tiempo que le rellena la jarra—. Ayer estuvieron aquí dos tipos enrolando. Más de un buscavidas se apuntó sin pestañear.

—Y él trabaja para la Casa de Contratación. —Damiana empieza a atar cabos.

—No tienes ni idea, ¿verdad?

—Que me parta un rayo si la tengo —admite al fin.

—No sé qué te traes entre manos, pero ándate con ojo.

—Suéltalo ya, Nela.

—Claro que don Eugenio trabaja para la Casa de Contratación. Por la Virgen, Damiana, es el piloto mayor de la Armada de la Avería.

—O sea, el más veterano...

—El cargo náutico más importante de la flota —la interrumpe—. Nombrado por el mismo rey.

Damiana se termina la segunda jarra de un trago.

—Entonces es en el puerto donde tengo que buscarlo.

—Allí o en la Casa de Contratación... —Marianela la ve marchar sin prestar oídos ya a lo que dice—. ¡Damiana!

—Gracias por el vino.

—¡Te dije que solo era gratis la primera!

—Apúntame la otra.

Marianela cabecea. Luego dirige la vista al grupo de beodos. Están jugando a los dados al tiempo que gallean sobre hipotéticas hazañas, y cada vez suben más el volumen y las apuestas. Suspira. Esos le van a dar problemas.

35

El piloto mayor está frente a Rafael de Zúñiga y Manjón.

Ha tenido que esperar más de media hora hasta que ese petimetre se ha dignado a recibirlo, y lo ha hecho con sus malditos aires de superioridad. Ni siquiera le ha ofrecido tomar asiento. Se ha visto obligado a tratar en pie el asunto que lo ha llevado hasta ahí. Con ese desaire, el caballero le recuerda que nunca será más que un trabajador de la mar, alguien de baja cuna que se ha encallecido bogando en los bateles o tirando de los cabos de esparto hasta llegar donde está.

Si no fuera por la envergadura de lo que tienen entre manos, de buena gana lo habría retado a un duelo por la ofensa que hace a la Corona, a la que él se debe. Sin embargo, ahora que el veinticuatro conoce las noticias, ha perdido esos aires de un soplo. Tiene la mandíbula desencajada y sus ojos yerran por el tapiz flamenco frente a él. En su fuero interno, a Eugenio es lo único que lo reconforta.

—Por todos los demonios del averno —espeta cuando logra reponerse—. La hipótesis de Cádiz cobra fuerza. Hay que pararles los pies como sea.

El piloto mayor permanece en silencio. Es el secretario, apostado a unos metros de su patrón, quien se atreve a intervenir.

—Al menos los barcos están en perfecto estado.

Don Rafael lo mira por encima del hombro, como si fuera mucho más bajo de lo que ya es.

—No se trata de eso, gaznápiro.

Florencio encaja el insulto sin pestañear. Clava la vista en su señor de esa forma que él tan bien conoce. De esa forma que le dice que, aunque no vaya a replicarle, ambos saben que tiene razón. Don Rafael se dirige al piloto, ahora, con un brote de esperanza.

—Es cierto, ¿no? Tampoco la nao almiranta ha sufrido daños.

Eugenio de Ron cabecea disgustado.

—Quienquiera que ha hecho esto ha mancillado los dos galeones que protegen a toda la conserva. El barco que abre y el que cierra la flota.

—Pero no hay ningún deterioro —insiste el caballero—. Pueden zarpar.

—Los barcos no zarpan solos. Esta fechoría ha mermado aún más la moral. El número trece, las gaviotas sombrías, el cadáver a bordo. Todos los designios que suponen mal agüero están presentes. Los capitanes de varios navíos ya me han confirmado que muchos de los hombres que habían resistido lo del mascarón no han podido con esto.

El secretario media de nuevo.

—Mi señor no es el único interesado en que la flota zarpe. Los principales comerciantes exigen que no haya más retrasos.

—Pueden llevar ellos mismos su mercancía —dice con sorna el piloto—. Que me busquen en la Casa de Contratación, no tengo inconveniente en que se enrolen todos a mis órdenes.

El veinticuatro se mesa el bigote con tal denuedo que cualquiera diría que pretende arrancárselo.

—Florencio, habla con Martinelli para que nos aumente el caudal. ¡Por Belcebú que no van a salirse con la suya!

—No podemos pagarles más sin comprometer los beneficios. El genovés lo sabe tan bien como nosotros.

Don Rafael lo mira con ojos iracundos. Cómo osa llevarle la contraria ese impertinente.

—Habla con él. Se hará de oro a mi costa cuando las naves regresen.

—No se avendrá a fiar nada más.

—Ese perro usurero... —Don Rafael sigue tirándose del mostacho con gesto ceñudo—. Pero muchos de los comerciantes se hallan en la misma situación.

Reina un silencio tenso que rompe de nuevo el caballero.

—Ron, iréis a hablar con los mercaderes que hayan embarcado más género.

—¿Yo? —dice el piloto, molesto por que se atreva a darle órdenes como si fuera uno de sus sirvientes.

—Les exigiréis que aporten el caudal para aumentar la soldada de los tripulantes, so pena de perderlo todo.

—No soy quién para exigirles nada a esos señores —le recuerda Eugenio. Por muy lejos que haya llegado en la marinería, los mercaderes más opulentos de Sevilla lo siguen tratando con la misma arrogancia que ese hidalgo con ínfulas.

—Pues los convenceréis de que han de hacerlo.

—No es solo una cuestión de dineros...

—¡Lo es para mí, rediós! —trona el veinticuatro.

—La gente tiene miedo. Pocas cosas pueden competir con eso.

—Sevilla está llena de muertos de hambre. Que se doble la soldada si es necesario. A fe mía que, en cuanto se corra la voz, la cola para enlistarse llegará hasta Sanlúcar.

Eugenio se rasca la cicatriz de la cara. No traga a ese noble arrogante que no tiene la menor idea sobre cómo funciona el mundo de la mar. Si llenan los barcos de valentones y pícaros, lo único que conseguirán es que deserten nada más llegar. Un viaje de ida al Nuevo Mundo evitando los requisitos burocráticos de emigración y el coste del pasaje. Y, encima, pagado. El trampolín perfecto para saltar en busca de la Tierra Prometida.

Mas todo eso no preocupa al veinticuatro, pues su único objetivo es trocar el vino por una enorme cantidad de plata que llenará sus arcas tras el regreso de la flota. En verdad, tampoco habría de ser problema de Eugenio. Lo sería si este fuera un viaje más. No es el caso. Si las cosas van como planea, ni siquiera él hará el tornaviaje al Viejo Mundo. Don Rafael le está dando la solución que necesita.

—Primero iré al puerto a tantear el ánimo de mis hombres —dice con gesto grave—. Puedo reponer a un grumete, pero no a un capitán real, a un piloto o a un maestre. Sin los oficiales de la mar, no hay nada que hacer.

—Que se les duplique el sueldo también a ellos —zanja el otro, altanero.

36

Hay una mujer que grita.

Sus alaridos se diferencian del resto de las voces. No transmiten aprensión o curiosidad morbosa. Lo que a uno le llega es un dolor innegable. Está bregando con los alguaciles y Gaspar comprende que quiere llevarse el cuerpo de la niña. Los increpa sin descanso, a lo que uno de ellos responde con la mano abierta.

—Así aprenderás cuál es tu lugar.

Ella se levanta del suelo, el rostro ardiendo de la bofetada y de la ira. Tiene el labio partido y un hilo de sangre desciende por su mentón. Se acerca de nuevo al agente de la justicia.

—¡Cobardes! No vais a hacer nada, ¿verdad? ¡Ahora tampoco vais a hacer nada!

Él se aproxima aún más, pega su cara a la de ella. Apenas un centímetro entre ambos rostros.

—¿Quieres más, furcia? ¿Acaso te ha gustado?

El tumulto presta ahora más atención a la riña que a lo que sucede en la cubierta de la almiranta, donde los corchetes hacen desaparecer los vestigios del escenario del crimen.

El alguacil la mira con un desdén acumulado de siglos, transmitido de padres a hijos. Solo es una mujer, una ramera. Y, para colmo, medio negra. No merece el menor gasto de energía.

—Fuera de aquí. Lejos.

Ella le devuelve el mismo desprecio ancestral. Toda la inquina, todo el odio hacia quienes están en una posición privilegiada y la utilizan contra los desposeídos de la tierra.

Sobre todo, contra las desposeídas. La joven toma aire, un ligero balanceo hacia atrás y, ¡puagh!, le escupe con todas sus fuerzas. Una mezcla de sangre y saliva da de lleno en el rostro del alguacil.

Hay un instante en que todo se detiene. La turba está expectante, ha visto el agravio, ha saboreado esa sangre. Quiere más.

El alguacil se limpia con el dorso de la mano, tira a la chica de nuevo al suelo y lanza una patada contra su torso. El crujido de una costilla resuena en sus entrañas. Sigue otro puntapié, y luego otro y otro. La va a destrozar, se oye entre la multitud. Por el tono es difícil saber si se ha dicho con pena o con regodeo. Ahora el pie del alguacil apunta a la cabeza.

De repente, alguien lo agarra por detrás.

—Ya está bien.

Se gira furioso, incapaz de creer que alguien ose detener a un agente de la ley. Cuando ve quién lo ha hecho, su enojo aumenta.

—¿Otro perro negro? ¿Qué demonios crees que haces?

Gaspar yergue la espalda, estira el cuello, simula una tranquilidad que está muy lejos de sentir.

—Dejadla ir.

Entretanto, la joven se ha levantado con esfuerzo, se ha sacudido las faldas del polvo arenoso, se ha recolocado la mantilla. Los mira a los dos con idéntico desdén.

—No necesito a nadie que me defienda.

Gaspar no entiende nada. Su cerebro ha de volver a reajustarse. No es día hoy de caminos aprendidos.

Pero también han acudido refuerzos para el alguacil. Un grupo de corchetes inmoviliza a ambos, el mancebo y la zagala, y se aprestan a llevárselos. Ella patalea y perjura sin consuelo, le caen lágrimas de rabia, de pena, de dolor. De todo junto, cómo diferenciarlo. Él, en cambio, permanece silente. Se está preguntando cómo diantres ha llegado a ocurrir. Cómo ha podido ser tan torpe para estropearse la vida en un instante. El veinticuatro no se lo perdonará, y tampoco don Eugenio. Adiós a su aventura, a su sueño. Ahora que lo veía tan cerca. Y lo peor es que es culpa suya, solo porque siempre le costó tragar con la injusticia. No, no es verdad. No es solo por eso. Esa es la chica con la que tropezó en el puerto días atrás, la misma que acudió cuando hallaron el otro cadáver y que ahora llora la muerte de esta nueva víctima. La morena en la que no ha dejado de pensar desde entonces.

La turbamulta se desentiende de ellos a medida que se pierden Arenal abajo. La muchacha sigue revolviéndose, Gaspar continúa impasible. La frustración, sin embargo, es compartida. Solo son dos formas diferentes de canalizarla.

37

Sor Guadalupe está agazapada detrás de una columna.

Lleva horas así. Le duele la espalda y tiene el cuello rígido, pero la espera merece la pena cuando ve aparecer a sor Catalina. Ahora admira aún más la inteligencia de la priora. ¿Cómo pudo predecir que trataría de colarse en los aposentos prohibidos? Sin duda algo se le escapa, algo que María de San José no le ha revelado ni tiene por qué hacerlo, pero está claro que esa monja villana no es trigo limpio.

La vigila mientras baja las escaleras hasta el sótano y la sigue en la distancia, guiada tan solo por la escasa llama de la bujía que enarbola sor Catalina unos metros por delante. Aguarda con paciencia a que trate de forzar la cerradura y solo entonces grita desde su posición privilegiada:

—Quieta ahí, hermana. No os mováis.

A sor Catalina casi se le cae la bujía del susto. Obedece la orden más por puro instinto que por propio deseo, porque cualquiera diría que en verdad se ha quedado petrificada.

—Me acompañaréis a la celda de aislamiento.

Cuando reconoce la voz, sor Catalina se recompone lo justo para plantarle cara. Está harta de que esa profesa se interponga siempre en su camino. Sin moverse ni un ápice de su lugar, le clava una mirada de desafío.

—¿Qué derecho os arrogáis para pedirme tal cosa, hermana?

En el rostro de sor Guadalupe se dibuja una sonrisa torva y contesta sin disimular su gozo:

—Son órdenes de la priora. Permaneceréis recluida hasta que se decida sobre vuestra actitud.

La conmoción y la tristeza se dibujan en el semblante de sor Catalina. Si es así, no queda sino acatar lo que se le dice. Ha decepcionado a la priora a quien tanto admira y, peor aún, a Damiana. Aunque ella aún no lo sepa. Porque, encerrada y sin posibilidad de recuperar el librillo de Miguel, ya no tiene ninguna posibilidad de ayudar a su amiga.

38

—*¡Alto ahí!*

Eugenio de Ron avanza a pasos agigantados, acordes con su corpachón de titán. Lo grita un par de veces más, sin éxito, hasta que se coloca a la altura de la gurullada.

—Os he pedido que paréis. Este es uno de mis tripulantes.

Los corchetes lo observan con desconfianza.

—¿Este negro menguado?

—Cuidado con lo que decís. Quien afrenta a uno de los míos me afrenta a mí también.

Ahora el grupo de corchetes intercambia miradas. Todos saben quién es el piloto mayor y no conviene ponerse a mal con él, pero tampoco tiene jurisdicción sobre los detenidos como para imponerles nada, no llega a tanto su poder.

—Ha desautorizado a la justicia —dice al fin uno de ellos.

—Seguro que este zagalillo no ha puesto en aprietos a hombres como vuestras mercedes. —Lo ha dicho con un tono que irritaría a cualquiera que necesitara reafirmar su virilidad. La treta funciona.

—Por supuesto que no —contesta el alguacil—, pero debe aprender la lección.

—La flota ha de partir cuanto antes. Son órdenes de la Corona.

Eugenio se ha tirado el farol, pues lo cierto es que desde arriba no le ha llegado más que un silencio absoluto ante el asunto que les concierne.

—Y a mí qué me contáis.

Lo ha soltado un corchete con aire chulesco. Es más joven, y también más desagradable. Un perdonavidas. El piloto le cantaría las cuarenta y luego le pegaría un capón para que espabilara, pero contiene su mano y su lengua. Tiene la suficiente experiencia como para saber que no es así como se logran las cosas.

—Este mancebo está a mis órdenes en la nave capitana. Si no lo soltáis ahora mismo, estaréis enfrentándoos a la Corona.

Los corchetes gruñen, murmuran, discuten. Finalmente sueltan a Gaspar, que corre junto al piloto mayor.

—A la muchacha también.

Ha sido Gaspar quien lo ha dicho, y tanto los corchetes como el propio Eugenio se giran a mirarlo.

—¿Qué? ¿La Corona también necesita a la ramera? —dice el valentón—. ¿Acaso la verga de Su Majestad no está tan enhiesta como las de la capitana?

Eugenio tuerce el gesto, pero ve la determinación en los ojos de Gaspar y sabe lo que significa: problemas. Justo lo que el piloto no necesita.

—A la muchacha también —confirma con desgana.

El alguacil que comanda la gurullada lo mira enojado antes de hacer un ademán para que la liberen.

—Si la vuelvo a ver fuera de la Mancebía, me encargaré personalmente de que la azoten hasta que sangre como un puerco.

Le propina un último empujón que da con sus huesos en el suelo. Cuando se alejan, Damiana se pone en pie dolorida y observa con ojos rencorosos a ambos individuos. Primero, a ese mancebo de cabello crespo y tez oscura encaprichado con ella, tan tonto que no deja de meterse en apuros por su causa. Luego al que más le interesa. El hombre al que ha ido a buscar al puerto. El que yació con Violante la última noche en que la vieron con vida. El que la vieja del Hospital de Bubas identificó justo antes de que Luci apareciera colgada de un mástil. El gigante de la cicatriz.

Clava sus ojos en los del piloto mayor de Los Galeones, aunque para eso tenga que alargar el cuello como si mirara al mismo sol de mediodía, y pronuncia una única palabra que le sale desde muy adentro:

—Asesino.

Antes de que ninguno de ellos se reponga de la sorpresa, a Damiana ya le ha dado tiempo de levantarse las faldas, llevarse la mano al muslo, extraer la daga que lleva escondida en el liguero, alzarla por encima de su cabeza y descargarla con todas sus fuerzas sobre Eugenio de Ron.

Segunda parte

Fragmento del *Atlas catalán* que incluye el Imperio del Mandén. Autor: Abraham Cresques. 1375. Biblioteca Nacional de Francia.

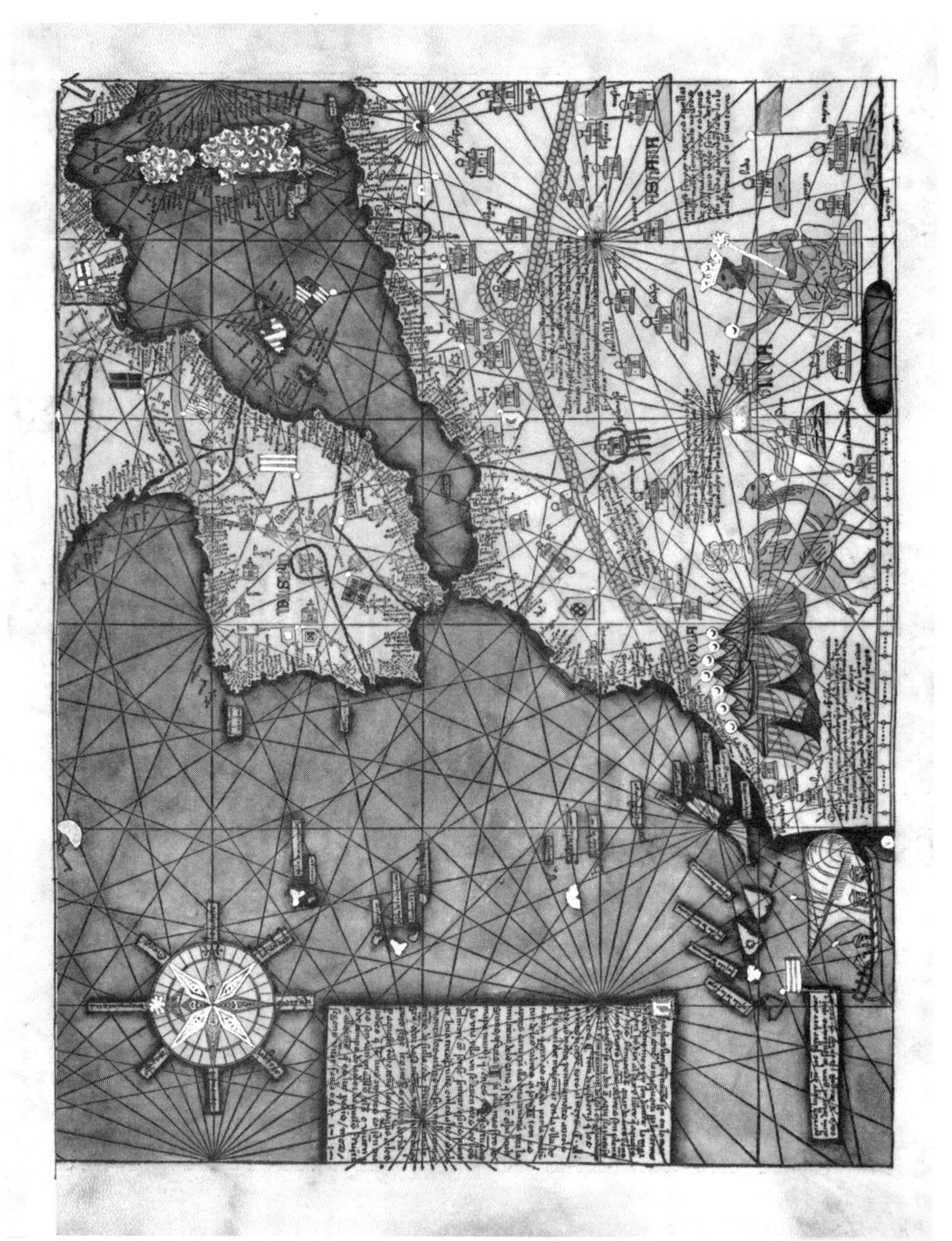

El destierro

Año de 1234. Reino de Mema

Sundiata regresa a casa agitado. Su madre está tumbada en la hamaca. Se pasa los días así, con los brazos caídos y los ojos cerrados. Podría estar muerta o quizá dormida, pero él sabe que no es ninguna de las dos cosas. Simplemente, no recupera las fuerzas desde que las intrigas de Sassouma los enviaron al exilio. Sogolon, la mujer búfalo, siempre guardó la esperanza de que su hijo terminara reinando, de que todos sus infortunios no hubieran sido en vano. Desde que esos dos cazadores sin escrúpulos la sacaron a rastras de su pueblo, en la Tierra de Do. Las violaciones del rey, los desprecios de su primera esposa, las burlas constantes a su hijo y la repulsa de un pueblo, el mandinga, que nunca la tuvo en consideración. Cuando Naré Magan nombró a Sundiata su heredero en el lecho de muerte, Sogolon creyó que de alguna forma todo cobraba sentido. Pero la pérfida Sassouma intrigó hasta lograr que la palabra del rey quedara deslegitimada y colocó a su hijo Karandan al frente del reino del Mandén. Mas ni siquiera ahí se dio por satisfecha. Cuando Sundiata por fin comenzó a andar y se convirtió en un muchacho fuerte y sabio, Sassouma temió que reclamara el trono. El odio que siempre sintió por él alcanzó nuevas cotas, y se dedicó sin aliento a acabar de una vez por todas con cualquier posibilidad.

Durante años, los pies de Sundiata y de Sogolon pisaron el polvo de los caminos. Sufrieron nuevas injurias, las que conocen aquellos que se alejan de su patria hacia tierras ignotas; las puertas se cerraron ante ellos, los reyes los expulsaron de cada nueva frontera que traspasaban. El reino de Djedeba, el de Tabon, el de Wagadu. Tras cada afrenta estaba siempre la mano de Sassouma. Pero todo ello formaba parte de la senda de Sundiata. Con dieciséis primaveras, posee la majestad del león y la fuerza del búfalo. Su cuerpo se ha hecho vigoroso, tiene un cuello recio y un torso robusto, y sus brazos de hierro poseen la fuerza de diez brazos. Ha adquirido un tono autoritario, y cada desdicha ha otorgado una nueva sabiduría a su mente.

Sin embargo, desde ese lejano reino de Mema, la valía de su hijo acentúa el sentimiento de fracaso que invade a Sogolon. Se pregunta por el sentido de su vida y comprende que tan solo ha sido el instrumento de otros. Ella nunca fue dueña de su destino. Primero aquel estúpido brujo que arrojó los cauris, luego el rapto de los cazadores, el capricho de un rey crédulo y engañadizo... Se encuentra llena de amargura, y lo único que le consuela es saber que a Karandan no se lo están poniendo nada fácil durante su reinado. El poderoso rey de los sossos declaró la guerra al pueblo mandinga poco después de su marcha. Los sossos son buenos guerreros, y cuentan además con un arma excepcional: Sumaoro es un hechicero temible que gobierna con la ayuda de sus fetiches. Gracias a ellos, puede lanzar la muerte sobre quien quiera. Dicen que viste piel humana, y que en su alcoba guarda las cabezas de todos los reyes que ha asesinado. Junto a ellas, una serpiente monstruosa y tres enormes búhos velan sus sueños. Inexorablemente, el brujo Sumaoro, el soberano intocable, está haciéndose con todo el territorio mandinga. Varios de los hijos de la propia Sassouma ya han tenido que huir para salvar el pellejo.

Sundiata zarandea el brazo de Sogolon con vehemencia.

–Madre, los pájaros me han traído novedades del Mandén.

Hace mucho que Sundiata aprendió el lenguaje de todos los animales del bosque. Ella misma se lo enseñó. Abre los ojos, apenas una ranura.

–Los sossos han devastado la aldea de Niani. Han esclavizado a los hombres más fuertes y han prendido fuego a cada casa. Toda la ciudad ha quedado reducida a cenizas.

Los párpados de Sogolon caen de nuevo. Una parte de ella querría sentirse satisfecha, pero en el fondo de su corazón solo encuentra pena. Aunque nunca la trataron bien, ese fue su segundo hogar, aquellos fueron sus vecinos, y ahora están muertos o apresados. No, la vida nunca fue fácil para nadie. Pero Sundiata vuelve a interrumpir sus pensamientos, empeñado en traerla de regreso al presente.

–Han perseguido a toda la realeza. Karandan ha huido, pero el resto de mis hermanos han sido asesinados. –Sundiata traga saliva–. También han matado a Sassouma.

Sogolon se incorpora de golpe. El vestido andrajoso le cuelga desarbolado de la chepa. Las manos se convierten en garras crispadas que se cierran sobre sí mismas. Por su mente están pasando todas las imágenes de su vida. Los sinsabores, los ultrajes, las vejaciones. Acaba de comprender: solo era miedo. Sassouma tenía miedo de Sundiata y al final han sido otros, venidos de fuera, quienes se lo han arrebatado todo. Su familia, su propia vida. Una lágrima le resbala por el rostro y luego otra, y *otra. Su hijo la abraza y aguarda a que llore la muerte de su enemiga. Cuando al fin la mujer búfalo se tranquiliza, Sundiata termina su relato:*

–El Consejo de Ancianos se ha reunido, madre. Me reclaman. Quieren que luche para liberar el país de los mandingas.

39

—*¿Estáis loca?*

Gaspar ha empujado a Damiana hasta hacerle perder el equilibrio. Demasiado tarde para evitar que el puñal seccione las carnes de Eugenio de Ron, pero al menos ha desviado la trayectoria lo suficiente para que no fuera directo al corazón. Todavía bajo los efectos de la sorpresa, el piloto observa el corte por debajo de su hombro izquierdo, donde la sangre brota con avidez.

Damiana se zafa de Gaspar.

—No os interpongáis en mi camino. No os lo diré más veces. —Le ha puesto la daga a la altura de la gorja. Podría rebanársela en un simple gesto.

Gaspar da un paso atrás. Mientras, Eugenio arranca un jirón de su camisa y se cubre la herida.

—¿Acaso no sabéis a quién habéis estado a punto de matar? —El labio de Gaspar tiembla al dirigirse a Damiana.

—A un ladrón y un asesino.

—Pero si acaba de salvarnos de los corchetes...

—¡Ha matado a Lucinda! La habéis visto colgada de ese palo, igual que yo.

Algunos transeúntes se han detenido a observar. Gaspar se sobrepone al temor que esa mujer comienza a infundirle y aprovecha que ha bajado la daga para tomarla por el brazo.

—Hay gente mirando. Idos antes de que os prendan de nuevo. —Luego, en un susurro—: Yo trataré de convencerle para que no envíe a la justicia tras de vos.

—Quitad. A mí me tocan solo cuando yo quiero, ¿me oís?

Ron ha acabado de vendarse la herida y se pone en pie.

—Gaspar, déjanos. Yo ajustaré cuentas con la muchacha.

El chico titubea. No se atreve a desobedecer una orden expresa del piloto.

—¿Es que no has oído? —Se gira hacia Damiana—. Y vos, ¿se puede saber por qué queréis cargarme a mí las muertes de esas mujeres?

—Los alguaciles no hacen su trabajo, pero yo sí. Sé que os llevasteis a Lucinda y que estuvisteis con Violante la noche que murió.

Eugenio se acaricia la cicatriz mientras la mira en silencio. Gaspar observa la escena preocupado: ¿por qué no lo desmiente? ¿Qué está pasando aquí?

—Y que robasteis mi talismán —añade Damiana con esfuerzo. Le cuesta respirar debido a la costilla cascada por el alguacil.

—Así que la figura de palisandro es vuestra. Sois Damiana, ¿cierto?

Avanza hasta ella, le retuerce el brazo y le quita la daga con toda facilidad.

—Vamos, tengo que hablar con vos. —Acto seguido mira a Gaspar, que continúa absorto escuchándolo todo—. Tú, sietemachos, deja de defender hembras y ahueca el ala. Hay que seguir reclutando hombres.

Gaspar se aleja con resignación al tiempo que Eugenio se lleva a rastras a Damiana. Ella no opone resistencia, en parte porque contra la fuerza de ese gigante no hay nada que hacer, y en parte porque necesita despejar los interrogantes que se le empiezan a acumular sobre él.

40

Eugenio se detiene tras una montaña de desperdicios.

El sitio parece bien elegido, pues los viandantes siempre dan un rodeo ahuyentados por el hedor nauseabundo del muladar. Suelta a Damiana, quien se cuida mucho de demostrar lo aterrada que está.

—¿De dónde procede esa estatua?

Ella aprieta los labios. No piensa soltar prenda.

—Violante me dijo que se lo cuidaba a su amiga Damiana. Y Damiana sois vos. Vamos, hablad.

—¿Qué vais a hacer, matarme a mí también?

—Otra vez con eso. No sé de dónde habéis sacado la idea.

—Os vieron en el hospital con Lucinda.

Eugenio suspira. Aparte de su tamaño, el costurón de la mejilla no lo ayuda a pasar desapercibido. Lo ha acompañado desde que era un grumete, cuando en mitad de una tormenta se partió uno de los palos de la arboladura y se le astilló en pleno rostro. Desde entonces, esa marca es su cédula de identificación en cualquier parte.

—¿Vais a decirme que no estuvisteis allí?

—Estuve, sí —dice al fin con ojos turbios—. Y la ayudé a escapar del hospital, maldita la hora. Pero yo no la maté.

—Embustero —reniega Damiana entre dientes.

—¡Vive Dios que no miento!

—¿Por qué ibais a ayudarla?

—Porque me lo pidió. A cambio de... darme cierta información.

—¿Qué información?

El piloto la mira con displicencia.

—Las cosas no funcionan así. Decidme primero cómo conseguisteis la figura.

—Antes me corto la lengua.

La paciencia no es una de las virtudes de Eugenio. La agarra por el pescuezo y aprieta lo suficiente para que le cueste respirar.

—Ya veo que estáis empeñada en uniros a vuestras amigas.

Damiana se revuelve como puede. Inútil. La manaza de ese hombre es como un grillete.

—Era de mi padre —dice en un murmullo ronco.

Eugenio afloja lo justo para dejarla coger aire.

—La diosa tallada en palisandro era de vuestro padre —repite para asegurarse.

—Sí.

—Qué más.

—Es el único recuerdo que me queda de él. Me la dio antes de desaparecer.

El piloto asiente, encajando la información.

—Necesito que me la devolváis —farfulla entre jadeos.

—Yo no me la llevé.

Ella lo mira con rabia. No lo cree ni por un momento, pero no está en condiciones de discutir. Ni él tiene interés en explicar nada más. Vuelve a aumentar la fuerza sobre la garganta de Damiana.

—¿De dónde la sacó vuestro padre?

—No lo sé.

—Ya —rumia Eugenio—. ¿Quién era?

—Un buen hombre.

—Como todos —dice con sorna—. ¿Cómo se llamaba?

Cuanta más presión imprime en el cuello de Damiana, con más empeño cierra ella la mandíbula. Hasta que él se da cuenta de que su rostro está perdiendo el color. La suelta, asustado de su propia fuerza.

Ella cae al suelo y tose desesperada. Cuando recupera el aire, hay tanto temor como odio en sus ojos.

—Miguel.

—¿Qué?

—Mi padre. Se llamaba Miguel de Arellano, aunque en Triana nadie lo conocía así. Era solo Migué el curtidor.

—¿Un zurrador de pieles?

—No siempre lo fue. Antes era contador de la Armada. —Damiana ha recuperado el resuello y la amargura—. Hasta que mi madre murió y se quedó en tierra para cuidarme.

Eugenio digiere las nuevas. Alguien que ha llegado a ser contador en la Real Armada sin duda podría haber aspirado a algo más que a sacudir cueros. Y, precisamente porque no encaja, intuye que está sobre la pista correcta.

Damiana se frota el cuello lastimado mientras Eugenio la mira sin saber qué hacer con ella.

—Oíd, no soy un asesino. He admitido que fui a ver a Lucinda al hospital...

—Solo porque os vieron allí.

—Haced el favor de escuchar, mujer. Lucinda estaba vigilando si alguien iba a la Mancebía en busca del ídolo de madera.

—¿Y por qué haría eso?

—Porque le prometí sus buenos dineros a cambio.

Damiana sabe que es una razón de peso. Cualquiera de sus compañeras lo habría hecho igual. Y, visto lo visto, Lucinda más que ninguna otra.

—Yo quería a Violante. Nunca le hubiera hecho daño.

Los ojos de la muchacha se humedecen a su pesar. Querría creerle. Ojalá pudiera creerle. Ojalá no estuviera frente al asesino de Violante. Y ojalá fuera verdad que el piloto le devolvió a su amiga un poco de ese amor que ella le profesó.

—Os aseguro que, si supiera quién fue el hideputa que le hizo eso, lo mataría con mis propias manos.

—Como casi hacéis conmigo.

Él deja escapar una sonrisa amarga.

—A veces no mido muy bien mis fuerzas. Pero vos no os habéis quedado atrás —dice señalándose la herida.

Damiana levanta la vista, mira el vendaje empapado en sangre, luego su sonrisa. Pero a ella no se le dibuja ninguna.

—Estamos buscando lo mismo —dice él tras un instante—. No tiene sentido que nos matemos entre nosotros. De hecho, podríais ayudarme.

—¿Por qué iba yo a hacer eso?

—Porque así sabríais quién es el verdadero asesino de vuestras amigas.

Damiana lo escudriña tratando de discernir cuánta verdad encierran sus palabras.

—No entiendo qué tiene que ver la efigie —dice al fin—. Y tampoco vuestro interés en ella. Solo es un pedazo de madera.

—Es mucho más que eso y lo sabéis. No puedo dejar que caiga en manos equivocadas.

—Y las vuestras son las correctas —replica con sorna.

—Mirad, muchacha. Yo no sé quién tiene esa figura. Lo que sí sé es el motivo por el que se la han llevado. El mismo por el que mataron a Violante y a Lucinda. —La mira de frente, con determinación—. Y el mismo por el que sospecho que desapareció Miguel de Arellano.

41

Gaspar no deja de pensar en lo sucedido.

En un rato ha salvado a una prostituta de acabar entre rejas y al piloto mayor de hacer su último paseo en barco, solo que esta vez junto a Caronte. No es que esté acostumbrado a las palmaditas en la espalda, pero tampoco habría pasado nada por que alguien le agradeciera tamaños favores.

Trata de concentrarse en la tarea encomendada, pues es mucho lo que le falta por hacer hoy. Ha tomado la calle de la Mar, asentamiento de navegantes y pescaderos. En su primer tramo transita por la laguna de la Pajería, una zona baja en la que se acumula el agua estancada. A la degradación del barrio contribuye la proximidad del mayor burdel del reino. Mujeres de toca amarilla entran y salen a esas horas para proveerse de su alimento diario, y eso lo conduce de nuevo a Damiana. Se lleva la mano a la garganta, donde la daga de ella se posó poco antes. La primera vez que la vio no iba tocada con el color preceptivo. Ahora se recrimina por bobo; lleva varias noches soñando con una mujer de la calle. Una mujer que, además, solo sabe meterse en un aprieto tras otro. Intenta convencerse de que no le atañe su suerte. Se lo lleva repitiendo desde que el piloto lo echó con cajas destempladas. Y está claro que obedecerlo ha sido lo único razonable que ha hecho hoy. Porque ayudando a esa muchacha ha puesto en juego la confianza que el piloto mayor y el propio veinticuatro habían depositado en él. Por una fulana dispuesta a asesinar a un hombre a sangre fría. Cómo ha podido ser tan ingenuo. Su madre siempre le dice que tiene la cabeza en las nubes, y no le falta razón.

Ha llegado a las gradas de la catedral, donde bulle la actividad. Es zona de paso de malhechores, que se acogen a lugar sagrado en el Corral de los Naranjos para huir de la justicia, pero es también, y sobre todo, el emplazamiento del comercio central de la ciudad. Buhoneros y merceros gritan desde sus tenderetes emplazados en la parte alta de los escalones; las amas de cría buscan quien las contrate, y los esclavos se exhiben como una mercadería más. También es allí donde acuden muchos de los candidatos a tripular las naos o a formar parte de las expediciones de conquista, en espera de un maestre o capitán que aparezca para contratarlos. Pero hoy ni siquiera están los escribanos, que suelen situarse en los soportales próximos para formalizar los contratos de fletamento o enrole de la marinería. Hoy a nadie parece interesarle alistarse. Porque si hay algo sobre lo que delincuentes y honrados murmuran hoy en el mentidero es el hallazgo de la chica muerta.

Gaspar va pegando la oreja aquí y allá. En boca del vulgo, las gaviotas negras han pasado a ser trece en cada uno de los mástiles; toda una bandada colgada de la arboladura de la nao almiranta cual siniestros frutos pendientes de recolección; la joven tenía la piel más blanca que la nieve y era una doncella de hermosura jamás vista, y sus extremidades se encuentran ahora dispersas —también en trece pedazos— por toda la cubierta de la nao militar, cubriéndola del mismo tono rojo que la pintura del casco. Como siga aumentando la fantasía popular, pronto no habrá quien se suba a un barco.

Aúna el coraje necesario y comienza a gritar su cometido:

—¡Se dobla la soldada a todos aquellos que se enrolen en la flota de Los Galeones! ¡Se dobla la soldada! ¡Aprovechen esta oportunidad única de viajar al Nuevo Mundo!

42

—*¿Qué habéis dicho*?

Damiana se ha vuelto a enfrentar a Eugenio. Está a un palmo de él, con la cabeza volteada hacia arriba para verle la cara. La cara de liante, de mentiroso, de embaucador.

—¿Qué tiene que ver mi padre con lo que les está pasando a las putas de la Mancebía?

—Ayudadme a encontrar el ídolo. Así nadie podrá llegar antes que nosotros.

—¿Llegar adónde?

Una expresión de escepticismo se cuela en la faz del piloto.

—Conocéis el resorte secreto —la tantea.

—Lo usaba para meter las monedas que quería reservar.

El piloto la mira con recelo.

—Y conocéis también los dígitos.

—¿Los números grabados en la panza?

Se hace un silencio denso, en el que cada uno mide al otro.

—Nunca supe qué significaban —dice Damiana.

Eugenio de Ron escruta su rostro. O esa mujer miente muy bien, o no sabe de lo que está hablando. ¿Es posible, siendo la dueña del secreto y persiguiendo como está esa estatuilla? Por ahora, prefiere no seguir indagando. Tiene cosas más importantes que hacer. Como asegurarse de que quien ahora la posea no se le adelante.

—Ya nos veremos, muchacha.

El piloto le tiende su daga por el mango en señal de paz, y ella la recupera al punto.

—No os vais a ir sin decirme lo que sabéis.

Damiana se abalanza sobre él con el arma en alto, pero a Eugenio no va a pillarle dos veces en las mismas. De nuevo se la arrebata sin esfuerzo, y la gira hasta apuntar directamente a su yugular.

—Me lo ponéis difícil con ese empeño en matarme. Al final tendré que acabar yo con vos.

La empuja hacia la montaña de basura, sepultándola entre los desperdicios. Es imposible que el infierno huela peor que eso. El piloto mayor mira a ambos lados para asegurarse de que no hay ningún ojo indiscreto y se dirige a ella con el puñal en alto. Es cierto que no quiere hacerlo. Por Violante, y también porque no es ningún asesino. Pero ya tiene bastantes problemas. Lo que necesita son soluciones. Y acabar con ella es la mejor solución que se le ocurre a ese problema en concreto.

Damiana siente un vértigo desconocido, como si se asomara a un abismo negro de dimensiones descomunales. Eso de que a una le pasa por la cabeza en un segundo todo lo que ha vivido es una burda mentira. En lo único que ella puede pensar es en lo que ya nunca vivirá.

43

Sor Catalina está desesperada.

Lleva horas en esa celda lúgubre y todavía nadie le ha dicho nada. Debería estar encallecida, es una monja de clausura, pero en la rutina conventual apenas goza de un momento de respiro entre los oficios y las tareas asignadas. Ahora, en cambio, dispone de todo el tiempo del mundo y nada en que emplearlo. Si al menos tuviera un libro... Sin embargo, lo único que le han dejado en la celda es un látigo de cáñamo que le recuerda la disciplina de mortificación de la carne, y al que mira con mucha inquina y poca disposición. Tiene bastante tortura en su propia mente como para encima flagelarse. Además, Dios seguro que se contenta con todas las tundas que recibió en las calles.

Inspira y espira tratando de controlar la ansiedad. Cuando ya empieza a dudar de que eso funcione, oye unos pasos que se acercan y corre a la puerta de la celda. Es sor Guadalupe. Viene a traerle una pieza de fruta y a retirarle la palangana de orines. Sor Catalina trata de entablar conversación con ella, que en un principio no se digna ni a mirarla. Hasta que comienza a suplicar. Al desdén que ya reconoce en sus ojos juraría que se ha sumado un brillo de satisfacción.

—Qué es lo que queréis.

—Hablar con la priora.

Sor Guadalupe deja escapar una carcajada artificiosa.

—Y yo con la Virgen María.

—¿Hasta cuándo voy a estar aquí?

La mirada de la hermana se oscurece.

—Hasta que paguéis vuestros pecados.

—Ni siquiera sé cuáles son. Mandad llamar al menos a mi confesor. Él me pondrá una penitencia.

—La monja recogida que se cree más que nadie —masculla cargada de desprecio—. Eso se acabó, ¿no lo sabíais? La priora ha ordenado que todas nos confesemos con el padre Nicolao. Se acabaron vuestros privilegios, hermana.

Sor Catalina acusa el nuevo golpe. No puede perder también al padre León. Lo conoció cuando recorría las iglesias en busca de una dote. Él fue quien le habló de la nueva orden fundada en Sevilla, de la madre Teresa y de su seguidora de confianza, a quien había elegido como prelada del cenobio hispalense. Por ellas quiso entrar en las carmelitas reformadas, pese a ser la orden más asceta. Estaba convencida de que, junto con la seguridad que tanto ansiaba tras años durmiendo en la calle, ahí tendría una oportunidad de cultivarse, algo inaccesible en cualquier otro sitio para una mujer de su condición.

Sabía también que muchos miembros del clero estaban maleados para la propia doctrina cristiana. Ya lo demostró el antiguo confesor, un clérigo desaprensivo que utilizó a las hermanas más débiles de espíritu a fin de armar el memorial para la Inquisición que puso en graves aprietos a la orden. Garciálvarez fue sustituido, pero ella no se fía más que del jesuita formado, del hombre humilde que prefiere emprender misiones populares salvando almas de presos o rabizas antes que verse rodeado de pompa y boato. El único hombre en quien confía. El único, también, al que admira.

Sor Guadalupe está alejándose con la palangana y una manifiesta expresión de asco.

—¡Hermana! —la reclama antes de verla desaparecer.

Trata de pensar rápido. Lo primero es conseguir que la saquen de ahí como sea.

—Me confesaré con el padre Nicolao.

—Le trasladaré a la priora vuestro deseo —replica la otra con sorna—. Es ella quien tiene que dar su consentimiento.

—¡No podéis negarme el acto de confesión!

—Contadle a Dios vuestros pecados. Él es muy misericordioso. —La hermana va a reemprender su camino, pero parece recordar algo—. He oído que os gusta relacionaros con nuestras vecinas de la Mancebía.

Un rictus de gravedad aparece en el rostro de sor Catalina. Así que ya se ha corrido el rumor por todo el convento.

—¿Sabéis? Han matado a otra en el puerto. Espero que no sea vuestra amiguita.

Quizá si sor Guadalupe hubiera permanecido un minuto más, si hubiera visto la lividez de su hermana de fe, el sudor frío que se ha apoderado de ella, los temblores y espasmos que la empujan a resbalar hasta el suelo fruto de una angustia aguda, las fuertes palpitaciones o su incapacidad para respirar, quizá, digo, se habría apiadado de ella. O quizá no. Porque solo quien ha padecido un ataque de pánico sabe que una desea con todas sus fuerzas morir antes que continuar en ese trance.

44

Diego vaga por el Arenal sin nada que hacer.

Florencio fija en él su mirada. No pasará de los siete años, va vestido solo con un calzón y posee un aire desvalido que encogería el corazón de cualquiera que lo tuviese. Pero hay muchos como ese, huérfanos abandonados a su suerte, y las gentes de Sevilla ya están inmunizadas ante la desgracia infantil. La mayoría de esos niños acabará en las guaridas de ladrones, utilizados para el pillaje por maleantes sin escrúpulos. Por eso a muchos maestres no les duelen prendas a la hora de enlistarlos en sus naos. Son unos aprendices perfectos y poco exigentes. Hijos de la pobreza sin nadie a quien recurrir, tendrán suerte si alguien les paga con una alimentación diaria, aunque vaya aderezada de rebencazos y palos que los hagan espabilar aprisa.

El secretario se acerca a un puesto y compra un par de empanadas rellenas con las sobras de algún guiso. Después va hasta el niño y le ofrece una. Diego mira desconfiado a ese hombrecillo con pinta de alimaña, pero no tarda en estirar el brazo y alcanzar la empanada. Se la come de dos bocados.

—Parece que tienes hambre.

—Hace tres días que no como, señor.

—Toma, meriéndate también la mía.

El niño vacila por primera vez.

—¿Y vuesamercé?

—Yo tengo más reservas —dice acariciándose la tripa.

Diego está de acuerdo en eso, porque ahora sí atrapa la segunda empanada y la devora con idéntico énfasis. Al acabar, se aparta las greñas grasientas que le caen sobre la frente y mira directo a la cara del adulto. En sus ojos, la resignación de quien empieza a saber cómo funciona el mundo.

—¿Qué es lo que queréis de mí?

El secretario observa a ese niño descamisado con un atisbo de pena. Se da cuenta de que podría obtener de él cualquier cosa que quisiera, incluso las urdidas por las mentes más depravadas. Espera que en el lugar en el que va a introducirlo no encuentre ese tipo de mentes. O que aprenda a defenderse de ellas.

—Solo asegurarme de que desde ahora comerás todos los días. Anda, ven conmigo.

Hay recelo en el niño, que sigue los pasos del secretario, pero hay también esperanza. Al fin y al cabo, es demasiado joven para haberla perdido del todo.

45

—*Hay un librillo.*

Eugenio tiene la daga en la yugular de su víctima. Un hilo de sangre le baja hasta el escote, manchando sus ropas. Le bastaría con apretar un poco más y terminar con todo, pero no se decide, y lo que ha oído acaba de frenarlo. Y si hay algo que Damiana jamás desperdicia es una oportunidad.

—Mi padre también dejó un librillo escrito por él.

—¿Dónde está?

—Eso no lo sé —miente.

—Entonces no me servís.

—Os lo traeré. Dadme veinticuatro horas.

—¿Creéis que soy idiota, mujer? Os esconderéis como una rata y no habrá forma de encontraros.

—No. Permitiré que lo leáis y luego no volveré a meterme en vuestra vida.

Eugenio pasa la mano por el costurón de su mejilla. Ese escrito podría confirmarle lo que intuye, o quizá desmentírselo. O, lo más importante, proporcionarle indicios que lo ayuden a llegar a destino.

—¿Veinticuatro horas, decís?

—Pero a cambio quiero algo.

Eugenio no puede evitar una carcajada. Qué narices tiene esa chiquilla, pardiez.

—¿Acaso salvar la vida no te parece suficiente?

Ella vacila. Podría limitarse a asentir y escapar en cuanto acceda, pero la temeridad que la caracteriza se sobrepone.

—Vos conoceréis el contenido del librillo y yo recuperaré mi talismán. Y me ayudaréis a averiguar quién mató a mis compañeras.

—Esa figura no puede...

—Caer en las manos equivocadas, ya lo sé —lo interrumpe Damiana y lo mira con determinación—. La protegeré con mi vida.

Él le mantiene la mirada unos segundos. Acaba esbozando una sonrisa de medio lado.

—Demonio de mujer —dice al tiempo que la ayuda a salir del montón de basura.

Una vez que Damiana está de pie, él alza el brazo. De forma instintiva, ella se retrae. No son pocos los golpes que lleva encajados como para fiarse.

Sin embargo, no es un ataque lo que Eugenio de Ron le brinda. Cuando Damiana comprende, estira el brazo y estrecha la mano abierta del piloto.

—Tenemos un acuerdo.

46

—*¡Ajá!*

La priora está en la que ha sido hasta hace poco la celda de sor Catalina. Ha aprovechado el rato en que las hermanas se retiran a sus aposentos tras la cena para colarse en la estancia de la joven monja. Si sor Catalina esconde algo más, su celda es el lugar idóneo para hacerlo. Muy a su pesar, María de San José comienza a acostumbrarse a ese papel inquisitorial.

Hay algo oculto bajo el jergón. Tal y como se temía. Es un texto, lo que aumenta la turbación de la abadesa. Quizá estas nuevas páginas la ayuden a dotar de sentido las que le han quitado el sueño las dos últimas noches. Lo mete bajo la túnica, se asoma a la puerta, mira a ambos lados para asegurarse de que ninguna de las hermanas anda cerca y se lanza pasillo abajo.

Ya en su celda, saca el libro presa de la inquietud. Sus páginas no están manuscritas, sino tipografiadas en alguno de los talleres de imprenta que cada vez prodigan más dentro y fuera de Sevilla. Hay varias decenas solo en la metrópoli hispalense, de modo que es difícil identificar una reproducción si no es por la marca del impresor. Lo abre por el final en busca del colofón, pero se decepciona al encontrarlo: es un ejemplar *sine notis*, no refleja el nombre del taller de procedencia ni la fecha de publicación. Esto no hace sino incrementar sus sospechas. Un impresor se cuidará mucho de que su nombre no aparezca en un libro herético.

La autoría tampoco se refleja más que con una pseudonimia que le llama la atención: «Una señora de Valladolid».

Una autora que ha querido que su nombre permanezca oculto. Eso no tiene por qué obedecer necesariamente a la herejía del texto, pues bien pudiera ser que no se atreva a publicar con su nombre por temor a las represalias. La escritura de las mujeres ha de ser silenciosa y siempre de modestas pretensiones, bien lo sabe ella, que solo se ha permitido compartir algunos de sus poemas místicos. La embarga un sentimiento de nostalgia y frustración ya recurrente. Desde que llegó a Sevilla ha sido incapaz de sentarse a escribir, la cosa que más deleite le produce en este mundo. Pero los tiempos recios han requerido de toda su energía.

Vuelve al libro y busca su título en la última página: *Cristalián de España*. No parece que tenga ninguna conexión con el cuaderno. Aun así, no puede evitar sumergirse en su lectura. Y, con ello, en las aventuras de personajes como Minerva, quien «no halló caballero que contra ella mucho en batalla pudiese durar», o de Membrina, que le recuerda a la madre Teresa, pues «su saber fue tanto que jamás quiso tomar marido por que nadie tuviese mando ni señorío sobre ella». Sin darse cuenta, las horas vuelan y María de San José se encuentra sonriendo por primera vez en mucho tiempo.

Después de todo, la propia Teresa de Jesús se encerraba día y noche durante su juventud a devorar libros de caballerías. No pueden ser tan malos.

47

Están en un rincón apartado.

Dentro de una de las tabernas próximas al Arenal, una en la que a Eugenio parecen conocerlo bien. Ella le ha dado la vuelta a su mantón, de nuevo amarillo, así que nadie duda del negocio que se traen esos dos entre manos. Está devorando un pastel de carne con ansia, pues no se echa nada al estómago desde el desayuno con el padre León. Eugenio mastica una tajada de hígado también a buen ritmo.

—¿Cuándo decís que desapareció Miguel de Arellano?

—Yo tenía nueve años. —Damiana habla con la boca llena, algún resto de carne sale disparado—. Lo sé porque él siempre me recordaba el día que nací.

—¿Y ahora?

—Ahora ya no hay nadie que me lo recuerde.

Eugenio da un trago a su jarra de vino y espera a que continúe.

—El mes pasado cumplí diecinueve.

—O sea, que vuestro padre desapareció hace diez años. Y vos habéis guardado el ídolo desde entonces.

—Me pidió que lo hiciera antes de esfumarse. Sabía que algo podía pasarle, estoy convencida.

—¿De verdad no conocéis el significado de esos números?

Damiana niega con la cabeza. Por alguna razón, quizá porque necesita compartirlo con alguien, quizá porque esa extraña mujer le hace sentir una aún más extraña confianza, Eugenio de Ron lo suelta sin pensar:

—Son coordenadas geográficas.

Ella hace la misma mueca que cuando Carlina habla de sus historias, la de no entender un carajo.

—Es un sistema que sirve para conocer la ubicación de cualquier lugar del mundo —explica él—. Se basa en dos alturas: la que va desde la equinoccial y la de este a oeste.

—En cristiano, si no os importa.

Eugenio pone a un lado las dos jarras y utiliza la mesa como tablero de explicaciones.

—Imaginad que esto es un mapa.

—No tengo tanta imaginación.

—Esto —mueve la mano de izquierda a derecha— sería la altura desde la línea equinoccial. Es posible calcularla por la posición del sol o las estrellas. Por ejemplo, mido el ángulo que forma el sol sobre el horizonte al mediodía, y ahí tengo su altura.

—La del sol —dice Damiana con escepticismo.

—Eso es. Hay que realizar alguna operación matemática, pero puede obtenerse. La dificultad estriba en esto otro. —Ahora Eugenio mueve la mano de abajo arriba—: La altura del este al oeste. Es complicado hallarla con precisión. El rey ofreció una suculenta recompensa hace unos años a quien mejorara los cálculos, pero siguen siendo precarios.

—¿Qué tiene que ver todo eso con mis números?

—Ambas alturas se miden en números.

Por fin Damiana empieza a comprender.

—Creéis que mi talismán marca un lugar concreto.

—Así es.

—Iré a ese sitio entonces.

—A ese sitio iré yo. Vos os quedáis custodiando vuestra estatua.

Ella niega con la cabeza.

—Iré con vos lo queráis o no. Es lo que mi padre habría deseado, ahora lo entiendo. Por eso me pidió conservarlo.

—No es tan fácil.

—¿Por qué?
—Está muy lejos.
—¿Cómo de lejos?
—En Tierra Firme.
—¿Al otro lado del mar?
Eugenio asiente.
—Con las condiciones a favor, unas diez semanas de navegación. Y unas cuantas más de expedición hasta dar con el lugar. Sumando la espera del siguiente convoy y el tornaviaje, podría implicar un año fuera.

Damiana siente una opresión en el pecho, pero no por alejarse de la ciudad que la ha visto crecer, sino por lo que significa ese viaje: conocer la tierra de su madre. Ahora está segura, eso es lo que su padre quería que hiciera. Se emociona, pero Eugenio no lo advierte. No es un tipo que se caracterice por su empatía ni por su capacidad de observación. Sí en los mares y los cielos, no en el rostro de las mujeres.

—Además, no hay padre que hubiera deseado ver a su hija embarcada en una aventura así. No es cosa para mujeres.
—Cómo no —dice con rabia.
—La vida en un barco es ruda, muchacha. Y adentrarse en terrenos sin cristianizar todavía lo es más. Quién sabe qué barbaridades podrían haceros esos salvajes.

Damiana suspira. Para qué contarle que ya se la has visto con todos los tipos de salvajes que él acierte a imaginar.

—Los cálculos fallan muchas veces —sigue el piloto—. Estaba dispuesto a buscarlo con las coordenadas, pero es importante obtener la máxima información antes de emprender el viaje.
—¿Buscar qué? ¿Qué creéis que hay en ese sitio?
—Eso no os incumbe —recula Eugenio, que se ha dado cuenta de que está hablando demasiado. Siempre le pasa con el vino y las mujeres bellas.
—Me incumbe, claro que me incumbe.
El piloto bebe un sorbo largo, se manosea la cicatriz.

—Vuestro padre pasó mucho tiempo en las Indias, ¿verdad? Participó en expediciones.

—Decidme qué creéis que hay en ese sitio —insiste Damiana—. Por qué yo no puedo ir, pero vos os morís de ganas.

El piloto mayor clava su mirada en los ojos oscuros de la muchacha.

—No os hagáis la tonta, mujer. Habéis tenido que leer ese librillo, sabéis mucho más que yo.

Damiana se traga el orgullo antes de contestar.

—No sé leer. Mi padre estaba empeñado en que aprendiera, pero yo siempre encontraba cosas mejores que hacer.

Eugenio da el último trago antes de asentir con parsimonia. Puede ser cierto. La mayoría de los pecheros son analfabetos, mucho más en el caso de las mujeres.

—Lo único que sé —sigue ella— es que el librillo lo escribió para mí. Y que siempre andaba a vueltas con él, sobre todo en los últimos tiempos.

—¿En los últimos tiempos?

—Antes de que la tierra se lo tragara.

—Comprendo.

Eugenio hace un gesto a la mesonera para que le rellene la jarra y juguetea con ella entretanto.

—Entonces ¿me lo diréis de una vez? —se impacienta Damiana.

Reina el silencio durante un largo minuto. Eugenio espera su vino, se lo bebe de dos tragos. Suelta un eructo acompañado de un resoplido.

—Si me traicionáis, os mataré.

Ella asiente. No le cabe duda al respecto.

—En cambio, si me ayudáis, prometo recompensaros cuando vuelva. No os faltará de nada. Eso sí es lo que vuestro padre hubiera querido.

—Hablad. Tengo derecho a saberlo.

El piloto elige cuidadosamente por dónde comenzar antes de volver la cabeza hacia Damiana.

—Las coordenadas coinciden con los estudios que llevo años realizando. Son muchos los que lo han buscado durante las últimas cuatro décadas, pero no contaban con los avances geográficos a mi alcance. He consultado todos los mapas de la Casa de Contratación. Los actualizados, y también los de las expediciones que decenas de aventureros emprendieron sin éxito. Allí está todo el conocimiento reunido. Y nadie sabe interpretarlo mejor que yo.

—¿Qué es, Eugenio de Ron? ¿Qué es eso que tanto buscáis?

Cuando vuelve a hablar, un brillo singular ilumina las pupilas del piloto. Damiana lo reconoce, porque, junto al de la lujuria, lo ha visto muchas veces en los ojos de los hombres. Se llama codicia.

—Lo que nadie hasta ahora ha podido encontrar, muchacha: el tesoro de El Dorado.

La guerra

Año de 1235. Batalla de Krina, orillas del río Níger

Las tropas de Sundiata han crecido a lo largo de los últimos meses. Ha habido importantes bajas, sí, pero han sido muchos más los hombres y mujeres que se han unido a él. Con tenacidad, ha ido reagrupando a los ejércitos de todos los reinos en lucha contra los sossos. Eso le ha permitido el avance hacia el corazón de las tierras mandinga.

A la cabeza de su ejército, vestido con túnica musulmana y tocado por un turbante blanco, el hijo del búfalo echa la vista atrás para observar la escena. Cien mil soldados a pie marchan por la llanura, precedidos por diez mil jinetes. Los tamtames de guerra redoblan con fuerza. La escena es sobrecogedora y le llena el corazón de orgullo. De orgullo mandinga, el que lleva en la sangre. El que aquel viejo zahorí le atribuyó tanto años ha.

Hoy es el día. Su general lo mira aguardando la indicación. Cuando él asiente, un guerrero sopla el cuerno, cuyo eco resuena a lo largo y ancho de la planicie. Es el inicio del dolor y de la muerte, y sus tropas se lanzan con fiereza contra las de los sossos. El suelo desaparece envuelto en una nube de polvo rojo levantado por miles de pies y pezuñas. En la retaguardia, sus temibles arqueros lanzan al cielo flechas que caen como una lluvia de hierro sobre las filas de Sumaoro.

Sundiata sabe que es la batalla decisiva. También que será una batalla larga y cruenta, pero está preparado. Lleva toda la vida preparándose para este momento. Enarbola el sable, brama su grito de guerra y espolea a su brioso corcel, arremetiendo contra las huestes enemigas.

El relámpago atraviesa el cielo con menor rapidez, el trueno aterroriza menos, la crecida de los ríos no alarma tanto. En un instante, las cabezas enemigas caen bajo el filo de su sable como los frutos maduros de un árbol sacudido. Decenas de sossos son aplastados por los mortíferos cascos de su fogosa cabalgadura. Avanza descuartizando cuerpos al tiempo que ve caer también los de los suyos, y eso aviva su furia. El campo de batalla es ahora una carnicería. Las lanzas penetran en los torsos desnudos y los dolientes gritos de los heridos a muerte se alzan hasta el cielo, logrando filtrarse entre el ensordecedor ruido de los mandobles que entrechocan en el cuerpo a cuerpo.

El sol ha caído cuando Sundiata divisa al hechicero Sumaoro. Solo su talla descomunal ya infunde pavor. Va a lomos de un caballo negro, ataviado con vestimenta del mismo color y un casco de grandes cuernos. Pero el hijo del búfalo no duda un segundo: encabrita a su corcel y se abalanza sobre el rival, blandiendo el sable.

De repente, un guerrero sosso sale de la nada y se interpone para dar la vida por su rey. El filo lo quiebra en dos como una calabaza, pero en el trance cae el sable de Sundiata, y Sumaoro aprovecha para poner distancia de por medio. El rey león agarra entonces su lanza y la arroja con puntería impecable contra su enemigo. El proyectil surca el aire con un silbido y, cuando llega a la espalda del brujo, rebota igual que si estuviera hecho de piedra.

Aún sin reponerse de su asombro, Sundiata tensa el arco y dispara ahora una flecha. Pero Sumaoro se da la vuelta para atraparla al vuelo y se la muestra con arrogancia. Sundiata queda estupefacto, mas no se rinde. Tras llegar hasta él, levanta su poderoso brazo para golpearlo con la fuerza de diez leones. Sin embargo, el impacto no se produce. Sumaoro se ha evaporado.

Sundiata escudriña el campo de batalla. Cientos, puede que miles de muertos se acumulan en el fango rojizo, pero no hay rastro del hechicero sosso. El heredero del trono mandinga nunca había creído las leyendas que circulaban sobre ese hombre. Las que aseguran que puede transformarse en abeja en plena batalla y picar a su enemigo, y que es capaz de fundirse con el viento cuando se ve acorralado. Ahora comprende que todo eso es cierto.

Sigue peleando hasta que, horas después, por fin lo avista. Está en lo alto de la colina, erguido sobre su imponente caballo negro. Él, invulnerable al hierro, observa desdeñoso cómo la muerte se regocija con los hombres y mujeres que luchan por una causa en ese rincón del mundo.

Pero el león hijo del búfalo tiene un arma secreta, y ha llegado el momento de probar su eficacia.

–¡Mientras yo respire, el pueblo mandinga no será esclavo! –clama a todos los vientos–. ¡Viviremos libres porque nuestros ancestros vivieron libres! ¡Ese es el deseo de Alá, y ese es también el mío!

Introduce la mano bajo sus ropajes hasta dar con el Nasi, el objeto mágico que una hechicera de Mema le regaló para destruir los encantamientos de Sumaoro. Es una flecha de madera con apariencia endeble, y su punta no es sino el espolón de un *gallo blanco. La acaricia, dispuesto a perseguir a Sumaoro hasta que se la clave en el corazón.*

Hoy su ejército y su magia serán superiores a las de los sossos. Vencerán a la crueldad, al salvajismo y a las malas artes del hechicero. Cuando caiga la tarde, los mandingas reinarán de nuevo. Y no solo recuperarán el territorio que les pertenece. Ignora de dónde le viene esa certeza, y sin embargo es para él tan evidente como que el sol seguirá saliendo por el este: la dinastía Keita dominará el mundo.

48

3 de septiembre del año del Señor de 1580

El padre acaba de contar las ganancias.

Está de un humor de perros. No hace ni una semana y ya nota que la muerte de Violante ha supuesto una merma de peso. Aun entrada en años, ganaba más que la mayoría de las putas de La Babilonia. Aunque trató de repartir a los clientes entre sus mejores fulanas, algunos aún no han vuelto y se teme que ya no lo harán. Esa pelirroja fogueada en las artes amatorias volvía locos a los hombres.

Y, ahora, Lucinda. Confiaba en que a largo plazo le rentaría más que una mina en el Perú. Las rubitas de ojos claros son un reclamo infalible, y no se consiguen fácilmente. Con su piel pálida, parecía una noble que no hubiera trabajado en su vida, un morbo añadido ante el que muchos sucumbían. Lo supo nada más verla. Él mismo se encargó de desvirgarla para que el juez le diera el certificado con el que ejercer en las boticas legalizadas por el Cabildo.

Además, era lista. Había comprendido cómo funcionaban las cosas desde el primer momento. Sus confidencias sobre lo que ocurría en la botica lo ayudaban a asegurarse de que todas mantenían los pies dentro del tiesto. Pero apenas le ha dado tiempo a amortizar lo que invirtió en ella.

Con mal humor, separa los gastos del total de ingresos. Además de las míseras monedas que dará a las lavanderas por la limpieza de las sábanas, aparta el alquiler que tendrá que pagar a capellanías y comunidades religiosas, los grandes propietarios del lupanar sevillano junto con el propio Cabildo municipal. Lanza una maldición. Con el auge del negocio prostibulario, los arrendadores no hacen más que aumentar las rentas. Por sus ocho boticas ha de pagar siete mil quinientos maravedíes, cifra que deberá repercutir en cada una de sus mujeres si quiere seguir ostentando el nivel de vida que el negocio hasta ahora le ha permitido.

Y, amén de esto, Damiana. Últimamente no hace más que darle quebraderos de cabeza. Primero cuestionando su autoridad, luego malmetiendo a las otras putas, y para rematar faltando a sus obligaciones. No sabe dónde diantres se metió ayer, tuvo que cubrirla con otras muchachas. Con un bufido, introduce las monedas para los gastos en una bolsa y guarda los beneficios en el arcón bajo llave. Al hacerlo, ve al fondo las cosas que requisó de la habitación de Violante y arruga la nariz. Ahí está su arsenal de hierbajos malolientes, sus brebajes y potingues y también ese ídolo de madera. Se trata de material hereje que puede comprometerlo, sobre todo si tiene en cuenta que más de uno ha acudido haciendo demasiadas preguntas sobre la pelirroja. Aún no se explica por qué no ha arrojado todo al fuego. Refunfuña al tiempo que cierra el arcón y se encamina a la puerta del Golpe. Mejor pasar el mal trago de los pagos cuanto antes.

49

Gaspar vuelve a las gradas.

Ayer logró que se enlistaran varios hombres más, pero sigue sin ser suficiente. Solo en la Soberbia ya han de viajar unos doscientos entre artilleros, oficiales, marineros, grumetes y pajes, a los que se sumarán los militares que forman parte de la Armada de la Guarda de la Carrera de Indias. En toda la flota no suelen viajar menos de unas seis mil almas, y, con todos los desertores, esa cifra está muy lejos de ser la habitual. Incluso algunos pasajeros que habían logrado la cédula para ir en uno de los barcos mercantes han preferido esperar a abril del año próximo, cuando el siguiente convoy salga en dirección a Nueva España.

Sigue gritando sus consignas a pleno pulmón hasta que ve acercarse a un hombre interesado. Sonríe al comprobar que lleva las vestimentas holgadas características de la gente de la mar: un blusón azul con capucha y unos zaragüelles de lienzo basto hasta los tobillos.

—*Quero me inscrever.*

La sonrisa de Gaspar desaparece. El número de marineros no españoles se limita a un máximo de seis por barco, condicionado a la obtención de una licencia previa. Eugenio de Ron le dio instrucciones precisas al efecto. La mayoría de los que han decidido quedarse ya son extranjeros, y la Corona es muy estricta en ese tema. El piloto quiere evitar trabas burocráticas que ralenticen aún más la partida.

—¿De dónde es vuestra merced?

—*Eu sou de onde você quer que eu seja.*

—Solo puedo enrolar a españoles.

El fulano lo mira con enojo.

—*E todos aqueles, o que são?*

Gaspar dirige la vista hacia donde señala. En los soportales próximos a las gradas hay una cola enorme de hombres aguardando a que los escribanos los atiendan.

—No sé.

—*Se você não me inscrever, eu vou procurar outro.*

El portugués se da la vuelta y se larga con expresión desdeñosa.

Gaspar avanza junto a la cola que llega hasta la catedral. Hay un barullo de voces que se confunden, pero ninguna le resulta inteligible. Aquello parece la torre de Babel. Se dirige hacia uno de los escribanos y se le enfrenta.

—¿Qué creéis que estáis haciendo?

El hombre levanta la cabeza, lo examina de arriba abajo y vuelve a sus papeles.

—Los documentos para que estos pobres marineros puedan conseguir un trabajo. Si me disculpáis, estoy muy atareado.

—Son extranjeros.

—¿Quién lo dice?

—Salta a la vista.

—En una inspección, lo único que salta es lo que digan mis papeles. —El escribano alza la vista un momento y le clava unos profundos ojos verdes—. Y lo que digan ellos. —Estampa un sello en el documento y se dirige al individuo que tiene delante—: A partir de ahora, diréis que sois catalán.

—*Oui, monsieur. Merci.*

—Un peso.

El nuevo catalán suelta su moneda y el escribano le hace entrega del título.

—¡Siguiente!

Un mancebo se sitúa frente a él. No pasará de los quince años.

—¿Desde dónde venís, amigo?

—*Eu venho do Porto.*

—Muy bien. A partir de ahora venís de Orense. Orense, ¿entendido? Sois gallego.

—*Entendi, senhor.*

El escribano continúa con su labor. Gaspar, pegado a él, lee lo que está redactando.

—No le habéis doblado la soldada. Para un grumete serían al menos setenta ducados, eso es menos de la mitad.

El tipo exhala un suspiro de cansancio.

—A ver, zagal. ¿Ves a alguien quejándose aquí?

—No, señor —admite.

—Pues a callar.

Se adelanta un fulano rudo con el que uno no querría toparse en la negrura de la noche. Lleva una camisa raída bajo el jubón de gamuza, va tocado con sombrero de ala ancha y a pesar del calor se cubre con una capa vieja de paño negro, probablemente para camuflar el acero ceñido al cinto. Lleva una vida de refriegas tatuada en las manos y el rostro. Para completar la semblanza, un parche oscuro le tapa el ojo derecho, a buen seguro perdido a causa de una jiferada.

—Vuestra merced está alojado ahí enfrente, ¿me equivoco? —El escribano señala el Corral de los Naranjos, donde se acogen a sagrado aquellos que tienen causas pendientes con la justicia.

—Mi humilde morada, para lo que necesitéis —dice mientras apoya la mano en el pomo de su temeraria, por si quedaba alguna duda de la calaña.

—Espero no necesitarla nunca. Vuestro nombre ahora es Jerónimo Pardo.

—Ahora y siempre.

El escribano asiente con gesto cómplice y lee a medida que redacta.

—Mediana estatura, buen cuerpo y barba de gancho, prieta y castaña. Sin ninguna deformidad ni señales dignas de destacar. —Le tiende el documento a cambio de la moneda de rigor y acto seguido le señala el parche—. Si algún veedor os pregunta, se os saltó en el viaje bregando con las jarcias.

El hombre sonríe, y al hacerlo se le ve una boca donde faltan la mitad de los dientes.

¡Siguiente!

Gaspar continúa al lado, asombrado por cuanto ve.

—¿Todavía estáis aquí, zagal? ¿Se puede saber qué queréis ahora?

El muchacho piensa bien la respuesta. Recuerda su objetivo y la nueva consigna que él mismo se ha impuesto: no meterse en problemas.

—Nada, que había un portugués en las gradas que quería inscribirse —replica encogiéndose de hombros.

El escribano sonríe.

—Estupendo, otro gallego.

50

Unos pasos apresurados resuenan en el corredor.

María de San José entra en la celda para constatar que sor Catalina está inconsciente.

—¡Traed agua fresca, rápido!

Sor Guadalupe se va corriendo a por ella y la priora comienza a pegar cachetadas en el rostro de la joven monja, que no responde. Le suelta la esclavina para liberarle el cuello y le toma el pulso.

—¡Sor Catalina! ¡Sor Catalina, despertad!

La monja se mueve, murmura algo incomprensible.

—Estoy aquí, hermana. Estoy aquí —dice la priora con ansiedad al tiempo que se acerca para tratar de descifrar sus palabras.

En ello anda concentrada cuando un jarro de agua fría cae sobre sor Catalina, empapándola y salpicando a la superiora.

—¡Pero, sor Guadalupe! ¿Se puede saber qué estáis haciendo?

—Lo que me ha mandado, madre.

—Os he pedido que traigáis el agua, no que nos bañéis con ella.

Sor Guadalupe retrocede cabecigacha. No soporta que la regañen, menos aún por culpa de esa monja indigna. Mientras, sor Catalina se frota los ojos con cara de conmoción.

—¿Estáis mejor? —pregunta la priora.

Ella la mira desde el suelo y luego dirige la vista a la otra monja. La superiora comprende al instante.

—Retiraos, hermana.

Cuando los pasos de sor Guadalupe dejan de escucharse en el pasillo, sor Catalina se levanta y se sacude las faldas mojadas. No hay rastro de debilidad en ella.

—Disculpe, vuestra maternidad, pero tenía que veros.

—No os ocurría nada. Me habéis vuelto a engañar...

—¿Es cierto que han matado a otra mujer en el puerto? Necesito saberlo.

María de San José sigue estupefacta.

—¿Montáis este teatrillo para hacerme acudir y todavía os atrevéis a demandarme información del exterior como si fuera vuestra confidente? ¿Quién os creéis que sois?

—En verdad vuestra maternidad es la única persona en quien confío aquí dentro. Vuestra maternidad y el padre León, pero a él me habéis prohibido verlo. Decidme, ¿es cierto?

Sor Catalina parece desesperada. Es la única explicación a su total falta de respeto y decoro.

—Así es —contesta al fin—. Otra mujer del pecado.

—¿Era...?

Sor Catalina no se atreve a ponerlo en palabras. La priora comprende.

—¿La buscona que acudía a veros? No, si es eso lo que tanto teméis. Era una pobre chiquilla pelirrubia.

Una mezcla de sentimientos abruma a la joven monja. El dolor ante la muerte de esa cría desgraciada se ve superado con creces por el alivio inmenso, casi alegre, al confirmar que no se trata de su amiga, y pisándole los talones llega en tro mba una desagradable sensación de culpabilidad. Todo ello aderezado por la inquietante constatación de que la priora conoce sus relaciones con Damiana.

—Gracias, madre —acierta tan solo a decir.

María de San José recupera la compostura y clava en ella una mirada severa, alejada de todo rastro de la amabilidad con que suele dirigirse a sus hermanas de fe.

—Y, ahora, ¿me contaréis de una vez la verdad?

—Sí, madre.

Cargada de parsimonia, la priora extrae el cuaderno de debajo de su escapulario.

—¿Toda la verdad? ¿Incluida la que guarda relación con esto?

Sor Catalina observa con anhelo esas páginas que tanto se ha esforzado por proteger. Luego se dirige a la priora. Hay miedo en sus facciones, pero hay también indignación, y hasta una pizca de desafío.

—No teníais ningún derecho.

—¿Cómo habéis osado guardar algo así?

—Os lo entregué junto al resto de mis pertenencias al hacer acto de profesión. Era la norma.

La priora niega con la cabeza.

—Lo escondisteis en el convento. Si este escrito llegara a la Inquisición por la vía equivocada, nos meteríais en graves apuros.

—Me pertenece. No hice más que dejarlo a buen recaudo.

—¡Poniéndonos a todas en peligro!

—Nadie tenía por qué verlo —dice sor Catalina con tono acusatorio.

—¿Acaso creéis que el Alto Tribunal no inspecciona hasta el último rincón? Ya hemos pasado por dos causas. No podemos permitirnos un solo error más.

El rostro de María de San José se ha tornado rojo como la grana. Su entrecejo se constriñe y en sus ojos hay una cólera que sor Catalina nunca le había visto.

—Estaba entre mis cosas —insiste.

—¡Dentro de *mi* convento! —clama la priora. Luego hace un esfuerzo por calmarse y vuelve a un tono sereno—: No me dejáis otra opción, hermana. Voy a entregarlo a un miembro del Santo Oficio para que valore su contenido.

—No, madre, por favor...

—Debisteis confiar en mí —dice la superiora con severidad.

Sor Catalina está desmoralizada. No puede haberlo hecho todo tan mal. Fruto de la impotencia, agarra por los hombros a la abadesa.

—Mi amiga está en peligro.

—¿De qué habláis? ¿Otra vez con esa mujer pública?

—Es la verdadera dueña del librillo. Yo solo lo custodiaba.

—También nosotras corremos un gran riesgo. Y la orden, que está por encima de todas nosotras.

—Pero a ella pueden matarla, como han hecho con las otras mujeres. —En la voz de sor Catalina se cuela la angustia—. Al menos, dejadme que os explique. Por favor.

María de San José suspira. Toma asiento en la banqueta, único mobiliario de la celda, y hace una seña a la hermana para que empiece a hablar. Y eso hace sor Catalina. Hablar, hablar, hablar. Contarlo todo desde el principio, desde el día en que conoció a Damiana y Miguel. Le relata cómo se enteró de las desgracias de esa familia, la obsesión de Miguel de Arellano por transcribirlo todo al cuaderno y releerlo una y otra vez, la promesa que le hizo de conservarlo para el día en que pudiera entregárselo a Damiana. La responsabilidad que ella asumió cuando Miguel desapareció, su propio miedo a que las muertes tengan relación con el secreto de esa familia y haga peligrar también la vida de su amiga.

La priora nunca pensó que el contenido de ese cuaderno fuera algo más que pura ficción hereje. A medida que comprende, sus facciones van cambiando. Pero no son las únicas.

Al otro lado de la celda, con la oreja pegada a la puerta, sor Guadalupe achina unos ojos cargados de rencor. Ella, que pudo haberse casado con el muchacho a quien amaba si su padre hubiera sabido gestionar mejor la dote de su madre, tuvo que renunciar a todo para entregarse en cuerpo y alma a la orden de las descalzas. Ahora es lo único que le queda en la vida. Y no va a permitir que la historia de esa monja y su amiga pecadora también se lo arrebaten.

51

—*¿Estáis seguro?*

Eugenio y Damiana se han encontrado hoy en la taberna de Marianela, donde ella los ubica lejos de miradas indiscretas. No ha hecho preguntas, aunque, por los gestos de advertencia hacia su antigua compañera, está claro que esa relación no le cuadra un pelo.

Damiana coge una aceituna gordal de la esportilla que hay junto al azumbre de vino y clava sus pupilas en los dos pozos negros que tiene Eugenio por ojos. Todo el mundo ha oído alguna vez la leyenda de El Dorado. Los jaques de medio pelo con quienes aprendió a estafar a los naipes y los dados, los marineros que se gastaban los ahorros de una semana en su botica, los niños con los que mendigaba en los arrabales...

Ayer el piloto mayor y ella se despidieron con la promesa de este reencuentro, sin alargar la charla, pero el asunto la acompañó de vuelta a la Mancebía y la acunó en una noche difícil, agitada por los nuevos descubrimientos y dolorida tras la paliza del puerto. Sin embargo, hoy es un nuevo día, y bajo el sol hispalense las antiguas leyendas solo parecen cuentos de viejas, así que insiste en la pregunta:

—¿Me decís que estáis seguro?

—Os lo explicaré para que comprendáis la importancia de este hallazgo.

Ella se acomoda, hecha a la idea de que la cosa va para largo. Sabe cuánto les gusta a los hombres mostrar sus conocimientos. Es una de sus mayores debilidades, que no pocas veces ha utilizado a su favor.

—Todo comenzó en Cundinamarca, en el Reino de Nueva Granada. Los oriundos hablaban de una tierra al norte donde había tantas riquezas que hasta los muertos se cubrían con polvo de oro. Los primeros que buscaron la ciudad áurea lo hicieron en el valle del Cauca, pero no hallaron nada, y, a medida que pasaban los años, se exploró más hacia el sur. Siguiendo la corriente del río Coca, el Napo o el río Grande. Muchos perecieron en el corazón del Amazonas. La búsqueda está jalonada de traiciones y desastres: Orellana, Ursúa, Lope de Aguirre, Berrio... Aventureros con nada más que ruina y cadáveres a sus espaldas. Mas cada expedición fracasada nos acercaba un nuevo paso. Y yo seguía marcando en mis propios mapas las zonas donde ya no había que buscar.

—Según vos, mi talismán sitúa ese lugar. ¿Por qué?

—Porque coincide con mis investigaciones. Muchos cometieron el error de moverse hacia el sur y hacia el interior del Amazonas, pero nadie exploró en esa dirección. Puede que sea una de las pocas zonas en las que los españoles aún no hemos puesto el pie.

—Y teméis que quien ha robado la talla lo alcance antes —comprende Damiana—. De ahí las prisas por zarpar.

—Si saben lo mismo que nosotros, intentarán adjudicárselo como sus legítimos propietarios. Por eso es tan importante que contemos con toda la información. Creía que hoy ibais a traerme el librillo.

Damiana se lleva a la boca otro par de olivas. Son de las que se recogen en los collados del Aljarafe, y por Cristo que saben como la fruta prohibida del paraíso. Al tiempo que las degusta, las piezas se van engranando en su cabeza.

—Estoy en ello —miente—. Pero decidme: Violante tenía el talismán escondido. ¿Cómo descubristeis las coordenadas?

—Éramos amantes desde hace años.

—Lo sé.

Una expresión nostálgica se adueña del rostro de Eugenio al rememorar a la bruja Violante.

—Muchos marineros tienen familia en Sevilla, pero yo nunca quise casarme. Este trabajo es arriesgado, puedes dejar huérfanos en cualquier momento. Además, ni siquiera ves crecer a esos chiquillos. Pasamos fuera muchos meses al año y durante todo ese tiempo las mujeres han de apañárselas solas con ellos.

—Así que preferís pagar para desahogaros de vez en cuando.

No hay acritud en las palabras de Damiana. Después de todo, es lo que le permite a ella ganarse la vida.

—No es solo una cuestión de desahogo —protesta él—. Con Violante era distinto. Ella era el tipo de compañera a la que yo podía aspirar. Nos veíamos cuando podíamos, charlábamos, lo pasábamos bien y teníamos esa complicidad que los matrimonios sumidos en la rutina han perdido por completo.

—Vamos, que una puta es la pareja perfecta. —Ahora sí, a ella se le cuela un poso de amargura.

—Una puta no lo sé. Violante para mí sí que lo era.

El piloto lo ha dicho con tanto sentimiento que Damiana se ve obligada a musitar una disculpa. Él asiente y sigue perdido en sus recuerdos.

—Ya sabéis que su pasión era la medicina. Me pedía hierbas del Nuevo Mundo. Yo preguntaba a los hidalgos que se habían instalado allí, incluso una vez fui a ver al chamán de una tribu. Solo con ver su cara cuando le traía una raíz o un emplasto que no conocía y le explicaba sus usos, ya valían la pena todos los esfuerzos.

—El palo de guayaco... —recuerda ella.

Eugenio sonríe con nostalgia.

—Por ejemplo. Ya se puede conseguir aquí, pero yo le seguía trayendo, porque en Nueva España se encuentra más barato y ella lo necesitaba para sus niñas.

—¿Sus niñas?

—Así os llamaba.

Damiana trata de disimular la emoción echándose un trago de vino al coleto.

—También le traía zarzaparrilla, mechoacán o liquidámbar. Y, cuando le surgían dudas sobre cómo prepararlas, me pedía que le leyera las recetas de Monardes. Decía que, si hubiera nacido hombre, habría sido como él: un médico que cura e investiga.

Ella no soporta seguir escuchando. Duele demasiado saber que alguien ha eliminado del mundo a una persona así.

—¿A qué viene todo esto? —dice con tono cortante.

Eugenio carraspea, da un sorbo a su jarra y se torna serio.

—Trataba de explicaros que estaba muy familiarizado con sus hierbas. A veces me quedaba a pasar la noche con ella a escondidas...

—Eso ya lo sabíamos todas.

—Dejadme acabar. —Ahora el cortante es él—. Mientras yo descansaba, ella seguía probando recetas. Conocía su cajón de las hierbas como la palma de mi mano, y la estatua era una especie de amuleto que formaba parte de su tesoro.

—Pero era mía.

Eugenio se encoge de hombros, como si eso no importara.

—Siempre me llamó la atención. Había visto una igual en mis expediciones por las Indias. Un mercader estaba empeñado en vendérmela, decía que era de una tribu antigua que veneraba a una madre universal, Olotililisopi, la creadora de todo: del cielo y las estrellas, de la tierra, las plantas, los animales. Me contó que Olotililisopi se cubre con vegetación de la selva, y la sangre de su mes es de muchos colores.

—Olotililisopi... —repite ella, absorta en la narración. Todo coincide con el diseño de su talla: la diversidad de colores, las plantas talladas que la envuelven.

—La última noche que estuve con Violante, yo estaba jugueteando con la estatua mientras ella preparaba un ungüento para la comezón de la piel —continúa Eugenio—. Y, de repente, la panza de la diosa se abrió. Tenía un compartimento secreto del que nunca me había percatado y dentro estaban las coordenadas.

Damiana asiente en silencio. Ella también dio con el resorte por casualidad, muchos años atrás.

—Las estudié fascinado: marcaban una posición allende los mares, en algún lugar del Nuevo Mundo. Desde el primer momento sospeché lo que podían significar.

—Y quisisteis robaros mi ídolo.

—Violante no me lo permitió. Discutimos y no hubo manera, lo único que pude hacer fue memorizar las coordenadas.

—¿Qué más pasó?

—Esa noche no me quedé a dormir, ninguno estábamos de humor. Lo último que le dije fue que era una testaruda. —Eugenio traga saliva—. Dos días después, reconocí sus cabellos y su piel en el mascarón de mi barco.

—Pero no hicisteis nada —le recrimina ella, envolviendo de rabia su tristeza—. Dejasteis que los corchetes se llevaran sus restos para arrojarlos en cualquier rincón.

—No podía decir que me amancebaba con ella.

—Podíais decir quién era, que la habíais visto la noche antes, que...

Eugenio la interrumpe.

—No. Los alguaciles me investigarían, y eso podría ponerme en aprietos.

—Sois un cobarde. Queréis hacerme creer que la amabais, pero antepusisteis vuestro propio pellejo.

—Ya no podía ayudarla. —Eugenio de Ron mira el fondo de su jarra vacía—. Cuando reuní el ánimo suficiente para regresar a su alcoba, la estatua ya no estaba. Y eso fue todo.

Se hace el silencio. El piloto tiene la boca seca, pero hace rato que se ha acabado el vino. Un surco vertical en su frente refleja los esfuerzos por contener la pena. No son suficientes, y una lágrima resbala por su pómulo izquierdo hasta encontrarse con la cicatriz. Se limpia rápidamente con el dorso de la mano como si lo hubieran sorprendido en un renuncio imperdonable.

Damiana también llora, sus lágrimas caen silentes por ambas mejillas hasta chocar con la madera de la mesa. Pero a ella sí le está permitido. Alguna ventaja habría de tener ser mujer.

52

—*Todo mentira, señor.*

Florencio está de pie frente al veinticuatro, quien lo escucha recostado en su sillón de guadamecí policromo.

—¿Todo?

—Eugenio de Ron está pelado como una rata. No posee en la ciudad más propiedad que su morada.

—Entonces no es cierto que haya invertido en inmuebles ni que tenga intereses en que Sevilla siga ostentando el monopolio del Puerto de Indias. —Don Rafael se retuerce el bigote—. ¿Y qué pasa con lo de Cádiz? ¿El boicot para lograr que todo el comercio parta de allí?

Florencio chasquea la lengua con desprecio.

—Es una ciudad demasiado pequeña, no llega a las mil almas. Mis fuentes aseguran que eso jamás será posible.

—Entiendo...

El caballero disimula la irritación. Si lo que dice su secretario es cierto, el piloto le ha tomado el pelo. Y no le gusta quedar en evidencia, mucho menos delante de ese criado farfante. Por eso cambia el tema.

—¿Es seguro lo de las propiedades, Florencio? ¿Quizá las posee alguien de su familia, algún pariente?

—El capitán de una nave lo recogió de la calle cuando era un crío. Comenzó como paje y pasó por todos los puestos hasta llegar a piloto. La única familia que Eugenio de Ron ha conocido son los hombres de la mar.

Rafael asiente.

—Un ganapán... Sí, no hay más que ver sus manos encallecidas y sus formas toscas. Estaba claro que no era de buena cuna —dice sin disimular el desprecio—. Pero, si mintió en eso, ¿por qué se toma tan a pecho este asunto? ¿Cuáles son sus razones secretas? ¿Quizá lleva mercaderías ocultas con las que él también pretende traficar?

El secretario niega.

—Tiene sus chanchullos, como todos los navegantes, pero nada fuera de lo común.

—Y, si el sabotaje de los buques armados no se hubiera hecho para cuestionar el monopolio de Sevilla..., ¿para qué entonces?

—Nadie parece conocer la causa.

—¡Pues sigue investigando, pardiez!

Florencio aguarda unos segundos antes de carraspear. Sabe que el señor se las gasta así, se le va toda la fuerza por la boca.

—De todas formas, yo ya no me preocuparía mucho por eso.

—¿Y por qué debo preocuparme, si se puede saber?

—Traigo buenas noticias.

El caballero arruga el ceño.

—A qué estás esperando, diantre.

—Entre antes de ayer y hoy hemos reclutado a ciento veintiséis hombres para la Soberbia. Y muchos otros se han enrolado en el resto de los galeones.

—¿Eso significa...?

—Que tenemos suficiente para cubrir las bajas —confirma el secretario.

Ahora la boca del caballero se ensancha en una sonrisa. Se arregla el encaje de los puños con satisfacción y observa fijamente a ese asistente sabidillo.

—¿A pesar del boicot?

—A pesar de todo, señor. La flota podrá partir en breve. —Florencio fuerza otra sonrisa—. Esta vez sí.

53

Es la hora menguada.

Una luna gibosa se deja querer por nubarrones de húmedos presagios y, a trechos, alguna vela doméstica recorta un postigo entreabierto. Por lo demás, no hay ni un hacha encendida en las calles y la noche es negra como boca de lobo. Apenas se distingue siquiera la silueta de la iglesia mayor, perfilada entre las sombras de los tejados próximos.

Si no llevara al lado a un hombre del tamaño de Eugenio de Ron, Damiana no se aventuraría sola a medianoche. Lo mejor que podría sucederle es que algún vecino, al grito de «agua va», le arrojara las evacuaciones del día sin darle tiempo a esquivarlas. Es la hora de salteadores, matones a sueldo y todo tipo de bellacos dispuestos a cometer las más extremas felonías. La gente de buenas intenciones no sale y, si se ve obligada a hacerlo, es alquilando escolta con armas y luz. Hasta las cantoneras más curtidas se quitan de en medio en momentos como este. Eso la devuelve al tema que le preocupa.

—A Violante la mataron fuera de la Mancebía.

Eugenio sigue caminando en silencio, concentrado en sortear los arroyuelos de inmundicia y las boñigas de caballerías que revisten el suelo. Va embozado en la capa negra, y lo más que se podría decir de él es que parece un fantasma oscuro de buena percha.

—Lo sé —contesta al fin.

—¿Lo sabíais?

—Lucinda me lo contó, a cambio de unos maravedíes extra que no pasaran por el padre.

Damiana reniega con disgusto. Esa niña sin escrúpulos jugaba a varias bandas. Se lo contaba todo al padre para ganarse su confianza, a Eugenio por unas monedas y a ella para tenerla también de su parte. Y ni por esas le salió bien la jugada.

La pilla desprevenida la maniobra del piloto. La agarra de la cintura y la coloca de espaldas a la pared al amparo del primer portal a tiro.

—Idos al diablo, hideputa —masculla mientras trata de soltarse.

Él le tapa la boca y se aprieta contra ella.

Está a punto de encajarle un rodillazo en sus partes berrendas cuando ella también se percata. En la esquina, una tenue luz acaba de aparecer proyectando la sombra de varios bultos.

Es la gurullada en su ronda nocturna: un alguacil y tres corchetes forrados de acero que caminan alumbrados por un farol. A ninguno de los dos les interesa que les hagan preguntas, de modo que Eugenio la abraza fuerte y hunde la cabeza en su cuello. Pero la artimaña no basta para que se les aproximen farol en mano y se planten a tres palmos de distancia.

—¿Quién va? —Se hace oír el que manda.

Eugenio gira el pescuezo lo justo para contestar.

—¿No ven vuestras mercedes que mi mujer y yo estamos ocupados?

El alguacil ríe entre dientes. Está por dejarlo pasar, pero un joven corchete quiere destacarse ante su superior y se envalentona.

—Ya veo. Una mujer de virtud acrisolada, la suya.

Ante una ofensa de tal calibre, a cualquier hombre que estime su honra no le quedaría otra que replicar, y Eugenio lo hace como mandan los cánones: sacando el arma a relucir. Empuña la daga y se la coloca al corchete en la gola antes de que le dé tiempo ni a perjurar.

Los otros dos corchetes desenvainan al unísono. El piloto valora sus opciones. Por mucha estatura que se gaste, una daga como esa no tiene mucho que hacer frente a dos espadas entrenadas en hacerse respetar a base de sangre. Por no hablar de los mosquetes que llevan al cinto.

Pero hay alguien en esa noche tórrida que conserva la cabeza fría. Y a ello ayuda haber reconocido, pese al embozo, al piloto mayor de la Armada de la Avería.

—Disculpaos, Duarte. Tenemos que seguir la ronda —dice con temple el alguacil.

El corchete, aún con la daga raspándole la nuez, traga saliva y masculla desdeñoso.

—No he estado muy atinado con vuestra señora.

—Pedidle disculpas a ella, entonces —exige Eugenio.

El joven aprieta la mandíbula preso de la humillación. Eso ya es mucho exigir. Mira a su superior, buscando algún tipo de connivencia y no la encuentra. Como para ayudarlo a decidirse, nota el aumento de la tensión del acero sobre su garganta. Resignado, dirige la vista hacia la que es, a todas luces, una pecatriz curtida en el oficio.

—Señora, perdonad el malentendido. Jamás pondría en duda su virtud.

Damiana ve que todos la miran ahora. Están pendientes de su respuesta.

—Esto... Perdonado, perdonado. Mi virtud no sufre por vuesamercé.

Ahora sí, Eugenio recoge el arma y sonríe satisfecho.

—Id con Dios.

La gurullada sigue su recorrido. Damiana, todavía pegada al portal, deja escapar el aire que estaba reteniendo en los pulmones. Por Cristo que tiene agallas ese piloto.

Han reemprendido el camino sin articular palabra. No se han cruzado con nadie más, amén de una matrona que acudía a un parto guiada por su paje de linterna. Al cabo, Eugenio vuelve a la conversación como si nada hubiera ocurrido.

—Lo que no entiendo es por qué.

—¿Por qué qué? —dice ella despistada, aún dándole vueltas a lo cerca que han estado de acabar ahí sus andanzas.

—Por qué Violante salió a esas horas, justo la noche en que discutimos por vuestro ídolo.

—Yo tampoco —admite ella.

—Encontraron su cuerpo en una casilla del puerto, junto a los almacenes de pertrechos navales —dice él.

Damiana siente una sacudida en su interior. Sabe cuáles son. Ella misma se prostituyó en esas barracas más de una vez, antes de entrar en La Babilonia.

—Violante jamás iría a un sitio así.

—Fuera de la Mancebía no tenéis que pagar impuestos, ¿no es así?

Ella lo mira ofendida. Ninguna mujer en su sano juicio iría voluntaria a prostituirse extramuros pudiendo hacerlo dentro de los límites del burdel oficial. Solo un centenar de mujeres tiene este privilegio, frente a las más de tres mil discípulas de Venus que se buscan la vida de forma ilegal.

—No nos descuentan dinero para la Iglesia, para el Cabildo ni para los padres que se enriquecen gracias a nosotras, si os referís a eso. A cambio, quienes nos joden pueden elegir pagarnos lo pactado o clavarnos una daga como la que habéis desenfundado antes.

—Estaba enfadada conmigo —dice Eugenio con culpa—. Quizá quería hacérmelo pagar.

—¿De qué habláis?

—Yo... sabía que no podía prohibirle que se viera con otros. Pero le pedía que al menos no tuviera lo mismo que conmigo.

Damiana le mira incrédula.

—Sois igual que todos. Pagáis unas monedas y os creéis con derechos infinitos.

—No era por las monedas —se defiende él—, sino por lo que teníamos.

—Y dale con lo que teníais. ¿Qué era eso tan especial, si puede saberse?

Eugenio deja vagar la mirada por las calles. Es una mirada soñadora.

—Lo llaman amor.

Ella suelta una carcajada ácida como el jugo de un limón.

—¿Y cómo os enteraríais si se enamoraba de alguno?

—Si lo veía con frecuencia, me enteraría.

La mirada de Damiana se oscurece en cuanto cae en la cuenta.

—No me lo digáis: Lucinda.

Eugenio da la callada por respuesta. Ella está cada vez más enojada. Con Eugenio, por creerse con potestad para mandar en el cuerpo y en el corazón de su amiga; con Lucinda, por traidora; con ella misma, por no ser capaz de odiar a ninguno de los dos.

—Os creéis el ombligo del mundo —dice con amargura.

—¿Por qué entonces ir a prostituirse al puerto? No le faltaban dineros. Yo siempre le dejaba una bolsa llena.

Damiana encaja las piezas. Por eso Violante podía permitirse pasarle más de un hombre a las demás mujeres. Y por eso siempre era la mejor vestida, la mejor comida, y aún le daba para adquirir sus hierbas y no cobrar a ninguna por los cuidados que les prodigaba.

—Violante no fue a prostituirse —replica, aún más convencida.

Él asiente con gesto manso. Tan solo necesitaba oírlo en otros labios para aplacar una inseguridad que un hombre como él jamás admitiría. Caminan taciturnos durante un par de minutos.

—Le he dado muchas vueltas —retoma el piloto— y he pensado en otra posibilidad.

Ella sigue andando en espera de que continúe.

—Quizá intentó vender la estatua, ahora que conocía su valor.

Damiana se detiene en seco.

—¿Le contasteis lo que habíais descubierto?

—Cuando encontrase El Dorado, sería más rico de lo que nadie jamás ha sido. Le prometí que le compraría el mejor palacio de toda Sevilla y le daría una buena vida. La mejor.

—Le dijisteis que mi diosa era la llave para llegar hasta el tesoro de El Dorado —repite Damiana, estupefacta. No ha conocido a un hombre más farfante en su vida, no hay cosa que se guarde para sí—. Sois un necio.

Eugenio clava sus ojos en los de ella, quien no puede evitar un escalofrío. Después de todo, ese hombre ha tenido redaños para pegar su arma a la gorja de un corchete por mucho menos. Y a ella misma ya intentó matarla.

—Confiaba en Violante —dice al fin—. Pero sí, sé que fue una estupidez. Cualquiera habría pagado una fortuna por esas coordenadas. Y siempre es mejor disponer del propio dinero que depender de un hombre, ¿no es así?

—Así es —conviene ella. Sabe que, cuando hay muchos cuartos en juego, los suficientes para cambiarte la vida, pocas lealtades resisten. Ni la de un amor ni tampoco la de una amiga.

—O quizá...

—¿Quizá qué?

—Soñaba con un lugar donde pudiera usar sus hierbas sin tener que esconderse. Muchas veces me dijo que la llevara conmigo, pero jamás la tomé en serio —confiesa Eugenio—. Puede que quisiera utilizar esa información como pasaje a las Indias.

Damiana calla, porque eso es lo que más sentido tiene de todo cuanto han hablado. Violante no quería que nadie le pusiera un palacio, porque lo que más anhelaba en la vida era ser libre para fabricar sus pócimas. Para investigar nuevas formas de curar y salvar a quien lo necesitara. Estúpido el hombre que dice amarte y ni siquiera te conoce, masculla para sí. Eugenio se negó a darle aquello que deseaba, y

Violante vio la oportunidad de tomarlo por sí misma. De ofrecer la información que tenía a cambio de sus sueños. Quién no lo hubiera hecho.

Han llegado al final del camino. El pie del muro, frente a uno de los agujeros camuflados. Ambos conocen cada una de las salidas secretas. Las han utilizado muchas veces para saltarse las prohibiciones del lenocinio público: ella, para entrar y salir de la Mancebía cuando lo necesitara; él, para pasar la noche junto a su amada.

—Gracias por acompañarme, aunque no era preciso —dice a regañadientes.

Él se inclina con galantería.

—No iba a dejar sola a una dama.

—Ambos sabemos que no soy nada de eso.

—Sois mi aliada, lo que os iguala a la dama más principal del reino —dice él con su tono más serio—. Y ya habéis visto lo que puede pasarle a quien diga lo contrario.

A su pesar, una sonrisa se esboza en el rostro de Damiana. Le empieza a caer bien, pero todavía no se fía demasiado de él.

—Cada mochuelo a su olivo —espeta con rudeza.

Él se lleva la mano al sombrero en un gesto de despedida. Damiana lo observa alejarse. Esa capa negra sobre unos hombros anchos, esa talla de gigante mundano, ese andar un punto desgarbado con el que ya comienza a familiarizarse. Deja escapar un resoplido y se introduce a través del hueco en la tapia.

En la botica no se siente un alma. Hace horas que todas las mujeres han caído en brazos de Morfeo, y tan solo oye los ronquidos irregulares de Isabel y el chirrido lejano de algún grillo. Sortea las cucarachas que corren frenéticas al verla aparecer y penetra en su alcoba. Por fin sola, se deja caer sobre el camastro y se permite rememorar las vivencias de la jornada. Sin darse cuenta lleva la mano hasta su cuello, al lugar donde Eugenio sepultó la cabeza y le raspó con su barba prieta. Aún puede sentir el olor que desprendía su piel. Ella conoce los olores de los hombres. Ninguno es igual que otro. Hay sinfonías armoniosas de aromas, otras más desafinadas. Las hay rancias, pestilentes, avinagradas, algunas que recuerdan a cebolla podrida, pero también con un punto dulzón, casi empalagoso. Las hay que repugnan, las más, y también las hay que, a pesar del sudor, de la falta de higiene, de las camisas usadas una y mil veces hasta quedarse tiesas, desprenden algo especial, algo que podría dejar a una mujer sin oportunidad de resistencia. Es la firma odorífera de la otredad. Ahora ella sabe que podría reconocer ese olor en cualquier lugar, en cualquier circunstancia. Quizá fue eso lo que perdió a Violante. Lo que la hizo sentirse subyugada por aquel hombrón de nueve palmos de altura.

Suspira y se propone desechar esos pensamientos. Está exhausta, confía en que se dormirá en cuanto cierre el ojo. Solo que no le da tiempo a hacerlo. Porque siente cómo una mano le tapa la boca con fuerza, la misma que amortigua su grito de pánico.

54

—*Ssssssh.*

Damiana patalea para desembarazarse de su captor.

—No gritéis.

Esa voz le resulta familiar.

—Solo quiero hablar con vos —dice el hombre misterioso—. Se trata de sor Catalina.

Los ojos de Damiana se ensanchan por la sorpresa. Sus pupilas adaptadas a la oscuridad escudriñan ese rostro para confirmar la intuición. Es la segunda vez que el cura se mete en su cuarto de La Babilonia.

—¿Padre León?

Él la suelta.

—¿Cómo os atrevéis a asustarme de esa manera? —le reprocha llena de indignación.

—Se trata de sor Catalina —repite el jesuita.

—¿Qué pasa ahora? ¿Quiere que me llevéis a rastras a esa Casa Pía? ¿Acaso pensáis raptarme?

Ya está Damiana palpando la daga ceñida a su liguero cuando él se deja caer junto a ella en el camastro. Niega con la cabeza.

—Está encerrada.

—Desde hace años, padre. No es que sean noticias frescas.

—En una celda de aislamiento. Fui al confesionario para reunirme con ella y me negaron el acceso. A partir de ahora solo el padre Nicolao se encargará de la salvación de las descalzas.

—Pues muy bien. Si no la confiesa uno, lo hará otro. El caso es no tener secretos con Dios, ¿no?

Él niega de nuevo, abatido.

—No es eso.

—Quizá si no hubierais hecho tantas visitas a la Mancebía, no os habrían quitado del cargo de confesor de almas puras. —Damiana no puede reprimir esa pequeña maldad.

—No lo entendéis.

—¿Qué es lo que tengo que entender?

Ella comienza a irritarse. No le gusta que la tomen por tonta, menos aún un cura, menos aún ese en particular.

El padre León deja escapar un suspiro de desesperación.

—El aislamiento. La tienen encerrada en una celda de castigo y he oído que van a acusarla de herejía.

Las facciones de Damiana se transforman al instante. Su rostro empalidece, le tiembla el labio inferior al hablar.

—¿Herejía?

—Sí —musita el padre con angustia—. Y eso podría significar incluso...

—Quemarla en la hoguera —completa ella.

Damiana cierra los ojos. En su mente, las llamas devorando la carne humana que tantas veces ha ido a presenciar. En cada auto de fe, siempre clavando la vista en los cuerpos de los condenados. Siempre recordando lo que le hicieron a su madre, acumulando odio hacia quienes se la arrebataron, hacia quienes cometen el peor de los crímenes, la más infame de las crueldades. No va a ser capaz de soportar que hagan lo mismo con Carlina.

—¡Damiana! Damiana, ¿me habéis oído? —El clérigo la zarandea tratando de hacerla reaccionar—. Quieren condenarla. Quieren condenar a sor Catalina. Y vos sois la única que lo lamenta tanto como yo.

55

4 de septiembre del año del Señor de 1580

Florencio muestra una bolsa.

La deja encima de la mesa, a la distancia justa para que el alguacil la vea bien pero no llegue a alcanzarla.

—Era más tarde de la hora menguada.

—¿Dónde? —pregunta el secretario.

—En el barrio de la Cestería, en dirección a la muralla.

—¿Iba solo?

—Agarrado a una mujer de torpe vida.

—¿Con una ramera? ¿Eso es todo lo que tienes, que el piloto mayor fue a echar una cana al aire? —Florencio agarra la bolsa y se la guarda de vuelta a su faltriquera—. ¿Pretendías que te pagara por esa basura de información?

—No he acabado —dice molesto el alguacil, que ha seguido con los ojos la desaparición del cumquibus entre las ropas del secretario.

—Pues acaba.

El representante de la justicia hace el consabido gesto de frotar los dedos pulgar e índice. Florencio, a regañadientes, coloca otra vez la bolsa entre ambos.

—El cadáver que apareció en la nao almiranta también era de una tusona —dice con calma—. Igual que el primero.

—Hay muchas en Sevilla —replica Florencio.

—Pero no hay tantas que trabajen en la Mancebía. Ni mucho menos, dentro de la misma botica.

El secretario le observa ahora con interés.

—¿Cuál es esa?

—Una de las de más postín, en la plaza del Compás. La llaman La Babilonia.

—La Babilonia... —repite Florencio. Él también ha oído hablar de esa botica. Incluso la ha visitado alguna vez.

—Esta mañana, en cuanto han abierto las puertas, he enviado a uno de mis hombres a confirmar mis sospechas —continúa el alguacil—. La mujer con la que andaba el piloto pertenece a la misma casa que las dos muertas.

El alguacil agarra la bolsa de un zarpazo y la guarda a buen recaudo.

—Es carinegra y la conocen como la pájara. Pero su verdadero nombre es Damiana de Villanueva —concluye con gesto de satisfacción.

56

Sor Catalina no entiende nada.

Esos hombres han profanado las instalaciones del cenobio sevillano y ahora se la llevan a rastras como si fuera la peor de las delincuentes. Está tan conmocionada que ni siquiera ha opuesto resistencia.

El resto de sus hermanas los observan al pasar, pero constata con tristeza cómo ninguna de ellas mueve un dedo por su suerte. Al buscar sus miradas, se encuentra con unos párpados que caen justo a tiempo para no cruzar sus pupilas con las de ella, o bien con un avergonzado movimiento de cabeza hacia abajo. También hay quien se ha vuelto de espaldas en clara manifestación de su repulsa. Sor Guadalupe ha sido una de ellas. Hasta para sus propias hermanas ya ha sido juzgada y condenada.

Sin embargo, lo que más le duele es la traición de la priora. Confió en ella, le contó los secretos que llevaba años cargando, los que aún no había llegado a compartir con la propia Damiana. Y, tan solo horas después, vienen a prenderla. Para colmo, su superiora ni siquiera ha tenido los arrestos de dar la cara.

Como si le hubiera leído el pensamiento, María de San José aparece en ese preciso instante. Viene agitada, las mejillas encendidas y una expresión de cólera que desencaja en su rostro afable. Se encara con los familiares de la Inquisición.

—¿Qué están haciendo vuestras mercedes?

—Esta mujer ha sido denunciada.

—Sor Catalina es una mujer de Dios y pertenece a mi orden —dice con autoridad—. Soltadla ahora mismo.

—Eso no es posible.

—A fe que lo es. No podéis llevárosla.

—No tenéis de qué preocuparos, madre. Al contrario. —Hay condescendencia y un asomo de burla en el tono del familiar—. Estamos velando por la integridad de vuestro convento. Será sometida a un juicio justo.

«Justo», piensa María de San José con amargura.

—¿Dónde pretendéis llevarla?

—Al castillo de Triana.

La priora experimenta un escalofrío a lo largo de toda la espalda. El castillo de San Jorge, en Triana, acoge la sede de la Santa Inquisición desde que hace cien años los Reyes Católicos lo cedieron para tal fin. Sevilla, con su importante pasado morisco y judío, frontera entre el refugio espiritual de la España de la Contrarreforma y el resto del mundo, es una plaza clave para mantener a raya la ortodoxia de la Iglesia católica. De ahí que necesitara un lugar donde retener a aquellos acusados de saltársela.

Si ya es temible acabar en manos de esta institución, hacerlo en el castillo de San Jorge constituye la peor de las pesadillas. Miles de reos se hacinan en lóbregos cubículos expuestos a las humedades del río, cuando no a las crecidas que han acabado con muchos de ellos. Y, aun así, terminar sus días en el fondo cenagoso del Guadalquivir puede ser la mejor de las suertes. Todo con tal de no seguir sometido a los truculentos métodos que con el paso del tiempo darían pie a la memoria negra de España.

—Ni hablar. —Sor María de San José se planta entre los familiares y las puertas de su convento.

—Apartaos, madre. —Lo ha dicho el mayor de ellos, un tipo hosco cuyas formas no auguran nada bueno.

—Dejadla aquí. Yo respondo por ella.

—Son órdenes de arriba —responde él con tono adusto—. Si insistís en obstruirlas, nos veremos obligados a llevarnos también a vuestra maternidad.

María de San José clava una mirada incendiaria en los ojos de ese hombre que dedica su tiempo libre a un modo de voluntariado fanático e infame. En teoría, muchos lo hacen guiados por el celo religioso, aunque bien sabe ella que hay otros incentivos; no solo la tan codiciada licencia de portar armas, sino también las exenciones de impuestos y de la propia jurisdicción penal ordinaria. Pero, sobre todo, para un plebeyo es la forma de asumir los privilegios de la hidalguía. En un mundo donde el ascenso social es poco menos que una quimera, no es cuestión baladí. Y, por supuesto, está la limpieza de sangre. Un familiar tiene mucho más fácil conseguir las pruebas de no tener antecesores moros, judíos o penitenciados, o, lo que es lo mismo, de contraer enlaces ventajosos para él mismo y sus descendientes. El otro gran escalafón social. Demasiadas ventajas como para echarlas a perder por un arrebato de piedad.

Por eso, lo que María de San José constata en los ojos de ese hombre es justo lo que temía hallar: una firme determinación de cumplir su palabra.

Lentamente, se retira a un lado dejando el paso franco a esos hombres, no sin antes juntar las agallas para mirar a sor Catalina. En los ojos de ella solo encuentra decepción. Una decepción pura y absoluta. La reconoce al instante. Está demasiado familiarizada con el sentimiento de verse traicionada por las personas en las que una confió. Y sabe que pocas cosas duelen más.

57

Damiana guarda la distancia con cautela.

Cruzó temprano la puerta del Golpe y estuvo horas apostada frente al convento de las carmelitas. Allí permaneció vigilando hasta que esos dos hombres penetraron en el cenobio. Sus peores pronósticos se confirmaron cuando vio con impotencia cómo se llevaban a su amiga. Desde entonces, los ha seguido en la distancia. Primero por las calles aledañas al burdel hasta llegar al Arenal, que han cruzado abriéndose paso entre la marabunta para encaminarse directos al puente de Barcas.

Se trata de un puente formado a partir de trece barcas amarradas entre sí mediante garfios de hierro y ancladas a su vez al fondo del río. Sobre ellas se apoyan sendas pasarelas de madera que permiten cruzar el río. Esta construcción precaria lleva siendo durante siglos el único elemento de unión entre las dos riberas del Guadalquivir. De un lado, la ciudad de Sevilla. Del otro, Triana. El arrabal en el que transcurrió su primera infancia, pero también el lugar que acoge la institución más temida por cualquiera que estime en algo su existencia. Por eso, cuando ve que esos dos hombres se disponen a cruzarlo con Carlina a rastras, su ánimo se derrumba. No hay duda: van a encerrarla en el siniestro castillo de la Inquisición, el lugar donde su madre pasó los últimos meses de vida antes de ser calcinada en el quemadero. Los sigue todavía hasta culminar el cruce del puente a la altura del Altozano, plaza que da entrada a Triana y en la que se ubica la puerta principal del castillo de origen visigodo. Ahí ve cómo introducen a su amiga. El padre León estaba en lo cierto. La realidad ha superado el peor de sus presagios: son pocos los que salen de allí enteros.

58

Da vueltas en círculos por el huerto.

María de San José se detiene al darse cuenta de que ha pisado algo. Su sandalia de cuero está manchada de un líquido rojo y pegajoso. Se le tuerce la boca en un gesto de aprensión.

—Cielo santo, qué es esto.

Está tan abrumada por la situación apenas vivida que le cuesta darse cuenta de lo ocurrido: ha despanzurrado uno de los primeros tomates de sor Catalina. Era el bien más preciado de la monja, que mimaba cada una de las tomateras como a un hijo.

Sintiéndose aún más culpable, se limpia la sandalia y se aleja de la zona sembrada. El disgusto por el nefasto resultado de su intervención ante los familiares sigue atenazándola. ¿Para qué sirve el priorato entonces?, se pregunta una y otra vez. Cuando de verdad una de sus hermanas la necesita, no hay nada que pueda hacer. Tanta responsabilidad a las espaldas y tan poco poder de actuación. Bienvenida al cargo, le habría dicho la madre Teresa con su ironía característica. Eso la lleva a pensar en ella, inmersa en las gestiones para una nueva fundación en Castilla. Aunque lamenta irle con malas noticias, ha de saber lo ocurrido. Además, quizá pueda hacer algo. No en vano es la fundadora de la orden y su máxima representante.

Se encamina hacia su celda en busca de tinta y papel, pero allí la aguarda otra sorpresa desagradable. Alguien ha estado revolviendo sus pertenencias. En el cajón, las cartas de la santa están desordenadas, como si hubieran sido ojeadas a toda prisa. Desvía la mirada hacia el libro que yace sobre el camastro. Quienquiera que haya estado ahí no ha podido dejar de apercibirse de esa transgresión. Una abadesa leyendo un libro de caballerías, por el amor de Dios. Solo eso ya la pondría en un brete frente al Santo Oficio. Pero sigue ahí, y eso significa que no es lo que querían.

El cuaderno. Esto es lo que han ido a buscar. Han confiscado las propiedades de la infortunada, pero eso en el convento solo implica el fardo que se guarda en la cámara subterránea, donde solo había cuatro ropajes sin valor. De modo que han seguido registrando.

Lo peor de todo es que alguien ha guiado a los familiares hasta su propia celda. Alguien la ha apuntado con el dedo también a ella. Y ha tenido que ser una de sus propias hermanas. Reniega ante la idea. Ni siquiera durante su propio proceso inquisitorial llegaron tan lejos. Pero ¿acaso no es lo mismo que ella hizo con la monja detenida? Quebrantar su intimidad, sus objetos más personales, el interior de su propio cuarto.

Siente una opresión en el pecho y debe frenarse para tomar aliento. Al hacerlo, se introduce la mano por debajo de los hábitos, a la altura del escapulario que representa la protección de María. Ahí está. El cuaderno que manuscribió Miguel de Arellano, sostenido por el cordón ceñido a su cintura. Lo ha conservado poniéndose en riesgo a sí misma, y piensa seguirlo haciendo. Al menos en eso no va a defraudar a sor Catalina.

59

Damiana lleva horas buscando a Eugenio de Ron.

Ha aguantado las bromas más procaces en el puerto cada vez que preguntaba por él, ha entrado en todas las tabernas cuya existencia conoce, y ya solo le falta por visitar la Casa de Contratación, en el interior del Real Alcázar, pero sabe que allí el paso está vedado a una mujer como ella, de modo que se limita a esperar frente a la muralla árabe que custodia la puerta principal. Tan solo se atreve a asomar la nariz para avistar el Patio de la Montería y su imponente claustro de dos plantas, cuyos arcos descansan sobre decenas de columnas toscanas. Es un conjunto palaciego soberbio, no en vano ha acogido las visitas de la Corona española en multitud de ocasiones. Para una mujer de oficio pecadora, sería imperdonable adentrarse en un lugar así.

En la media hora que lleva fuera se ha visto obligada a quitarse varios moscones de encima y casi propicia un duelo entre dos rufianes decididos a disponer de sus encantos. Ya habían sacado las toledanas a relucir cuando unos corchetes que por allí pasaban los disuadieron con presteza. No está la cosa como para dejarse prender por una puta. Envainadas de nuevo, visto y no visto, cada uno por su lado.

Por fortuna, Ron no tarda mucho en aparecer. Le sobra elegancia con su jubón de paño negro con golilla almidonada y calzón del mismo color, capa fina y sombrero coronado por una flamante pluma. Parece gente de calidad, de la que no se arrima a fulanas como ella. Al menos, no a plena luz del día, que de noche todos los gatos son pardos. Y tras los muros de la Mancebía, huelga decirlo, también.

Se detiene en la entrada del Real Alcázar para enzarzarse en una discusión con un individuo más corto de estatura y de gallardía. Es un tipo achaparrado, con bigote escaso y patillas bien marcadas. Viste un capotillo francés que deja a la vista las calzas color bermellón tras las cuales se adivinan unas piernillas raquíticas para un cuerpo algo rechoncho. Al lado del piloto, parece un enanito del bosque.

Damiana no llega a oír el contenido de la disputa. El chaparro alza un índice amenazante, y a ella le sorprende la calma con que Eugenio le replica. Un gesto grave y sobrio que, para quien lo conozca, puede atemorizar más que muchas dagas. Por alguna razón, el piloto hace alarde con ese fulano de toda la templanza que le faltó la noche anterior ante los corchetes. Cuando la discusión termina, el tipo se aleja calle abajo. Damiana espera unos segundos, lleva los dedos índice y pulgar a la boca y silba con todas sus fuerzas. El piloto se gira desde el otro lado de la plaza y la reconoce.

—No podéis aparecer así —dice Eugenio con tono cortante. Luego baja la voz hasta un susurro apenas audible, al tiempo que mira a uno y otro lado—. ¿Habéis traído el cuaderno?

—No, pero...

—Entonces, batid talones lejos de mí. Nos vemos esta noche en el figón de Eustaquia. Y llevad ese cuaderno de una maldita vez.

—Tengo que hablar con vos ahora. No puede esperar.

Hay determinación en el rostro de Damiana, pero también angustia. Eugenio la observa. Tras unos segundos, deja escapar un resoplido.

—Al menos alejémonos de aquí. Vais a cargaros mi reputación.

—Ni que fuera la primera vez que andáis con una ramera.

—¡Por la sangre de Cristo! Callad y seguidme.

Damiana se encoge de hombros y lo acompaña a través de la intrincada red vial sevillana. Dejan atrás el Real Alcázar y caminan por callejuelas secundarias. Impera el silencio, pues los coches y carromatos han de elegir recorridos más espaciosos, y ellos apenas se cruzan con algún viandante ocupado en sus quehaceres. Un esclavo de vuelta de un mandado, una señora acompañada de su dueña o un canónigo que viene de alguna visita.

Las calles se vuelven cada vez más sinuosas. Llegan a perder la vista de la iglesia mayor e incluso al propio astro rey le cuesta colar sus rayos en esos suelos. No es otra la razón de su angostura: en una ciudad como Sevilla, hay que utilizar todas las armas al alcance para defenderse de las altas temperaturas estivales.

La mayoría del suelo por el que ahora transitan está enladrillado, aunque eso no quita que el hedor se haya perpetuado en él, habituados como están los vecinos a arrojar los desperdicios en la vía urbana. Es el siglo del oro y la plata, de las opulentas casas palacio que crecen como setas en el tejido sevillano y de los mercaderes lucrados muy por encima de la nobleza, pero el aumento de la fortuna no ha corrido parejo al de la higiene. Ricos y pobres siguen arrojando su mierda en la misma puerta de las casas. Esas calles tan solo se libran de los montones de estiércol procedentes de los carruajes que sí abundan en las vías más anchas y que es menester evitar, mirando siempre hacia abajo si uno no quiere acabar con las calzas emporcadas de excrementos.

Damiana va con la lengua fuera merced a las zancadas que se gasta el piloto. Cada vez que logra ponerse a su alcance, él aprieta el paso todavía más.

—¿Es menester ir tan aprisa?

—Lo es. Y no me habléis más hasta que lleguemos.

—¿Dónde vamos?

Él sigue andando en lugar de contestar. Pero Damiana nunca deja pasar una pregunta sin respuesta.

—¿Dónde vamos?

Un minuto después, Eugenio se detiene. Están frente a una construcción de dos alturas pintada de almagre y cal con un saledizo en su parte superior. Dista mucho de ser un palacio, pero tampoco es ninguna barraca.

—A mi casa —contesta al fin.

Se trata de una morada bastante amplia para un hombre solo. Está compuesta por un patio con habitaciones en torno, una cocina, un corral y un soberado, y destaca por su austeridad en el menaje; ni un tapiz, alfombra u ornamentación, nada que implique el mínimo lujo.

Eugenio la conduce hasta la habitación principal, donde un arcón situado en el centro hace las veces de mesa y armario. Dos sillas ginetas con asiento de enea y una estantería con varios libros y tinajas completan el mobiliario.

—Podéis sentaros —gruñe.

Con mucha flema, el piloto saca una esportilla, se sirve un puñado de altramuces de una tinaja y rellena dos jarras con un par de dedos de aguardiente. Después, le ofrece una a Damiana y toma asiento él mismo.

—Tenéis que ayudarme —dice ella, que no aguanta más.

Él niega con la cabeza.

—Vos tenéis que ayudarme a mí. La flota está lista y no me habéis dado lo que me prometisteis.

—¡Escuchadme de una vez! Se han llevado a Carlina.

—¿Quién es Carlina?

—Mi amiga. Se la han llevado los inquisidores. Al castillo.

Eugenio mastica un puñado de las semillas gualdas.

—Pues lo siento por vuestra amiga, pero yo no pinto nada en todo eso, rediós. Bastante tengo con mis propios asuntos.

—¡Habéis de ayudarme a liberarla!

El piloto suelta una risa forzada.

—¿Acaso creéis que tengo poderes mágicos? Nadie puede salir de San Jorge si no es a manos de los familiares y con la coroza puesta.

—No voy a permitir que la quemen viva.

Ante la expresión descompuesta de Damiana, Eugenio se compadece.

—Parecéis estimarla de veras.

—Me crie con ella. Es mi única amiga.

—En verdad lo lamento, pero no es de mi incumbencia —reitera—. Dentro de dos días zarpo rumbo a Nombre de Dios y aún hay mucho que acometer.

—¡Teníamos un acuerdo!

—Es lo que he tratado de explicaros —comienza a irritarse—. Según el cual yo os ayudaba a recuperar vuestra talla y vos a mí a encontrar el cuaderno.

—Lo haré, ya os lo dije. Solo necesito un poco más de tiempo.

Él niega con la cabeza; parece otro muy distinto al que la despidió ayer mismo a los muros de la Mancebía.

—Las cosas se han precipitado, he de viajar con o sin él. No hay motivo para seguir con nuestra alianza.

Como Damiana no se mueve, el piloto se echa al gaznate el último sorbo de aguardiente y la mira con severidad.

—Así que, si es para eso para lo que me habéis molestado, habéis perdido el tiempo.

Ella lanza un suspiro hondo. Se prometió a sí misma no exponer a su amiga, pero ya no tiene sentido seguir guardando el secreto. No puede enfrentarla a peor peligro del que ahora se cierne sobre ella. Ha llegado la hora de mostrar todos los naipes.

—Carlina es una monja descalza. Su único delito es rezar demasiado. Eso, y preservar los escritos de mi padre.

Eugenio alza la testa y la mira con fijeza.

—¿Oís? El librillo, ese que tanto os interesa —insiste—. A Carlina sí le gustan las letras, mi padre la enseñó a leer. Y se lo dejó a ella.

—Voto a bríos. Y ahora se la han llevado a las mazmorras.

—Así es.

La palidez se ha adueñado del rostro del piloto. Sirve otro tiento largo de aguardiente para templarse y lo bebe sin éxito. Sus facciones pasan de la incredulidad a la perplejidad, y de ahí al espanto. Si la Santa Inquisición anda detrás, ellos también saben lo que se cuece. Y eso vuelve el negocio mucho más peligroso.

60

La elección del castillo no es baladí.

El aspecto imponente del recinto simboliza muy bien el poder —y el temor— que la institución del Santo Oficio quiere transmitir; el aislamiento, al encontrarse al otro lado del Guadalquivir conectado tan solo por el puente de Barcas. Se ve desde cualquier punto, pero no se llega fácilmente; y, por último, la confidencialidad, clave de todo proceso inquisitorial. Los altos muros ocultan el edificio y todo lo que allí pueda acontecer. Tan solo se filtran algunas historias de las familias de los penitenciados o de los pocos infelices que esquivaron la pena de muerte y se atrevieron a contar los suplicios vividos en sus carnes. Sor Catalina querría pensar que esas historias son exageradas. Pasan de boca en boca, y el vulgo siempre tiende a dramatizar a la hora de contarlas.

Pero lo cierto es que la fortificación en la que se encuentra es todo lo tenebrosa que una acertaría a imaginar. Hay dieciséis cárceles secretas distribuidas en ocho de sus diez torres y una cámara de tormento situada en la atalaya de San Jerónimo. Tres de las torres dan al Betis, y las crecidas del río inundan con frecuencia sus plantas inferiores. Si no alcanzan cotas muy altas, los presos tan solo han de convivir con el agua estancada, las infecciones y el temor de ser sepultados en cualquier momento. Si las lluvias arrecian, entonces todo acaba ahí. Para bien o para mal.

Sor Catalina sabe que el hecho de ser una religiosa no va a librarla de nada. Está aún reciente en la memoria sevillana el auto de fe ejemplar en el que se relajó a los monjes de San Isidoro del Campo, la condena a la hoguera dictada a la monja Francisca de Chaves, la sentencia de cárcel irremisible para fray Domingo de Valtanás en aquel mismo castillo, o, cómo no, los procesos articulados contra la madre Teresa y contra su priora, María de San José.

Al trasladarla por el interior, la monja se siente como si fuera adentrándose en cada uno de los círculos del infierno, esos que conoce merced al libro que le pasó bajo cuerda el padre León. Los lamentos, aúllos y bramidos suenan cada vez más espeluznantes, se le cuelan en los tímpanos y penetran hasta lo más profundo del cerebro. Parecen salir de bestezuelas ultraterrenas. Del can Cerbero, del Minotauro y su ciega monstruosidad, de las harpías rapiñadoras con sus garras de buitre o de Gerión con su cola de alacrán. De cualquier cosa excepto de seres humanos.

El paseo acaba en una mazmorra atestada de mujeres cuya sola visión le produce un espanto mayor que el de los sonidos guturales que las han precedido. Cueros cabelludos de los que han sido arrancadas las melenas, rostros deformes a causa de las palizas, uñas extirpadas y manos destrozadas, pieles en carne viva a causa de los latigazos, quemaduras visibles en brazos y piernas.

Sor Catalina sufre. Sufre con el dolor que percibe a su alrededor, pero también anticipando el suyo propio. Porque lo peor de todo es que no es capaz de aceptar su destino. Ha cumplido con su voto de obediencia a la Iglesia, con las normas de la orden a la que se consagró, con cada una de las penitencias impuestas por su confesor, pero también con la amistad a su compañera más fiel y con la palabra dada a quien la trató como un padre. Ha sido una buena persona, por todos los santos. O, al menos, ha hecho lo que ha podido. Es cierto que cuando era una cría robó para sobrevivir. Y que luego, ya como novicia, se escaqueó de algunas tareas, burló frutas y verduras que podía haber compartido con sus hermanas, dejó el cilicio bajo el jergón muchas veces, y mintió en alguna que otra ocasión. Y una vez soñó con el padre

León. Un sueño que aún le saca los colores solo de recordarlo y que, por supuesto, nunca confesó. Pero, si su Dios no le va a permitir esas transgresiones, entonces es un Dios demasiado severo. Demasiado inhumano. Y, si ese es el final que le tiene reservado, por todos sus muertos que ella no se lo va a perdonar. Tras separarla primero de sus padres, luego de Miguel, de Damiana más tarde y ahora también de María de San José y del convento que había logrado sentir como un hogar. Ese no es un Dios que se merezca a las personas que entregan la vida a su causa. No lo es.

Se deja caer en el suelo, entre dos mujeres que gimotean en silencio. Se siente dolida, derrotada y, sobre todo, cansada. Cansada de poner siempre la otra mejilla.

El emporio

Año de 1278, palacio de la dinastía Keita. Ciudad de Niani

Sundiata está recostado en su trono de ébano y marfil, en la deslumbrante sala de audiencias palaciega. Los muros están decorados con bellas cimitarras y complicados tapices, las ventanas aparecen enmarcadas en láminas de plata y oro, y lujosas alfombras arabescas revisten cada centímetro de suelo.

Tiene los ojos entornados y escucha complacido cómo el griot Bintu Fassaké le cuenta a Abubakari la historia del Imperio mandinga. Bintu es el sucesor de Balla, su fiel griot fallecido muchos años atrás.

–Tras la batalla de Krina, los jefes de los clanes aliados juraron fidelidad a tu abuelo y lo proclamaron su soberano supremo –narra el orador al pequeño–. Lo mismo que la luz precede al sol, la gloria de Sundiata se había extendido a través de llanos y montañas, y la tierra de los mandingas dejó de ser un conjunto de estados independientes para convertirse en un vasto imperio.

–Pero aún faltaba mucho por conquistar.

Sundiata sonríe ante el comentario de su nieto. Siempre tan impaciente.

–Así es –concede el amo de la palabra–. Poco después, tu abuelo se anexionó la ciudad de Kumbi, capital del Imperio sudanés de Ghana, y fue proclamado heredero de su gloriosa historia. Pero decidió regresar a Niani, que aún estaba en ruinas,

para convertirla en la floreciente ciudad que tú has conocido. Construyó este palacio sin igual, y desde aquí se dedicó a proclamar leyes justas, controlar las rutas comerciales que iba afianzando y administrar las minas de oro. De todos los pueblos llegaban gentes a instalarse en Niani y hubo que levantar nuevos muros para ensanchar la ciudad.

–Y el imperio siguió creciendo. Por eso al abuelo lo llaman el amo de los cien reyes vencidos.

–Así es. Pero hoy quiero hablarte de Kurukan Fuga, las reglas de convivencia que sellaron la paz entre hermanos y hermanas, y que debe cumplir todo mandinga en las doce partes del mundo. Gracias a ellas, nuestro pueblo ha conocido la felicidad. Jamás se concibió un conjunto de normas tan justas.

El niño hace un mohín de aburrimiento.

–No, cuéntame otra vez la expansión del imperio.

Ambos adultos ríen con benevolencia ante la avidez del joven príncipe. Las palabras de Bintu, como las de todos los griots que lo antecedieron, son el reflejo de la sabiduría y la historia. No es solo un consejero del rey, sino que es el encargado de conservar la tradición y los principios de buen gobierno. Y, por tanto, uno de los miembros más importantes de la sociedad mandinga, al que se debe gran respeto y veneración.

Mas Abubakari Kolonkan es el infante consentido, el que un día ocupará el trono, y Sundiata se lo permite todo. Ante su gesto afirmativo, el cronista accede con generosidad.

–Está bien –dice dirigiéndose al heredero–. Escucha entonces, joven Kolonkan. El mundo es viejo, pero el porvenir sale del pasado y tú has de conocer bien la historia de tus ancestros. Tu abuelo se dedicó a gobernar como un rey justo. El pueblo conoció la prosperidad. Había grandes campos de mijo, de arroz, de algodón y de índigo, y quien trabajaba siempre tenía de qué vivir. Al mismo tiempo, encargó a sus magníficos generales que continuaran haciendo crecer nuestros dominios.

–¡Y crecieron mucho! –exclama el niño con el pecho inflado de orgullo.

–Mucho. Ellos sumaron la franja sur del Sáhara, la esplendorosa ciudad roja de Walata, el este de la gran curva del río Níger, los territorios colmados de oro de Wangara y la costa de Senegambia. Hoy gobernamos sobre más de cuarenta millones de personas, y tardaríamos todo un año en atravesar nuestros territorios de este a oeste. La ciudad de Niani es ahora el ombligo del mundo. Nuestro es el mayor imperio jamás conocido.

Abubakari asiente satisfecho. Se recoloca la blusa bordada de oro y luego mira a Sundiata con una expresión mucho más madura de lo que cabría esperar a su corta edad. Su tono es firme, seguro de sí mismo:

–Yo seguiré ampliándolo, abuelo.

61

5 de septiembre del año del Señor de 1580

La agitación es máxima en el puerto.

Un ir y venir de costaleros se afanan subiendo avíos a las naves, doblados bajo el peso de los fardos. La mercancía ya estaba cargada en su mayor parte, pero siempre faltan víveres de última hora, así como el equipaje de pasajeros y tripulantes. Sacos, arcas y cajones en los que cada uno ha guardado sus escasas pertenencias: un par de camisas de lienzo y uno o dos calzones, algún sayo, alguna chamarreta y un capote de mar. Con suerte también un jubón de paño. Los zapatos se llevan ya puestos y el bonete para cubrir la testuz, lo mismo. Al igual que el cuchillo, colgado al cinto hasta para dormir. Lo que no suele faltar entre los bártulos es la jarra para la ración diaria de vino ni los aparejos de pesca que hagan variar un poco el menú repetido hasta el delirio. Con suerte, algún tripulante apañado habrá echado un instrumento musical, unos naipes o algún libro con que amenizar las largas horas de travesía.

Gaspar se pasa el dorso de la mano por la frente para secar el sudor que le llega a los ojos. Comienza a caer la tarde, pero el despiadado sol hispalense no da un respiro y él lleva horas acarreando todo tipo de bultos hasta las entrañas de la nao capitana. Se siente desfallecer del hambre y el cansancio, aunque ni se le pasa por la cabeza detenerse; ya ha visto al contramaestre pegando algún que otro bastonazo a grumetes más remolones.

Hay varios niños que también van y vienen con la carga a cuestas. Algunos ganarán una moneda o un plato caliente y volverán a las calles, otros ingresarán en el oficio como él. Adelanta al más pequeño. Apenas habrá cumplido los siete años, pero empuja un fardo con tozudez. Engurruña la nariz al hacer fuerza, aunque el bulto apenas se mueva una pulgada en cada empellón.

Gaspar deja el cofre en el suelo y se voltea hacia él.

—¿Cómo te llamas?

El niño le observa con unos ojos profundos e impenetrables. Gaspar se pregunta cómo puede haber tanta oscuridad en una mirada tan joven.

—Diego —dice al fin.

—Yo soy Gaspar. ¿Te echo una mano?

El crío rechaza con gesto huraño y da un nuevo empujón al fardo. Esta vez ni se mueve.

Gaspar se acerca para ayudarlo, pero ahora es él quien recibe el envite del niño. Se siente dolido por esa respuesta ingrata. Y, encogiéndose de hombros, recuerda su promesa eternamente incumplida: la de no meterse en más problemas que los suyos propios.

Agarra otra vez el cofre y se aleja con él a cuestas. Ha avanzado unos metros cuando oye a un marinero increpando al niño Diego por su holgazanería. Y, después, un sonido inconfundible: el de un bofetón en plena cara. Inspira hondo y retoma su camino sin mirar atrás.

62

La noche se le ha echado encima.

Pero María de San José sigue pluma en mano tejiendo palabras a la luz de una bujía. Lo hace hasta que el campanario comienza a tocar a completas y se ve apremiada a finalizar la última de las misivas, pues bajo ningún concepto ha de descuidar sus obligaciones como abadesa. Las hermanas ya están revolucionadas con el episodio de la detención y no puede permitirse más desórdenes si no quiere que el priorato se le vaya nuevamente de las manos.

Tras lacrar cada uno de los sobres, se los guarda bajo el hábito junto al cuaderno del que no piensa separarse. Enviará todas las cartas camufladas por el conducto habitual, el que usa desde que la propia orden carmelitana comenzó a vigilarla. Una irá para el padre Jerónimo Gracián, el general de los descalzos andaluces que en tanta estima la tiene. Otra para fray Juan de la Cruz, rector del Colegio Mayor en Baeza: él mismo se fugó de la cárcel de Toledo apenas dos años atrás, donde lo habían hecho preso por sus intentos de reforma de la orden. Otra más para su estimada Ana de Jesús, priora del convento de Beas. Y, por supuesto, una última misiva para la propia Teresa de Jesús. Todos influyentes en la orden de las descalzas. Esos a quienes nunca se atrevió a pedirles que intercedieran por ella, quizá porque se guardaba la baza para una situación más extrema. Su mayor miedo es que el Santo Oficio la juzgue de nuevo y que esta vez sí la declare culpable, pero sabe que como superiora hay deberes que se anteponen a su propia suerte; proteger a las hermanas es el primero de ellos. De ahí el rogatorio con que culmina cada una de las epístolas. La persecución que vive la Reforma no los sitúa en el mejor momento, pero confía en que los contactos que aún mantienen junto con la generosidad y la inteligencia de cada uno de ellos puedan resultar de ayuda.

Se encamina hacia la iglesia. En cuanto concluya la liturgia, irá a la casa del arriero y le entregará las cartas a su mujer con la petición expresa de que las incluya en el próximo carromato. Solo espera que no lleguen demasiado tarde.

63

La cámara de los tormentos huele a sangre y muerte.

Hasta allí han trasladado a sor Catalina para el interrogatorio. Sabe que hay urgencia en que confiese, ya que no han transcurrido ni dos días desde que fue secuestrada en ese castillo del horror. También sabe que por el hecho de estar ahí ya se la considera culpable, y que su deber es probar lo contrario si quiere salir con vida.

Se encuentra ante la mesa del inquisidor fray Juan de Colomer, un presbítero entrado en años que la observa con la severidad de quien se siente por encima del resto de los humanos. En pie junto a él, un encapuchado de una corpulencia considerable. No hacen falta muchas luces para intuir que es el encargado de obtener la verdad que busca el Santo Oficio.

Es ese hombre el que ahora se acerca hasta ella y la despoja de sus ropas con unas formas bruscas e implacables. La túnica, el tocado, el velo, las alpargatas e incluso las calzas, todo le es arrebatado hasta dejarla como su madre la trajo al mundo.

Sor Catalina agacha la cabeza con pudor, abochornada en lo más profundo de su ser. La desnudez es la cosa más impura que pueda imaginarse y lo es mucho más en el caso de la mujer, perpetradora del pecado original. La misma Iglesia que ahora la desviste es quien se lo ha enseñado. Y, si lo hace, significa que tiene un propósito muy concreto: que ahí comience el suplicio para ella.

Transcurren unos minutos de silencio en los que la vergüenza y el desvalimiento siguen haciendo mella. Forma parte del ritual. Tiempo para amedrentarse en esa estancia lóbrega. Sor Catalina evita mirar a su alrededor a fin de no facilitarles el trabajo. Ahí se encuentran expuestas todas las herramientas de las que el verdugo puede hacer uso: el tablero con la rueda del potro, las poleas para descoyuntar miembros en la garrucha, el sarcófago con pinchos cuya función es desangrar poco a poco al interrogado, las brasas listas para achicharrar carne humana. El calvario que se intuye tras esos elementos bastaría para aterrar al más valiente.

—Os conviene confesar —dice el dominico con una flema que sobrecoge a la monja—. Este tribunal no arresta sin tener pruebas.

Una vez advertida, Colomer da inicio al interrogatorio sin informarla sobre la causa de su detención. Los inquisidores nunca revelan nada, son los acusados quienes han de adivinar el porqué de su arresto. Al no saber a qué se enfrentan, muchos agravan su situación hablando de más.

La primera prueba consiste en recitar oraciones católicas. No conocerlas puede poner al reo en un aprieto grave por falta de religiosidad, pero sor Catalina las entona sin apuro. No en vano ha dedicado a ello sus últimos años de vida. Maitines, laudes, prima, tercia, sexta, nona, vísperas y completas. Rezos y más rezos, únicamente interrumpidos para abordar la jornada de trabajo. *Ora et labora.* Solo faltaba haberlos olvidado en el único momento en que de verdad los necesita. Supera este primer escalón del proceso sin un solo tropiezo, y eso le da pie para albergar un atisbo de esperanza.

Ahora el inquisidor pasa a hurgar en su pasado: al lado de quién ha crecido —sus padres, murieron poco antes de ingresar en el noviciado—; si alguien de su entorno ha sido sentenciado por la Inquisición —jamás—; sus gustos y afinidades —el canto litúrgico—; sus costumbres —levantarse temprano para rezar—; todo aquello en lo que pueda encontrarse motivo de herejía. Sor Catalina contesta con tono humilde y la cabeza gacha. Es una mujer de Dios, consagrada a Él en cuerpo y alma. Ni se le ocurriría hablar de los libros que ha leído, de la vida junto a Damiana y Miguel, de las alumbradas que hubo en su convento. Tampoco de su ascendencia familiar, para que rastreen el árbol genealógico hasta dar con alguien impuro por quien hacerle pagar a ella.

Pero Colomer es perro viejo. Huele a leguas el engaño y está ahí para escuchar confesiones, no patrañas.

—Os olvidáis de que el objeto del proceso es vuestra confesión, vuestro arrepentimiento y la salvación de vuestra alma.

Hace una seña al encapuchado, quien se acerca con unas tenazas de cuyo extremo pende un carbón al rojo vivo. Se coloca tras de ella y presiona la brasa contra su espalda. El aullido de la monja resuena en la sala, donde comienza a extenderse el inconfundible olor a carne quemada.

Cuando el eco se apaga, el encapuchado se aparta y el sacerdote ocupa su lugar. Recorre con una mirada lasciva el cuerpo de sor Catalina y le aprieta la garganta con la mano derecha, mientras que con la zurda palpa sus senos de forma lujuriosa. Luego pega el rostro al de la monja, tanto que ella puede oler su aliento a podrido.

—Este hombre puede seguir así toda la noche en cada centímetro de vuestro cuerpo —le susurra al tiempo que agarra con saña uno de sus pezones—. Y os aseguro que hay zonas mucho más sensibles.

Sor Catalina siente que se va a desmayar del dolor y del asco, pero aúna fuerzas para contestar.

—¿Qué queréis de mí?

El inquisidor la observa con la misma serenidad, pero ahora una breve sonrisa se insinúa en la comisura de sus labios. Luego, consciente de que la ocasión así lo merece, torna a la rigidez de sus facciones.

—El cuaderno.

64

—*Es inexpugnable.*

Eugenio y Damiana han rodeado el perímetro de la fortaleza.

—Os lo dije —dice el piloto, que ha acabado accediendo a acompañarla.

—Pero tiene que haber algún modo.

—¿No veis que no lo hay? Además, en el caso de que consiguierais entrar, os aseguro que no lograríais salir.

—¿Y entonces?

El piloto sigue caminando. Ha empezado a tomarle afecto a la muchacha, le da pena verla sufrir así.

—Quizá no lleguen a relajarla.

Damiana lo mira con aversión. Ella siempre habla a las claras y si hay un eufemismo con el que no comulga es ese: decir «relajar» cuando en realidad quieren decir «asesinar».

—Si vuestra amiga se las compone bien, reconocerá algún resbalón herético sin demasiada importancia y fingirá arrepentimiento —sigue él—. Podría conseguir una «abjuración de levi»; se limitaría a una penitencia en el próximo auto de fe. Una soga al cuello, unos cientos de azotes en la puerta del Perdón, y lista. A volver a rezar al convento.

—Sabéis tan bien como yo que eso no va a ocurrir.

Eugenio no insiste. La muchacha tiene razón. No conoce institución más codiciosa que la Iglesia. Si han olido riquezas, harán cualquier cosa por que la monja confiese. Y si, la Virgen de los Mareantes no lo quiera, han averiguado el lugar secreto, jamás permitirán que un rastracueros como él se salga con la suya. Hay quien no perdona un origen de baja cuna. Razón de más para quitarse de en medio cuanto antes y tratar de llegar el primero. Diga lo que diga ese maldito cuaderno.

Ella contiene a duras penas su angustia. Va a pensar en una solución. Como se llama Damiana que no va a parar hasta liberar a su amiga. Pero, ahora mismo, no hay nada que pueda hacer allí.

—Volvamos —masculla.

Eugenio respira aliviado y ambos enfilan el puente de Barcas. Corre una brisa caliente, esta noche no hay nubes y la luna se refleja en las aguas proyectando su tenue luz sobre las decenas de barcos que componen el convoy a las Indias. Es una imagen irrepetible, que solo un hombre de su siglo tiene el privilegio de contemplar. Y solo uno como él, de dirigir.

—¿Con quién discutíais ayer?

Damiana ha interrumpido sus pensamientos. En un primer momento no sabe a qué se refiere, pero al caer en la cuenta se hace el loco como si no supiera de qué habla. Aún no ha comprendido que Damiana jamás deja una pregunta sin respuesta.

—En la puerta del Real Alcázar, el fulano retaco —explica ella—. El de la cara de rata. Os estaba esperando.

—No era nadie.

—Hasta yo soy alguien.

—Pues él no. Nadie que os interese.

Ella lo agarra por el jubón para que la mire a la cara.

—Si lo pregunto es porque me interesa. Yo os lo he contado todo, me debéis eso al menos.

Eugenio se deshace de ella, fuerza una sonrisa y acelera el paso.

—Es el secretario de un noble —dice al tiempo que amplía las zancadas, como si así pretendiera escapar del interrogatorio.

—¿Qué quería?

—Se supone que nos ha ayudado a conseguir la tripulación para el convoy.

—¿Se supone? Pero la habéis conseguido.

—Un hatajo de robaperas sin conocimientos de navegación ni tiempo para impartírselos —gruñe él—. Tendremos suerte si llegamos a mar abierto.

—¿Y por qué no os habéis negado?

Han alcanzado el extremo de la pasarela. Justo cuando abandonan las tablazas y ponen el pie en el suelo polvoriento del Arenal, una figura encapotada se dirige hacia el otro lado. Si Damiana no hubiera estado tan absorta en sonsacar a Eugenio, quizá habría reparado en esa sombra. Quizá, a pesar del embozo, se habría dado cuenta de que la conoce.

—No puedo negarme —reconoce el piloto—. A estas alturas todos los mercachifles con género a bordo temen que se estropee o que alguien empiece a esquilmarlo. Hay mucha presión, y yo fui el primero en fomentarla.

—Pero la travesía podría ser peligrosa.

Eugenio la mira con ternura.

—Siempre lo es, muchacha. Siempre lo es.

—¿Entonces?

—En estas condiciones, lo es un poco más. Extremaremos los rezos.

Ella asiente y reemprende el paso. Sabe que el piloto mayor confía en los santos casi tan poco como ella. Lo que no sabe es que la razón por la que Eugenio discutía con Florencio no tenía nada que ver con la veteranía de los tripulantes enrolados. Pero sí con ella.

65

El cerebro es un órgano fascinante.

La plasticidad con la que reacciona a las circunstancias adversas parece inagotable. Solo cuando una cree que es imposible soportar más, empieza a percibir su verdadero potencial. Porque puede con más, y luego con más, y con más. Se adapta según la necesidad, y la supervivencia es la mayor de las necesidades.

Han transcurrido más de dos horas en las que inquisidor y verdugo han tratado de hacerle confesar lo que sabe, dos horas en las que el cuerpo de sor Catalina ha sido el lienzo donde ejecutar todos sus desvaríos. Donde rebanar una oreja, golpear un ojo hasta desdibujarlo, delinear formas con el hierro candente.

Y, sin embargo, se ha mantenido firme. Hay algo que ayuda a su cerebro a hacerlo: desde el momento en que sintió que ya lo había perdido todo, incluso la esperanza, solo le restaba ser capaz de salvar a quien le importa. Y esa es Damiana. La niña que un día la salvó a ella proporcionándole un hogar junto a Miguel, y luego tantas otras veces con su picaresca cuando se quedaron solas las dos.

El inquisidor comienza a mostrar síntomas de impaciencia. No tenía ninguna intención de pasarse así la noche, él ya no está para noches en blanco. La humedad de esa cámara se le cala en los huesos desgastados y le molestan las articulaciones. Y si hay algo que lleve mal fray Juan de Colomer es sufrir en sus propias carnes.

Se rasca con saña la cabeza en la zona donde acaba la tonsura. El rapado del cabello le provoca un picor del que nunca ha logrado liberarse, tanto que ahora es un gesto que ejecuta sin apenas darse cuenta. Debería seguir presente en la tortura, legal siempre que se realice dentro de las reglas estipuladas. Pero Freire es un tipo de confianza, llevan juntos decenas de interrogatorios a las espaldas. Sabe lo que hay que buscar y sabe cómo conseguirlo. De hecho, Colomer hace mucho que comprendió que lo disfruta más si está a sus anchas. Si puede explayarse con la víctima sin temor a ser reconvenido por su brutalidad. La Inquisición ofrece a muchos degenerados un magnífico pretexto para dar rienda suelta a sus impulsos más oscuros bajo el paraguas de estar haciendo una buena obra.

El eclesiástico se recoloca los pelos canos alborotados por la fricción. Luego, junta las manos en una actitud devota. Significa que ya se ha decidido. Si hay alguien que pueda sacarle a esa monja la información que le han encomendado, ese es Carlos Freire.

—El rigor contra los pecadores es una forma de piedad, porque con él pueden salvarse sus almas —dice en voz alta, entonando como si hablara para alguien más allá de esas cuatro paredes. Después se gira hacia el verdugo—. Proceded pues; sed piadoso con esta hermana.

Freire baja la cabeza en señal de asentimiento, y Colomer remata la frase y la decisión.

—Ya sabéis lo que obtener. Si es preciso, destruid su cuerpo para salvar su alma.

Dicho esto, abandona la estancia.

66

Damiana regresa a la Mancebía.

Hoy también la ha acompañado Eugenio, empeñado en asegurarse de que nada le ocurría fuera de las fronteras del prostíbulo. Después, se ha despedido. Al día siguiente partirá rumbo a Tierra Firme. Le ha dado su palabra de honor de que, cuando vuelva cargado de honores y riquezas, a ella tampoco le faltará de nada. Como no le hubiera faltado a Violante de seguir viva y haber aceptado sus promesas. Y es lo justo, se dice Damiana. Si la historia es como asegura, a ella le pertenece una parte de todo aquello, pues era la legítima portadora del secreto que su padre guardó con tanto ahínco. Pero eso ha quedado en segundo plano, porque ahora en lo único que puede pensar Damiana es en la suerte de Carlina.

Penetra en el lenocinio por un hueco en la esquina norte, entre la tapia paralela a la calle Pajería y la muralla que colinda con la calle Vírgenes. Así es la capital de los dos mundos: al norte un convento carmelita, al sur el Hospital de las Vírgenes Justa y Rufina, patronas de la ciudad. Y, entre ambos, todas las putas oficiales de Sevilla. Las más santas y las más pecadoras conviven contiguas de espaldas las unas a las otras.

Ya intramuros, camina con la mirada perdida, frustrada por no hallar solución. Pega una patada a una rata muerta, aunque se arrepiente al instante. Quién sabe qué enfermedad puede haber acabado con una superviviente como esa.

Está atravesando una calle que recorre el burdel de lado a lado y que pareciera tirada a cordel. La Babilonia se encuentra a mitad de la vía, en pleno corazón del lupanar sevillano. Allí nace la plaza de la Laguna, el más célebre enclave de la prostitución sevillana que pasará a la historia gracias a no pocos hombres de letras que escribirán sobre él, dejando claro testimonio de su puterío.

Al fondo de la plaza avista su botica. Es noche cerrada, no debiera ver un palmo más allá de sus narices, pero la figura de La Babilonia se recorta en medio de la oscuridad. Un resplandor oscilante e hipnótico se proyecta en su parte trasera. Desconcertada, aligera el paso hasta comprobar que la luz emana del corral, un lugar baldío utilizado tan solo para arrojar desechos y evacuar sus necesidades en algún aprieto. Penetra en el interior de la casa sin encontrar a nadie a su paso y la atraviesa hasta desembocar en la puerta de atrás.

En el patio se está produciendo un acontecimiento insólito. Una fogata de dos metros de altura arde con voracidad, y todas sus compañeras observan las llamas fascinadas por el ancestral poder sugestivo del fuego. Parece una especie de rito, un ejercicio de hechicería propio de brujas. Pero la única a quien imagina capaz de oficiar algo así ya no está, y es alguien muy distinto el que alimenta la lumbre. El padre, guardián y explotador de todas esas mujeres, arroja hierbas secas a la pira con expresión solemne.

Damiana aún tarda unos segundos en comprender qué está sucediendo. Porque lo que el padre incinera no es sino los remedios de Violante. Hierbas medicinales, polvos, emplastos y ungüentos de todos los colores. Los potingues con base de aceites son el motivo por el que la fogata prende con tanto afán.

Tiene un presentimiento funesto. Con la mirada cargada de determinación, se dirige hacia la hoguera. Y entonces lo ve: el ídolo, en el centro de la pira, está siendo devorado por las llamas.

67

El verdugo agarra a sor Catalina por las axilas.

La obliga a tumbarse en un tablero, donde la ata de pies y manos. Ella ni siquiera opone resistencia. ¿Para qué? Sabe que no hay posibilidad de evasión más que la que le proporcione su propia mente y, con un poco de suerte, en breve y para siempre también su alma.

Las sogas con las que han amarrado sus pies están unidas a un carrete con una polea en su centro. El encapuchado la gira y sor Catalina nota cómo sus extremidades se extienden dolorosamente. Las quemaduras que recorren su cuerpo escuecen lo indecible, y ambas realidades se confunden en una enmarañada mezcla. La función del dolor no es otra que alertar sobre un elemento dañino para activar la protección biológica. Pero, cuando los estímulos que lo han provocado se perciben en tantos puntos y de tantas formas a un tiempo, las conexiones comienzan a fallar.

—¿Dónde está el librillo?

Ante el silencio de la monja, Freire continúa girando el carrete. Las piernas se estiran aún más. Cada músculo, cada tendón, cada ligamento, cada fibra. La tirantez es ahora total y la maraña empieza a desenredarse. Ahora ese dolor sobrepasa cualquier otro y se coloca en el centro del mundo, del cosmos, de todo.

La polea sigue girando. Es imposible que su cuerpo se tense más aún. Y, sin embargo, el carrete termina una vuelta completa. Sor Catalina deja escapar un lamento gutural. Parece más el de una bestia que el de un ser humano. Parece, no, es exactamente igual a los que oyó cuando llegó al castillo.

—¿Dónde está el librillo de Miguel de Arellano? ¡Contesta!

Freire presiona la polea, que cede cada vez con más dificultad.

—Contesta.

Un cuarto de vuelta más. La monja ya no es capaz de pensar, solo de sentir. Abre la boca, pero la voz se niega a pasar la frontera de su laringe. Solo emerge una tos seca. Entonces Freire hace retroceder la polea, apenas unos centímetros. Lo suficiente para darle a su víctima fuerzas que fabriquen las palabras necesarias.

—Contesta —repite acercándose para oírla.

—El librillo... lo tiene... —La voz es apenas un susurro y da la sensación de que va a atrancarse ahí.

Freire la anima apretando de nuevo la polea, solo un centímetro esta vez.

—¡Habla! ¡Aplaca la ira de Dios que tú misma has provocado!

Algo cambia en los ojos de la monja al escucharlo. En el centro de sus iris castaños, las circunferencias negras se expanden y tornan su mirada más oscura. Asomarse a ella ahora es hacerlo a un precipicio insondable.

El torturador capta el cambio al instante. A base de perpetrar las más vastas atrocidades en el cuerpo humano, ha aprendido a conocer el interior del alma hasta su último recoveco.

Ella hace acopio de fuerzas a fin de confirmar su impresión.

—No sé de qué me habláis —dice con un odio renovado. Ha hecho suya esa ira, una ira densa que invade todo su cuerpo con la misma fuerza con que lo hizo antes el dolor.

Freire agarra la polea con ambas manos y la rota sin añadir palabra. El torso, el conjunto de la columna vertebral, hasta sus órganos vitales se tensan aún más. Como el cerebro, el cuerpo de sor Catalina también parece de una plasticidad sin límites. Solo que no lo es.

Un nuevo cuarto de vuelta. El crujir de una articulación que se descoyunta junto a un aullido escalofriante. Media vuelta. Otro chasquido, un hombro que se sale de su lugar. Tres cuartos de vuelta. La rótula izquierda que se quiebra. Una segunda vuelta completa. Una tibia que se desgaja. Después, el silencio. Y la oscuridad. El cerebro de sor Catalina ya no la alerta de nada más.

68

—*¡¡¡No!!!*

Las llamas, avivadas por un nuevo ramillete de hierbajos, brincan y se alargan como si quisieran devorar también las estrellas del cielo. En la base de la hoguera, junto a un puñado de ramas carbonizadas, yace la figura de la diosa tallada en madera de palisandro.

Damiana se abalanza hacia el padre y le agarra por los hombros.

—¿Qué has hecho, necio?

A él lo coge desprevenido. La mira con incredulidad, incapaz de encajar que esa ramera le esté faltando al respeto delante de todas las demás. Cuando reacciona es para propinarle un puñetazo con todas sus fuerzas. Damiana cae hacia atrás impelida por la potencia del golpe.

—Así aprenderás. —El padre lo dice mirando al resto de las mujeres como advertencia—. Este material es prueba de herejía. Cualquiera podría haberos denunciado por tenerlo en la casa.

Ella se pone en pie sin replicar. El párpado hinchado le limita la visión. Ese hideputa le ha hecho un bonito ojo a la funerala. Luego gira la cabeza hacia la lumbre y, sin dejar pasar un segundo más, se lanza de cabeza hacia las llamas.

De fondo oye gritos de espanto. La hoguera ocupa al menos ocho palmos y las alpargatas no son el calzado más adecuado para adentrarse en ella. Ojalá se hubiera puesto los chapines, que con su amplia suela de corcho podrían haberla aislado del fuego. Siente cómo las llamas le abrasan las plantas de los pies, lamiendo también sus piernas y la saya. Reprime una mueca de dolor y alarga el brazo para alcanzar la estatuilla. Al agarrarla, le quema tanto que se ve obligada a lanzarla fuera del alcance de la lumbre.

Cuando sale de la pira, ella misma va envuelta en llamas. Las mujeres se desvisten y le echan por encima blusas y sayas para sofocar el fuego prendido a sus ropas. El padre las deja hacer sin intervenir.

Damiana busca la talla con los ojos. La localiza en una esquina del patio. Ha prendido la hojarasca abandonada, pero con la pira principal nadie ha reparado en ello.

—¡El ídolo! —chilla.

Isabel es la primera en reaccionar.

—¡¡¡Fuego!!!

Se cruzan miradas de incomprensión hasta que el resto de las mujeres repara también en esa esquina donde las llamas ya devoran una de las paredes de la casa.

Ahora sí, el padre comienza a dar órdenes. Unas van a por tinajas y derraman agua sobre la zona, otras corren a por las mantas que guardan para el invierno y vapulean el suelo con ellas.

Minutos más tarde, han logrado contener el fuego. Solo la pira del centro del patio sigue ardiendo a su ritmo.

Damiana se acerca a la estatuilla. La agarra con ayuda de un lienzo y la examina con angustia. Las pinturas que coloreaban el cuerpo de Olotililisopi se han borrado, las trazas de sus facciones apenas se distinguen ya. Retira el resto del paño y sigue con la inspección. El resorte ha saltado por la presión del fuego, tiene el interior de la panza al descubierto y las tablillas que la cubrían han desaparecido. Sopla para eliminar la ceniza impregnada. Se ayuda con los dedos y nota los pinchazos de dolor en las yemas abrasadas, pero necesita comprobar el alcance del desastre. Cuando lo hace, comprende que todo ha resultado en balde: las coordenadas se han borrado por completo. Ha perdido el único vínculo con sus orígenes, lo único que su padre le legó. Ahora solo Eugenio de Ron conoce el emplazamiento secreto.

69

Fray Colomer se recoloca con enojo el hábito blanquinegro.

Se había quedado traspuesto, pero hoy no hay manera de descansar.

—¿Cómo osas molestarme a estas horas? —amonesta a su sirviente.

—Fuera hay un sacerdote que quiere ver a esa monja como sea.

La irritación del inquisidor aumenta.

—¿Y acaso te parece motivo suficiente, mendrugo?

Unas gotas de sudor resbalan desde la frente del ayudante, revelando su nerviosismo.

—Dice que no se irá de aquí hasta que compruebe que se encuentra bien.

—Se me da un ardite lo que diga un cura con ínfulas.

—Pero... —El joven sirviente no se mueve de su sitio.

—Pero ¿qué?

—No es un cura cualquiera —musita—. Es ese sacerdote jesuita tan conocido, el que se encarga de los presos en la Cárcel Real.

Colomer deja escapar un resoplido de hastío. De modo que el incansable Pedro de León se ha llegado hasta sus dominios. ¿Acaso no tiene bastante con sus misiones populares, preocupándose por todos los desamparados de la ciudad? ¿Es que ahora también tiene que incordiarle a él?

—Dile que regrese mañana.

El sirviente aún no se mueve. Suda ahora profusamente.

—¿No me has oído?

—Es que... se ha puesto muy terco, nunca lo había visto así. Asegura que, si no ve ahora mismo a esa sor Catalina, interpondrá una queja ante el inquisidor general y ante el santo padre si es necesario.

El dominico frunce el ceño. Sabe cómo se las gasta ese sacerdote terco. Ha logrado sacar de la cárcel a más de un presidiario, ha fundado un nuevo hospital para galeotes y en breve abrirá la segunda casa de arrepentidas de Sevilla, empeñado en que no quede una sola ramera en toda la ciudad. Además de terquedad, hacen falta muchos y muy buenos contactos para hacer todo eso. Y él no está dispuesto a perder ni un solo apoyo entre las élites hispalenses. Si quiere verla, que la vea.

—Llama a Freire —dice con resignación—. Que detenga el tormento y que le echen unos cuantos cubos de agua y le den rompa limpia. Cuando esté presentable, traedla acá.

—Hay un contratiempo, señor. —Un temblor en el párpado izquierdo se ha sumado a los sudores. Otra traición del cuerpo.

El responsable del Tribunal de la Inquisición hispalense le clava sus ojos glaucos, y lo hace con una severidad que haría encogerse al más pintado.

—¿Se puede saber qué ocurre ahora?

—Freire. Ha sido demasiado... devoto. Me temo que la monja no está en condiciones de presentarse ante nadie.

La retahíla de juramentos de fray Juan de Colomer resuena en toda la estancia.

70

6 de septiembre del año del Señor de 1580

Eugenio de Ron reparte instrucciones a diestro y siniestro.

Lleva subido a la Soberbia desde que despuntó el primer rayo de sol. Será la primera en zarpar, y el resto de las naves de la conserva irán soltando amarras una tras otra, hasta cerrar filas con la nao almiranta. Hoy inician su aventura los varios miles de hombres —y algunas mujeres— que componen la flota entre marinos, soldados y pasajeros.

Le imbuye el desánimo al observar a su tripulación. Es peor de lo que imaginaba. Hay quien no conoce siquiera los términos básicos del arte de marear. No saben qué es un obenque, la botavara, el bauprés. Algunos ignoran hasta cuál es el palo mayor, cuál el trinquete y cuál la mesana. Esos hombres están en su buque como peces fuera del agua, y no hay más que verlos para saber que nunca han puesto un pie en la tablazón embreada del suelo de un barco.

Infla los pulmones con el aire tórrido de Sevilla y alza la voz por encima de todo el barullo:

—Quienes hayan navegado en alguna ocasión, que se coloquen a babor. El resto, a estribor.

Un grupo de hombres se va reuniendo en el costado izquierdo del barco. Los conoce: son los pocos valientes que han conservado el puesto en la Soberbia. Eugenio de Ron mira a los demás con desconcierto. No se mueven de su sitio. Un tipo con un parche le devuelve una mirada impasible desde su único ojo bueno y esboza una sonrisa fría, una especie de advertencia que el piloto mayor no pasa por alto. Toma aliento y hace un esfuerzo por cargarse también de paciencia. Le ha embargado la convicción repentina de que este viaje va a estar plagado de obstáculos.

—Por las barbas del diablo. Ni siquiera sabéis dónde está estribor.

71

Se ha hecho el silencio entre ambos.

Es la primera vez que Pedro de León y María de San José están frente a frente. Es también la primera vez que la priora se ve obligada a mantener una conversación con ese hombre. Ojalá nunca hubiera tenido que hacerlo. Ojalá esta pesadilla nunca se hubiera hecho real, pero ahora algo los une. Ambos comparten sentimientos: el desconsuelo, la frustración, la culpa.

El padre León tiene los ojos hinchados. Ni siquiera trata de disimular que se ha pasado la noche llorando. Un sacerdote debe ser neutro, ecuánime, desapasionado. Y, sobre todo, debe tener resignación. Saber que los designios del Señor han de ser aceptados, porque solo Él conoce la verdadera causa de todas las cosas. Pero la razón jamás podrá ganarle la batalla al corazón, por más que esta se empeñe. Por más que la Iglesia establezca sus normas, por más que uno intente acatarlas y dejar a un lado las emociones. Hay dos partes disociadas dentro del padre León. Se separaron el mismo día que conoció a sor Catalina y nunca han sido capaces de reconciliarse. La parte que le recuerda que ser sacerdote conlleva una responsabilidad a cumplir en todo momento. La parte que le hace pensar en esa mujer —sí, mujer, mujer, mujer—, un día y otro día, una noche y otra noche. La una se empeña en hacerle creer que es solo afecto, amistad tal vez. La otra sabe de sobra que no lo es. Que hay algo más. Que sor Catalina es la única persona sobre la faz de la tierra que podría hacerlo flaquear en sus obligaciones como jesuita. Hoy esa parte está devastada. Hoy la nave la capitanea solo esa parte, el dolor de esa parte. La otra, la racional, está sepultada bajo la fuerza arrolladora de la emocional. Algún día ambas aceptarán el destino asignado y se reconciliarán. Hoy no. Es demasiado pronto para eso. Duele demasiado.

María de San José tampoco se contiene. Las lágrimas le caen por las mejillas como gotas de lluvia resbalando en las hojas de los árboles. Reúne fuerzas para hablar de nuevo.

—¿Pudisteis al menos darle la extremaunción?

El padre León mueve la cabeza una sola vez, de izquierda a derecha. De su garganta emerge una voz rota.

—Llegué demasiado tarde.

Tercera parte

Galeón español. Siglo xvi.

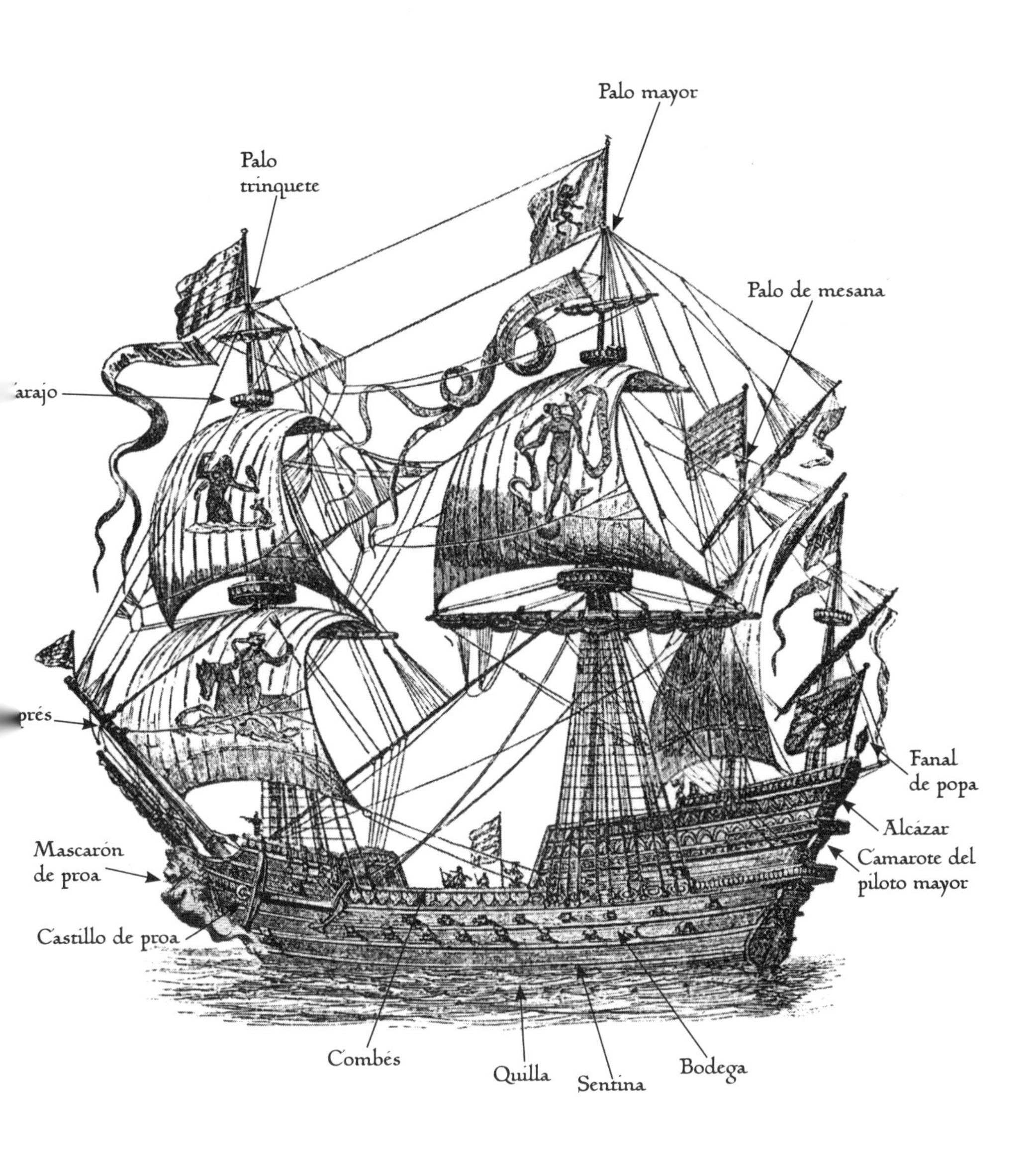

Palo mayor
Palo trinquete
Palo de mesana
arajo
prés
Fanal de popa
Alcázar
Camarote del piloto mayor
Mascarón de proa
Castillo de proa
Combés
Quilla
Sentina
Bodega

El naufragio

Año de 1310. Costa senegambiana, Imperio de Malí

El mansa Abubakari II, nieto del rey león Sundiata, pasea por la orilla. Tras él, una corte conformada por un centenar de siervos y guerreros sigue sus pasos. Se ha convertido en una costumbre desde que las doscientas barcas partieron, hace ya noventa y ocho largos días.

La mañana está nublada, apenas se distingue el límite entre cielo y mar. Por eso, y porque está ensimismado en su preocupación actual, Abubakari tarda en percatarse de lo que ocurre. Es un barullo primero ligero, poco a poco más clamoroso, el que lo hace emerger de sus pensamientos y fijar la mirada en el horizonte. Una embarcación se avista a lo lejos.

A medida que se aproxima a la costa, el alboroto aumenta hasta tornarse ensordecedor. Todos, desde el siervo más humilde hasta el propio rey, están imbuidos de la misma emoción: la barca que ahora se acerca es una de las que partieron persiguiendo el sueño de Abubakari.

El rey mansa apenas puede esperar a que los marineros pongan un pie en tierra. Se lo dejó muy claro al jefe de la expedición: tenían terminantemente prohibido regresar hasta que hubieran alcanzado el límite extremo del mar Circundante y hubieran visto qué había al final. Solo en el caso de que se les agotaran las provisiones podrían hacerlo, y esto era algo impensable, pues llevaban víveres suficientes para varios años.

De modo que, cuando un capitán demacrado y con la ropa hecha jirones asoma por la cubierta, Abubakari se lanza a su encuentro.

El hombre no esperaba tal recibimiento, y se apresura a postrarse a sus pies. Clava las rodillas en la tierra arenosa, luego los codos, y permanece en actitud de absoluta reverencia hasta que Abubakari lo agarra del brazo, perdida toda compostura.

–Levanta, hombre. Dime qué noticias traes.

La cabeza del capitán se alza y habla con buen cuidado de no cruzar la mirada con el todopoderoso mansa.

–Señor, navegamos durante mucho tiempo hasta que dimos con una fuerte tormenta en mar abierto. Peleamos por mantenernos a flote, pero un gran río se apareció ante nosotros. Fluía con violencia entre las aguas. –La voz se debilita, apenas un susurro–. Jamás vi nada igual.

El capitán se detiene para tomar fuerzas, pero el mansa lo exhorta a seguir sin dilación.

–¿Qué ocurrió?

–Nuestra embarcación iba a la cola, por eso pudimos ver cómo la tormenta se tragaba el resto. Tan pronto como llegaban a la corriente, se ahogaban en un remolino gigante.

Nadie se atreve ni a moverse durante un minuto. Al capitán se le hace más largo que la travesía completa.

–Todo está perdido, entonces –dice al fin el mansa.

–Sí, señor. Desaparecieron ante nuestros ojos. Nosotros bogamos con todas nuestras fuerzas para escapar de la corriente, y milagrosamente lo conseguimos. Una vez fuera de peligro, creí más prudente regresar en lugar de seguir adelante nosotros solos.

–O más cobarde.

Impera de nuevo el silencio más absoluto. Incluso el viento parece haber amainado, expectante ante la furia del mansa. Abubakari mira largamente al capitán, que ha bajado la cabeza en señal de sumisión. Luego, sin una palabra más, se da la vuelta y echa a andar. Tan solo suena una palmada, que sirve como orden para que toda la comitiva se ponga en marcha tras él. Regresan a palacio.

72

Damiana está abrazada a Olotililisopi.

O, más bien, a lo que queda de ella. La talla de la diosa es ahora poco más que un tronco calcinado. No ha podido hacer nada por salvarla, como no puede hacer nada por Carlina. Las dos tomaron caminos distintos, pero eso no les hizo conquistar derechos a ninguna de ellas.

En realidad, ahora piensa que no fueron tan diferentes. Eran las únicas salidas para mujeres independientes, con el poco margen de libertad del que podían disponer. A cada cual, más invisible. Si las mujeres prostituidas carecían de derechos y no contaban para el resto de la sociedad, menos aún lo hacían las monjas de clausura, aisladas como ellas, pero también anuladas hasta el extremo de tener que cambiar su nombre. Hasta su identidad desaparecía. Por eso Damiana se empeñó en seguir llamándola siempre Carlina. Para no borrar de la faz de la tierra a la niña que ella había conocido y amado.

Teme la visita del padre, quien no ha vuelto a dirigirle la palabra desde el altercado de anoche. Tampoco ningún hombre ha acudido a hacer uso de su cuerpo, y ella no tiene fuerzas ni ganas como para salir a buscarlos. Hoy no. Pero él siempre se los manda igualmente, sabe que los dejará satisfechos. Quizá es su forma de castigarla: dejarla sin ingresos hasta que ella misma se vea obligada a pedirle perdón. De repente, Isabel irrumpe en su alcoba.

—Alguien quiere verte.

—No estoy de humor.

—No creo que sea para fornicar.

—¿Qué?

—Me tienes confundida, pájara. Nunca te imaginé amistades tan beatas, primero un cura y ahora una monja. ¿Estás pensando en cambiar de profesión? ¿O acaso quieres hacerlos caer en el vicio a todos?

Damiana se pone en pie de un salto.

—¿Dónde está?

—En la entrada a la plaza, esperando a la sombra del naranjo.

Con el corazón en un puño, Damiana sale disparada.

—¡Ya nos dirás qué te traes entre manos! —le grita Isabel.

Ella ni la escucha. Corre y corre a pesar del contacto con el suelo que martiriza las plantas de sus pies quemados. Enseguida la ve. Está de espaldas, con su hábito carmelita. La emoción la embarga con tanta fuerza que se le humedecen los ojos, y una sonrisa franca y alborozada se le dibuja de oreja a oreja.

—¡Carlina!

Cuando la monja se da la vuelta, la sonrisa se le congela en el rostro. Esa monja no es su amiga.

73

María de San José atravesó la calle Pajería.

Pese a estar situada enfrente del convento, observó la tapia como si la viera por primera vez. Constituye el límite entre ese matadero de almas y el resto de la ciudad, y nunca le gustó ubicar allí a las descalzas, pero bastante tenía la madre Teresa encima como para ponerle pegas cuando al fin hallaron un inmueble. No en vano su estancia en la ciudad la marcó para siempre, y a ella se refiere desde entonces como «los tiempos recios» o el «calvario sevillano».

La primera casa que habitaron, en la calle de Armas, estaba en una situación lastimosa. Pequeña, húmeda y destartalada, con media docena de cañizos viejos plagados de chinches. Ni un solo aparejo más quedaba; los vecinos ya se habían encargado de llevarse hasta la soga del pozo. Allí permanecieron un año, con poco más que manzanas y pan para llevarse a la boca y sin siquiera una capilla. Para colmo de males, en ese tiempo sufrieron también las primeras acusaciones de alumbradas. Solo cuando la Inquisición archivó el caso pudieron dedicarse a buscar un domicilio más apropiado, pero no encontraban más que casas ruinosas de precios desorbitados, no contaban con dineros propios y a la madre Teresa le urgía continuar con su periplo de fundaciones. Las monjas apretaban al cielo con sus plegarias y nadie parecía escuchar allá arriba.

Cuando al fin Dios les puso en el camino la casa de la calle Pajería, la madre Teresa no lo dudó. Tenía huerta y patio, aposentos para las hermanas, y desde ella se divisaban la torre del Oro y el puerto bullicioso del Guadalquivir, vistas de grandísima recreación para las monjas enclaustradas. Era una oportunidad que no podía desperdiciarse, aunque los problemas surgieron uno tras otro: los conflictos con los franciscanos del convento aledaño, quienes se negaban a facilitarles el agua potable de sus pozos; el cobro de las alcabalas estipuladas en las escrituras, que les supuso hartas penurias económicas; la maledicencia del vulgo por estar tan cerca las monjas de los frailes, con no pocos chismes deshonestos. De ahí que lo que sucediera al otro lado de la tapia fue durante mucho tiempo la menor de sus preocupaciones.

Pero el trasiego de hombres hacia la Mancebía ha aumentado de manera considerable en los últimos años, y también las mujeres mundanas que ahora la habitan. Todo al hilo del crecimiento económico de la ciudad: más viajeros, más comerciantes, más monedas en los bolsillos de los hombres.

La abadesa llegó a la entrada del recinto inmersa en estas divagaciones. El mozo del Golpe le paró los pies para pedirle los dineros de la entrada.

—Que el cielo nos asista, ¿no veis que soy mujer de Dios?

—Aquí casi todo el que viene ha matrimoniado. Con Dios o con una virgen, eso a mí me se me da una higa. Pero nadie pasa por la aduana sin pagar.

María de San José se rascó el bolsillo y le dio las limosnas destinadas a comprar algo de carne para sus hermanas. Una vez dentro, observó a las mujeres descocadas que se paseaban tentando a los posibles clientes. Sabía a quién buscaba, pero no cómo encontrarla. Una de las que deambulaban por la zona le facilitó la excusa perfecta.

—¿Venís por las arrepentidas?

María de San José la miró sin comprender.

—La casa de arrepentidas. ¿Sois de allí? Hay algunas interesadas.

Ella asintió, mientras la atenazaba la culpa por la mentira.

—Busco a una en particular. Se llama Damiana.

La chica hizo un mohín con los labios.

—¿La pájara? Antes se arrepentiría el demonio de tener cuernos.

—Las almas más perdidas son las que más piedad necesitan, hija mía.

—No tenemos bastante con que todos los hombres pregunten por ella. Ahora también las monjas.

—¿Me diríais dónde puedo encontrarla? —insistió María.

—Preguntad por La Babilonia —dijo sin poder ocultar su resentimiento.

María de San José le dio las gracias y se adentró en el prostíbulo venciendo sus escrúpulos. Preguntó hasta dar con una mujer que conocía a Damiana y le rogó que la hiciera venir.

Ahora observa a la chica que vio escalando la tapia del huerto días atrás, esa que tantos problemas ha provocado. Y al parecer sigue provocando, porque, a pesar de su tez oscura, un cardenal se le adivina alrededor del ojo hinchado. Pero es ella. Ahora al fin la tiene frente a sí.

—¿Damiana?

74

—*¿Quién eres tú?*

Damiana mira con desconfianza a la monja que la ha llamado por su nombre.

—Soy María de San José, la priora de las descalzas sevillanas.

—Del convento de Carlina...

—De sor Catalina, eso es. Vengo de su parte. ¿Hay algún sitio discreto donde podamos hablar?

Damiana la conduce a un callejón estrecho entre dos casillas. Hay que girar varias esquinas hasta llegar allí, de modo que es imposible que alguien las siga sin percatarse de ello. Es el lugar que algunas mujeres utilizan con hombres de confianza cuando les hacen un servicio extra sin pasar por la caja del padre. A estas horas está desierto.

—Sor Catalina...

—Carlina —la interrumpe Damiana.

—Carlina —accede María de San José— me dio algo para ti.

La prelada deshace la soga que se ajusta a su cintura y extrae algo del hábito. Damiana no puede creer lo que ve.

—El cuaderno.

Lo agarra con una mano temblorosa y se lo lleva al pecho. No ha sabido cuidar el talismán, pero ahora tiene algo que también era de su padre.

—Me pidió que te contara lo que sabía sobre él.

—Lo habéis leído...

María de San José asiente. Luego, carraspea y comienza a narrarle todo lo que sor Catalina le transmitió a ella el día antes de que los familiares de la Inquisición se la llevaran al castillo. Y todo lo que Miguel transcribió para ella tantos años ha.

Cuando la priora termina, Damiana tiene la mirada perdida. No reacciona.

—¿Te encuentras bien? —dice la religiosa con gesto preocupado.

—Por eso se lo dio a Carlina —murmura al fin.

—¿Cómo?

—Por eso le dio el cuaderno a Carlina. Mi pa... Miguel —se corrige Damiana. Acaba de enterarse de que no es su verdadero padre y aún no se hace a la idea. Es cierto que no llevaban el mismo apellido, pero él siempre dijo que ella debía honrar la memoria de su madre, y Damiana se sentía orgullosa de llamarse Villanueva.

—Tenía que guardar esos escritos hasta que pudiera entregártelos con garantías.

Empieza a comprender. Los celos que llegó a sentir por Carlina cuando veía a Miguel volcándose en enseñarla a leer, por mucho que ella hubiera preferido jugar en la calle. Cuando pasaban las tardes de invierno juntos a la luz de una bujía. El resentimiento cuando se enteró de que a Carlina le había dejado su cuaderno, el mismo que le vio escribir y releer tantas noches, mientras que ella tan solo heredó un estúpido trozo de madera. Todo fue por protegerla, por preservar sus orígenes. Todo.

Pero aún está enfadada con Carlina. ¿Cuándo pensaba contárselo? Tienen la misma edad. ¿Con qué derecho decidía mantenerla al margen de su propia historia, de su verdadera identidad? Como si la priora le hubiera leído el pensamiento, añade:

—Deseaba que salieras de la Mancebía. Tenía un plan para ti. El padre León te protegería, te daría cobijo y alimentos y te enseñaría a escribir y a leer. Entonces, ella te lo contaría todo y te entregaría tu historia.

Va a gritarle que quién se cree que es Carlina, quién se cree que es el padre León y quién se cree que es la propia María de San José. Que está harta de que todos pretendan decidir por ella, como si fuera una incapaz, un bebé, un polluelo que no puede valerse por sí mismo. Ha pasado por muchas más penurias que todos ellos juntos, y ha salido adelante. Sola. Pero entonces cae en la cuenta de que la monja acaba de referirse a Carlina en pasado. Una garra de hierro le oprime el corazón, los pulmones, el estómago, todas las entrañas juntas. También la garganta, porque a su voz le cuesta brotar, y lo hace de una forma ronca que no se reconoce:

—¿Por qué me lo contáis vos ahora?

María de San José toma fuerzas. Es la parte más difícil de todas, y la ha dejado para el final. Quería que la muchacha tuviera la cabeza clara para oír todo lo que había de contarle.

—Sor Catalina ha muerto esta noche en la cámara de los tormentos. Lo siento mucho, Damiana.

75

Freire tiene la cabeza gacha.

No es que tema a Colomer, pero tampoco es tan tonto como para no aparentar humildad ante quien manda en el Tribunal de la Inquisición de Sevilla.

—Nunca habíais ido tan lejos —dice el inquisidor.

—Se me fue de las manos.

—¿Y tenía que ser con esta, precisamente con esta?

El tono ha sonado furibundo. Freire levanta un poco la testa, lo justo para mirar de reojo. Colomer tiene la cara roja, los ojos encendidos como brasas ardientes. La vena del cuello se le infla de un modo que no augura nada bueno.

—No iba a confesar —musita Freire.

—Qué sabréis vos, alcornoque.

Hay rabia y desprecio en esa última frase. También hay un agravio y Freire no permite a nadie que le falte a la honra de esa manera. Ahora sí, le sostiene la mirada a Colomer.

—Algo sé de esto.

Lo ha dicho de una forma que hace estremecerse al mismísimo inquisidor, aunque este se cuide mucho de exteriorizarlo. Hay personas con las que uno siempre ha de protegerse las espaldas. Un verdugo degenerado que disfruta haciendo daño encaja dentro de ese apartado.

—Aun así —dice en un tono mucho más suave, procurando no volver a ofenderlo—. No sois quien ha de tomar esas decisiones. En esta ocasión, ni siquiera era yo.

El inquisidor es otra de esas personas con las que uno nunca ha de estar a mal. Por eso Freire da por buena la disculpa y vuelve a su rictus de humildad.

—No se volverá a repetir, su eminencia.

Colomer asiente y le indica al verdugo que puede retirarse. Cuando se queda solo, echa venablos por la boca hasta que se le seca. Da vueltas en círculos alrededor de la estancia y se rasca con saña la tonsura. Hoy le pica de verdad. Es la primera vez que las órdenes vienen de tan arriba, y Freire va y yerra de esa manera. Lo ha puesto en graves aprietos. La profesa está muerta, no hay nada más que pueda hacerse. Lo único que alcanza a preguntarse es cómo va a explicar lo sucedido.

76

Todo el que puede ha ido hoy al Arenal.

La partida de la flota de Indias es un espectáculo que nadie quiere perderse. Señoras guarnecidas tras sus quitasoles y a pie sobre altos chapines forrados de seda, nobles damas asomadas desde las carrozas, hidalgos con sus mejores galas, soldados aguerridos portadores de daga y espada, frailes de todas las órdenes, artesanos, mercaderes, hortelanos, esportilleros, pescadores... Gentes de toda condición han aparcado sus labores para contemplar la marcha del convoy desde el gran puerto fluvial del Guadalquivir. A ninguno le importa hoy el polvo sofocante en que se convierte el suelo arenoso de la zona portuaria, ni los muladares que sortean aquí y allá compuestos por la basura generada al otro lado de la muralla. Mucho menos a una mujer negra con la carimba de esclava en las mejillas. Está apostada entre la turbamulta, con la vista fija en el buque de guerra que comandará la expedición. Solo tiene ojos para ese barco, unos ojos que derraman lágrimas sobre su rostro avejentado. Las manos crispadas se aferran a su saya al tiempo que sus hombros se convulsionan en silencio. Y es que Ifigenia sabe que quizá no vuelva a ver al muchacho que le ha dado una razón para vivir durante los últimos dieciocho años: su hijo Gaspar.

Como cualquier aglomeración, la multitud congregada en el puerto genera a su vez todo tipo de atracciones. Desde barberos que afeitan con sus cuchillas a quien lo precise hasta alojeros que venden su bebida de miel y especias para entretener la espera o bodegueros de puntapié con su puesto ambulante de puchero, arenques o buñuelos, y que se suman al enjambre de tenderetes donde se vende desde fruta hasta ladrillos, cal, leña, almejas o baratijas. Todos vocean su mercaduría con idéntico empeño. No faltan los embaucadores sacamuelas, los tahúres y fulleros que improvisan timbas para esquilmar incautos ni los rateros de medio pelo concentrados en dar tientos a las faltriqueras y cortar bolsas entre las apreturas de la muchedumbre. Una algarabía ininteligible, hablada en las mil y una lenguas de la tierra, porque por algo es Sevilla el centro del imperio y del mundo.

Mas cuando la Soberbia suelta amarras y las voces del piloto mayor y el general de la flota se sobreponen al barullo con las últimas instrucciones para la partida, el tráfago de gentes se detiene. La masa se hace uno, vinculada por un mismo sentimiento: el de estar viviendo algo único. Incluso Ifigenia se contagia del momento, a pesar de que eso no logre atenuar la pena en su corazón. «Quien no ha visto Sevilla no ha visto maravilla», dice el proverbio por todos conocido, pero los que han pasado por allí saben bien que el fenómeno más asombroso de esa ciudad imperial solo se contempla unas cuantas veces al año, cuando las naves parten o arriban de las Indias. Ni las regias murallas, ni el cielo poblado por sus innumerables campanarios y su esplendorosa torre árabe de la Iglesia Mayor, ni las casas palaciegas que cada vez más se prodigan por las calles hispalenses. Nada puede compararse a ese bosque de mástiles en movimiento, cuyas velas comienzan a desplegarse. Un bosque alado que abre y cierra los imponentes galeones de Su Majestad.

Entre todo ese tumulto, nadie ha prestado atención al estibador que cargaba con un baúl rezagado apenas unos minutos atrás. Siempre hay caprichos de última hora de los pasajeros más ilustres, o quizá sean simplemente los pocos pertrechos de alguien enrolado in extremis. A fin de cuentas, la Armada de la Avería sale a la mar con la tripulación justa y cualquiera que anteponga la soldada a los escrúpulos supersticiosos es bienvenido en esta expedición.

Quién iba a pensar que, desprendida de la toca amarilla que ya no le hará falta y aferrada a un viejo cuaderno, una polizona ha decidido cambiar su destino. Y lo ha hecho por dos razones: la primera, porque tras la muerte de Carlina ya no le queda nada en esa ciudad maldita. La segunda, porque, si ella es quien María de San José acaba de revelarle que es, necesita conocer sus orígenes. Y solo viajando en ese barco podrá lograrlo.

77

Sor Guadalupe está sola en su aposento espartano.

Se ha quitado el hábito y se encuentra totalmente desnuda, a excepción de las calzas y de una correa de piel con púas metálicas que se le clava en el muslo izquierdo. Es el cilicio, cuyo martirio hoy le parece insuficiente. Agarra la hebilla y la introduce en el último agujero, mientras siente cómo las púas penetran en su carne. Acto seguido, se arrodilla en el suelo, con lo cual la correa se ciñe aún más al muslo y una intensa oleada de dolor la embarga. Un hilo de sangre delinea su pierna lechosa. Se queda embelesada mirándolo hasta que alcanza el suelo de la celda.

Lentamente, sale del trance y toma la disciplina de cáñamo. La sujeta por uno de sus extremos y cierra los ojos antes de lanzarla hacia atrás por encima del hombro. Lo hace con decisión, sin temblarle el pulso, mientras los nudos de cuerda le golpean la espalda.

—Era la obra de Dios. Yo solo soy un cordero del Señor.

Repite con ímpetu la operación. Una, otra, otra vez. Siente cómo se le hunde la soga en la carne, ve cómo los nudos comienzan a teñirse de sangre. Los golpes alcanzan una cadencia rítmica y espeluznante, acompañados por el sonido monótono de las plegarias implorantes de sor Guadalupe. Deja que el dolor alimente sus súplicas al tiempo que la sangre sale disparada en el arco que hace el látigo al descargar contra su piel lacerada. Las gotas dibujan brillantes figuras rojas punteadas en el suelo, en las paredes, en la fina piel de la monja. Cuanta más sangre, cuanta más fuerza, cuanto más dolor, mayor es su arrobamiento, mayor su resolución de no parar las mortificaciones. Se le nubla la vista y los golpes arrecian.

—Era la obra de Dios —repite entre azotes—. Sor Catalina, perdóname. Tenía que hacerlo. Era la obra de Dios.

El viaje

Año de 1312. Palacio de la dinastía Keita.
Ciudad imperial de Niani

–Kankan Musa, administrarás el reino durante el tiempo que yo permanezca fuera.

El hombre mira al mansa como si hubiera perdido el juicio. En realidad, hace mucho tiempo que cree que así ha sido.

–Es una locura, hermano.

–¿Locura? Se te olvida que todos nuestros antepasados las cometieron, y el abuelo Sundiata como ninguno. Por eso hoy nosotros regimos el mayor imperio que jamás conoció el mundo, mayor incluso que el que gobernó Alejandro el Grande.

–¿Y acaso no te basta? –replica Kankan Musa, harto de las ínfulas de su hermano.

–Ha llegado la hora de ir más allá –dice Abubakari con absoluta convicción.

–Doscientos barcos partieron hace ahora dos años. ¿Acaso crees que va a cambiar algo por llevar dos mil?

–Sabes tan bien como yo que estas embarcaciones son diferentes, están fabricadas acorde a los últimos avances de la ciencia. No en vano pasé meses en Egipto dejándome asesorar por los más reconocidos armadores. Y he puesto a disposición de esta empresa a los navegantes más experimentados y los mejores cartógrafos.

—Lo sé. Todos hablan del descomunal bosque de monolitos que has construido en las orillas del río Gamba. Dime, hermano: ¿qué sentido tiene eso?

—En ellos están labrados cada uno de los cálculos astronómicos para la navegación. Como ves, poseemos los mayores recursos y los mejores conocimientos que existen.

—A costa de tu pueblo, al que has esquilmado con tributos. Por no hablar de todo el oro que has cargado en esos barcos y que irá directo al fondo del mar Circundante. —La amargura se le cuela a Kankan Musa en cada palabra.

El rictus de Abubakari se endurece. Su tono es tan sombrío como su expresión.

—Aún soy tu mansa, hermano. No te atrevas a hablarme de ese modo si no quieres desatar la ira de Alá.

Él agacha la cabeza, avergonzado por la reprimenda.

—Al menos, no vayas tú. —La voz suena ahora mucho más dócil—. El pueblo está asustado. ¿Sabes que los griots han compuesto plegarias para que no dejes huérfano al Mandén?

—Los griots han de dedicarse a transmitir nuestra historia, no a dirigir su destino. Para eso estamos los mansas.

—Por favor, hermano —le implora—. No abandones tu reino.

—No lo abandonaré. Lo expandiré.

A Kankan Musa no deja de asombrarle la seguridad incondicional de su hermano mayor. Es la misma de la que su padre y, antes, su abuelo hicieron alarde en cada gran misión que acometieron. O, al menos, eso es lo que les ha contado siempre el griot Fassaké. Traga saliva antes de poner en palabras el temor de todo un pueblo.

—¿Y si no regresas?

—Entonces, tú asumirás el mando. Pasarás a ser el mansa, emperador del gran Imperio de Malí.

78

8 de septiembre del año del Señor de 1580

Damiana sale con sigilo de su escondrijo.

Ha sido mucho más penoso de lo que imaginó. Tantas horas de encierro le han dejado las extremidades entumecidas, una contractura en el cuello y una terrible jaqueca debido a la falta de aire. Eso por no hablar de la costilla que aún trata de soldarse y le dificulta aun más la respiración. Pero hasta ahora se había resistido a salir, en parte por todo el dolor, el corporal y el causado por la muerte de su amiga, unido al miedo a que la descubran y al ritmo cadencioso de la nave que le provoca una sensación extraña en lo alto del estómago. Se ha dedicado a dormitar de forma entrecortada desde que ese fornido estibador —con quien había trotado el anca sin cobrarle en más de una ocasión— la ayudó a colarse en el barco.

Sin embargo, el rugido feroz de sus tripas la machaca hasta imponerse a la prudencia. Trata de ponerse en pie. Su mente amenaza con desvanecerse, vuelve a sentarse, incapaz de adaptar el cuerpo ni al bamboleo ni al hedor que penetra por sus fosas nasales y se le incrusta en la sesera. Es una mezcla de aire viciado y cloaca junto a vinagre, mucho vinagre.

Un rayo de luz se cuela a través de alguna rendija que no ha sido debidamente tapada con alquitrán. Es lo que le permite vislumbrar su alrededor. Hay cofres como el que la ha traído hasta ahí, cajas de todo tipo, baulillos y montones de cabos y fardos de tela. Tantea hasta dar con una pila de toneles y forcejea para abrir uno. Sonríe ante su buena fortuna al lograrlo. Es carne salada. Se encuentra en el compartimento donde se guarda el matalotaje, las provisiones de víveres para la travesía. No lo había previsto, pero ha tenido suerte: si hubiera caído junto a la munición, ya podría morir de hambre encerrada entre sacos de metralla y barriles de pólvora.

Saja un buen pellizco de carne y lo mastica con ansia. Luego otro y otro, rumiando hasta quedar ahíta. Ahora tiene otro problema. La sed, antes camuflada por el apetito, emerge con toda su fuerza multiplicada por efecto de la sal. Siente la boca y la garganta resecos, un agudo dolor de cabeza y tal avidez por beber que cree que va a desfallecer si no lo consigue pronto.

Los toneles de agua dulce no han de estar muy lejos. Sigue recorriendo el espacio, preguntándose cuáles de ellos contendrán el líquido preciado. Si los localiza, quizá pueda permanecer en las entrañas del barco. Salir una vez al día de su escondrijo, agenciarse comida y bebida y volver hasta que el galeón desembarque al otro lado de la mar océana. Está valorándolo cuando un ruido en las escaleras la pone sobre aviso. Sopesa al vuelo la situación, concluye que no le dará tiempo a regresar al baúl, y opta por cubrirse bajo uno de los fardos de tela gruesa.

El sonido de pasos penetra en la bodega acompañado de las voces de un adulto y de un crío. Son las mismas que ayer le pareció escuchar en las horas de duermevela. Por la conversación, deduce que son el despensero y un paje de nao. Es la hora de repartir las raciones. Deberá tenerlo en cuenta si quiere sobrevivir.

El despensero le recuerda al paje dónde se encuentra cada cosa y va relatando cantidades y distribución. Damiana levanta con sigilo un centímetro de tela y se aplica a escuchar.

—Libra y media de bizcocho, un litro de agua, un litro de vino, una libra de menestra de habas para cada diez personas, una libra de pescado salado cada tres. Los domingos, una libra de carne salada en vez de la menestra, y dos onzas de queso en lugar del pescado. Los martes se cambia por arroz y tocino. Espero que lo tengas claro, porque no voy a repetírtelo más.

El paje asiente tratando de grabarlo a fuego en su memoria. Ayer ya se durmió repasándolo, no es poco lo que le va en ello.

—Cuando haya temporal no se enciende el fogón. De modo que solo queso, bizcocho y vino. Y, si hubiere riesgo de enemigos cerca, lo mismo. Podría delatarnos antes de tiempo.

Diego tiembla ante la perspectiva, pero vuelve a asentir. Luego repara en una ración diferente que el despensero está extrayendo.

—Ese bizcocho es blanco.

—Ni tocarlo. Es para los oficiales. Para el resto, el moreno.

—Sí, señor.

De repente, Damiana pega un respingo. La dentellada de una rata de las muchas que pueblan la bodega la ha pillado desprevenida. Maldice para sus adentros, confiando en que no vuelva a morderla y esos dos no se hayan percatado de nada. Esto último será en balde, porque segundos después escucha unos sutiles pasos que se aproximan. Contiene la respiración.

Es el niño quien levanta la tela. Al verlo de cerca, constata que no tendrá más de seis o siete años. Está canijo y los ojos grandes que la miran con asombro aparentan serlo aún más dentro de su cara flaca. Ella se coloca un dedo sobre los labios para pedirle silencio. El pequeño observa el gesto con una mirada adulta que parece sopesar la decisión más adecuada.

—No te despistes, mozo. Ven a ayudarme con los odres de vino —reclama el despensero.

El paje deja caer la tela y regresa. Damiana, aliviada, exhala todo el aire que estaba conteniendo.

Lo que Damiana no sabe, pero lo sabrá enseguida, es que el niño Diego ya ha perdido en su corto camino cualquier atisbo de candidez. Como la perdió ella cuando quedó a merced de las buenas y malas gentes de la calle, porque la calle te hace madurar aprisa. Por esa calle ya vivida y penada, Diego es consciente de que el hecho de que el despensero lo haya elegido como auxiliar es de lo mejor que podía haberle ocurrido en la nao militar. Y que tiene que proteger por todos los medios ese bendito azar caído del cielo. Porque acarrearse la amistad o la enemistad del encargado de distribuir las raciones implica la diferencia entre comer y no comer. Es una diferencia grande, eso también lo sabe ya Diego. La que determina la conservación de la especie, en concreto la suya propia. Que es la que le importa.

—¿Se puede saber qué diantres hacías ahí parado? —El despensero no disimula su irritación—. Los marineros cuentan los minutos para el almuerzo. Te aseguro que no es bueno hacerles esperar.

La respuesta del paje tarda en llegar, pero, cuando lo hace, consigue que a Damiana se le corte de nuevo el aliento.

—Hay una mujer ahí debajo, señor.

79

La Soberbia va en cabeza.

Lleva el pendón real enarbolado en lo alto del palo mayor. Es un estandarte repleto de blasones que muestran el poderío del vasto Imperio español. Sobre el fondo carmesí están los de Austria, Borgoña, Brabante, Flandes y Tirol, que incorporó Carlos I a los que a su vez se lucían en época de los Reyes Católicos: las armas cuarteladas de Castilla y León, las de Aragón, la de Nápoles y Sicilia y, desde 1492, también las del Reino de Granada. Quien divise ese estandarte sabrá que se las está viendo con la potencia que rige el mundo, esa en la que tardará aún mucho tiempo en ponerse el sol.

Pero, de momento, los únicos que lo avistan son los campesinos que labran sus huertas en el valle del Guadalquivir. El puerto de Sevilla dista quince leguas del litoral y, aunque supone una garantía para evitar los asaltos, no deja de ser una dificultad a la hora de comenzar el viaje. Los traicioneros bancos de arena junto con el aumento en el tonelaje de las embarcaciones hacen que sean cada vez más los naufragios en el curso del río, antes siquiera de haber asomado a mar abierto. También los cascos hundidos de los barcos son otro obstáculo que salvar en este primer tramo del viaje. Por eso algunos galeones esperan directamente en Sanlúcar, donde se sumarán a los mercantes y el resto de barcos de escolta. De los que salen desde el Puerto de Indias, no son pocos los que se quedan a medio camino. Muchos no pasan del lugar de Las Horcadas, a apenas ocho leguas de Sevilla.

Estas son algunas de las razones para que el trayecto por el río sea de una lentitud exasperante. Con algunas flotas, Eugenio de Ron ha llegado a tardar más de una semana en alcanzar el puerto de Sanlúcar de Barrameda. Cualquier caminante que saliera de Sevilla a buen paso podría llegar primero.

Ahora se encuentran a la altura de uno de los siete puntos que el piloto mayor tiene identificados como de mayor riesgo. Aquí, el nivel de agua durante la bajamar apenas alcanza cuatro codos de profundidad, mucho menos que el calado del buque de guerra que pilota. Aún hay suficiente luz y el viento no es del todo desfavorable, pero alberga dudas sobre si dará tiempo a que toda la flota sortee la zona antes de que comience a caer la tarde. Las ha compartido con los otros mandos, pero el capitán y el maestre solo miran por su barco, y el general al mando de la flota, por las cuestiones militares. Sin embargo, él es el mayor experto y la autoridad responsable en lo concerniente a la náutica. De modo que ha terminado dando la orden de esperar.

El capitán está lamentándose por el retraso cuando unos gritos en el combés llaman la atención de todos. A Eugenio se le escapa un resoplido de hastío. Apenas llevan un par de días de trayecto y ya han empezado los conflictos. No es que esperase menos de esa masa de rufianes. Habrán de emplear mano dura si quieren que el barco no se vaya a pique a la primera de cambio.

—Pascual, id a ver qué ocurre —ordena.

El maestre regresa al minuto con una sonrisa pícara.

—Solo están revolucionados por una hembra.

—¿Por una hembra? ¿Ya? —El capitán pone los ojos en blanco.

—Los soldados y los marinos se la están echando a suertes —explica Pascual.

—Pues ya verán cuando llevemos tres semanas —suspira el general.

Eugenio de Ron se rasca la cicatriz, a medias entre el desconcierto y el enojo. Se ha encargado personalmente de que ni viudas ni doncellas formen parte del escaso pasaje del buque y, en especial, de que nadie cuele a su amante entre la tripulación. El amancebamiento está castigado tanto por la Iglesia como por el poder civil, pero no es eso lo que más le preocupa, sino lo que puede acarrear ver a una fémina paseándose por la cubierta entre todos esos bribones. Si la presencia de mujeres susceptibles de entretener con sus encantos a los marineros ya es considerada muy inconveniente —está incluida en los tratados de náutica como cosa de gran perjuicio—, no digamos ya con esos hombres rudos que no respetan a nada ni a nadie. Y eso por no hablar de las supersticiones. No son pocos los mareantes que toman por mal fario llevar hembras a bordo. Pese a todo, a veces los más granujas embarcan a sus mancebas de tapadillo.

No está la cosa como para tentar más los agüeros a bordo. Si alguien ha osado desobedecerlo a sus espaldas, lo va a pagar caro.

—Que traigan aquí a esa mujer.

No da tiempo a acatar la orden del piloto, porque un alarido estremecedor llega hasta el alcázar. Los mandos del barco se miran entre sí alarmados y, sin necesidad de palabras, se dirigen raudos hacia el combés.

Allí presencian el desaguisado: Jerónimo Pardo, el rufián tuerto recién convertido en tripulante, tiene una daga de guardamano clavada a la altura de la ingle y sigue aullando enloquecido. A su lado, una joven se recoloca las sayas que el tipo le había desgarrado.

—¿Qué está ocurriendo? —atrona el general.

—Intentaba cabalgarme por la fuerza —explica la joven. Luego levanta un dedo admonitorio con el que apunta a toda la concurrencia—. Esto es lo que le pasa a quien se atreve.

Esa voz, esa tez, esas facciones singulares. Ese temperamento sin igual. Eugenio no puede creerlo.

—¿Qué hacéis vos aquí? —le susurra.

Damiana se planta en jarras. Su mirada se enfoca en el rostro perplejo del piloto mayor. La voz es ahora si cabe más desafiante:

—Voy hacia mi destino.

80

Rafael de Zúñiga y Manjón holgazanea entre las sábanas.

Está tumbado en su lujosa cama de madera maciza guarnecida con bronce sobredorado y paramento de damasco bermejo. Como siempre que prevé trasnochar, dio orden de que corrieran los cortinajes de la estancia y las colgaduras del dosel. Aun así, un rayo de luz ha burlado todas las prevenciones y se ha proyectado hasta su párpado izquierdo, arrancándole del sueño entrecortado en el que se dejaba fluir.

El mismo día de la partida de la flota organizó una cena por todo lo alto. No reparó en gastos: mandó ornamentar cada uno de sus salones y jardines de modo tal que el palacio resplandeciera como nunca; encargó las más exquisitas viandas traídas de todos los rincones del Viejo y el Nuevo Mundo, y compró vino para saciar al escurridor de jarros más pertinaz. Dos días con sus dos noches se prolongó la fiesta, en la que muchas de las familias aristocráticas de Sevilla comieron y bebieron como si tuvieran un agujero negro en el lugar de las asaduras. Quería demostrar a la alta sociedad sevillana que seguía nadando en la opulencia y de esa forma acallar los rumores. Cuando la mercancía llegue a tierra se venderá por el triple del caudal invertido y con ello podrá comprar el codiciado pigmento añil de las Indias, que a su vez le reportará pingües beneficios. De esa forma no solo pagará a Martinelli el préstamo por la compra de las pipas de vino para Tierra Firme, sino también el resto de las deudas acumuladas en los últimos años. Si las cuentas le salen bien, no tendrá que preocuparse por cuestiones económicas en un tiempo. Incluso podrá permitirse algún dispendio como el de estos días. Porque no fue hasta la madrugada de ayer cuando por fin los últimos arrimados se fueron a sus casas y él se retiró a su alcoba a descansar, aunque no recuerda muy bien cómo llegó.

Por la fuerza con que entra la luz del sol, ha de ser más de mediodía. El martilleo fruto del exceso de alcohol no le deja pensar con claridad, pero va siendo hora de ponerse en marcha. Agarra la campana que hay en la mesita al pie de la cama y la agita con fuerza.

Ifigenia se sobresalta al oír el tintineo. Es el señor, que ya se ha despertado y reclama su presencia. Se limpia las manos en su delantal gris, se recoloca el pañuelo que le ha ido resbalando de la cabeza y va a preparar el aguamanil con esencia de jazmín para que don Rafael pueda lavarse. Junto a la cojera que cada vez la acompaña más a menudo, se hace notar un ligero temblor. Anoche ese desgraciado trató de forzarla.

Hacía mucho desde la última vez. Cuando ella era más joven sucedía con frecuencia, incluso en vida de la señora. Aunque fue al quedarse viudo cuando todo empeoró. Cada vez que las cosas le iban mal, llamaba a su sirvienta para pagar las frustraciones en sus carnes. Pero sabe que ya la encuentra vieja y que prefiere requerir los servicios de mujeres mucho más jóvenes, lo que le había otorgado una serenidad de la que carecía desde que regresó a la casa tras el fallecimiento de su marido. Sin embargo, ayer al señor se le antojó.

Es la única razón por la que se alegra de que Gaspar esté lejos de allí. Ella siempre trató de ocultárselo, pero ya es un hombre y ciertas cosas no le pasarían desapercibidas. Si lo hubiera descubierto, quién sabe de qué habría sido capaz su hijo. Y por todos los santos que prefiere mil veces las palizas y el estupro antes que la posibilidad de que Gaspar acabe en las hediondas celdas de la Cárcel Real. Cualquier sufrimiento lo escogerá con creces siempre Ifigenia en sus carnes. Amor de madre, lo llaman. Y se quedan cortos.

Así que, después de todo, fue una suerte que al señor se le ocurriera después de la partida de la flota. También lo fue que estuviera ebrio como un odre, porque ni siquiera pudo culminar el acto. Ella sabe que eso constituye una humillación para cualquier hombre, pero mucho más para don Rafael, acostumbrado a satisfacer sus deseos en el mismo momento en que le surgen. Por eso ahora tiembla ante las represalias.

No obstante, nada más entrar se apercibe de que él no recuerda nada. O de que prefiere no recordarlo. Sea como sea, le inunda una gran sensación de alivio. Don Rafael de Zúñiga y Manjón solo está interesado hoy en una cosa.

—El Cabildo ha convocado reunión de los veinticuatros y he de prepararla. Dile a Florencio que lleve los documentos al gabinete ahora mismo.

—Florencio no está en palacio, señor.

—¿Cómo que no está?

—Lo he visto salir hace poco —dice la sierva bajando la voz.

Don Rafael pega un golpe que voltea la palangana, arrojando todo el líquido al suelo. Ifigenia se agacha enseguida a recogerla. Con la mirada en el suelo, se cuida mucho de no añadir nada que enfurezca más al señor. Como, por ejemplo, que Florencio no iba solo. O que no le han gustado nada las pintas del tipo que le acompañaba, a quien no es la primera vez que ve rondando.

81

Se ha formado un consejo de guerra en cubierta.

Es, por supuesto, un consejo de guerra extraoficial. Nadie salvo los mandos superiores puede impartir justicia en el barco, pero una masa enfurecida resulta difícil de frenar, y eso es en lo que se ha convertido la tripulación de la Soberbia.

A Jerónimo Pardo se lo ha llevado el barbero, que hace las funciones de sangrador y cirujano. Ahora están bajo uno de los entrepuentes, en el minúsculo espacio dedicado a enfermería. Allí el aprendiz de galeno tratará de detener la hemorragia y curar después la herida con esencia de trementina. Y suerte tendrá el maleante de que aún no haya escasez y no lo haga con vinagre y sal. Aunque para entonces y después de muchos quejidos de dolor y ayes de agonía, Jerónimo habrá perdido la consciencia, despavorido ante la posibilidad de haber sufrido daños irreparables en sus partes pudendas.

—Arrojémosla al agua —grita un mareante de la nueva hornada.

Hay gritos que secundan la idea con entusiasmo. Más de uno ya se ha abalanzado sobre Damiana.

—Sois bestias —exclama apurado un grumete mientras trata de pararlos. Por su color de piel se intuye que es zambo, y tiene el pelo crespo y negro como la noche—. No podéis hacer eso.

—Es una llovida, se ha colado de forma clandestina en un buque de guerra —dice un soldado—. Y para colmo ha clavado un puñal a uno de sus tripulantes. Ha de pagarlo caro.

—No así.

—¿Y qué sugiere el enamorado? —se burla otro.

—Dejémosla en tierra cuando lleguemos a Sanlúcar.

Más que apoyos, su propuesta recibe carcajadas.

—¡Menudo castigo! ¡Devolverla a tierra!

—¿Te has encaprichado con la fulana, baldragas? —dice otro grumete—. Puedes tirarte al agua tú también. A ver si la rescatas y te conviertes en su príncipe.

—¡Eso, eso! ¡Que se tire el negro con ella! —secundan varios.

—Dejaos de tonterías. —El tono de un oficial se impone por encima del resto—. Estamos cerca de la orilla, la mujer podría sobrevivir.

Se ha ganado la escucha de más de uno.

—Hay que ahorcarla —explica—. Que se dé una indigestión de esparto.

—¡A colgarla de la entena!

—¡Juro a mí! ¡Ayudadme a aparejar la soga! —apoya un soldado.

—¡Mejor la pasamos por la quilla! —dice uno de los artilleros más veteranos.

Es uno de los castigos más crueles que puede infligirse en un barco. Se ata a la rea de pies y manos con cuatros cuerdas y se la lanza al mar. La tripulación maneja las cuerdas para hacerla pasar bajo el agua, desde proa hasta popa. Es fácil perder la vida antes de llegar al otro extremo.

—Es una furcia —apunta un joven que aún no había abierto la boca.

—Eso ya lo sabemos, zagal.

—No, me refiero a una puta de verdad, la he visto en la Mancebía. Hasta se me ha ofrecido.

El calafate ha atraído la atención del resto.

—¿Te has ido de putas, mancebillo?

—¿Ya le has trotado el anca a esa perra?

—Fui hace dos domingos. —Fermín, que había cambiado de idea sobre regresar a su aldea al ver que duplicaban la bolsa, se ruboriza—. Pero no me dio tiempo, aparecieron los beatones.

Eso provoca nuevas chanzas y risotadas. Cuando se aplacan, expone su idea.

—Otra muerta a bordo daría muy mal fario. Creo que deberíamos quedárnosla para fornicar —dice sonrojándose un poco más—. Podemos hacer turnos.

—Bien dicho, mozo. —Un soldado veterano le atiza un palmetazo en el hombro.

—¡Se va a enterar la carinegra! —jalea otro sacándose el miembro—. ¡Esto sí que es una buena verga y no las del palo mayor!

Varios prorrumpen en carcajadas estruendosas. La sugerencia del calafate ha gustado a muchos, y se inicia un debate que va calentándose cada vez más. Las posiciones se extreman entre los que quieren pasarla por la quilla y los que prefieren hacérselo pagar aprovechándose de la situación: un cuerpo de mujer en el que desahogarse durante todo el trayecto. Ya no tendrán que recurrir a la sodomía, e incluso le darán algún descanso a sus encallecidas manos. Y, encima, de balde. Un espabilado propone unirlo al castigo del cepo. Bien aprisionada será mucho más sencillo yacer con esa fiera.

—¡Ya basta! —brama el piloto mayor, cada vez más asqueado—. La conversación carnal fuera del matrimonio está prohibida a bordo de las naos de Su Majestad. Los culpables de este delito serán juzgados por la justicia de la Soberbia, pudiendo ser abandonados en tierra.

—¿Lo veis, borricos? ¡Dejad de pensar en vuestros capullos! ¡A la quilla con ella! —grita un soldado aguerrido.

—No —contesta Eugenio con su tono más firme. La voz se impone sobre todo el barullo sin necesidad de gritar.

Se hace un silencio grave que, no obstante, no tarda en romperse.

—¿Y qué hacemos con la puta entonces?

—Las autoridades del barco decidiremos sobre ello —dice el piloto. Mira al general, que asiente con rictus grave, y vacila unos segundos antes de finalizar—: Mientras tanto, la mujer permanecerá bajo mi custodia.

El piloto mayor se abre paso entre los hombres, toma a Damiana del brazo y se la lleva. Cuando la tripulación constata que se dirigen juntos a la estructura de popa, donde se encuentra la recámara de Ron, más de uno comienza a abuchearlo.

—¡La va a hacer su amancebada!

—¡A fe mía que no somos todos iguales!

—¡Así que el piloto sí que se la puede cabalgar!

Los gritos continúan sin apariencia de aplacarse. Hay silbidos, nuevos comentarios de desaprobación, ánimos que se caldean cada vez más. Si hay algo que enfurezca a la chusma es ver ante sus propias narices cómo quienes ejercen la autoridad se pasan por el forro las normas que imponen al resto.

Entre toda esa algarabía, una persona permanece callada con gesto preocupado. Es el grumete que dio la cara por la muchacha. El grumete que se prometió no mirar más que por su propio pellejo, y que ha vuelto a incumplir su promesa. Ha observado cómo Eugenio de Ron se alejaba con Damiana del brazo, y no le ha pasado inadvertida la forma en que ella le miraba a él. La imagina dejándose montar por el piloto mayor, ese al que hace no tanto esta misma mujer quiso clavarle la daga que hoy ha acabado en los huevos de Jerónimo Pardo. La mujer con la que él sueña cada noche desde que la vio en el puerto por primera vez. Un ardor desconocido se apodera de Gaspar, brasas crepitantes que lo arrasan por dentro. Se llaman celos, aunque eso aún no lo sabe. Sí sabe que su admiración por el piloto está siendo sustituida por un rencor sin igual.

82

Carlos Freire se descuelga la llave del cuello.

Antes de emprender la vuelta a casa, ha cambiado las ropas oscuras de encapuchado por un jubón de paño verde y unos calzones pardos. Es una vestimenta normal de un tipo normal que podría pasar inadvertido en cualquier parte. No como un hijodalgo ni como un mercader potentado o un fino artesano, pero tampoco como esclavo o mendigo. Tiene manos fuertes y encallecidas, brazos musculados y espaldas anchas, al igual que cualquiera que se dedique a un oficio decente. Podría pertenecer al gremio de los carpinteros, de los curtidores, los zurradores, los campaneros, los cordoneros o, por qué no, de los borceguineros. No lleva daga ni espada ni mosquete. Las herramientas de guerra las deja para la cámara de los tormentos, donde sus víctimas no pueden defenderse.

Está cansado, como siempre que pasa la noche en vela, pero hace mucho que se habituó a ese ritmo. Su oficio se desarrolla entre las sombras. Solo labora de cara al público y con la luz del sol en las excepciones más honrosas: cuando hay autos de fe y tiene que dar garrote a los arrepentidos que pasarán por la hoguera. Para el próximo auto aún falta bastante; durante estos meses su trabajo es más rutinario, y se limita al castillo de Triana. Al menos, el trabajo oficial. Porque con lo que le pagan no llegaría para alimentar a su mujer y sus cuatro hijos. Tampoco podrían haber salido nunca de la humilde habitación en el corral de vecinos que les arrendaban sus suegros. Pero últimamente los encargos extraoficiales han aumentado, y eso les permite grandes desahogos. Hasta a su mujer se la ve más contenta. Puede ir al mercado y escoger la carne que quiera, como las esposas de los hidalgos. Y lleva unos chapines nuevos que la estilizan y una camisa alta, ceñida de busto y rematada con floridos encajes. A pesar de haber parido seis retoños —uno nació muerto, otra no llegó al año de vida—, se la ve radiante, preciosa como el día que la raptó para casarse con ella.

Ahora almorzará lo que ha puesto a calentar su legítima en el puchero, lo degustará junto a ella y luego se echará en el catre y dormirá hasta que le toque regresar a la sede de la Santa Inquisición. Pero primero tiene algo que hacer.

Coloca la arquilla sobre el catre e introduce la llave en la cerradura. Permanece durante un minuto embelesado observando su contenido. A continuación, extrae con sumo cuidado un mechón de su faltriquera. Está compuesto por finos cabellos castaños que hasta hace poco pertenecían a una mujer viva. A una mujer que él se ha ocupado de mandar al otro mundo, haya lo que haya allí.

Lo coloca junto al resto por orden de llegada, al lado de un mechón rubio como el trigo. Justo antes está su favorito, no solo por el color sino también por lo que disfrutó con el encargo. Lo coge, lo reordena, lo acaricia antes de devolverlo a su sitio, asombrado aún por cuánto se parece ese tono de pelo al de la hoguera en la que han acabado carbonizadas muchas de sus víctimas.

Al tiempo que cierra la arquilla y la devuelve a su lugar, recuerda los gritos de la mujer y esboza una sonrisa nostálgica. Qué hermosa era la bruja con el cabello del color del fuego. Su rostro era bello incluso cuando lo separó del resto de la cabeza. Toda una obra maestra de la que se siente orgulloso.

Y aún le queda un pedido que cumplir. Por Cristo que piensa disfrutarlo como el que más.

83

Damiana observa el camarote.

Mientras que la casa sevillana del piloto mayor era austera, esta pequeña estancia en la nao capitana se halla repleta de lujos. Se nota que Eugenio de Ron pasa mucho tiempo aquí.

Comienza a darse cuenta de que habitar un barco ya es en sí mismo un castigo. Una cárcel hacinada de la que uno no puede escapar salvo para acabar en el fondo del mar. Entre las sobrecubiertas de proa y popa se aprietan decenas de personas que han de convivir las veinticuatro horas espalda con espalda. No habrá más de metro y medio cuadrado para cada uno, y eso será así hasta que lleguen a destino. En ese espacio no solo duermen, comen y pasan la mayoría del tiempo, sino que han de compartirlo con las cajas o cofres que lleva cada uno, sus escasos objetos personales, así como los aparejos náuticos estibados en los puentes, el cabrestante, el fogón de la cocina y, por supuesto, los propios mástiles con todo su velamen. Eso por no hablar de la fauna que viaja a bordo. Aunque la Soberbia no es una nave de mercancías, y eso la exime de transportar caballos o becerras, sí van con ellos otro tipo de animales en concepto de despensa viviente. Serán sacrificados a lo largo del viaje para disponer de algo de carne fresca. Las gallinas son la provisión favorita, y pululan entre tripulantes y soldados, como también las cabras, corderos o gorrinos que se acomodan como pueden junto a sus dueños. Tampoco faltan los gatos, destinados a reducir el número de ratas y ratones que pueblan el barco con otros bichos igualmente indeseados. Las cucarachas campan a sus anchas por los entresijos de la madera, y lo mismo hacen chinches y piojos en las ropas, cabello y cuerpo de los marinos.

De esta suerte, con picores constantes y recalentados por las altas temperaturas que no dan tregua de día ni de noche, los tripulantes viven las horas más lentas que cabe imaginar. Es una especie de infierno en vida, donde uno renuncia a cualquier clase de comodidad, intimidad o higiene.

En contraposición a todo eso, el piloto ostenta una de las cámaras principales del galeón en la zona de prestigio, donde tienen también sus camarotes el general, el capitán y el maestre, y desde donde Eugenio puede divisar el horizonte y velar así por la buena marcha de la flota. Hay una escribanía atestada de mapas y libros, un sillón tapizado en tela de damasco y una cama de campaña con colcha de grana y sábanas limpias de lino. Damiana se recuesta en ella. Es mullida y de tacto agradable, tanto que ya la habría querido para sí en tierra firme. Eugenio le acerca una jarra.

—Tendréis sed.

Ella apresa el recipiente y bebe su contenido de un solo trago. Luego se pasa la lengua por los labios, como si quisiera atrapar hasta la última gota.

—Me habéis puesto en un aprieto —dice el piloto.

La joven escruta su rostro, tratando de discernir los sentimientos que se ocultan tras él. No lo logra, pero sabe que en eso tiene razón.

—Gracias —farfulla alargándole la jarra—. ¿Me dais más?

—Acabo de perder el respeto de toda mi tripulación —continúa él al tiempo que la rellena—. La sumisión y el servilismo no forman parte del carácter de los marineros. Son gente indómita, acostumbrada a vérselas cara a cara con la parca. No doblan la cerviz ante un simple mando mortal. Hay que hacerse respetar como un líder, no como un déspota. Con valor, con honestidad, con justicia. Y yo acabo de echar todo eso por la borda de mi capitana.

Damiana acaba su segunda jarra y chasquea la lengua. Está cansada, lleva dos días con sus dos noches alerta, su corazón sufre por la muerte atroz de su amiga y apenas se está recomponiendo del susto de haber podido correr la misma suerte. Empieza a cansarse del soliloquio victimista de ese privilegiado.

—Yo no os he pedido que echarais nada por la borda. No necesito salvadores de capa y espada.

Eugenio la mira irritado.

—¿Acaso hubierais preferido que os violentasen todos los hombres de este barco?

—No son más de los que llevo ya pasados por la piedra.

—Callad un poco, por Cristo. A fe mía que jamás he visto a una mujer más insolente.

—Si hubiera querido a alguien que me hiciera callar, habría matrimoniado hace mucho.

A Eugenio le dan ganas de tirarse de los pelos o de arrojarla a ella del barco de una vez. Respira hondo y cuenta hasta tres antes de replicar.

—Lo que quería decir es que esto no puede quedar así. Si no actúo pronto, todos creerán que sois mi amante o, peor, mi esclava carnal —continúa—. El propio general podría denunciarme ante la Casa de Contratación, pues detenta el gobierno supremo de toda la escuadrilla de la flota de Indias. Si la acusación prosperase, sería suspendido de mi oficio o incluso desterrado.

—Nada de eso os quitará el sueño cuando tengáis todo el oro de las Indias.

—Para eso falta mucho. Ahora me preocupa también el marinero al que apuñalasteis. Ese tal Jerónimo es gente cruda, de la que se desagravia metiendo su acero entre pecho y espalda. No va a cejar hasta cobrarse la ofensa, y eso no solo os implica a vos. En cuanto sepa que os he auxiliado, habré pasado a ser su enemigo.

—No os creía hombre de temer a un simple valentón.

—Me gustaría acabar el viaje sin ser ensartado en una espada, por Cristo bendito.

El tono del piloto es tan grave que Damiana decide dejar a un lado las burlas.

—¿Qué pensáis hacer?

—Tendré que hablarlo con el general, y quizá también con el capitán y el maestre. Al menos he de conservar la confianza de los mandos superiores.

—Me entregaréis, entonces.

—Quizá baste con el flagelo. Cien azotes a la vista de todos, tal vez doscientos. Y luego os soltamos en Sanlúcar.

Ella encubre su decepción bajo un manto de desprecio.

—Queréis haceros el héroe con eso de que me habéis salvado, pero en realidad no sois más que un gallina.

—¿Y vos? ¿Qué me decís de vos? No me lo ponéis fácil. Os prometí vuestra parte de las riquezas, pero no escuchasteis. Teníais que venir a causarme más contratiempos.

—Mentíais —dice ella cargada de aplomo—. Si consiguierais ese oro, os haríais un palacio en las Indias y empezaríais de cero. Viviríais como un rey sin rendir cuentas a nadie. Por eso no quisisteis llevaros a Violante con vos. Y por eso ella buscó su libertad por otro lado.

Él se encoge, golpeado por la dura respuesta.

—Eso no es justo. Soy un hombre de palabra.

—Ya. Pues prefiero seguiros yo misma a vos y vuestra palabra hasta el lugar de esas coordenadas. —Ella eleva el mentón con desafío.

—Por Belcebú que debería haberos dejado en manos de todos esos menguados —escupe Eugenio con hastío.

Lo ha dicho con tal convicción que Damiana no duda que lo piensa de veras. Decide cambiar de táctica.

—Hacedlo por Violante entonces. Por la libertad que ella no pudo alcanzar.

—Si fue como decís, entonces nos traicionó a los dos. Escapó de la Mancebía para vender las coordenadas de vuestra talla al mejor postor.

—A cambio de su sueño. De ejercer la medicina en un mundo donde nadie la acusara de endemoniada por ser mujer. Yo la he perdonado. Y vos debierais hacer lo mismo, tanto que se os llena la boca diciendo que la amabais.

Se hace un silencio tenso. El rostro de Eugenio ha adquirido una expresión sombría. Permanece con el ceño fruncido más tiempo del que Damiana es capaz de aguardar con paciencia. Luego abre una tinaja y extrae un poco de confitura que unta en un bizcocho. Mastica con ansiedad, como si eso pudiera ayudarlo a solucionar el aprieto en que se encuentra. Ella no le quita ojo un solo instante. Cuando parece darse por saciado, se limpia un resto de la confitura de las barbas.

—Os habéis embarcado clandestinamente y habéis atacado a un marinero de la Real Armada —recapitula—. Vive Dios que no veo cómo ayudaros.

—Escuchadme entonces. Erráis al infravalorar la inteligencia de una mujer.

Eugenio levanta una ceja, a medias entre la burla y el enojo. Piensa que debería darle una paliza con el rebenque a esa insolente, pero en el fondo tiene curiosidad por oír cómo pretende liarle esta vez.

84

9 de septiembre del año del Señor de 1580

Carlos Freire observa con desprecio a las rameras.

Niñas con caras blanqueadas, labios embadurnados de rojo y camisas de pecho escotadas hasta enseñar cuando ni siquiera hay qué enseñar. No son ellas quienes le interesan. Va directo a la botica que le han indicado, donde un fulano de barba larga y espesa le pregunta por sus deseos.

—Quiero a la más oscura.

El padre disimula su disgusto. Desde que Damiana desapareció, no dejan de reclamarla. Le ocurrió lo mismo con Violante. Ambas se habían forjado una fama y quien no quiere a la pelirroja pregunta por la morena. Ya le ha pedido a Isabel que deje de echar albayalde a algunas de las mozas y las ponga a tomar el sol en los ratos ociosos, pero aun así nadie supera el tostado natural de su mejor pecatriz. Echa un vistazo alrededor y sus ojos se topan con los de una cría gitana que apenas lleva unos meses con él.

—Carmen, ven acá.

La chiquilla comienza a acercarse con timidez, pero el hombre alza una mano para detenerla.

—Esa no.

—Es pequeña pero apañada. Os doy mi palabra de que os dejará satisfecho.

—No.

—Si no os place, podéis repetir con quien gustéis. Por invitación de la casa —insiste el padre.

—Quiero a la de la nariz de águila. La pájara.

—No está.

—Pues tráemela.

El dueño de la botica mira a ese cliente con inquina. Siente cómo se le calienta la cabeza. Por sus barbas que él no se ha metido a rentar putas para servir a nadie.

—Que te la traiga tu madre.

Freire no se lo piensa un segundo. Da un paso al frente y agarra por la pechera al padre, embistiéndolo contra la pared.

—Me la vas a traer tú.

Quizá es el tono de voz gélido, quizá la mirada oscura con un punto de extravío, quizá el hecho de encontrarse con los pies en el aire. El caso es que al padre un estremecimiento le recorre el cuerpo de arriba abajo.

—Está desaparecida —farfulla entre dientes—. No la veo desde hace días.

Sin embargo, a Freire no le sirve esa respuesta. Su trabajo consiste justo en que solo haya una respuesta correcta. La que le han pagado por conseguir. Ante la mirada sorprendida de las jóvenes desoficiadas que rondan el salón, lo introduce en una de las habitaciones y corre la cortina tras él.

85

Los ánimos a bordo están más calmados.

No tanto porque hayan olvidado lo ocurrido ayer con la polizona como porque es la hora de la comida principal del día. La orden que Eugenio de Ron ha hecho llegar al despensero a través del contramaestre ha sido clara: incrementar hoy la ración de vino y servir una onza extra de la de queso. Y es que, entre los muchos conocimientos del piloto mayor, saber cómo relajar la bravura y aumentar la moral de sus hombres no es el más baladí; rellenar los estómagos a tiempo ha evitado más de un motín en sus filas.

Tras varias jornadas de viaje, los tripulantes ya se han organizado en camaradas, grupos que comen y hacen vida en común, todo con el objetivo de aprovechar mejor el espacio. La camarada en la que se encuentra Gaspar la forma un conjunto heterogéneo de hombres: hay un oficial entrado en años, varios artilleros curtidos en los tercios, un par de marinos arrufianados que saben tanto como él de la mar pero que por edad han recibido un ascenso en el oficio, el joven calafate de nombre Fermín y cuatro pajecillos de nao, entre los que se encuentra el niño que conoció el primer día. Diego ya se ha avenido a hablarle, aunque sigue con su gesto desconfiado. En general, todos están más parlanchines tras el aumento del vino, aunque siempre hay alguno que ahorra su ración para hacer negocio con ella en el Nuevo Mundo.

A uno de los veteranos no se le escapa el ardid del piloto.

—Cuando al marinero le dan de beber, o está jodido o lo van a joder —clama.

—Por mis barbas que no te he visto renegar de tu parte —se burla un soldado.

—A fe que no. Viento y ventura poco dura.

—Si la mar fuera vino, todo el mundo sería marino —replica otro, uniéndose al refranero popular.

Las chanzas continúan durante un rato más. En el grupo contiguo, alguien se ha arrancado a entonar un romance que Gaspar escucha más por pasar el rato que por las habilidades cantoras del mareante. De improviso, el oficial saca una baraja de naipes.

—A treinta por fuerza.

—Pardiez, una descuadernada —exclama con alborozo un artillero.

Gaspar los mira desconcertado.

—Creía que estaba prohibido jugar a bordo.

—Y blasfemar, por Cristo rey.

Varios marineros ríen. Esa irreverencia podría penarse con un mes agarrado al cepo, pero no hay mareante que no perjure decenas de veces al día.

Transcurren varias horas en el lento transitar por el río Betis. La tarde va cayendo, solo alterada por el canto de la hora que hace el paje de turno, ampolleta en mano. Cualquiera diría que está estropeada, que el tiempo pasa aquí más lento, que las horas se han multiplicado.

Ahora lo que canta el paje es la oración del final del día. Un marinero enciende el fanal de popa, algunos se levantan a ver la puesta del sol, otros se acercan al capellán para agradecer a la divinidad un día más. En la camarada de Gaspar, el juego sigue, a pesar de que cada vez resulte más difícil ver las figuras de los naipes. El dueño de la baraja va ganando, quién sabe si porque tiene alguna carta marcada. En cambio, uno de los pajes ya ha perdido la camisa, único objeto de valor que lleva encima. Gaspar se mantiene como mero espectador. Sabe que los mirones no están bien vistos, sobre todo porque muchos aprovechan para pedir después el barato o propina al vencedor. Pero él está demasiado turbado para concentrarse en los naipes: solo tiene cabeza para Damiana.

Damiana. Ella, justo ella, es la que baja de repente desde el alcázar. La luz del fanal la ilumina por detrás creando un aura que se le antoja irresistible. Una diosa en la tierra, con sus cabellos y ropajes ondeados por el viento.

Pero, a medida que se aproxima, Gaspar percibe los detalles. Lleva las muñecas atadas por delante del cuerpo y un soldado guía la soga que le impide escapar. Detrás, aparece el jaque Jerónimo cojeando de una pierna. Continúan la comitiva el general, el piloto, el capitán y por último el alguacil mayor, que ejerce las funciones de policía embarcado. Es este último quien alza la voz.

—En nombre del rey y de la justicia, las autoridades al mando han tomado una decisión sobre la rea descubierta en la bodega. —El alguacil se detiene un instante. No hay rastro del vocerío de hace unos segundos, ahora la expectación es máxima—. Por colarse en el barco y por atacar a un hombre de esta tripulación, la mujer Damiana de Villanueva es condenada a muerte. Será ajusticiada con la misma daga con que atacó a Jerónimo Pardo y arrojada a las aguas.

La aquiescencia es generalizada. Ya no parece importar qué se haga con la pecadora con tal de que no sea uno solo quien se la quede para sí.

—¡Sea!

—¡Así se habla!

—¡Al infierno con ella!

—¡Que se la coman los peces!

A Gaspar se le encoge el corazón. Busca con la mirada el rostro de Eugenio, que permanece impasible ante la sentencia. No sabe si le odiaba más por creer que iba a beneficiarse a su amada o ahora por dejar que la asesinen esos salvajes. Pero el alguacil no ha terminado.

—El piloto mayor, como autoridad náutica principal, será el encargado de defender la honra del marinero Jerónimo Pardo.

El rufián se retuerce los bigotes con gesto satisfecho. Tiene su único ojo muy abierto, como si no quisiera perderse nada de lo que acontezca en esa cubierta. En realidad, nadie quiere hacerlo. En el tedioso viaje hasta las Indias, una diversión como esa es un hito sin igual.

Llaman al capellán a escena. Se hace paso con expresión solemne y ruega unas oraciones por el alma de Damiana. Pero se eterniza en su arenga, la turba lo que quiere ver es otro tipo de espectáculo. El alguacil ordena guardar las formas hasta que concluya la labor eclesiástica y por unos instantes logra aplacar a los suyos, mas no a la rea, que también está hastiada del cura. Si hay infierno, ya sabe que la está esperando desde hace mucho, no necesita la parafernalia de un Dios que condenó a su madre cuando todavía la llevaba en la barriga y que más tarde hizo asesinar a su amiga del alma. En ningún momento ha disimulado el odio hacia el capellán. Le lanza uno de sus escupitajos, que alcanza de lleno en mitad de la sotana. Algunos marineros se persignan ante el clamoroso gesto de herejía, otros gritan enfurecidos pidiendo sangre, condenada mujer que no deja de traerles malos augurios. Ante la previsión de un nuevo alboroto, el general ordena que finalice el rito. El capellán le dirige una mirada torva, molesto por que se inmiscuya en los asuntos de Dios. Pero en el fondo está deseando terminar y no verse expuesto a más salivazos.

Tras las formalidades espirituales, el bullicio se aplaca y un Eugenio de rostro contrito se adelanta con la daga de Damiana en la mano. Para cuando llega a la altura de la mujer, el silencio es tal que su voz se oye a lo largo y ancho de toda la nao. De proa a popa y de estribor a babor.

—Que san Telmo se apiade de su alma.

Son las últimas palabras que pronuncia el piloto mayor antes de hundir el arma entre las ropas de Damiana. Gotas de un líquido rojo y espeso salpican el suelo embreado al tiempo que ella cae desangrándose. Acto seguido, dos soldados la agarran como un fardo y la arrojan por la borda secundados por los vítores de la tripulación.

86

Freire camina embozado en su capa.

Al atravesar la plaza del Compás no se cruza con un alma. Sin embargo, el foro principal del pecadero dista mucho de estar desierto. Escondidas en los rincones, varias mujeres clavan sus ojos en él al verlo marchar. Los siente en el cogote, pero se le da un ardite. Sabe que ninguna de ellas osará hablar, mucho menos cuando vean cómo acaba quien lo contraría. También sabe que ha perdido los nervios. Si en el caso de la monja fue solo la excusa que le puso al inquisidor Colomer para llevar a cabo la ejecución inmediata que le habían encargado, ahora sí que se le ha ido de las manos. A duras penas ha podido limpiarse la sangre que ha impregnado su piel, y, bajo la capa, la camisa, el jubón y hasta las calzas contienen indicios de lo que acaba de perpetrar. Suerte que comienza a oscurecer y las manchas pasarán más fácilmente inadvertidas.

Lo peor es que no ha logrado su propósito: ni ha matado a la ramera de nombre Damiana ni tiene idea de dónde puede hallarla. Y hay algo que le ha quedado claro. Ese hombre tampoco lo sabía.

Varios minutos después de que haya cruzado la puerta del Golpe, la plaza vuelve poco a poco a poblarse. Las mujeres se miran unas a otras atemorizadas, cuchichean como si aún pudiera oírlas. Los alaridos, las imprecaciones y también las súplicas del padre han traspasado las paredes de La Babilonia. Tanto las mujeres que se albergan en ella como las de las boticas aledañas han puesto pies en polvorosa para no encontrarse a tiro, al igual que los pocos hombres que a esas horas del sábado habían acudido a desfogarse.

Aún tardan mucho más en decidirse a regresar a la botica. Para cuando lo hacen, la noche ha caído del todo sobre Sevilla, la puerta del Golpe ha sido clausurada y saben que nadie más podrá cruzarla por hoy. Isabel, Carmen, Mencia, Brígida, Alonsa, Margalinda. Todas penetran juntas en la botica con rostros circunspectos. La Babilonia se halla en el más completo silencio. Permanecen atentas sin atreverse a aventurarse más allá de la sala principal. Al tañer las campanas en la Iglesia Mayor llamando a la última misa, varias pegan un respingo. Es entonces cuando la más joven coge el toro por los cuernos.

—¡Carmen! —grita Isabel en un susurro, pero la cría no se detiene. Llega hasta el cuarto donde Freire metió al padre y penetra en él.

Todas contienen la respiración, mas no se oye nada. Es Brígida quien, preocupada por la niña, va hacia la puerta y sostiene los cortinajes. El resto de las mujeres estiran el cuello para ver la escena. Si alguna ha soñado con el averno, la imagen no ha de distar mucho de lo que ahora presencian. Todo el cuarto está salpicado de sangre, y en el centro, arrojado en el jergón cuyas hebras de paja lucen ahora el color de la grana, un cuerpo.

Carmen permanece inmóvil como si no pudiera despegar los ojos de la masa informe que tiene ante ella. Es, o fue, el hombre que la desvirgó para poder venderla a otros muchos. Aunque ya apenas se lo reconoce.

El hombre más rico del mundo

Año de 1324. Peregrinación a La Meca

Hace doce años que Abubakari II zarpó con toda su flota y Kankan Musa jamás ha vuelto a tener noticias suyas. Ni de él ni de uno solo de los miles de mandingas que embarcaron junto con su líder. Kankan ha pasado de ocupar la regencia a ser nombrado mansa Musa, emperador de todo el territorio del Mandén, y se ha esforzado durante los últimos años para consolidar ese poder.

Ha conquistado el amor de su pueblo, que lo considera un buen gobernante, justo e íntegro. Se dedicó en cuerpo y alma a mejorar el estado en que los dejó Abubakari. Los tributos se redujeron, la gente pudo vivir de nuevo de su trabajo y a gozar del bienestar perdido. Un pueblo no necesita mucho más para amar a su rey.

Además, el imperio ha alcanzado nuevas cotas en cuanto al territorio anexionado, el florecimiento cultural y la asombrosa riqueza aportada por el control de las rutas comerciales. Por fortuna, las minas de Wangara siguen siendo una inagotable fuente de recursos. Dicen que el oro crece en sus arenas como las zanahorias, y él ha sabido explotarlo para el bien de sus gentes. Y, por supuesto, para el suyo propio, dueño de una fortuna inconmensurable. Por cada dos pepitas recolectadas, una ha de ser para el reino.

Pasarán los siglos y nadie logrará cuantificar con exactitud su extraordinario capital. «Imagina todo el oro que creas que un ser humano podría poseer y duplícalo». Esa frase de un cronista resume bien la fortuna del mansa Musa.

Pero el emperador es, por encima de todo, un musulmán devoto; la islamización de todos sus súbditos le preocupa más que la riqueza de su territorio. En algunos lugares aún prevalece el animismo, por eso dicen que no ha habido un solo viernes en que el mansa no haya encargado la construcción de una nueva mezquita. Ha fundado importantes madrasas, algunas de las cuales sobrevivirán durante muchos siglos y serán consideradas las primeras universidades del mundo.

A Musa no le inquieta solo la salvación de su pueblo; también la propia. El peregrinaje a La Meca es uno de los pilares de la religión islámica, y él quiere cumplir con su obligación como buen musulmán. Es más, desea hacerlo por todo lo alto, en consonancia con su poder y su rango.

Por eso lleva más de seis mil kilómetros procesionando hacia el lugar santo, un hito histórico para un emperador de su categoría. Apenas le falta ya una décima parte del trayecto por recorrer. Pero no lo ha hecho solo: lo preceden cien jinetes que enarbolan los enormes estandartes rojos y dorados del Imperio del Mandén. Tras ellos, quinientos heraldos anuncian su entrada en cada ciudad, ataviados con finos vestidos de seda y con cetros auríferos. La comitiva continúa con setenta mil hombres y mujeres que transportan barras de oro y, para rematar el desfile, ochenta camellos acarrean cada uno más de cien kilos del preciado metal. Dicen que el deslumbramiento que provoca el centelleo de todo ese oro ha dejado ciego a más de uno.

El mansa Musa y su corte han ido regalando el oro a todas las gentes con las que se han encontrado en su largo periplo. En El Cairo causaron un furor que se extendió por todo el reino mameluco, y tampoco en Medina van a olvidarlo en siglos: la Ciudad Luminosa brilla más desde que cientos de lingotes de Kankan Musa la tomaron como su nuevo hogar.

La gesta ha sido tan sonada que ha llegado a oídos europeos, y más de un explorador se ha aventurado en terreno africano para comprobar si tiene algo de cierto. Y a fe que han podido confirmarlo; algún afortunado incluso ha sido agraciado con varias pepitas. Pero a Kankan le preocupan más otros asuntos que su fama en esas tierras distantes. Cuando regrese del viaje, construirá en Tombuctú el mayor palacio conocido. Traerá a los mejores arquitectos de al-Ándalus y El Cairo, y la ciudad se convertirá en un prestigioso centro cultural, comercial e islámico. Acudirán comerciantes de Venecia, de Granada o de Génova para vender sus manufacturas a cambio del oro del Mandén, y la imponente madrasa de Sankore será una referencia mundial de aprendizaje. Por ella, académicos y estudiosos de toda África y Oriente Medio viajarán hasta Tombuctú.

Sí, Kankan Musa tiene grandes planes. A diferencia de su hermano Abubakari, él sí pasará a la historia. El legítimo heredero del Imperio mandinga ha sido borrado de ella. El pueblo nunca le perdonó que antepusiera su propio sueño, así que los griots han decidido que esa historia no merece ser contada. Si no fuera por los textos que se manuscribirán más allá del territorio mandinga, su epopeya ni siquiera traspasaría las fronteras del tiempo.

Sundiata despierta envuelto en sudor. Es el mismo sueño que lo persigue desde hace dos lunas. Una vez tras otra, vuelve a ver su imperio, aquel que abandonó doce años ha, y lo invaden sentimientos opuestos. La alegría de confirmar que dejó su gobierno en buenas manos, que su hermano Kankan está haciendo un buen trabajo, pero también el dolor inmenso al saberse despreciado por su pueblo.

Porque no le cabe duda de que todo está sucediendo exactamente así. Sabe distinguir cuándo un sueño pertenece al territorio de la quimera, la fantasía o el delirio, y cuándo está siendo transportado para ver lo que ocurre al otro lado de su imperio. Y sabe que esta es una de esas veces.

87

Gaspar no puede conciliar el sueño.

Está en el suelo encogido en posición fetal. Tiene los pies de uno de los soldados a la altura de la cara y la rodilla de alguien de su camarada se le clava en los lumbares cada vez que trata de moverse. Acostado y entre tanta gente, no le llega la poca brisa que pueda correr a estas alturas de la noche. Solo el aliento y las flatulencias de algún compañero, cuya reverberación da una nota diferente al concierto de ronquidos que se interpreta a su alrededor. El azumbre extra de vino por cuadrilla ha ayudado a que la mayoría de los hombres duerma a pierna suelta, pero no ha surtido en él efecto alguno.

Ha rememorado cada una de las veces que se cruzó con esa mujer singular. Desde el día que chocaron en el puerto, él de vuelta al palacio del veinticuatro y ella camino de la Soberbia, donde poco más de una semana después acabó embarcando a escondidas. La segunda vez también fue en el puerto, en esa ocasión con motivo del asesinato de la rubia que parecía un ángel arrancado del cielo. Él salvó a Damiana de acabar en la Cárcel Real, pero no obtuvo a cambio más que desprecios. Después ella intentó matar al piloto mayor y él la detuvo, y logró así salvarla nuevamente de la justicia del rey, si no de la horca. Aunque quién sabe. Quizá si en ese momento la hubiera dejado cargarse a Eugenio de Ron, no habría sido él quien la hubiese matado hoy. Otro piloto lo habría sustituido a cargo de la dirección de la flota. Mas quizá el fin de ella hubiera sido el mismo, pues no ha dejado de buscar problemas ni un solo día. Se pregunta qué la llevó a introducirse en la conserva con destino a las Indias, y por qué de entre todas las naos eligió precisamente esa en la que él mismo se había embarcado. Le hubiera gustado pensar que fue el destino quien lo quiso así. Pero el destino a lo único que ha llevado a esa mujer es a ser alimento de los peces. Y él tiene que olvidarla, dejar de soñar despierto de una vez y centrarse en su propio rumbo.

Necesita tomar el aire. Se pone en pie y trata de abrirse paso entre los cuerpos de sus compañeros en dirección a la proa del barco.

88

Empieza a dudar de que haya sido una buena idea.

Los dientes le castañetean y desde hace horas no siente las manos que a duras penas se aferran a un cabo de amarre previamente preparado. No sabe cuánto tiempo ha transcurrido desde que la arrojaron por la borda. Tres horas, quizá cuatro o puede que cinco.

Un sentimiento se le está empezando a filtrar y le produce más frío que el agua alrededor de su cuerpo. Ha confiado su vida a ese hombre. Ella, que jamás se ha fiado de nadie, se ha puesto en manos de Eugenio de Ron. Él había de rescatarla, pero ¿y si no lo hace? ¿Y si el plan que urdió le ha dado la excusa perfecta para desprenderse de ella sin más inconveniente?

—Estúpida.

Por un momento se le pasa por la cabeza la idea de pedir ayuda, pero sabe que no pueden oírla y, aunque así fuera, no serviría para otra cosa más que para alertar a quienes la creen fiambre y darles la oportunidad de rematarla a arcabuzazos.

Sí, es ella sola la que se lo ha puesto en bandeja al piloto mayor para quitársela de encima y recuperar la confianza de sus hombres, todo en uno. Ella, que desprecia con altivez a quienes tratan de salvarla. Lleva salvándose sola desde que era una cría. Salvándose del hambre, de las enfermedades, de la pobreza, pero sobre todo de los hombres. Y ahora va e inventa una estrategia en la que ha de contar con uno de ellos.

Rememora con rabia lo acontecido desde que Eugenio la llevó a su camarote. Cuando vio el confite de tomates que el piloto untaba en su bizcocho. Un confite al que ningún tripulante salvo los mandos superiores podría aspirar, que con seguridad ni siquiera habrían probado o incluso visto, como jamás había tenido ocasión de ver ella misma, y cuyo tono bermellón la fascinó. Enseguida le vino a la cabeza: esa gelatina viscosa aligerada con un poco de agua podría pasar por sangre. Su propia sangre.

La tarea de convencer al general y al capitán para darle muerte de esa forma correspondía al piloto, pero a esas alturas bien sabía ella de la labia que se gastaba ese hombre y con la que conseguía casi cualquier cosa que deseara. Y así había sido. Los mandos accedieron a zanjar el peliagudo asunto tal y como Eugenio de Ron proponía, conviniendo en que su honor quedaría repuesto si ajusticiaba él mismo a la rea. Todo en aras de la buena marcha de la travesía, que no había hecho más que principiar.

Pese a estar embarcados en una nao que atravesará la mar océana, la mayoría de esos hombres jamás han aprendido a nadar, por eso ni se les pasaría por la cabeza pensar que ella sí pudiera hacerlo. Miguel le enseñó en esas mismas aguas putrefactas y salitrosas del río Betis, empeñado en que alguna vez podría serle de utilidad. Al menos en eso sí le hizo caso.

El cielo sigue oscuro, pero pronto en el horizonte comenzará a dibujarse una línea rojiza y las estrellas dejarán de otearse en lo alto. No sabe si resistirá hasta entonces, pero lo que sí va comprendiendo cada vez con mayor rotundidad es algo que nunca debió olvidar: está sola. Ascender por el casco de un galeón no es empresa fácil de acometer ni siquiera para los corsarios más curtidos, pero no ve otra opción. Si quiere salvarse, tendrá que ser, una vez más, con sus propios medios.

89

Gaspar ha vuelto a tenderse.

No en busca de reposo, sino porque sus ojos han presenciado algo que no deberían. Aprovechando el sueño del resto, un manilargo fuerza una caja que a todas luces no le pertenece. Cuando su dueño despierte al alborear el día, sus juramentos y denuestos se oirán en todo el barco. Así ha de ser, porque no será Gaspar quien dé el aviso para agenciarse un enemigo. Y eso si es que el ladrón no decide silenciarlo con una estocada en el hígado.

El grumete aguarda a que el saqueo concluya, pero apenas ha avanzado unos metros y estima prudente agacharse de nuevo. Ha avistado un par de sombras escondidas tras la jarcia. Se mueven de una forma rítmica que llama su atención. Sus pupilas se dilatan al tomar conciencia de lo que están haciendo: es el pecado nefando, un delito deshonroso más vil que el robo e incluso que el asesinato. La ejecución es una condena habitual para la sodomía, de modo que esos mareantes contra natura sí que no dudarían en quitar de en medio a quien pudiera delatarlos.

El muchacho retrocede y se hace hueco entre varios hombres, recibiendo gruñidos, improperios y algún que otro puntapié. Permanece encogido hasta que considera seguro regresar a su posición y desistir así de toparse con más escenas indebidas. Y lo habría hecho si no se le hubiera interpuesto una última visión que lo deja trastornado. Juraría que es fruto de su pensamiento obsesivo, o acaso sea una visión espectral. No en vano esas horas de la noche son el momento en el que vagan desconcertadas todas las almas perdidas.

Quizá la mujer aún no sabe cuál es su nuevo lugar. O quizá ha vuelto de entre los muertos para aparecerse ante él. Quizá sí había algo sobrenatural entre ellos dos, algo que traspasa las fronteras entre la vida y la muerte.

Se queda petrificado sin ser capaz de decidir qué hacer. Pero, cuando distingue quién va detrás de Damiana, vuelve en sí como si le hubieran pegado un testarazo. Comprende que no hay nada de mágico o ultraterreno en esa escena. Es, simple y llanamente, una tomadura de pelo. El alivio que pudiera haber sentido por ver con vida a su amada lo opaca la ira que arrasa su interior. Esos dos se han burlado de toda la tripulación de la Soberbia.

90

La oscuridad domina el puerto.

La mayor parte del comercio carnal hispalense no halla resguardo entre los muros de la Mancebía, sino que ha de batirse el cobre en los más diversos lugares. Miles de busconas de callejón y esquina se ofrecen por unos maravedíes, más escasos cuanto mayor es la pobreza de la zona frecuentada.

Las barbacanas de las murallas reúnen a las gentes de menos usía. Matasietes envalentonados por el jarro, baladreros con ganas de jarana o exsoldados de mal talante dispuestos a defender su honor ante el mínimo agravio. Entre ellos se mueven las cantoneras más curtidas, y también las más dispuestas a cualquier demanda siempre que venga acompañada de un conveniente tintineo de bolsa.

Es a estas mujeres a quienes Freire interroga desde que cayó la noche. Sin embargo, nadie parece tener idea de dónde se ha metido la pecatriz de la nariz aguileña.

En esos instantes, el verdugo agarra a una de ellas por el cuello. La mujer ha visto cómo le rajaba la cara a otra coima, pero no le ha dado tiempo a escapar.

—Preguntad en La Esquinilla —farfulla la veterana, pues ya tiene una edad y no se puede permitir correr la misma suerte. Con una cicatriz que le recorra el rostro, puede irse olvidando de alimentar a sus tres hijos.

—¿A quién he de preguntar?

—A Nela, la tabernera. Es amiga suya.

Freire asiente satisfecho. Por fin un rastro que seguir. Antes de soltar el cuello de la mujer, le clava el pincho en la garganta y se queda observando cómo la sangre le sale a borbotones por la boca. Después, la deja caer exánime al suelo embarrado del puerto.

91

Damiana está tiritando.

Permanece de pie en medio del camarote del piloto mientras se forma un charco bajo sus pies. Ninguno de ellos ha dicho una sola palabra desde que él le tendió la escala de cuerda para izarse de nuevo a bordo. Bien a gusto la habría rechazado si se hubiera creído capaz de ganar ella sola la cubierta, pero tras tratar de subir a pulso agarrándose a los cabos de amarre y los salientes del casco, tras comprobar cómo le fallaban los brazos y acabar de vuelta al agua en más de una ocasión, estaba a punto de darse por vencida y dejarse llevar por la corriente hasta acabar en cualquier parte de las riberas del Betis. Fue entonces cuando Eugenio, el maldito Eugenio de Ron, por fin se dignó a aparecer.

—Tomad, secaos —le dice él lanzándole una frazada.

Ella comienza a quitarse las vestiduras empapadas. Los dientes le repiquetean con tanta fuerza que pareciera que se van a romper los unos contra los otros.

En cuanto ve que va a desnudarse, el piloto sale de su camarote para dejarle intimidad. El gesto la coge por sorpresa: no acaba de entender a ese hombre. A veces parece el marinero más tosco, otras es considerado y fino como un hidalgo. Tampoco es que tenga ahora ella la cabeza para darle muchas vueltas. Los brazos le tiemblan tanto que le cuesta quitarse las prendas pegadas a su cuerpo. El jubón, la camisa, la saya, los calzones. Cuando al fin se queda como su madre la trajo al mundo, amontona todo en una esquina del cuarto y hace algo que le urgía desde que se supo fuera de peligro: busca su daga de guardamano entre las pertenencias de Eugenio y la usa para levantar uno de los tablones de madera del camarote.

Deja escapar un suspiro de alivio: ahí sigue su cuaderno, por ahora tan a salvo como ella. La humedad del barco ha ondulado las hojas, pero la tinta no se ha corrido y la caligrafía de Miguel sigue siendo clara, aunque el sentido de esos trazos se le escape por completo. Devuelve la tabla a su lugar y se aprieta contra la frazada. Sin embargo, el frío le ha calado hasta los huesos, no logra entrar en calor. Se mete en la cama del piloto y se arropa. De esa forma los temblores van remitiendo. No tarda en caer rendida. Han sido demasiadas las angustias y el esfuerzo físico de las últimas horas.

Así la encuentra el piloto al regresar un rato después. Observa la parte del rostro que no permanece oculta bajo la colcha. Los párpados rematados en unas larguísimas pestañas, la nariz corva por la que respira profundamente, el ceño fruncido como si los padecimientos se negaran a abandonarla incluso mientras duerme. La ve luchar contra algo en mitad de una pesadilla. O contra alguien. Quizá contra ese jaque que quiso estuprarla, maldito Jerónimo Pardo; quizá contra los corchetes que pretendían llevársela a la cárcel en el puerto de Sevilla; quizá contra el asesino de sus compañeras. Quién sabe si contra él mismo. Daría cualquier cosa por conocer los sueños que pueblan ahora la cabeza de esa mujer. Siente ganas de acariciarle el cabello húmedo, los surcos de preocupación de su rostro atezado, la espalda tensa como la de un animal siempre dispuesto a esquivar un peligro. De tranquilizarla hasta que deje de batirse y su mente pueda descansar. En su lugar, lanza un suspiro de resignación, agarra un cojín y se acomoda en el suelo de madera junto a la cama.

Qué duro está, recristo. Quién le mandará a él.

92

Freire regresa a casa con dos nuevos mechones de cabello.

La tabernera ha soltado pronto la lengua, aunque su parlamento no ha dado los resultados que él esperaba.

Ha reconocido su amistad con la pecatriz y le ha confesado que estaba muy interesada en el piloto mayor de la Real Armada. Y, al parecer, él también en ella. Porque días después de ir a la tasca preguntando por Eugenio de Ron acudieron juntos ambos. La propia Nela los atendió y, según sus palabras, hicieron buenas migas. Pero lo más suculento es que la tabernera le ha asegurado que alguien la distinguió en el puerto el día de la partida de la flota. Una conocida la vio correr hacia los barcos como alma que lleva el diablo.

Ahora Freire no tiene duda. Esa mujer ha zarpado en una de las naos. Solo así se explica su misteriosa y repentina desaparición. No sabe qué tal sentará en las altas instancias, pero eso no es tema de su incumbencia. Por lo que a él respecta, ya tiene una información que darle a su contacto. Y, sobre todo, un motivo convincente para aparecer sin el cadáver requerido.

Tras guardar los nuevos mechones en su arquilla, se despoja de capa, jubón y calzas, y se mete con cuidado en la cama junto a su mujer, que gruñe algo ininteligible a la vez que se contonea en sueños para pegarse a su cuerpo. Él le pasa la mano por la cintura con suavidad y respira su olor tibio a la altura de la nuca. Así, en brazos de su legítima, se queda pacífica y profundamente dormido.

93

10 de septiembre del año del Señor de 1580

Aquí es donde principia el verdadero viaje.

Aunque el tránsito por el río Betis implica más de un peligro, no es hasta que se encuentra la canal adecuada para sobrepasar la barra de salida a mar abierto cuando Eugenio siente que comienza, por fin, la singladura.

Han pasado toda la mañana detenidos en la aduana de Sanlúcar, donde se ha acometido la inspección ordinaria. Ningún veedor ha osado registrar las recámaras de los mandos, pero el piloto no ha respirado tranquilo hasta que ha tenido vía libre para continuar. Ahora que ya han rebasado con éxito tanto ese obstáculo como el fondo de roca viva y los bancos de arena de la barra —uno de los cementerios de naves más importantes que se conocen—, el optimismo invade todo su ser con la misma fuerza que el aire puro penetra en sus pulmones. A ello se suma que, desde el fingido ajusticiamiento de Damiana, la tripulación vuelve a mirarlo con la deferencia debida. Los vientos soplan, ahora sí, a su favor.

Se inicia una nueva fase de la navegación en la que surcarán el golfo de las Yeguas con rumbo sudoeste hacia las Afortunadas. Si las condiciones de la mar no son adversas, al cabo de unos diez días podrán estar atracando en la isla de Tenerife. Allí harán aguada, completarán las últimas provisiones y se reparará cualquier desperfecto que haya podido ocasionarse en la travesía. Después, afrontarán el salto del Atlántico.

Eugenio de Ron está concentrado en su tarea. En este momento no existe ninguna otra realidad que no sea la que ahora gobierna su espíritu. Quizá porque empezó a navegar siendo apenas un chiquillo, quizá porque de alguna forma lo lleve en la sangre, él siente que está hecho para la mar. Solo en lo alto de la popa, mientras contempla toda la grandiosidad de la nao de guerra y la línea del horizonte ante ella, siente la plenitud de estar vivo.

Se gira para recorrer con la mirada el resto de la conserva. Los mercantes han abandonado ya el litoral peninsular y la nao almiranta, que cierra la formación con su insignia izada en el mástil de popa, está a punto de sobrepasar también la barra de Sanlúcar. En la Soberbia ya comienza a sentirse el oleaje. Las aguas calmas del Betis no han dado pesares a ningún hombre, pero aquí es donde los menos baqueteados sienten el almadiamiento y más de un primerizo cree morir de las náuseas. Con razón, pues los vientos contrastados hacen de esta etapa la más agitada, a lo que se suma que los altos castillos del buque de guerra lo hacen balancearse más que una nave mercante. Una vez que entren en el golfo de las Damas y los vientos alisios los impulsen, todo habrá de ser más fácil, pues navegarán a popa sin apenas necesidad de tocar las velas. Pero para eso aún faltan bastantes días de balanceo infernal.

Ha sido pensarlo y notar Eugenio algo caliente derramándose sobre sus pies. Al mirar hacia abajo, ve sus caros borceguíes impregnados de un líquido amarillento y, observándolo temeroso, el paje que le ha vomitado encima.

—¡Cuerpo de Mahoma! ¿Es que no había otro sitio donde echar la papa, zagal?

Si no fuera tan niño, lo mandaría al carajo ahora mismo. Allí, castigado en la canastilla del palo mayor, sí que iba a tener motivos para desaguarse.

El infante trata de contestar, pero le viene un nuevo arrechucho y no tiene tiempo más que para girar la cabeza a un lado, de suerte que esta vez la arcada se proyecta unos centímetros más allá.

—¡¿Quién manda en este paje, por vuestra madre?! —brama exasperado.

Como si le hubieran apretado un resorte, Diego se repone lo suficiente para hablar.

—No digáis nada, por favor, o me apalearán hasta desollarme. Yo os dejaré los borceguíes como recién comprados.

Eugenio lo observa fijamente. Apenas tendrá seis o siete años, la edad con la que a él mismo lo subieron a un barco. Sabe que hay dos tipos de pajes: los que tienen familia a bordo y los huérfanos tiranizados. También sabe que si a este se le ve muerto del miedo es porque es de los segundos. Como lo fue él. Se descalza ante la mirada expectante del niño.

—Aligera. No pienso estar así todo el día.

94

Un carruaje está detenido ante el Cabildo municipal.

El cochero tranquiliza a los picazos, que relinchan inquietos. Un lacayo aparta el lienzo del ventanuco y por él asoma la cabeza de don Rafael de Zúñiga y Manjón. Ha llegado demasiado pronto y ha de aguardar a que se presenten otros coches, pues, como uno de los más veteranos en el cargo, se niega a ser el primero en comparecer.

Espera hasta ver entrar en el Cabildo a una docena de caballeros, la mitad de la Veinticuatría. Solo entonces hace un gesto al lacayo, quien abre la portezuela, baja solícito de un salto, recoge el escañuelo que le entrega el cochero desde el pescante y lo dispone. Ahora sí, don Rafael desciende con toda la majestuosidad que precisa su linaje.

Va ataviado con sus mejores galas. Jubón de raso pespunteado y acuchillado, greguescos voluminosos color azafrán, cuera negra con cordoncillos de plata y capote de damasco con perlas y aderezos. En la testa, una gorra ricamente guarnecida. Toda esa costosa vestimenta está destinada a ser lucida en la reunión de la Veinticuatría que presidirá el asistente en nombre del rey. Su prestigio se ha resquebrajado en los últimos tiempos por los rumores de la escasez de peculio y las filtraciones de su inmersión en el negocio del vino como un vulgar mercader. Eso lo avergüenza profundamente, de ahí que en cuanto ha visto enfilado el asunto de la flota se haya centrado en restaurar su consideración en las altas esferas. Y lo ha hecho no solo invirtiendo en los últimos atavíos a la moda, sino también y sobre todo merced al fastuoso convite al que invitó a lo más distinguido de la sociedad sevillana. Ahora solo espera que surta el debido efecto y no se hable de otra cosa en Sevilla durante días.

Ya en el salón, sonríe al comprobar que varios caballeros cuchichean conforme le lanzan miradas de reojo. Se acerca en el convencimiento de que se sentirán grandemente honrados con su presencia.

—Dios os guarde —saluda al tiempo que se sitúa junto a uno de ellos.

—Sea con vos —replica el otro, incómodo.

Se hace un silencio tenso. Don Rafael no entiende el motivo. ¿Qué sucede? ¿Acaso no agradecen su cercanía? Traga su orgullo como el más amargo veneno antes de indagar al respecto.

—¿Todo bien, sus señorías?

Hay caras de circunstancias, la tirantez se acentúa. Parece que nadie quisiera ponerle el cascabel al gato. Por fortuna, en ese momento tiene lugar la entrada del asistente, representante del rey en el Cabildo, y más de uno respira aliviado. Todos se dirigen prestos a sus asientos.

El asistente comienza saludando a los miembros y acto seguido da paso al contador general para que informe sobre los gastos del Cabildo. Este, con un tono monocorde y tedioso, hace alusión a las cantidades destinadas al enladrillado de nuevas calles, a las reparaciones de puertas y murallas y a las obras en la alhóndiga del pan, así como a los dineros asignados a las distintas instituciones de la beneficencia. Uno de los caballeros más ancianos pega algún que otro cabezazo. Otros se limitan a disimular los bostezos. A continuación, pasa a hablar de los tributos recaudados desde la última sesión. Esto parece resultar de mayor interés. Las finanzas de la ciudad se encuentran en su punto álgido, y la renta anual del Almojarifazgo Mayor se acerca ya a los cien millones de maravedíes. La cifra es motivo de satisfacción para los congregados. Podrá seguir invirtiéndose en obras y pago a funcionarios; pero, lo que es más sustancial, por ahora sus altos salarios no peligran.

El contador devuelve la palabra al asistente, quien pasa a hablar de otras cuestiones. El mayor debate se suscita en torno a la venta de la veinticuatría liberada tras la muerte de un afamado caballero sevillano. Se ofrecerá por ocho mil quinientos ducados y los aspirantes deberán acreditar su posición en la nobleza. Esto propicia un encendido debate, pues no son pocos los comerciantes que tratan de hacerse con una responsabilidad en el concejo a base de falsificaciones o casamientos de conveniencia. Si el poder económico ya les ha sido usurpado por esa nueva casta, al menos defenderán su linaje con uñas y dientes. Cuando al fin acuerdan los requisitos que deberán exigirse, el orden del día de los asuntos queda liquidado. Varios caballeros se disponen a recuperar sus sombreros. Sin embargo, el asistente hace una seña para que se detengan.

—Es menester abordar un asunto extraordinario —dice con su tono más circunspecto.

Hay expresiones de fastidio en los rostros de los nobles, que ya daban la reunión por cosa hecha. Regresan a sus escaños con algún que otro resoplido.

—A sus señorías no se les escapará que lo ocurrido en el puerto menoscaba la imagen de nuestra ciudad —comienza el asistente—. Ha llegado a oídos de su majestad el rey, y he de decir que no le ha sido cosa de agrado.

Algunos caballeros se revuelven en sus asientos, bisbiseando con el que tienen más próximo.

—Creía que eso solo les preocupaba a los mercachifles. —Un veinticuatro eleva la voz por encima del resto.

Ha dirigido una ojeada nada sutil a don Rafael, que se pone rojo como la grana. Los demás lo imitan, con lo que se aperciben de su bochorno.

—Pues no es así —insiste el regidor—. Cualquier demora en la partida de la flota perjudica a la Corona, pues supone un retraso en el tornaviaje y con ello dilata la arribada del oro y la plata de las Indias, fundamentales para el sustento de los tercios de Flandes y la lucha contra los herejes.

Se han acallado los murmullos, de modo que el representante del rey continúa con su prédica:

—Además, como seguro han oído vuestras señorías en las gradas, los crímenes violentos se siguen sucediendo. Han aparecido los cadáveres de otras dos mujeres, una de ellas meretriz; la segunda, tabernera. Y eso por no hablar del hallado en el Compás.

—¿Qué tiene eso que ver con el rey? —pregunta uno.

—Con Su Majestad, nada —se apresura a responder el asistente—, pero sí con la ciudad. Si ya es siniestro encontrar cadáveres en los buques y los alrededores del puerto, Sevilla no puede permitirse bajo ningún concepto que un hombre no se sienta seguro ni tras las tapias custodiadas de su Mancebía.

—Castigo de Dios —farfulla uno que sostiene un rosario en señal de su beatitud.

—Hay más. —El asistente levanta la mano para pedir silencio—. El hombre torturado regentaba varias de las boticas que más rentas proporcionan a este Cabildo.

Eso sí afecta a los caballeros, cuyos semblantes muestran ahora muecas de disgusto e irritación. Pero el asistente no ha acabado.

—Ya saben vuestras señorías que hay otras ciudades molestas por el crecimiento exponencial de Sevilla. No en vano supera con creces en población y dinero a la propia capital del imperio. Ahora, más que nunca, debemos dar ejemplo de ser una urbe próspera y tranquila.

—¿Y quién ha ido con el cuento de todo esto a Su Majestad? —se alza una voz indignada.

—Tal y como don Luis del Toro ha mencionado, había muchos mercaderes inquietos por la tardanza de la flota.

A ello se sumó el desembolso extraordinario que realizaron para que el convoy pudiera zarpar.

Las miradas se dirigen de nuevo a don Rafael. Todos han oído los rumores: la idea de doblar la soldada salió de él. Además, pertenece a una estirpe de renombre con contactos suficientes para hacer llegar el mensaje a la élite palaciega. O, al menos, con más que un comerciante que no ostente siquiera una hidalguía.

—Pero la flota ya ha partido. Apenas han sido unos días más de lo previsto, vuestra excelencia —masculla atorado, y al instante comprende que ha sido un error. Acaba de poner el foco definitivamente sobre sí mismo.

—Su Majestad ha sido tajante —contradice el regidor—. Un altercado más como los de los últimos días, y comenzará a estudiar las propuestas de otras ciudades para futuras inversiones de la Corona.

Se levanta un tráfago de voces airadas. Don Rafael sigue notando los ojos fijos en él, cada vez con menos sutileza. A falta de poder pegar puñetazos aquí también, se estira las puñetas de encaje denotando su nerviosismo.

—Solicito sea aprobado en esta cámara un incremento del gasto para la alguacilada. Se reforzará la vigilancia día y noche a fin de evitar un nuevo disturbio de esta guisa —continúa el asistente.

Tras un par de minutos de porfías, la votación sale adelante.

—Agradezco la generosidad a vuestras señorías. El daño ya está hecho, no obstante, trataremos de que no vaya a mayores.

—¿Qué podría hacerse para retornar la confianza de Su Majestad? —pregunta uno de los caballeros más jóvenes.

El asistente disimula una sonrisa de satisfacción. Ahí quería él llegar.

—He estado pensando largamente sobre este punto. Quizá sí haya algo que nos facilite volver a congraciarnos con nuestro rey.

Carraspea y espera a que se genere la expectación debida. Una vez que lo logra, hace un gesto a uno de los soldados que escoltan la puerta.

—Que entre su eminencia, el inquisidor fray Juan de Colomer.

Con la cabeza alta y la espalda erguida, Colomer penetra en la estancia. Clava sus ojos de un verde claro en cada uno de los caballeros y lo hace sin premura, como si dispusiera de todo el tiempo del calendario. Sabe que la cruz de oro al pecho y el ropón negro de inquisidor imponen tanto como la referencia a su cargo en el tribunal sevillano. Si hoy le sale bien la jugada, quizá pueda salir airoso del trance en que se encuentra.

—Es de grande importancia localizar a una mujer —expone con expresión flemática—. Tenemos indicios de que se ha introducido en alguno de los navíos de la flota. Si esta corporación pudiera ayudar a traerla, sería un hecho considerado en alta estima.

—¿Y cómo se supone que vamos a hacerlo? —pregunta un osado veinticuatro—. Hace días que zarparon, a estas alturas se hallarán a cientos de leguas.

—Fletando una zabra lo bastante ágil para alcanzarlos —replica, tajante, el inquisidor—. Quien lo haga y logre traerla de vuelta, sin duda, obtendrá el favor del rey.

Veintitrés caballeros callan, sopesando la información. Pero hay uno que ya ha decidido. Que acaba de encontrar una forma en la que redimirse.

—Yo correré con todos los gastos, su eminencia —anuncia con tono engolado don Rafael.

95

A la venerable madre María de San José, priora de Sevilla

Tiénenme espantada las noticias que de Sevilla me llegan. Mucho he dicho que los demonios han más mano allí, y en verdad no parece sino que todas las furias infernales se hayan juntado para hacernos guerra.

Sepa vuestra reverencia que fui presa de una grande aflicción al recibir su carta, y que no hice sino pensar cómo podría yo ser de ayuda, pues por el amor que le profeso le doy contento en todo y sabe Dios que esa pobre hermana no merecía un final ansí. Aún la recuerdo apostada frente a la casa primera que tuvimos en Sevilla, a la espera de que alguna señora se apiadase de su fe y le concediese la dote.

Mas andando yo con este dilema, llegó escrito de nuestro padre Gracián y supe del triste desenlace. Me espanto de los ardides del demonio y de sus ministros infames en este gran desmán. No es justo que tenga más larga su espada la relajación que la razón, mas, por lo que he podido averiguar, la causa era harto grave y llegaba hasta nuestra prudentísima majestad el rey Felipe II, y ansí creo que no habrían bastado las fuerzas flacas desta humilde sierva ante tamaños negocios.

Yo he harta lástima de lo que sor Catalina padeció, mas recuerde las dudas sobre ella que vuestra misma reverencia me contó en otras misivas y no consienta que su aciago fin deslustre la reformación, porque no ayuda esta nueva mácula y es de tal suerte el mundo que puedan los del paño querer aprovecharlo como ya hicieron en el pasado. En cuanto a esa otra sierva de Dios que se tiene por tan santa, ya sabe que siempre me escamaron las grandes flagelantes. Téngala atada en corto, pues ha demostrado que no es de fiar y lo mesmo podría ir contra la descalcez si ansí estimara.

Quiérola mucho, y en el amor que tengo a vuestra reverencia me crea harto desasosiego pensarla en esa tan grandísima pena. Plegue al Señor pueda abrazarla pronto.

A todas las hermanas, muchas encomiendas.

De vuestra reverencia sierva,

Teresa de Jesús

Desta casa de Ávila, y setiembre dieciocho

P. S.: Le hago llegar esta misiva con el recuero, que, como vuestra reverencia sabe, es la persona mía más de confianza en este asunto. Es menester que la destruya apenas acabe de leerla.

96

22 de septiembre del año del Señor de 1580

Grandes salvas de honor reciben a la flota de Indias en Tenerife.

Los cañonazos junto al repicar sin tregua del campanario de Santa Ana anuncian la arribada del convoy. La calurosa bienvenida se recibe con alborozo desde los navíos. No solo porque significa que han salvado ya una parte ardua de la travesía, sino porque tendrán ocasión de salir de su prisión flotante: estirar las piernas, reponer fuerzas comiendo y bebiendo hasta quedar ahítos, refocilarse con las mujeres de la isla y cualquier otra apetencia que el tiempo y los dineros permitan. De la misma forma, su llegada es motivo de grande regocijo para los isleños, que recibirán caudales no solo por el pago de dichos apetitos, sino, sobre todo, por la adquisición de mercancías para abastecer el resto del viaje o de cara a su venta en el Nuevo Mundo. Los caldos canarios han ganado fama en los últimos años, y todo el que tiene unos ducados quiere hacerse con provisiones a fin de obtener copiosas ganancias al otro lado de la mar océana.

A pesar de las veces que lo han solicitado desde el Cabildo municipal, el navío de aviso rara vez se presenta, en modo que en la isla nunca saben en qué fecha exacta arribará la flota de Tierra Firme. Han llegado a Garachico, que, desde que se ha convertido en uno de los puertos más concurridos por las flotas, ha traído prosperidad a la isla y asegurado el sustento a muchas familias. El retraso sufrido tenía en ascuas a los tinerfeños, por eso hoy la algarabía es doble: las naves ya han atracado y ahora todo es felicidad y entusiasmo. Para estimular ambas, se organizan todo tipo de actividades: los tambores y chirimías suenan por las calles, se bailan chaconas y zarabandos, y las mojigangas podrán gozarse durante los días que se prolongue el alto en el puerto.

Sin embargo, hay una persona que no disfruta de la agitación general: la polizona encerrada en la recámara del piloto mayor. No existe un solo mareador en la Soberbia que no le haya visto el rostro, tanto el día que le hundió su faca en las ingles al tuerto Jerónimo Pardo como aquel en que tuvo lugar su ficticia ejecución; bajar a tierra supondría de seguro un nuevo ajusticiamiento. Y Damiana duda mucho que se librara esta vez de trocar la nao capitana por la barca de Caronte.

Antes de marcharse, Eugenio se ha encargado de que no le falte de nada: junto a las vituallas que atesora en el camarote, ha conseguido con ayuda del niño Diego las raciones suficientes para su estancia solitaria. El paje ha resultado ser un buen aliado, prudente y discreto como el que más. Ejecuta presto cada petición de Ron sin hacer preguntas, sabedor de que si al despensero —que resultó ser un tirano— conviene pese a todo tenerlo de su lado, no digamos ya al piloto mayor de la Real Armada.

Pero ella está fuera de quicio. No le compensa esa cama mullida, las frutas escarchadas ni el vino dulce que toma cada vez que le viene en gana, pues si hay algo que siempre ha estimado como la propia vida es su libertad. Por eso nunca tuvo interés en matrimoniar, y por eso no entendió a Carlina al ingresar en el convento del que solo salió para ser asesinada por los mismos a los que se consagró en vida. Como cada vez que recuerda la muerte de su amiga, la rabia y la tristeza se funden en una masa que la abrasa por dentro y querría desgañitarse y golpear los tabiques del camarote hasta derribarlos.

Se conforma con verter unas cuantas lágrimas. Luego, en un acto de orgullo, las enjuga con determinación y se pone en pie. Pega la oreja a la puerta. Las salvas de cañón han parado y afuera no se oye más que el romper sereno de las olas contra el casco. Con cautela, abre una ranura y asoma la nariz para respirar la brisa cálida del puerto. Se sorprende de lo bien que sienta, y eso recrudece si cabe el aislamiento en el que ha vivido. Hasta al camarote más lujoso del barco le pasa factura la poca ventilación, y a esas alturas hiede a una mezcla de moho, sudor, comida enranciada, frutas que empiezan a descomponerse y sus propias evacuaciones en la palangana que ahora nadie puede vaciar.

Damiana abre la puerta un poco más, los rayos del sol de mediodía acarician su rostro. Cierra los ojos, inspira hondo. Por su madre que necesita salir de ahí.

Ahora la puerta está abierta del todo, y la franquea con los arrestos de alguien a quien le va la vida en ello. Si no es cabal bajar a tierra, al menos podrá aprovechar la despoblación del barco para pasearse por él durante unas horas.

97

24 de septiembre del año del Señor de 1580

El niño Diego mira a su alrededor.

En el barco ya había aprendido a moverse, pero aquí se siente desorientado, y eso que ya llevan tres días atracados en puerto. En cuanto colocaron los planchones, todos los que pudieron salieron en desbandada. Algunos solos, otros de dos en dos o en cuadrilla, mas ninguno lo invitó a unirse a ellos. Estaban demasiado ansiosos por meterse en las tabernas a remojar la palabra con los caldos canarios y calentar el cuerpo con sus mujeres.

Ni siquiera el piloto mayor, quien lo ha acogido bajo su ala. El propio Eugenio le ha contado cómo a él también lo reclutó un maestre aprovechando su orfandad para disponer de mano de obra esclava, de esa que no se atreve a causar problemas porque no habrá quien la ampare. Así fue durante un tiempo, hasta que el piloto de la mercante donde viajaba lo hizo su protegido. Y Diego ha tenido la suerte de recordarle a Eugenio de Ron al niño que él mismo fue una vez.

Aun así, ahora vuelve a estar solo. Al menos las calles de Sevilla ya las conocía. Sabía por dónde batir talones en caso de necesidad, cuáles eran los pasajes sin salida que había de evitar, los recovecos donde guarecerse o las plazas abarrotadas en las que pasar desapercibido. Aquí no se ha atrevido a aventurarse más allá de los límites del puerto, de modo que se dedica a pasar el tiempo observando el mercadeo de los productos, el pordioseo de los mendigos, los arreglos en las naos o el griterío de los tenderos en busca de clientes.

Además, tampoco tendría mucho que hacer en Garachico: lo único que lo movería a introducirse en la villa sería una pensión donde dormir en un catre a sus anchas, y carece de dineros para pagarlo. También daría cualquier cosa por un buen plato de comida caliente. Está pensando en ello cuando repara en un hombrecillo cuyo porte le resulta familiar. Se encuentra junto a la zabra de la que han bajado un puñado de corchetes, y parece muy concentrado en interrogar a un maestre que pactaba el precio de varios toneles con los isleños. Achica los ojos para asegurarse: es él, no hay duda. El tipo que lo enroló.

A pesar de haber recibido muchos palos desde que quedó huérfano —y algunos antes también—, no se ha hecho del todo insensible. Sabe apreciar a aquellos que lo han ayudado. Aunque el bigotillo ralo y los ojos demasiado juntos recuerden a uno de los muchos roedores con las que tiene que vérselas a bordo, Diego no olvida que fue él quien le dio la oportunidad de labrarse un oficio. Un oficio penoso y expuesto, pero más de lo que habría soñado cuando vagaba día tras día mendigando algo que llevarse a la boca. Lo mira fijamente hasta que el otro se percata. Primero parece sorprendido, pero enseguida esboza una media sonrisa y se acerca hasta él.

—¿Cómo te va, mozuelo? —dice Florencio al tiempo que le pega un pescozón afectuoso.

—Me defiendo —replica él, siempre parco en palabras.

El hombre clava la mirada en su rostro tratando de desentrañar el fondo de esa frase.

—Si uno de esos mareantes ha intentado algo extraño, voto a Dios que solo tienes que decírmelo —masculla con un repentino tono serio.

Diego calla. Sabe a qué se refiere, y claro que ha visto intenciones libidinosas en más de uno a bordo, pero ya se cuida él de no ponerse a tiro en cuanto barrunta la mínima sospecha. Ha aprendido que lo mejor para sobrevivir es hacerse invisible. A veces lo logra. Y las veces que no consigue agenciarse ese don, siempre puede pegarse al piloto mayor para disuadir a cualquiera.

—Solo tienes que decírmelo —repite Florencio antes de volver la mirada hacia el galeón armado—. Viajas en la Soberbia, ¿verdad?

—Así es, señor.

Florencio asiente complacido.

—Dicen que se ha ajusticiado a una polizona.

—Yo mismo descubrí a esa llovida —se jacta con petulancia.

—¿Es eso cierto?

—Como que el sol sale cada mañana. Estaba escondida en la bodega.

—¿Viste cómo moría?

El niño Diego se lo piensa antes de contestar. Lo vio, claro que sí, pero también vio cómo se miraban esos dos. No le cabe duda de que se conocían. Y las raciones que le pide el piloto mayor dan para alimentar a una persona más. Si algo ha aprendido Diego en este tiempo de orfandad es a sumar uno y uno. Ya delató a esa mujer en el pasado y ha resultado una superviviente. Como él. Lo más inteligente es no hacerlo una segunda.

—Lo vi yo y todos los hombres del barco.

El secretario entrecierra los ojos, digiriendo la información. Si la mujer ha muerto, ya solo hay una persona que le interesa.

—Ven, te invito a manducar.

Diego vacila. No le gusta que le hagan favores sin saber qué hay que dar a cambio. Porque siempre hay algo, y es mejor conocerlo cuando todavía uno puede decidir. Florencio parece leerle el pensamiento, ya que enseguida añade:

—Puedes serme de ayuda en ese barco. Hay alguien a quien me gustaría tener bien vigilado.

El niño se aviene con gesto grave. Ya más tranquilo, avanza por el puerto junto a ese hombre esmirriado que va a alimentarlo por segunda vez.

98

Es el tercer día que pasea por la cubierta.

Damiana sabe que en breve la flota partirá de nuevo y no piensa malgastar ni un segundo de su permiso carcelario. Pasarán meses hasta que se vea de nuevo en esas, no quiere ni pensar en las largas jornadas que aún le quedan por delante confinada en ese camarote. Su único consuelo es la compañía de Eugenio. Aunque apenas se detiene allí para comer y dormir o para estudiar sus cartas de marear, los momentos en los que puede departir con él constituyen lo más parecido a la dicha que ahora tiene a su alcance. Y lo cierto es que el piloto la cuida.

No solo se las ingenia para llevarle de comer cada día un pedazo de carne salada o de pescado seco, sino que también ha conseguido un colchoncillo donde ahora se echa todas las noches, cediéndole a ella la cama de campaña. Además, ha empezado a ilustrarla en el arte de las letras. Ella se atrevió a confesarle la culpa y la vergüenza que arrastra por haber desoído los consejos de Miguel, y él se ofreció a ayudarla.

Así que ella, que está hecha a calibrar hombres de un solo vistazo, aún no es capaz de desentrañar a este. Porque Eugenio no ha hecho ni un solo intento de tocarla. Ni siquiera la noche en que, despojada ella de sus ropas mojadas, tuvo que cubrirse con una única manta. Él tendió sus ropas donde nadie pudiera verlas y se las trajo cuando estuvieron secas. Y, para colmo, se giró mientras se las ponía. Y así durante trece días con sus trece noches. Ni una mirada lasciva, ni un comentario, ni un despertar sintiéndolo encima con su verga enhiesta como las que portan las velas. Aquello solo ocurrió una noche, pero sucedió en el territorio del sueño. Del de Damiana.

Definitivamente no está acostumbrada a ese tipo de hombres. Es más, nunca se las había visto con uno así. Por eso la desconcierta. Por eso no sabe si sentirse aliviada o decepcionada. Y por eso, por primera vez en su vida, se siente insegura. Sobre sí misma, sobre su capacidad de seducción. Diantres. A veces odia al piloto mayor.

Al menos en las tres jornadas que llevan en el puerto ha dejado de pensar en él. Se ha dedicado a recorrer cada rincón de la nave, siempre con la barbilla pegada al hombro, pendiente de no toparse con algún mareante de los que han debido permanecer en el barco. Ha admirado los cañones de bronce y los pesados proyectiles de hierro amontonados por calibres, ha fisgoneado entre las pertenencias de los marineros, ha contemplado las velas cuadradas y latinas distribuidas entre sus mástiles, y se ha asomado cada día a la proa para ver de cerca el mascarón que cubrieron con el rostro y la cabellera de Violante, y ha maldecido una y mil veces a su asesino. Algún día averiguará su identidad. Y le hará pagar por ello. Como se llama Damiana que se lo hará pagar.

Escucha voces que se acercan y corre a esconderse tras unos aparejos. Son dos oficiales que han subido a bordo para dejar el género adquirido. Aquí todo el que puede hace negocio, más si cabe los que gozan de la quintalada, el permiso para transportar hasta cuarenta y seis kilos de mercancías con ellos. Como casi todos los que poseen ese espacio, se han hecho con el vino malvasía de la zona. Damiana presta atención. Quiere averiguar cuánto falta para que zarpe la flota. Tan concentrada está que no advierte que hay alguien más en la cubierta. Alguien que la observa justo detrás de ella. Por eso pega un respingo cuando le toca el hombro, y de milagro no lo acompaña con un grito.

Enfrenta esa mirada intensa con la que ya se ha topado en más ocasiones. Una mirada de adoración, casi de idolatría. De promesas de futuro que nadie le ha pedido. Pero hoy ve algo más en ella. Algo que la turba profundamente.

Del otro lado de la mirada, Gaspar observa a Damiana. Por fin la tiene delante. Solos los dos.

99

—*Te encontré.*

Damiana lo mira asustada. Se maldice a sí misma por haber dejado la daga en el camarote. ¿Cómo ha podido ser tan necia? ¿Qué puede hacer para defenderse ahora? Un buen dedo en el ojo o la consabida patada en las partes pudendas le funciona desde cría, al menos para ganar tiempo. Aunque en este caso alertaría a los oficiales que trafican con el vino unos metros más allá, y eso ya son muchas patadas.

Gaspar no le da tiempo de reacción: la coge del brazo y tira de ella.

—Tenemos que salir de aquí.

Damiana se revuelve y le empuja, haciéndole trastabillar.

—¿Qué creéis que hacéis?

—Ha llegado un navío desde la Península —dice él recuperando el equilibrio—. Os están buscando.

—¿A mí? ¿Por qué?

—Vos sabréis a quién más habéis clavado esa daga vuestra. Yo solo sé que hay orden de inspeccionar todas las naos, y eso a pesar de que más de uno ya ha contado lo de vuestro ajusticiamiento a cambio de unas monedas. Imaginaos si alguien averigua que seguís viva. Todos se lanzarían a atraparos por la recompensa.

Ella encaja la información. Busca los ojos de Gaspar, trata de medirle a través de ellos.

—¿Y quién me dice que no queréis ganaros vos esa recompensa?

Él le devuelve la mirada durante unos instantes. Con esa intensidad que siempre le dedica.

—Tendréis que confiar en mí.

Algo ha debido de ver Damiana en esos ojos porque, esta vez sí, se deja convencer.

Gaspar se dirige a un arcón que hay en cubierta, lo abre y saca de él unas ropas de marinero. Se las lanza a Damiana.

—Poneos esto.

Ella las coge al vuelo, las mira, comprende. Pero entonces recuerda que no porta consigo su propiedad más valiosa.

—Voy a la tolda de popa, me cambiaré allí.

Gaspar niega tajante.

—No hay tiempo.

Como para darle la razón, un griterío se hace paso desde el puerto.

—Que se condene mi alma. Ya están aquí.

100

Eugenio sube al barco.

Los dos primeros días los ha pasado supervisando con cada maestre el estado de las naos y concertando los daños ocasionados durante las primeras etapas de navegación que hay que reparar antes de la singladura por el golfo de las Damas. Una vez que todo estuvo pactado y se iniciaba en los buques la cura de las heridas de la mar, se fue a visitar a su querida en el puerto tinerfeño. Hacía mucho que no iba, pero necesitaba más que nunca de su compañía. Las sensaciones contradictorias que le genera Damiana lo tienen del revés. Jamás osaría tocar a la amiga de su amada, pero está empezando a sentir un afecto preocupante por esa mujer tozuda como una mula.

Entró por la tarde en La Pecatriz, la casa de mujeres donde Lucía trabaja, y allí ha pasado toda la noche y buena parte de la mañana, de modo que no se ha enterado de la arribada de la zabra. Sale con nuevos ánimos y queda estupefacto al ver a toda una legión de veedores examinando la flota. Le bastan unas cuantas preguntas en el puerto a fin de comprender lo que sucede. Para cuando asciende por el planchón de la nao capitana, ya hay corchetes vigilando que nadie entre o salga sin autorización. Le cuesta que le permitan pasar. A él, el máximo cargo náutico. Más estupefacción. Muy altas han de ser las instancias para que cuestionen al piloto mayor, se dice.

Ya a bordo, se dirige lo más rápido que puede hacia el camarote, tratando de no llamar la atención del veedor y sus auxiliares, que registran cada centímetro del barco. Si encuentran a Damiana, él se verá en un serio atolladero. No solo caerá en desgracia para la tripulación, que jamás volverá a confiar en alguien capaz de una marrullería semejante, sino que serán las propias autoridades quienes se encarguen de hacerle saldar las deudas con la justicia. Ha de sacarla de su compartimento como sea.

Sin embargo, cuando abre la puerta no puede evitar un sentimiento de angustia. No solo porque está vacío, sino porque parece que un huracán hubiera pasado antes por allí. Ni siquiera su cámara se ha librado del registro. Pero, si hubieran encontrado a Damiana, no seguirían buscando, ¿no es así?

Una vez más, ella consigue poner en pugna a su mente y su corazón. Porque el intelecto siempre le dice que es mejor que Damiana desaparezca de su vida, que se busque las castañas por su lado, que no lo meta en más aprietos. Pero hay algo, una intuición o qué sabe él, que le dice que proteja a esa mujer.

101

Damiana no parece Damiana.

Ha ocultado el largo cabello bajo un bonete rojo y sobre él se ha echado la capucha del blusón que disimula sus atributos femeninos. En la parte inferior viste zaragüelles de lienzo basto y una amplia capa de la mar completa el atuendo que la hace pasar por un tripulante más. Uno que por la altura y el rostro imberbe no pasaría de paje o grumete. Como los cientos que hormiguean hoy por el puerto.

Va junto a otro mozo con sus mismas pintas y de tez aún más oscura. Ambos caminan en silencio por ese puerto en forma de herradura. Sortean a los tahúres con sus dados, a los carpinteros que desbrozan troncos y a los tenderos que tratan de llamar su atención ofreciéndoles todo tipo de mercaderías. Al llegar a la puerta de entrada a la ciudad, penetran por ella y continúan hasta la plaza.

Damiana queda admirada por la riqueza de la villa: jamás había imaginado un lugar a cielo abierto cuyos suelos fueran de mármol pulido. Se pregunta cuánto mundo habrá por descubrir, cuántos lugares fascinantes donde las fuerzas de la naturaleza o el dinero de los hombres han creado prodigios que cualquier creyente bien podría tildar de milagros. Le suben desde el estómago unas ganas de vivir como no sentía desde hace mucho. Y eso que si hay algo a lo que se aferra aparte de la libertad es a la vida. Sí, quiere vivir. Y no por puro instinto de supervivencia ni por la obligación que siente hacia su pasado. Quiere surcar los mares como hizo Miguel, adentrarse en nuevos territorios, explorar paisajes y villas extranjeras. Pero, por encima de todo, necesita pisar la tierra que vio nacer a su madre y entender sus orígenes. No solo porque se lo deba a toda esa progenie que nunca llegó a conocer, sino por ella misma. Porque, después de toda una vida descubriendo lo que no quiere, por fin sabe lo que sí quiere. Con todas sus fuerzas.

—Por aquí.

La voz de Gaspar la distrae de sus pensamientos. Él sigue caminando seguro de su destino, pero a ella ir a ciegas no es algo que la convenza. Se detiene en seco y le enfoca con una de sus miradas retadoras.

—No.

—¿Qué ocurre ahora?

—No sé adónde me lleváis.

—A la pensión en la que me estoy hospedando.

Por la cara de socarronería de ella, Gaspar se da cuenta de que lo ha entendido mal. Siente cómo le arden las orejas, y de repente se alegra de tener la tez oscura para que su rubor pase desapercibido.

—No pretendo... —titubea como un pipiolo.

Ella se divierte ante la idea de haberle puesto en un aprieto.

—El sitio no es gran cosa —Gaspar sigue tratando de explicarse—, pero cobran poco y los dueños son gente discreta.

—Ya.

—Allí estaréis segura.

Damiana le sostiene la mirada hasta que él la retira. Luego, aún con recelo, se encoge de hombros y lo sigue. Tampoco es que tenga alternativa.

102

25 de septiembre del año del Señor de 1580

Eugenio despierta en su cama.

Al menos ha podido volver a dormir en ella, se dice intentando sacarle algo positivo a lo ocurrido. Y es que tanta galantería le estaba pasando factura, sus espaldas ya no están acostumbradas a los colchoncillos en que dormía cuando era un grumete brioso.

Los corchetes estuvieron hasta altas horas buscando a Damiana. No solo interrogaron a cada uno de los tripulantes de la Soberbia para confirmar la versión de su ajusticiamiento, sino que, lejos de conformarse, inspeccionaron todas las naves de la flota. Hasta donde sabe, sin éxito. Se pregunta qué ha sido de ella, si esa superviviente nata habrá logrado ponerse a salvo una vez más.

Pero lo que más le preocupa es el envío en sí de la zabra desde Sevilla. Si han destinado toda una legión de corchetes para prender a Damiana, no hay duda de que están al tanto de su secreto.

Lo que no saben es que él es el único conocedor de las coordenadas de El Dorado. A Damiana nunca se le ocurrió memorizar unos números cuyo significado desconocía, pero sí está al tanto de que él los tiene grabados a fuego. Una razón más para encontrarla. No le cabe duda de que el potro y la garrucha pueden hacer hablar incluso a una mujer tan terca como ella. Eso le lleva a pensar en la monja amiga de Damiana, la que murió en el castillo de San Jorge; ella está convencida de que no habló, pero Eugenio no halla otra explicación para la batida puesta en marcha por una simple acechona. Sin duda hay alguien al tanto de todo, y alguien muy poderoso.

En cualquier caso, no dispone de mucho tiempo para dar con ella; las reparaciones ya están concluidas; los pertrechos para el resto del viaje, adquiridos y cargados, y la tripulación, saciada de los placeres que la isla les ha ofrecido. En breve partirán e ignora dónde demonios puede hallarse.

En esas disquisiciones se encuentra cuando sus ojos reparan en una tablilla algo levantada del suelo. Arruga el ceño en un gesto de contrariedad. Él es un hombre escrupuloso y metódico, no soporta ver desperfectos en su propio camarote. Tendrá que decirle al carpintero que se pase a arreglarlo. Se acuclilla para examinar de cerca el daño. El listón está despegado. Al tirar de él, sus ojos se ensanchan por el asombro. Hay algo en el hueco que queda al descubierto. Parece un librillo desgastado. Un librillo... o un cuaderno. Por la sangre de Cristo, que se condene su alma si no es el que tanto ha anhelado poseer. El que se suponía que Damiana nunca recuperó.

Cuarta parte

Mapa de Tierra Firme. Siglo XVI.

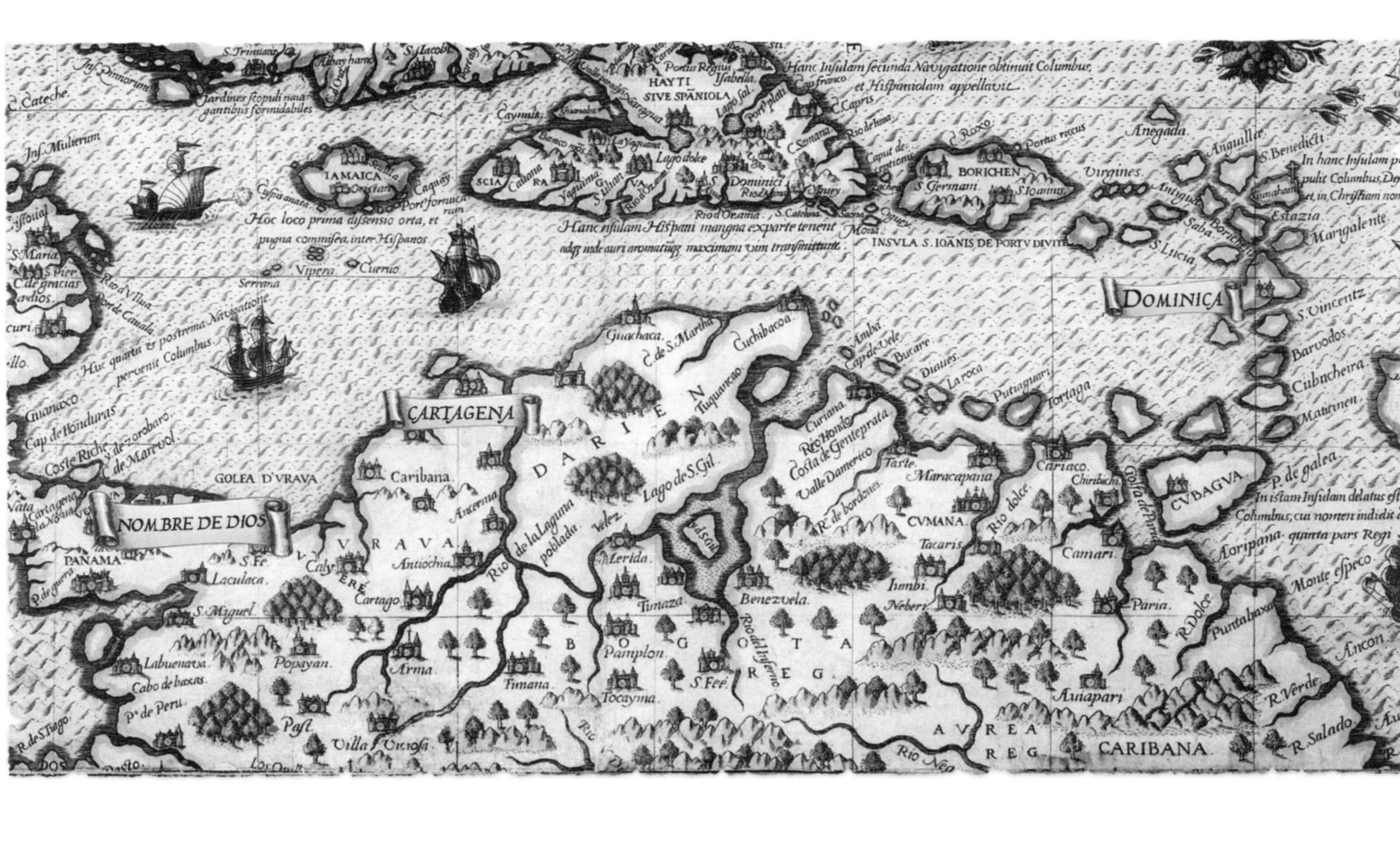
HAYTI SIVE SPAÑIOLA
Hanc Insulam secunda Navigatione obtinuit Columbus, et Hispaniolam appellavit.
Hanc insulam Hispani mangna exparte tenent adeo inde auri aromatumque maximam vim transmittunt.
IAMAICA
Hoc loco prima dissensio orta, et pugna commissa, inter Hispanos
Huc quarta et postrema Navigatione pervenit Columbus.
BORICHEN
INSVLA S. IOANIS DE PORTV DIVITE
Anegada.
Virgines.
Anguillae.
S. Benedicti.
Estazia.
Marigalente.
S. Lucia.
DOMINICA
S. Vincentz
Barvodos
Cubucheira.
CVBAGVA
P. de galea.
CARTAGENA
NOMBRE DE DIOS
GOLEA D'VRAVA
PANAMA
DARIEN
VRAVA
CVMANA
AVREA REG.
CARIBANA
Lago de S. Gil.
Benezuela.
Rio del Infierno.
Maracapana
Cariaco.
Camari.
Paria.
Tacaris
Caribana.
Antiochia.
Cartago
Popayan.
Timana.
Tocayma
S. Fee.
Pamplon.
Lerida.
Tunaza.
Velez
Arma.
Villa Viciosa
Pasl.
S. Miguel.
Laculaca.
Labuenavsa.
Cabo de baxas.
Pº de Peru.
Guachaca.
C. de S. Martha.
Cuchibacoa.
Tuquancao.
Caribana.
Ancerma
Rio de la Laguna poblada
Caymits.
Inf. Mulierum
Catecke.
Jardines scopuli navigantibus formidabiles
Vipera
Cuerio
Serrana
Cap de Honduras.
Coste Riche
Guanaxo
Rio dolce
R. Dolce.
Puntabaxa
Monte especo.
Ancon
R. Verde.
R. Salado.
Auiapari
Tortaga
Putiaguari
La roca
Diaues.
Rio Ne

La mujer pájaro

Año de 1336. Tagarcuna, selva del Darién

Abubakari II yace en su lecho de muerte. Ha comprendido que el fin está cerca, por eso no puede evitar echar la vista atrás y hacer balance. Ha sido una vida larga. No muchos pueden decir que llegaron a ancianos, y que lo hicieron siendo respetados y queridos.

Recuerda cuando el griot de su abuelo Sundiata le transmitía la historia de su pueblo y él, un niño vanidoso, proclamaba que ampliaría aún más el Imperio mandinga. Se le dibuja una sonrisa desdentada. Aquel crío tenía una confianza ciega en sí mismo. Como el propio Sundiata cuando, a pesar de ser un muchacho débil y después un joven expulsado de su propia tierra, nunca dudó de que podría vencer a los sossos y al hechicero Sumaoro y recuperar sus tierras para ampliar el mundo. Abubakari tampoco tuvo dudas. Por eso se lanzó a cruzar el ancho mar Circundante, por eso no cejó hasta averiguar qué había al final.

Fue un viaje plagado de calamidades. Lucharon contra temporales que no cesaban de abrir brechas en los cascos, cuando no los volteaban por completo. El hundimiento de más de la mitad de las embarcaciones acabó con miles de compatriotas. Otros tantos hombres y mujeres perdieron la vida a causa de las epidemias que se cebaron con ellos a lo largo de la travesía, por no hablar de la desnutrición y la insuficiencia de agua potable, podrida desde hacía mucho. Solo con la escasa agua de lluvia lograban apenas resistir. Los propios mandingas arrojaban al mar un día tras otro los cuerpos de sus compañeros en una práctica tan habitual como desmoralizante y atroz.

Por eso, cuando un amanecer los despertó con los rayos de sol acariciando tierra firme, apenas podían creerlo. Lo habían logrado. Pocos, pero ahí estaban. Habían alcanzado el otro lado del mar Circundante. El Imperio mandinga seguiría expandiendo sus fronteras. Conquistaría para sí la nueva tierra.

Una mujer penetra en la alcoba. Es Sulub, la griot del pico de pájaro. Han cambiado muchas cosas desde que echaron raíces en Tagarcuna. Esa es una de ellas: ahora las mujeres también transmiten la herencia de su pueblo. Además, las griots pueden tener descendencia de la estirpe imperial. Sulub no es solo la cronista del reino, sino que representa también la unión de los dos pueblos. Porque su hija Sigwisis será el fruto de ambas uniones: la de los griots y los reyes; pero, sobre todo, la de los dules y los mandingas. En esa pequeña colonia donde han fusionado lo mejor de ambos mundos, el Imperio del Mandén cuenta sin saberlo con un nuevo territorio y nuevos hermanos: los dulemandingas.

El viejo rey le pide a Sulub que haga llamar a su hija. Cuando entra, la observa por última vez. Tiene la misma nariz de su madre, es un águila como ella. Un águila real. O una fragata, ese pájaro de porte distinguido y plumaje negro azulado que no existía en el Mandén, pero al que los dules idolatran. Como idolatran a su hija Sigwisis, que es dulce y buena, pero también valiente como un rey mandinga. Y cuya piel, a pesar de las generaciones de fusión, es oscura como las plumas de la fragata, como lo son las mujeres originarias del Mandén. Pero lo que más le gusta de ella es que tiene su misma mirada terca, esa que aún todos pueden reconocer en el anciano rey.

–Solo hay una cosa que me entristece, hija mía.

–Lo imagino, padre. No haber podido morir en tu tierra.

–Esta también es mi tierra, Sigwisis.

Ella le toma la mano con los ojos húmedos de la emoción.

–Pero sí, habría querido regresar al Mandén –admite él con voz cansada–. Habría querido llevarte y que conocieras los tesoros que allí poseemos: los desiertos de arenas doradas como el oro de Wangara, nuestro palacio en Niani, tan esplendoroso como un atardecer en las dunas, la ciudad roja de Walata donde se detienen las caravanas a abrevar los dromedarios, el caudaloso e inabarcable río Níger...

–No sufras por eso, padre –le ataja con ternura–. En mi cabeza tengo grabadas cada una de esas maravillas como si las hubiera visto.

–Pero, sobre todo –el anciano prosigue a sabiendas de que el tiempo apremia–, me entristece que mis súbditos no sepan que lo logré. Que extendí el Imperio mandinga más allá de lo que un mansa lo hizo jamás.

Ella le aprieta aún más los dedos huesudos, apenada por no poder aligerar su carga.

–Prométeme algo, Sigwisis Wilanugued.

–Lo que sea.

–Prométeme –Abubakari eleva el tono, sacando fuerzas de algún lugar en su interior– que gobernarás con rectitud y honradez aplicando la Carta del Mandén. Nuestro Kurukan Fuga garantiza la paz entre hermanas y hermanos. Lo que nos ha permitido vivir en convivencia armoniosa con los dules, que son ya también parte de nosotros y del imperio.

–Así lo haré, padre.

–Y prométeme –continúa él– que te asegurarás de que el tiempo no borra nuestra historia. Que, como griot y legítima heredera del Imperio mandinga, nadie silenciará tu voz ni la de tus descendientes.

Sigwisis alarga la mano izquierda para acariciar el nud-sugana, la talla antropomorfa de madera que protege a la familia y que ahora guiará a su padre entre los espíritus. Con la derecha sigue aferrándose a los dedos sarmentosos del mansa Abubakari.

–Lo prometo, padre. Nuestra historia permanecerá.

103

Damiana se despereza.

Gaspar consiguió un pequeño cuarto para ambos en la pensión a fin de que nadie se fijara más de la cuenta en ese marinero de rasgos femeninos. Ella se quedó dormida apenas se tumbó en el catre, de modo que él, que había tenido la esperanza de que algo sucediera por fin entre ellos, no tuvo los redaños de intentar nada.

Cuando la divisó aquella noche en la cubierta junto a Eugenio de Ron, la rabia de verse burlado se superpuso a la alegría de saberla con vida. Pensó en hacérselo pagar a ambos. Diseñar un plan, aguardar el momento adecuado, rumiarlo cada noche hasta que llegara la ocasión de ejecutarlo con frialdad. Que la tripulación al completo supiera la verdad de esos dos. Que tuvieran su merecido por engañarlos a todos, desde el capellán hasta el último grumete. Ya sabía él lo ingeniosos que podían llegar a ser si de castigos se trataba.

Y entonces aquella zabra atracó y los corchetes preguntaron por una mujer cuya descripción se amoldaba a ella como un corpiño al torso de una cortesana. Si la capturaban, ahí acababa todo. Ya sí que no la volvería a ver. De modo que corrió hacia el buque, con la suerte de hallarla antes de que comenzaran la inspección. Ahí fue cuando los planes se le volvieron a desmontar, porque todo su odio se esfumó en el preciso instante en que la vio.

Damiana lo mira con ojos adormilados. Parece tardar un segundo en recordar dónde está. Cuando lo hace, entorna los párpados y sonríe en un gesto irónico.

—El socorredor de hembras.

Él se ruboriza una vez más. Odia hacerlo, y lo peor de todo es que solo le pasa con ella.

—¿Habéis dormido bien?

—Como una reina en sábanas de seda.

—Quizá tengáis hambre. Puedo ir a buscar algo. La tabernera hace unas gachas decentes.

—¿Por qué?

Gaspar la mira confundido.

—¿Por qué qué?

—Por qué lo haríais. Y por qué hacéis esto, ya de paso.

Él se queda mirándola como un pavitonto y eso a ella le despierta ternura.

—No me habéis tocado —dice ella de repente.

Gaspar se revuelve, más incómodo y abochornado que nunca.

—Jamás osaría.

Damiana finge un gran disgusto.

—¿Tan fea soy?

—No, vive Dios. No quería decir...

—Pero lo pensáis.

Lo ha dicho para ponerlo más nervioso, pero también porque empieza a estar harta de tanta galantería. Primero el piloto, ahora este grumete... ¿Acaso está perdiendo sus encantos? ¿Es que nadie quiere yacer con ella? Juraría que la mira arrobado, pero, por alguna razón, el grumete tampoco ha pretendido ayuntamiento y ella se siente necesitada de un refuerzo de autoestima. De alguien que la halague y le diga lo que una no debería olvidar jamás sin necesidad de oírlo en boca de un hombre.

Gaspar se imbuye de coraje.

—Pienso que sois la mujer más maravillosa sobre la faz de la tierra.

La sonrisa de Damiana se ensancha, pero ya no hay rastro de socarronería en ella. Más bien un candor fingido.

—Lo disimuláis bien, entonces.

—Os respeto, Damiana.

Ella se aproxima hasta que sus cuerpos quedan a apenas un palmo de distancia. Va vestida solo con la camisa, y Gaspar puede sentir la calidez cercana de su piel. A ella no se le escapa que él trata por todos los medios de no mirar sus labios, su cuello con ese escote provocador, las formas que se adivinan bajo la tela.

—No me respetéis tanto.

Es ella, sin embargo, la que no lo respeta a él. Porque lo besa en la boca al tiempo que lleva la mano por dentro de sus zaragüelles. Sonríe al sentir la firmeza de su miembro. Pero la sonrisa no le dura mucho, porque él pone las manos sobre sus caderas y se lanza a devolverle los besos con una pasión tal que no hay espacio para nada más.

104

Ifigenia repasa los muebles de la sala principal.

Desde que Florencio no anda por allí, todo está más tranquilo. Él es tan dañino como el señor. Aunque sabe que no puede darle órdenes, se dirige a ella con el desdén propio de los que reflejan su frustración con quienes se hallan un peldaño por debajo. Cómo disfruta al pisar con las botas llenas de barro y excrementos los suelos recién fregados mientras ella se encuentra aún agachada frotando. A veces, al pasar junto a ella, saca el codo como si fuera algo casual y se lo clava en las costillas. Y una vez, siendo Gaspar un crío, vio cómo le puso la zancadilla para hacerle caer.

Por eso respiró a gusto cuando supo que el señor lo mandaba en un barco a supervisar no sé qué misión. Trató de darle una carta para su hijo en la esperanza de que coincidiera con él, pero el muy bellaco la rechazó. Dijo que no era el mensajero de nadie, por más que ella le imploró y hasta le ofreció pagarle con sus escasos ahorros. Y sabe que él gozó con ese desprecio.

Estos días le basta con tener el palacio limpio y en orden para no despertar la cólera de don Rafael. Se dispone a repasar los ventanales cuando su gesto se tuerce sin poder evitarlo. Ahí afuera está otra vez ese hombre de espaldas anchas y brazos robustos como troncos de alcornoque, ese al que vio haciendo negocios con Florencio. El mismo que una noche apareció allí con una mujer de toca amarilla y pelo rojo, rojo como el demonio. Cómo no olvidarlo, con la grima que le da ese color. Ella tenía insomnio a causa de sus dolores y vio salir al secretario para reunirse con las dos figuras. Y desde entonces sabe que hay algo en Florencio aún más oscuro de lo que siempre creyó.

Hace días que ese fulano está apostado frente al palacio, como si esperara ver aparecer al secretario. A veces le dan ganas de salir y decirle que no espere más, que no está. Pero hay algo que le frena a hacerlo. Algo en su gesto fiero, en su mirada turbia. Algo que le dice que es mejor mantenerse lejos de un tipo como él.

105

Damiana siente una mano sobre su sexo.

Abre los ojos y sonríe. Ese grumete es incansable. Además, está especialmente bien dotado. Un miembro grande y enhiesto. Las pichas flácidas le causan hastío, sobre todo si tiene que emplearse a fondo hasta lograr que alcancen la perpendicularidad respecto a sus propietarios. Pero esta tiene toda la energía de los dieciocho años de quien la porta. Apenas hará media hora que terminaron y ya está de nuevo preparada para la batalla.

Gaspar le besa el cuello al tiempo que sigue acariciándola en sus partes bajas. Luego desciende por el pecho, recreándose en sus senos con labios y lengua. Lenta, muy lentamente, sigue recorriendo hacia abajo, hacia el vientre y más allá, hasta alcanzar su ingle y sustituir los dedos por una lengua que se ha revelado más hábil en esas artes que en las de la oratoria. Damiana deja escapar un suspiro y el grumete capta la información y renueva su brío.

Acostumbrada a ofrecer placer en lugar de recibirlo, hacía tiempo que Damiana no se dejaba llevar de esa forma. Tiene que contenerse para que sus gemidos no traspasen las paredes del cuarto. Cuando cree que va a reventar del gozo, él se recoloca, dispuesto a penetrarla.

—No.

La mira confundido, con esa expresión que a ella le resulta cada vez menos irritante.

—¿No?

—Sigue ahí.

Gaspar, obediente, vuelve a descender y a demostrar ese talento natural apenas descubierto. Y, con él, a hacerla temblar de placer. Una, dos veces.

Ahora sí, Damiana está lista para recibir dentro de sí ese ejemplar espléndido. Y, con él, el tercer orgasmo de la jornada.

106

Eugenio pasa la página.

Es una de las últimas entradas del cuaderno. A medida que ha ido desentrañando esa letra obtusa y retorcida, familiarizándose con ella, leyendo cada vez de forma más ágil y ansiosa, las piezas han ido encajando. Ahora la voz del narrador cambia, como si hubiera llegado a un punto en que confluyen pasado y presente. Pero es el título que antecede a este nuevo fragmento lo que hace que el estómago le dé un vuelco.

El exterminio

Año de 1560. Tagarcuna, selva del Darién

Los cadáveres se reparten por las inmediaciones de la aldea arrasada. Siento el denso hedor de la putrefacción, al que uno no se acostumbra jamás. Aunque la matanza es reciente, el calor de estas tierras no perdona. Reprimo una arcada y continúo hasta adentrarme en los restos del poblado, hallando a mi paso más cuerpos en distintos grados de descomposición. Cuerpos de mujeres, de hombres, de niños y niñas, de ancianos decrépitos que merecían otro final para sus días. También de la compañía de infantería a la que había contribuido con orgullo y que ha perecido en esta masacre. El periodo de lluvias terminó hace semanas, y la sangre ha saciado una tierra sedienta que ahora se ve teñida de un macabro color oscuro. Enjambres de moscardones sobrevuelan los cuerpos en un auténtico festín. Me viene otra arcada, pienso en retroceder. Pero no lo hago. Quiero ver con mis propios ojos aquello de lo que somos capaces. La razón por la que hemos caminado durante diez jornadas en busca de este lugar. Yo, que soy un simple contador, me he sentido fascinado por el ejército del imperio desde que tengo uso de razón. He acatado las instrucciones sin cuestionarlas jamás. He admirado la valentía y el honor de todos ellos, del soldado raso al general. Y ahora todos, empezando por quienes mandan a otros mancharse las manos con la sangre de inocentes, todos me provocan más repugnancia que este hedor tan dulzón en el olfato como amargo en el alma.

Vago por el bosque, abstraído por todo lo que he visto. Me desoriento varias veces, hasta que de repente mis ojos vislumbran algo sobrenatural. Quedo atónito al comprender que acabo de toparme con eso que el poblado protegía con su vida. Centenares de monolitos dorados que el ser humano erigió entre los árboles, un bosque áureo refulge con los rayos de sol que logran colarse a través de la frondosidad de sus compañeros de madera y savia. Es una imagen prodigiosa y siento la convicción de que jamás veré nada igual. También la de que esta inmensidad de oro, esta construcción fabulosa, es también la fuente de desdichas, la causa del horror.

Todos los bloques están grabados con caracteres en una lengua extraña e indescifrable. Hay cálculos numéricos, pero lo que más abunda son una especie de letras cursivas y elegantes, punteadas con rombos aquí y allá. Me recuerdan a las del Real Alcázar, y también al texto hereje que una vez descubrí en el arcón de Ahmad y sobre el que le juré olvidar su existencia.

Me acerco a uno de los monolitos y paso los dedos por las grafías, acariciándolas entre la admiración y el espanto. ¿Qué secreto tan terrible narrarán? Ensimismado por el descubrimiento, mi pie tropieza con algo. Me horrorizo al comprobar que es el cuerpo de una mujer. Está preñada y tiene la barriga abierta en canal, pero de alguna manera ha conseguido llegar hasta allí antes de expirar. Regreso de golpe a la realidad atroz y no resisto más. Las piernas me tiemblan, me dejo caer de rodillas al suelo. Me cubro la cara, como si acaso alguien pudiera verme, y dejo que unos sollozos mudos me convulsionen mientras pierdo la noción del tiempo.

Cuando al fin levanto la cabeza, con el corazón tan devastado como ese pueblo que ya no existe, el sobresalto es tal que me quedo clavado en el sitio, incapaz de reaccionar. Unos intensos ojos negros me observan en silencio, parecen demandarme a mí la respuesta a las preguntas que nadie va a contestar. Esa vehemencia en la mirada, mezcla de terror y dignidad, me desarma por completo. Apenas habrá pasado de niña a mujer, y se encuentra en la vulnerabilidad más absoluta. Sin embargo, posee una prestancia natural que le hace parecer una reina. La reina del tesoro dorado, su última guardiana. A ello se suma un gesto fiero, obstinado, de supervivencia. Abraza con fuerza una figura de madera, como si fuera el único resto del naufragio que ha sido capaz de salvar.

Es entonces cuando comprendo qué es lo que tengo que hacer. Por qué el destino me ha traído hasta aquí.

Me llevo la mano al pecho y, señalándome, digo alto y claro:

–Miguel. Me llamo Miguel.

107

Pum, pum, pum.

Los golpes en la puerta los sobresaltan. Gaspar se había quedado traspuesto abrazando a Damiana, y ahora ambos se miran con idéntico desconcierto.

—Nos han encontrado —dice él, presa del pánico—. ¡Escóndete!

Pero en ese cuarto pelado no hay lugar donde hacerlo. Ni siquiera una ventana por la que huir.

—Imposible. Hay que presentar batalla.

Él la mira como si hubiera perdido el juicio. Una mujer contra toda la gurullada de la isla. Pero Damiana ya se ha metido el blusón por la cabeza y ha agarrado su daga de guardamano. Si no estuviera muerto de miedo, a Gaspar hasta le darían ganas de reír.

Suenan nuevos golpes, acompañados de un tono impaciente.

—¡Mozo!

—Es la voz de la mesonera —susurra él sin disimular el alivio.

—Pues contesta.

—Mozo, ¿piensas quedarte aquí? —Se oye la voz de nuevo.

Gaspar se pone los calzones y abre una rendija, lo justo para contestar.

—¿A qué esas prisas, mujer? —Trata de aparentar enfado—. Tengo dineros para pagaros.

—No te enroñes, mi niño. Es solo que pensé que seguíais camino.

—¿Qué queréis decir?

—Tu amigo y tú. Dicen que la flota leva ferro dentro de unas horas.

Ante la ofuscación del grumete, la mesonera se echa a reír. Ha visto cómo se miraban esos dos y ha oído los ruidos en el cuarto. No serán los primeros ni los últimos que rentan una habitación privada para hacer lo que no pueden hacer en el barco a la vista de todos. Y ella no es ninguna chismosa, le da una higa con lo que disfrute cada cual.

—Anda, espabila. Te prepararé algo de papear. —Y añade en un tono cómplice—: Y a tu amigo también. Necesitaréis reponer fuerzas.

Para cuando Gaspar cierra la puerta, Damiana ya está convertida de nuevo en marino. Esconde dentro del gorro unos mechones sueltos y le habla con tono preocupado.

—No sé cómo voy a colarme de nuevo en la Soberbia.

Gaspar se queda pensativo. Una cosa fue salir como dos mareantes más, pero ahora habrá controles de identificación para subir a bordo del buque de guerra. Exigirán la cédula correspondiente, y eso no es fácil de conseguir. O quizá sí. Se le dibuja una sonrisa. Ha visto muchas, empezando por la suya propia.

—Yo lo sé —dice muy seguro de sí mismo—. Solo necesito aparejos de escritura.

Damiana lo mira intrigada.

—He oído que han enrolado algunos marineros más para el viaje —continúa Gaspar—. Serás uno de ellos.

Ahora ella comprende. Sonríe también. Esa sonrisa pícara, resuelta. Luego se torna seria.

—Tendré que elegir un nombre.

—Es menester. ¿Cómo os gustaría llamaros, señor mío?

En los ojos de Damiana brilla un destello de satisfacción.

—Miguel —dice con gesto resuelto—. Miguel de Arellano.

108

No ha sido empresa fácil.

Lo más complejo fue obtener el pliego sellado. Con el tiempo jugándoles en contra, hubieron de preguntar aquí y allá hasta dar con el maestro papelero. Al fin, un crío desharrapado los condujo hasta las afueras de Garachico a cambio de unos maravedíes. Allí se ubica el molino donde el artesano tritura los trapos hasta deshilachar sus fibras y producir la pasta de papel. Desde la generalización de la imprenta la demanda viene aumentando sin tregua, lo que ha causado problemas de abastecimiento en la isla. Ello hace que el papel se venda a precio de oro.

Si además aparecen dos fulanos con mucha urgencia buscando el tipo específico que se usa en los documentos legales, no hace falta ser muy avispado para intuir lo que pretenden. Tampoco es que sean los primeros falsificadores con que se topa el artesano, de ahí que pida una cantidad desmesurada sin pudor alguno. Gaspar se pone lívido: ni con todo el adelanto de la soldada le llegaría para pagarlo. Pone el mayor empeño en el regateo, mas se ve a la legua que está desesperado, y no es para menos. La tripulación ya ha comenzado a embarcar y la nao capitana será la primera en levar anclas.

Damiana enseguida comprende que aquello no va a ninguna parte. Se quita el bonete y deja caer su larga cabellera.

—Vamos ahí detrás —le dice al artesano, que abre la boca por la sorpresa. Luego se repone y sonríe con lujuria.

—No. —Gaspar da un paso al frente, interponiéndose entre ambos.

Pero Damiana no está para escrúpulos. Primero va su misión, y su pellejo.

—Quieres ayudarme, ¿sí o no?

—Sí, mas...

—Entonces, aparta. No hay tiempo que perder.

Gaspar aprieta los puños al verlos desaparecer tras el molino, y lo sigue haciendo mientras aguarda a que concluya el trámite. Pensar en lo que estará sucediendo ahí detrás le escuece como agua de mar en una herida abierta. Querría ir y matar a ese bellaco, matar a cualquiera que le pusiera la mano encima a su mujer. Porque, para él, Damiana ya es su mujer.

Ella reaparece unos minutos después. Va recolocándose los zaragüelles con una mano. En la otra lleva el pliego.

—Larguémonos —dice sin disimular la cara de asco.

—¿Y el artesano?

—Recuperando el aliento.

—Debería haberlo matado —masculla rabioso.

—Deja las grandes gestas para los libros de aventuras. Tenemos lo que queríamos.

Él quiere, necesita gritar con todas sus fuerzas. En su lugar, emprende el camino con grandes zancadas, como si al alejarse pudiera borrar ese recuerdo de su cabeza. A Damiana le cuesta irle a la zaga, va trotando como un cervatillo.

—¿Dónde vas a manuscribirlo?

Gaspar tarda aún en reponerse lo suficiente para contestar.

—Necesito un lugar discreto.

Damiana observa a su alrededor. Se detiene al localizar la tapia del cementerio y le lanza una mirada explícita, acompañada de una sonrisa de las suyas.

—Soy experta en encontrarlos.

Una vez dentro del camposanto, Gaspar apoya los útiles de escritura en un sepulcro familiar y aplica toda su destreza para lograr una copia lo más fidedigna posible en una carrera contra el reloj. En cuanto la falsificación está lista, ambos echan a correr hasta el puerto, donde se ponen a la cola para embarcar al pie del amarradero.

Por la zona portuaria siguen pululando más corchetes de lo normal. Algunos son canarios, pero a otros Gaspar los reconoce de las calles de Sevilla. Con la misión fallida, ha oído que también ellos partirán en breve. Se pregunta una vez más por qué habrán venido desde allí para apresar a Damiana. Qué delitos terribles habrá cometido esa misteriosa mujer que le fascina y le turba en la misma medida.

No se dirigen una sola palabra durante toda la espera. Él sigue enrabietado por la escena del molino. Ella, a su vez, está molesta con él. Le fastidia esa capacidad de los hombres de creerse sus propietarios desde el momento en que comparten lecho.

Llega el turno de Gaspar, que da un paso adelante y se somete al escrutinio del oficial. Recuerda a ese grumete zambo, es uno de los mozos que leen libros en la cubierta para ayudar a pasar el rato a la tripulación. Él, como tantos otros, no se pierde un solo capítulo de las peripecias del caballero Amadís, de modo que apenas echa una mirada a la cédula. Le da el visto bueno, le hace pasar y su mirada recae en el rostro de Damiana.

—¿Y tú? ¿Me das el papel o estamos aquí hasta mañana?

Ella se lo entrega nerviosa.

—Te has enrolado en Garachico, ¿es así?

—Así es, vuesamercé —contesta con el tono más grave que es capaz de impostar.

El tipo escudriña sus facciones.

—¿Eres isleño?

Ella asiente con gesto seco.

—Por mis barbas que juraría haberos visto antes.

—Quizá en el puerto.

—No serás uno de esos aliviadores de sobaco. Un hideputa me robó la faltriquera, y voto a Dios que si lo pillo...

—Soy un mancebo honrado, señor —interrumpe ella—. Vendía caldos de la isla con mi tío, pero quiero echarme a la mar.

El gesto del oficial se suaviza. Echa una nueva ojeada a la cédula que tiene entre manos.

—Está bien, Miguel —accede—. Si lo hubiera sabido antes, te habría comprado a ti el vino. El fullero que me lo vendió me sacó hasta los higadillos.

Le devuelve su documento y hace un gesto con el mentón para que avance el siguiente. Con tanta cháchara se le está acumulando la tropa, tiene que aligerar. El pliego ni lo mira; también conoce de sobra al tipo que lo porta. Todo el mundo lo conoce en la Soberbia: es el tuerto al que le clavaron un puñal a la altura de los cascarones. Le da pena el tal Jerónimo, a quien ahora fallan un ojo y un huevo de cada lado, pero se cuida bien de hacérselo notar. Indica que pase con un ademán sin siquiera cruzar miradas.

Por eso, y porque el oficial no es hombre observador, no repara en que la mirada del único ojo disponible de Jerónimo Pardo está concentrada en el mozo imberbe a quien acaba de franquear la entrada a la nao.

Mientras, el nuevo Miguel de Arellano ha ascendido por la plancha y avanza resuelto a través del combés, directo hacia la popa.

109

Damiana sonríe al ver a Eugenio.

Lo imaginaba trajinando por el barco, pero se alegra de que esté en el camarote. Aunque se niegue a reconocerlo, ha echado de menos a ese gigantón tan peculiar. Tiene ganas de comprobar su reacción cuando la vea vestida de chico, de ponerlo al día de sus peripecias y contarle cómo ha logrado sortear a los enviados del rey. Añora sus conversaciones, su complicidad, sus cenas a la luz de una vela. Y también seguir deletreando torpemente el diario de bitácora, y su paciencia y sus risas cuando yerra.

Él se encuentra sentado a la mesa con la cabeza inclinada, como tantas otras veces. Pasa horas haciendo cálculos numéricos con los ábacos, repasando sus cartas portulanas y midiendo distancias con el compás. Hoy se halla tan absorto que tarda en percibir que hay alguien más en la estancia. La observa desconcertado. Pero, en el momento en que atisba en sus ojos el reconocimiento y ve cómo cambian las facciones del piloto, Damiana sabe que algo no va bien. Nada bien. Un estremecimiento le recorre la espalda, y su mirada se va directa hacia la tablilla del suelo que esconde el cuaderno. Escondía. Porque está levantada.

Los ojos de Eugenio de Ron han seguido la dirección de los suyos, comprendiendo que ha comprendido. Damiana retrocede un paso, pero él ya se ha puesto en pie y avanza hacia ella. Al levantarse, ha dejado a la vista aquello que estudiaba con tanta concentración. No son sus cartas de marear; ahora él también conoce el contenido del cuaderno. Y, con ello, todas sus mentiras.

—Quieta ahí.

110

15 de octubre del año del Señor de 1580

Florencio se acomoda en el camastro.

La intimidad en un barco es un bien solo al alcance de los mandos superiores o de los pasajeros más pudientes. Mas habiendo caudal, la extensión de un mercante da de sí lo suficiente para crear más espacio útil. De ahí que la codicia de algunos maestres convierta el interior de los navíos en un laberinto de camarotes construidos de forma precaria. Plataformas con enjaretados de madera y cuerdas de cáñamo trenzadas en lo alto de las estructuras y decenas de paneles claveteados que en algunos casos hacen peligrar la estabilidad de la propia embarcación.

Pero, si el secretario ha dicho adiós a su vida anterior, no es para escatimar en su propia comodidad. Pagó buenos dineros por la construcción de un camarote bajo la tolda del alcázar, donde el carpintero lo levantó en un santiamén. Ahí embarcó vituallas y bártulos para pasar las mínimas penurias durante la travesía. Está convencido de que don Rafael tardará en enterarse de su traición y, aunque así no fuera, él ya se hallará a muchas leguas para que la justicia lo prenda. Pero lo cierto es que ese veinticuatro ni entiende de números ni quiere entender. Como buen noble ocioso, lo único que le interesa es que le salgan las cuentas para sus dispendios y alardes de opulencia. Y las cuentas solo salen a base de préstamos abusivos que aumentan su pobreza enmascarada día tras día. De modo que poco importan unos miles de escudos arriba o abajo, o al menos eso es lo que se dice él para no sentirse como el malandro que es. Un pellizco importante del último crédito de Martinelli ha ido a sumarse a la hucha que llevaba tiempo creando, y que los últimos encargos han ayudado a engrosar.

No podía seguir mucho tiempo atendiendo a los intereses contrapuestos de unos y otros, pues tarde o temprano se darían cuenta de su doble juego. De modo que la ocasión de quitarse de en medio y aprovechar lo que sabe le ha venido de perlas. Como le ha venido toparse en Garachico con el niño Diego, que trabajará para él desde la nao capitana. Porque ahora él ya no sirve a nadie. Ni al veinticuatro ni a aquellos mucho más poderosos de los que obedecía órdenes. Ahora que se cuece algo jugoso, ha decidido no conformarse con las migajas del pastel. Pronto el caudal robado a don Rafael será calderilla en comparación con lo que él mismo se embolse.

111

Las jornadas se hacen interminables.

Han transcurrido veinte días desde que iniciaron la singladura por el golfo de las Damas, y lo han hecho sin un solo percance digno de señalamiento. La monotonía se ha apoderado de la nao. Cada uno de los hombres a bordo está habituado ya a los sonidos de la mar: el crujir de las arboladuras, las olas golpeando contra el casco, el rechinar de los cables. Las horas solo se distinguen unas de otras por la posición del sol y el canto que de ellas hace el paje de turno, y los únicos acontecimientos reseñables en la rutina diaria son el cambio de las guardias, la llamada a las comidas y el rezo de la oración al atardecer.

Los vientos alisios soplan de popa empujando con suavidad las naves hacia su destino y, sin apenas nada en qué emplearse, el tedio va haciendo mella en la tripulación. Solo un par de zafarranchos de combate ordenados por el general para tener entrenados a sus hombres han distraído los días desde que salieron del puerto de Garachico. Por lo demás, amén de la limpieza general con vinagre y sal y de algunas otras tareas ordinarias, soldados y mareantes tratan de rebajar las horas charlando de cualquier cosa. Los contadores de historias, así como los cantadores de romances, son los hombres más valorados ahora a bordo. También los lectores. Hay un par de libros que circulan por cubierta, pero, dado el alto índice de analfabetismo, la lectura se realiza de forma colectiva. El narrador recita el libro en cuestión, y grandes corros se forman en torno a él para evadir la dura realidad cotidiana sumergiéndose en otros mundos.

Gracias a ello, Gaspar ha logrado cierta notoriedad entre sus compañeros. Cada tarde le buscan a fin de que continúe con las aventuras en verso de *Orlando furioso* o el relato fantástico del caballero *Amadís de Gaula*. Ese servicio de entretenimiento le ha ganado el respeto de marineros y oficiales, ahorrándole a sus espaldas más de un palo.

Aun así, los pensamientos del zambo circulan por otros senderos. Porque no transcurre una sola hora sin que rememore los momentos junto a Damiana en la pensión de Garachico, que para él no tienen nada que envidiar a los amores de Amadís con Oriana. Él también querría ser el más leal amante. Repetir cada noche las mismas gestas en el catre y defenderla a su vez de todos los peligros. Si Amadís se enfrenta sin dudar al perverso mago Arcalaús o al monstruo endriago por su dama, no es menos cierto que él ha hecho semejante cosa con alguaciles y corchetes en Sevilla o con los veedores en Garachico, o que utilizó sus artes para conseguirle un documento. La ha rescatado en cada trance, y volvería a hacerlo cuantas veces fuese menester.

Ahora se halla en un sinvivir, porque no ha vuelto a saber de ella desde que salieron del puerto y vio cómo se dirigía hacia la zona de popa donde se ubica el camarote del piloto mayor. No se atrevió a detenerla por miedo a llamar la atención, pero se arrepiente todos los minutos de esa travesía interminable. Y, lo peor, no entiende por qué ella regresó junto a él. Quizá ese gigante pérfido la haya embrujado y la tenga prisionera, o quizá algo peor.

Por eso no hay día que no se escabulla hacia el alcázar. Sortea toda clase de bultos por la cubierta, se encarama escaleras arriba cuando hay menos tráfico de hombres por la cubierta y, una vez allí, ronda el camarote del piloto en la esperanza de verla aparecer, mas siempre regresa frustrado a su lugar en el barco. No hay ni rastro de Damiana. Si sigue en el aposento de Eugenio de Ron, está recluida con una cautela tal que es imposible detectarla.

Al que sí ve a diario es a ese hombre. El piloto mayor se pasea dando órdenes a babor y estribor. Cada vez que se topa con él, lo imagina yaciendo con Damiana y la sangre le hierve tal que se la hubieran puesto al fogón. De buena gana le ensartaría una espada hasta traspasarlo como hace Amadís con quien osa agraviar a su amada. O, a falta de espada, lo estrangularía con sus propias manos. Como debió hacer con el molinero, que el demonio lo lleve.

112

Eugenio nota un cosquilleo desagradable en la nuca.

Le ocurre con frecuencia últimamente. Se gira para comprobar lo que ya presentía: hay alguien vigilándolo. Cuando no es el niño Diego, siempre pendiente de cualquier cosa que pueda necesitar, es ese grumete zambo. Lo ha sorprendido muchas veces con los ojos fijos en él y una expresión que lo desconcierta. Lo recuerda bien. El mozo que le echó coraje para convencerlo de ser enrolado. Eugenio le dio su oportunidad, y aquí está aprendiendo las labores de la mar, tal y como quería. Debería estarle agradecido. Sin embargo, cualquiera diría que es todo lo contrario. Hay inquina en esa mirada, y algo más, algo turbio que no es capaz de descifrar.

De todas formas, tiene otras cosas más importantes de las que preocuparse. La navegación no es la menor de ellas. Aunque en las semanas previas el viaje ha transcurrido sin incidentes, sabe por experiencia que el último trecho antes de arribar a la isla de Dominica es el más complicado. El hacinamiento y el hedor provocado por la falta de higiene pasan factura en la moral de los hombres, así como la invariabilidad del menú; quienes llevaban animales a bordo ya los han sacrificado y no queda carne fresca con la que acompañar habas y arroz. Ahora los únicos que restan son los roedores, a estas alturas auténticas legiones. Y los gatos, respetados tan solo porque merman en lo que pueden esa plaga.

Por si no fueran suficientes fatigas, los bizcochos comienzan a agusanarse y están tan duros que solo los más jóvenes logran hincarles el diente, mientras que el agua ya ha tornado a un color verdoso. Hay que vencer la repugnancia para aplacar la sed. El vino destinado a la tripulación no es mejor alternativa: ya por sí de una calidad infame, se halla cada vez más picado, lo cual definitivamente enerva el ánimo de los hombres. Ha notado un incremento de la crueldad en los rebencazos que atizan los oficiales a los grumetes, así como un mayor número de las pendencias y rencillas ordinarias. Cualquier percance puede ser el detonante que dé pie a una algarada general.

Pero, a fin de cuentas, estos son los problemas cotidianos con los que ha de bregar en cada expedición, solo acentuados por el número de truhanes embarcados como marinos. Lo que de verdad le arrebata el sueño es algo muy diferente. Porque este no es un viaje más, aunque no por las razones que pensaba cuando zarpó. Ahora ya sabe que lo que esconden las coordenadas, maldita sea, es mucho más que las riquezas de El Dorado. Ese sueño se transformó en cuanto comprendió el alcance de la historia de Miguel de Arellano. El empeño de las más altas instancias en este asunto no tiene tanto que ver con el oro que podría esperarlos en El Dorado como con el que ya han invertido en la guerra en Flandes, la del turco, la del moro, la emprendida contra todos los que han dado en llamar herejes. El oro apropiado gracias al Tratado de Tordesillas, ese que en 1494 estableció el reparto del mundo entre las potencias marítimas de España y Portugal en función de las tierras descubiertas y, por ende, la adjudicación de todo lo que en ellas se hallare.

Ahora Eugenio también sabe que, si quiere salvar su pellejo, esta será la última travesía que realice como piloto mayor del imperio.

El grumete zambo lo sigue mirando con una intensidad tal que le hace apartar a un lado sus pensamientos. Y es que Eugenio de Ron no tiene los ánimos como para que le toquen mucho la gaita.

—¡Mozo! —grita con su tono más áspero—. Ven acá. Tengo un trabajo para ti.

113

—*Dijiste que aprendes rápido.*

Gaspar mira a Eugenio de Ron sin comprender.

—Cuando llegaste al navío para enrolarte... —aclara.

—Así es, señor.

—... también dijiste que querías navegar.

El grumete asiente con expresión hosca.

—¿Por qué? —pregunta el piloto.

Gaspar se encoge de hombros.

—Siempre me ha gustado el arte de marear —admite—. Iba al puerto a ver a los marinos que embarcaban y fantaseaba con ser uno de ellos.

—Y, ahora que conoces el infierno que se vive a bordo, ¿sigues queriendo?

Gaspar reflexiona antes de contestar. La obsesión por Damiana ha opacado su sueño de infancia, pero se da cuenta de que sigue ahí, agazapado a la espera de resurgir.

—Sí, señor —dice al fin—. Me fascina el mundo de la mar.

Eugenio observa con interés al muchacho. Tiene la piel sucia y grasienta, como la de todos a esas alturas del viaje, y la camisa plagada de manchas está más tiesa que el palo mayor. El pelo ensortijado se lo ha recogido con un pañuelo bien prieto, y solo algunos mechones escapan de él. Aunque sigue habiendo algo en el mozo que lo inquieta, nota el brillo de inteligencia en sus ojos, el mismo que lo ayudó a decantarse para aceptarlo en la Soberbia y que más tarde le salvó la vida. Con tanto trajín no había vuelto a prestarle atención, pero acaba de darse cuenta de que puede ser de provecho. Si desaparece en la parada de Cartagena como tiene planeado, al capitán no le vendrá mal alguien que eche una mano con los cálculos hasta finalizar la travesía.

—Dijiste una cosa más: que sabes sumar y restar con presteza. He visto cómo lees a los hombres. Espero que los cálculos se te den igual de bien.

Eugenio extrae de una caja un objeto de metal que Gaspar le ha visto manejando a menudo.

—¿Sabes qué es esto?

—Sirve para orientarse.

Ron asiente satisfecho.

—Al igual que la ballestilla, el astrolabio calcula la altura de los astros. Con ellos mido la posición en la que nos encontramos.

Gaspar lleva horas atento a las explicaciones del piloto mayor. No puede evitar sentirse atraído por esos aparatos, en especial por el astrolabio. El aro que marca los grados, el tímpano con los círculos de altitud y altura o la alidada para determinar a qué distancia se encuentran. Todo dentro de un instrumento poco más grande que una escudilla.

El día ha dado paso a la noche, los últimos rayos rojizos de sol se extinguen en las aguas. Ya no se diferencia apenas la línea del horizonte. Cielo y mar se entremezclan en la misma oscuridad que lo domina todo, solo interrumpida por la bóveda de estrellas que han prendido con fuerza y por el fanal ubicado en la popa. Siguen observando esos artefactos que parecen cosa de hechicería. Tras señalarle a Gaspar cada uno de los astros que lo ayudan a situarse, Eugenio se concentra en manejar sus instrumentos.

Una pugna interior se cuece dentro del grumete. Está convencido de que ese hombre le ha hecho algo a Damiana. Si no, ella habría tratado de ponerse en contacto o al menos se habría dejado ver en alguna de las ocasiones que ronda el camarote. Habría dejado una señal para que él supiera que sigue ahí, esperándolo. Por eso ha acumulado hacia él un odio virulento, hasta el punto de desear que deje de existir. De otro lado, le maravilla todo lo que le está mostrando. Le ha recordado por qué lo idolatraba. Por qué soñaba con embarcarse en la nao capitana y aprender a su lado toda la ciencia necesaria para navegar. Parece que ha pasado un siglo desde aquello. Si ese hombre no se hubiera convertido en su mayor enemigo, en el obstáculo que lo separa de su amada, podría haber seguido admirándolo, podría disfrutar ahora de la oportunidad que, aún no entiende muy bien por qué, le está ofreciendo.

Eugenio está satisfecho. El muchacho es despierto, ha aprendido en unas horas más que muchos marinos en meses de navegación. Si consigue dedicarle ese tiempo todos los días, sabrá lo suficiente para cuando lleguen a Cartagena.

—Memoriza lo que te voy a ir diciendo, zagal.

Es el siguiente paso. Ahora comprobará hasta qué punto Gaspar tiene aptitudes para calcular la posición de una nave. Eugenio comienza a relatar números en una enrevesada fórmula matemática. Está tan concentrado alternando la vista entre el cielo y sus aparejos que no nota cómo la expresión del grumete se oscurece tanto como el firmamento que los cobija.

114

Gaspar se aproxima cada vez más.

Eugenio se ha colocado en la borda junto al fanal para ver mejor con la luz que irradia, y se halla del todo absorto en sus mediciones. La mayoría de los hombres ya están durmiendo bajo las toldas de cubierta, las velas ondean henchidas por el viento y el barco navega a no menos de cuatro nudos en esa noche estrellada.

Un simple empujón y todo habrá terminado para el piloto. El oleaje acallará sus gritos y, para cuando alguien lo eche en falta, habrá sido alimento para los peces muchas leguas atrás. Sí, eso es sin duda lo que habría hecho el caballero Amadís de Gaula. Y eso es lo que él mismo hará. Porque el gigante que ha tenido la vileza de mantener cautiva y hechizar con malas artes a Damiana no puede salir indemne. Solo así podrá limpiar su propio honor y el de su amada. Después irá en su busca, la rescatará una vez más. La definitiva. Es la única opción. La única forma de seguir adelante.

Y pensar que una vez, no tanto tiempo ha, fue él mismo quien salvó al piloto mayor de la daga de Damiana. Cuántos padecimientos se habría ahorrado de no haberlo hecho. Pero ahora lo que toca es enmendarlo. Inspira hondo y da un paso hacia atrás para impeler la fuerza necesaria.

115

Don Rafael descarga un puñetazo contra la pared.

Lo hace con tal furia que se lastima, así que el golpe va seguido de todo tipo de blasfemias e imprecaciones. Ese negocio solo le ha acarreado desgracias, y empieza a pensar si no será cierto que la flota de Tierra Firme está maldita.

Primero fue la suspensión de la partida a raíz de los sacrilegios en Los Galeones del rey; luego, y para contrarrestar los recelos de los tripulantes, un aumento en las soldadas que le costó no solo ampliar su deuda hasta donde el prestamista genovés se lo permitió, sino también la de los principales mercaderes, cuyo malestar hizo que el asunto llegara a los oídos del mismísimo Felipe II, por no hablar del enojo del resto de los veinticuatros, que le ha granjeado no pocas enemistades; y cuando, para remediarlo, gasta lo que no tiene en expedir una zabra hasta las Canarias, la misión resulta infructuosa. Los corchetes volvieron a Sevilla anunciando el óbito de la mujer que tanto interesaba a las altas esferas, y él solo sacó de esa empresa un incremento de la ruina y el descrédito.

Para colmo, la nave volvió sin su hombre de confianza, al que había enviado a supervisar la búsqueda. Florencio desapareció en las Afortunadas, desafortunadas para don Rafael, pues solo pesares le han traído. Hasta ahora había hecho todo tipo de cábalas: una refriega en el puerto que lo pilló por banda, un matasiete de taberna que le rajó la gorja por un quítame allá esas pajas o cualquiera de los infortunios que puedan acaecer al hombre esmirriado y poco dado a defenderse que es Florencio. Pero la reunión de hoy con Martinelli ha despejado todas las dudas. El banquero prestó a su hombre muchos más escudos de los que este le dijo. Florencio llevaba meses traicionándolo. Y, necio de él, le ordenó meterse en un navío a poner cientos de leguas por medio.

Ifigenia hace su entrada en la estancia. Viene con la cena que le había pedido antes de reunirse con el prestamista. Pero ahora don Rafael no tiene hambre, solo furia y deseos de venganza. Ella se estremece al notar esa mirada torva sobre su cuerpo. La conoce muy bien. Y aún tiembla más cuando el caballero se pone en pie y avanza hacia ella. Ya ha encontrado una víctima en la que desahogar sus frustraciones.

116

—*¡¡¡Señor!!!*

El grito saca al piloto de su concentración. Se choca con el grumete al girarse, quien estaba justo detrás de él.

Diego permanece a unos metros de ambos. Lleva horas observándolos en la distancia, sorprendido ante la nueva amistad que parecía estar fraguándose y, por qué no admitirlo, también algo celoso. El amparo que el piloto mayor le ha brindado desde el día que le vomitó encima es sagrado para él. El resto de los oficiales ya se han acostumbrado a verlo como su protegido y nadie ha vuelto a ponerle la mano encima.

Por eso, cuando vio a los corchetes buscando a la mujer que el piloto a buen seguro esconde, comprendió el riesgo que corría. Lo confirmó cuando Florencio le pidió vigilarlo. Y se dispuso a hacerlo, pero no con el fin que pretendía el secretario, sino con el de socorrer al hombre que a su vez lo protegía a él. Y, cuando ha visto cómo Gaspar se acercaba al piloto por la espalda, no ha albergado dudas sobre lo que estaba a punto de suceder.

Ahora Eugenio observa alternativamente al paje y al grumete.

—¿Qué ocurre, Diego?

—Iba a tiraros a la mar, señor.

El piloto centra su atónita mirada en Gaspar. Por la expresión que se refleja en su rostro, comprende que es cierto.

—¡Querías matarme, felón! —Agarra a Gaspar de una oreja y le alza hasta hacerle quedar de puntillas sobre el filo de la borda—. Dime por qué o serás tú el que se vaya al fondo del mar.

—Déjalo, Eugenio.

Damiana se ha acercado hasta ellos. Tan solo lleva puesta la camisa de lienzo con la que duerme, que se mece con la brisa junto a sus cabellos oscuros otorgándole una hermosura casi irreal. Hasta el niño Diego la mira con embeleso. Por Cristo que no la recordaba tan bella.

Y es que Diego no es el único pendiente de esos dos. Damiana los avistó desde su refugio y se quedó intranquila. A ella tampoco le cuadraba verlos juntos. Por lo insólito de la situación, y porque conoce la vehemencia de los sentimientos del grumete. De modo que al oír gritos se ha encaramado hasta allí para ver qué ocurría.

El piloto la mira sin creer lo que ve.

—¡Por la sangre de Cristo, cómo se te ocurre! —No tarda en recuperar la compostura y el mal genio—. Vuelve dentro ahora mismo.

Damiana no se mueve.

—Te he dicho que te metas en la cámara —repite con voz de mando.

—No va a volver contigo, hideputa.

Eugenio torna su atención al grumete que aún sostiene en vilo.

—¿Qué has osado decir, mequetrefe? —Gira la cabeza buscando a Damiana—. Que los demonios me lleven si entiendo algo, mujer.

Ella se acerca un poco más.

—Suéltalo.

—¿Qué me estoy perdiendo, Damiana?

—Te lo contaré después. Pero puede caerse, es peligroso —dice con su voz más dulce en un intento de persuadirle.

—Peligroso es tener tras el cogote a un grumete que te quiere matar, pardiez.

—Me ama. Y me ayudó en Garachico —le confiesa ella—. No le hagas daño.

Amor. Eso Eugenio puede entenderlo. Servidos estamos, mala Pascua le dé Dios. Se lleva la mano a la cicatriz y se rasca con saña. Los pliegues de su rostro se arrugan. Y ahora qué. Le gustaría darle gusto a esa mujer, como hay Dios que le gustaría, pero ella lo único que le da a él son problemas. Uno tras otro.

—Sabes que no puede haber testigos, Damiana.

—¿Ninguno? —Los ojos de ella se dirigen hacia Diego, que comienza a retroceder al entender el lío en que se ha metido.

—Mi paje no dirá nada —asevera Eugenio.

De repente se da cuenta de que él por quien teme es por el pequeño. Se ha encariñado, maldita sea. ¿Por qué no deja de encariñarse de gente ahora que solo tendría que mirar por su flota y, sobre todo, por su pellejo?

—El grumete tampoco hablará —replica ella—. ¿Verdad, Gaspar?

Gaspar no contesta. Un barullo de sentimientos se arremolina en su interior.

—Eugenio, te lo pido por favor —insiste Damiana—. Recuerda que una vez te salvó la vida.

—Y ahora ha tratado de quitármela.

Se suceden unos momentos angustiantes. Nadie añade más y Gaspar bastante tiene con mantenerse en vilo. Incluso una ola fuerte que desestabilice al piloto sería suficiente para hacerle caer.

Al fin, Eugenio lanza un hondo suspiro. Es incapaz de negarle una súplica a esa mujer. Devuelve despacio al mozo a cubierta y se gana una mirada de agradecimiento de Damiana que le reconforta el alma.

No obstante, esa mirada tampoco ha pasado desapercibida para Gaspar, como no lo ha hecho la forma íntima en que se hablan los dos. Ahora ya no le queda ninguna duda de la traición. No es cosa solo del piloto, sino de esa furcia. Esa acechona, mundaria infame. Ella es quien se ha reído de él. Cómo pudo creer que lo de aquella pensión significó algo. Lo utilizó como utiliza a todos los hombres. Tiene los pies de nuevo en el suelo, pero se siente tan humillado que habría preferido morir. A fe que no puede soportarlo.

—Ahora explícate, grumete —dice Eugenio.

—No soy yo quien tiene que explicar nada.

Al tiempo que lo ha dicho, Gaspar ha agarrado la ballestilla del piloto y se ha lanzado sobre Damiana. Ha pillado a todos de improviso. A la primera, a la propia Damiana, quien trata sin éxito de apartarse. El grumete imprime toda la fuerza para hundir en sus carnes la vara principal del afinado instrumento de navegar.

Eugenio lanza un grito de desesperación al ver caer a Damiana. Se abalanza sobre ella, le extrae la estaca de la ballestilla y ve cómo la sangre comienza a manar de sus tripas. Esto ya no es confite ni jalea. Es sangre real, densa y oscura. Sangre que escapa a toda prisa de su cuerpo enjuto. Gaspar aprovecha el caos reinante para arremeter contra el piloto, presto a jugarse el último naipe. A su vez, Diego se lanza tras Gaspar tratando de detenerlo. No es necesario. Porque, si Eugenio de Ron no fuera el gigante que es, quizá el zambo habría tenido alguna oportunidad. Pero le ha visto venir y lo único que ha tenido que hacer es detenerlo con uno de sus brazos fornidos. Ese grumete aún tiene que comer muchos bizcochos para malearlo.

—¿Qué has hecho, loco asesino? —le grita, cogiéndolo por los hombros preso de la furia—. ¡¿Qué has hecho?!

—Es una puta que merece morir. Como vos —dice un Gaspar con la mirada extraviada.

Eugenio le alza de nuevo presa de la desesperación y, sin pensárselo, esta vez sí lo arroja por la borda.

117

Un golpe más, y otro, y otro.

Para cuando Ifigenia es capaz de recuperar el control, el veinticuatro ya no ejerce ninguna presión sobre ella. Mira la olla que está sosteniendo como si fuera la primera vez que la ve, sorprendida de tenerla entre sus manos manchada de sangre y salsa de ajo, los trozos de paletilla de cordero desperdigados por la habitación. ¿Cómo ha podido hacerlo? Le tiemblan tanto las piernas que tiene que sentarse en la cama de don Rafael para no caer.

Necesitará todavía varios minutos hasta reunir el coraje suficiente que le permita volver a acercarse a él. Cuando lo haga, observará la cabeza destrozada con más aplomo del que nunca creyó tener. Luego buscará su rostro en un espejo, contemplará su ojo amoratado, su labio partido, su marca del fierro candente que delata la esclava que una vez fue, sus ropas hechas jirones y teñidas con la sangre de ambos. Lentamente, se despojará de camisa, delantal y saya, se lavará en la jofaina con agua de azahar que ella misma preparó unas horas antes, tomará ropas limpias y se alejará de ese hombre, de esa casa, de esa vida. Para siempre. Sin miedo. A ese, al miedo, también lo piensa dejar atrás.

La heredera

Año de 1561. Nombre de Dios, Panamá

Nali tardó mucho tiempo en confiar en mí. A pesar de llevarla conmigo, de rescatarla de una muerte segura en ese poblado repleto de cadáveres y alimentarla y tratarla con el mayor de los cuidados, no abría la boca más que para comer. Pero escuchaba, escuchaba todo el tiempo. Yo me daba cuenta y no paraba de hablarle en mi lengua. Le señalaba cada objeto antes de decir su nombre, le contaba cosas de mí, de mi pasado, y también de lo poco que sabía de su pueblo. No le oculté nada. Le hablé de las órdenes de aniquilarlos a todos, de mi frustración, de mi desengaño y también de mi deserción. Durante esas confesiones, sus ojos se inyectaban de odio, así que yo sabía que empezaba a entenderme. Un día, sin más, me dijo cómo se llamaba, Nali Wilanugued. Después supe que Nali significa «pez grande», como los tiburones que surcan las aguas. Y que Wilanugued es el nombre de su estirpe de griots, los elegidos del mar. Por eso creí que su destino era cruzar al otro lado.

Poco a poco comenzó a hablar. Mezclaba su lengua con la nuestra y aprendió mucho más rápido de lo que yo hubiera imaginado. Pero hoy lleva toda la mañana sin pronunciar palabra, sumida en sus propios pensamientos. Yo sé lo que le ocurre. Se ha estado negando a sí misma aquello que su propio cuerpo se esfuerza en contradecir día a día. Ahora se acerca, me clava una mirada desvalida que nunca le había visto y se señala la tripa.

–Hay una vida.

Asiento. Por fin le ha puesto palabras.

–Me forzaron –sigue, dejando claro que ya ha decidido aceptar la realidad–. Todos ellos.

La sangre me hierve. Es solo una chiquilla, por el amor de Dios. Ni siquiera comprendo cómo va a poder formarse un nuevo ser dentro de ese cuerpo pequeño y escuálido. Pero lo cierto es que su panza engorda sin tregua. Pienso en lo terrible que ha de ser lo que está viviendo. Tan joven y condenada a pasar por eso. Y a que un hijo le recuerde cada día lo que esos salvajes que llamo compatriotas le hicieron. De repente, me doy cuenta de que puede morir. Me entra miedo de que no consiga dar a luz, que se quede en el camino, como tantas otras. Y se lo digo. Hay maneras de acabar con ello, le explico. Pero ella mueve la cabeza, tajante. A un lado y al otro. Recupera el aplomo que la caracteriza.

–Debe nacer. Es la heredera.

Es entonces cuando comienza a contarme su historia, la historia de su pueblo. Desde la mujer búfalo y el rey león. Cuando acabe de hacerlo, semanas después, yo ya habré comprendido qué es lo que narran los monolitos que su antepasada Sigwisis hizo construir. Por qué nos mandaron a exterminar a sus compatriotas. Y por qué no podía quedar ninguno.

118

27 de octubre del año del Señor de 1580

Al fin lo encuentra.

Desde que puso un pie en tierra, Florencio no ha hecho otra cosa que buscar al niño. Diego debía ingeniárselas para bajar al puerto en la siguiente parada y le pondría al día de todos los movimientos del piloto. Ese era el trato. Pero el mercante en el que viaja ha llegado con retraso a la isla de Dominica y, para cuando ha logrado descender, el puerto ya estaba lleno de marineros que alborotaban tras besar el jarro sin tasa.

Observa cómo parlotea en un corro junto a otros pajes, que se pasan un pellejo de vino entre chanzas. Parece que por fin ha hecho migas en el barco. Se acerca a una distancia prudencial, suficiente para que el crío se percate. Su gesto cambia cuando lo hace. Dice algo a sus compañeros y se pone a caminar por el puerto, pasando de largo como si no le hubiera visto. Florencio deja que avance unas cuantas zancadas y lo sigue sin perderlo de vista.

Cuando llegan a un recoveco del puerto en el que apenas hay gente, Diego saca una manzana de su bolsa y se sienta tranquilamente a comérsela. El secretario se deja caer unos palmos más allá y aguarda.

—Todo normal —anuncia el paje.

Florencio frunce el ceño.

—¡Recristo! ¿Eso es cuanto vas a decirme después de más de un mes de travesía?

El niño Diego se encoge de hombros antes de pegar un nuevo mordisco a su manzana.

—Madruga más que el sol y desde entonces ya está supervisando todo. Calcula la ruta y entrega las órdenes de maniobra al contramaestre y al timonel. Luego sigue con sus instrumentos de navegación, y no tiene pereza en subirse a la cofa para avizorar el horizonte o asegurarse de que el resto de las naves nos siguen sin dificultad. Al mediodía se mete en su camarote, manduca y luego pasa horas estudiando y corrigiendo las cartas de marear. Sale y ya no regresa hasta después de que el sol se ha puesto y ha medido la posición de las estrellas. La mayoría de las noches vuelve a popa en una o dos ocasiones, a veces incluso tres, para asegurar la ubicación.

Lo ha dicho de corrido, imprimiéndole a todo un tono indiferente.

Florencio se pega un palmetazo en la cara para matar a un mosquito que acaba de picarlo. El puerto está lleno de ellos y, sumado al pegajoso calor caribeño, no es un lugar en el que le apetezca demorarse. A fe que prefiere la canícula sevillana antes que ese bochorno con el que sus ropas están permanentemente mojadas en sudor.

—O sea, que así pintan los naipes —dice al fin.

—Ni más chicos ni más grandes.

—¿Y la mujer?

—Está muerta y remuerta. Ya os lo dije en las Afortunadas. Además, los corchetes lo inspeccionaron todo, ¿no?

En la expresión de Florencio se trasluce el disgusto. Está convencido de que la urgencia del piloto en fletar las naves tiene relación con lo que persiguen quienes enviaron la zabra. Los mismos que le mandaron eliminar de aquella forma terrible a las mujeres que habían metido las narices en el asunto, para lo que hubo de utilizar a ese perturbado de Freire, maldita sea su estampa. Pues él no se piensa conformar. Tantos intereses implican juegos de poder. Y qué es el poder sino riquezas. Y dónde puede haber más riquezas que en ese lugar al que, se juega el cuello, el piloto se dirige.

—Sea —aprueba—. Dejemos a la mujer. Pero me da en la nariz que ese fulano esconde algo que no le pertenece. Te las apañarás para buscar en su recámara y lo conseguirás para mí.

—¿Y si no lo hago?

Por primera vez desde que lo conoce, el rostro del niño no muestra sumisión ni vulnerabilidad. El tono es desafiante, casi pendenciero. Florencio siente un punto de orgullo hacia él, pero eso no le impide propinarle un buen tortazo. Después le agarra el cuello con ambas manos y se lo oprime hasta dejarlo sin respiración.

—Si no lo haces, gazmuño, puedes dar fe de que Cartagena será tu último destino. Ahora, venga. La Soberbia está a punto de zarpar.

El secretario lo deja caer al suelo y le arrea una patada en el culo para que emprenda camino. Diego se pone en pie y va de vuelta hacia las naos sin dirigirle siquiera una última mirada. Ha aprendido a contener sus emociones. La rabia la va mascando de muelas para adentro, la venganza también.

119

Reemprenden el viaje.

Dentro de unos minutos los marinos percibirán de nuevo el movimiento del barco bajo sus pies. Ahora se dirigirán a Cartagena, donde la escala será más larga ya que ahí se descarga parte de la mercancía llevada a Tierra Firme. Solo después de culminar esta labor, el convoy pondrá rumbo a su destino final: el puerto de Nombre de Dios, que conecta a través del Camino Real con la ciudad de Panamá. Junto con el de Veracruz en el Virreinato novohispano, este es el gran puerto de las Américas, pues por él transita buena parte del género entre España y las Indias. Al cabo de unos años, el temido corsario Francis Drake arrasará la ciudad anticipando con ello el cambio de ruta hasta Portobelo, pero eso es algo que Damiana no vivirá en esta historia.

Durante la parada en Dominica, ella ni siquiera ha salido del camarote. La herida del abdomen cicatriza lentamente, y ha pasado varios días con fiebres en los que apenas se sostenía en pie. Eugenio y el niño Diego se han turnado para permanecer junto a ella sin llamar la atención de los tripulantes. Le empieza a caer bien ese crío, callado y receloso, justo como ella a su edad.

Pero, ahora que ya está mejor, también ellos han aprovechado para airearse durante las dos jornadas que atracan en la isla. Esta parada es bastante más breve que la de Garachico. Aguada, vituallas, disfrutar de una gran comilona en tierra y recluirse de nuevo entre las tablazones embreadas del barco. Tampoco es demasiado lo que el lugar ofrece más allá del puerto. Rodeada por un cenagal insalubre se encuentra una aldea de casas de madera y techo de paja que solo parece cobrar vida durante los desembarcos.

Damiana está desganada y apática, se culpa sin tregua de lo acontecido a Gaspar, ese chico que no hizo más que enamoriscarse como un tonto. A ratos se dice que ella debió verlo venir, que no tendría que haber yacido con él, no darle la mínima esperanza. Otras veces, se enfada consigo misma por pensar así. ¿Acaso ha de ser ella responsable de lo que pase por las cabezas de los hombres? Si todo el que hubiera fornicado con ella se creyera con derecho a poseerla para siempre, por Belcebú que tendrían que repartírsela en mil pedazos.

Además, continúa disgustada con Eugenio. La forma en que arrojó a Gaspar por la borda le sigue poniendo los pelos de punta. ¿Acaso no había otra vía de hacer entrar en razón a ese muchacho? Se pregunta cuántas personas más han de morir. Gaspar, Carlina, Lucinda, Violante, Miguel. Su madre en la hoguera, cuando ella era apenas un bebé. Y antes, mucho antes, toda esa familia que ni siquiera llegó a conocer. Se lo pregunta, y ya no sabe qué responder. Pero tampoco tiene mucha opción. Porque de lo único de lo que sí está segura es de que no piensa perecer ella también. Por mucho que algunos lo pretendan.

Su único consuelo estos días han sido las horas transcurridas con el pequeño paje, al que ya ha perdonado su traición en la bodega. Probablemente, ella hubiera hecho lo mismo. Cuando tienes que elegir entre supervivencia o lealtad hacia un desconocido, la decisión está tomada de antemano. Y eso es lo que son ambos, ni más ni menos: supervivientes.

El chiquillo le ha hablado de los recelos del resto de marinos. La ausencia del zambo se ha notado, extrañan sus lecturas y muchos maldicen su suerte, menos por él que por ellos, que se han quedado sin saber qué iba a ser del caballero Amadís de Gaula. Pero Diego se ha encargado de respaldar la historia inventada por Eugenio para explicar la inesperada desaparición de Gaspar. En todo caso, el viaje avanzaba conforme a lo que cabía esperar, con la meta final cada vez más cerca.

Eugenio penetra en la cámara. Viene cargado con piezas de verdura y fruta fresca de los más diversos colores, algunas desconocidas para Damiana. En la boca sostiene una fina pipa de arcilla, en cuya cazoleta se quema un montoncito de hierbas. Va echando humo como si fuera el dragón de san Jorge.

—He comprado tabaco, lo echaba de menos.

Está de buen humor. Suelta los alimentos en la mesa y levanta un fruto enorme de escamas doradas, rematado por un penacho de hojas de un intenso verdeazul. Toma el machete y lo corta por la mitad, dejando al descubierto una carne amarilla. Luego saja un pedazo y le rebana la tosca corteza.

—Ananás —dice tendiéndoselo a Damiana—. Apuesto a que nunca has probado cosa igual.

Ella estira el brazo y toma el trozo de piña. Mastica maravillada esa carne jugosa y refrescante, paladeando el líquido dulce con matices cítricos y ácidos que se filtran en su boca. A su pesar, sonríe. Es un momento bueno como otro cualquiera para hacer las paces.

Él sonríe también, pero se torna serio al instante.

—Ahora, escucha. Ya hemos enrumbado hacia Cartagena. Es el trecho más complicado, porque hemos de sortear los muchos islotes, arrecifes y barreras coralinas. Además, se acabó el marear a favor del viento y en el sentido de la corriente. Habré de estar avizorando día y noche.

—Pero es también nuestro destino. Allí bajaremos nosotros, ¿verdad?

Eugenio asiente con gravedad.

—El resto del camino habremos de hacerlo a pie. Aprovechemos estas últimas horas de paz para organizarnos.

120

—*Esto es lo que te corresponde.*

La lavandera mira las monedas con estupefacción y acto seguido vuelve la vista hacia el rostro de Isabel, tratando de escrutarlo. No sabe si ha errado. Esos maravedíes extra le vendrían muy bien, pero a las mujeres de la Mancebía tampoco les sobra. Bastantes sinsabores sufren.

Antes de que se decida, Isabel le lee el pensamiento.

—Es tuyo, hemos subido el pago. —Entorna los ojos con gesto serio—. Y deberías exigir lo mismo a las otras boticas. Te dan una cantidad infame.

La chica asiente, aunque no tiene ninguna intención de hacerlo. No está en condiciones de exigir nada; hay muchas que lo harían todavía por menos. No le importa. Para ella solo cuenta el presente, piensa ir ahora mismo a comprar carne. Será la primera que coma su hijo en meses. Se le han humedecido los ojos por la emoción; pero, aun así, sigue sintiendo algo parecido a la culpa.

—¿Y vosotras?

—Por eso no te preocupes, cobramos lo mismo o incluso más. Aquí ya no hay un padre que se llene los bolsillos. Las ganancias las repartimos entre todas.

—El Señor os proteja. —La lavandera carga las sábanas sucias y se va con una sonrisa. La primera que Isabel le recuerda.

Instantes después entran Brígida, Margalinda y Carmen. Traen unas caras largas hasta el suelo.

—¿Qué sucede?

—Venimos de la Capellanía —dice Brígida—. No aceptan el dinero del alquiler.

—¿Por qué? ¿Acaso no sale del mismo sitio que antes?

—Ni siquiera nos han dejado pasar —se queja Carmen—. Nos han llamado de todo: desvergonzadas, acechonas, pecaminosas.

—Somos todo eso. Pero al menos no somos hipócritas.

—Dicen que no hacen tratos con meretrices. Hemos de buscar otro padre para administrar la botica —explica Brígida.

—Que me parta un rayo si pienso volver a eso —replica Isabel.

—Pues entonces solo nos queda irnos a putear al puerto.

Margalinda lo ha dicho con amargura al tiempo que acaricia su ya incipiente barriga.

Alonsa y Mencia se han sumado para escuchar las nuevas. Toman asiento junto a las demás en la nueva sala de reuniones, antiguo gabinete del padre. Brígida les resume el asunto y se hace un silencio denso. Algunas blasfeman, otras fruncen los labios, se cruzan de brazos.

Es Carmen quien finalmente expresa el sentir general:

—Que se vayan acostumbrando. Nosotras de aquí no nos movemos.

121

—*¡Eh, tú!*

Ifigenia gira la cabeza lo justo para comprobar que quienes la llaman son unos corchetes con pinta de valentones. Los maldice en su fuero interno. Han debido percatarse de las marcas herradas en sus mejillas. Podría enseñarles la carta de ahorría con la que compró su libertad hace años, pero eso solo facilitaría su identificación. Si ya han encontrado el cadáver del señor, el documento la llevaría directa a la mazmorra, y de ahí a ejecutarla y dejar su cadáver descomponiéndose colgado a la vista de todos. Matar a un veinticuatro no merece un castigo menor.

De modo que no se lo piensa. Echa a correr sin importarle el dolor de su pierna. Eso basta para que se lancen tras ella, y no les va a costar mucho esfuerzo alcanzarla. Reniega de su suerte, justo acababa de franquear la muralla. De repente, ve un socavón horadado en la amalgama de cal, arena y guijarros. Va directa hacia él. Si es lo bastante grande para ocultarla, quizá tenga una posibilidad de sobrevivir.

A veces la suerte cambia en un solo instante. Porque el socavón es algo más que un simple hueco. Se introduce de cabeza y culebrea por un pasadizo húmedo y lóbrego hasta dar a una covacha, una pequeña cueva de las muchas que se construyeron en tiempos de los árabes para la defensa de la ciudad y que ahora utilizan los ladrones cuando huyen con el fruto de sus rapiñas. Solo espera no encontrarse con ninguno ahí dentro. Tantea la pared sumida en la más absoluta oscuridad. La guarida no tendrá más de dos o tres metros, y no parece haber nadie. Quizá incluso pueda descansar un rato antes de pensar hacia dónde seguir camino. Apoya la espalda y se deja caer hasta quedar sentada sobre la fría piedra, que reconforta su pierna dolorida.

Aún no ha recuperado el resuello cuando siente una mano tan fría como el propio suelo que la agarra de la muñeca.

—Ayúdame.

122

30 de octubre del año del Señor de 1580

La mar se ha tornado de un gris plomizo.

Al igual que el cielo, que da la impresión de ir a desmoronarse en cualquier momento sobre sus cabezas. No anduvo desatinado Eugenio de Ron cuando predijo que aquellos serían los últimos momentos de paz. Desde que salieron de la isla de Dominica, las corrientes de aire han comenzado a jugarles en contra, soplando cada día con mayor tenacidad.

Ahora el fuerte viento del noroeste hace crujir con saña los mástiles y aúlla en la jarcia. Un rayo descarga en la lejanía iluminando por unos segundos esa confusión de cielo y océano. Las olas cabalgan el horizonte con sus crestas de espuma, se erizan como si estuvieran poseídas por un mal espíritu y vapulean el casco de la Soberbia sin compasión. Aunque la tormenta no ha hecho más que comenzar, las facciones de los mandos reunidos en la toldilla se perciben graves como en un funeral. Agarrados a puntos seguros, se organizan mientras hacen equilibrios para mantenerse en pie a pesar del zarandeo. Saben que una fuerte tempestad en mitad de ese laberinto de islotes puede hacer naufragar a más de un navío de la flota: bastará que un arrecife se interponga en su camino y no habrá velas ni timón que les hagan girar a tiempo.

El capitán se aposta en mitad de la crujía y grita a pleno pulmón.

—¡Zafarrancho! ¡Desalojad la cubierta! ¡No quiero ver un solo bulto que obstaculice las maniobras! ¡Catres, toneles, fardos, cajas, lo quiero todo fuera! ¡Y trincad bien los cañones si no queréis morir aplastados!

Los marineros más inexpertos lo miran con espanto. Quizá alguno esperaba palabras de ánimo, oír que una simple tormenta no puede con un galeón armado del Imperio español, que ninguna fatalidad podría ocurrir en la capitana que guía el destino de toda la conserva de Indias. Pero lo cierto es que las tablas se mueven bajo sus pies, el agua salta cada vez con mayor terquedad sobre sus cabezas, y en cualquier instante la furia del mar puede arrojarlos fuera del barco sin miramientos. Un grumete se atreve a hablar. Agarra con fuerza su colchoncillo empapado para que no se lo lleve el viento.

—¿Y dónde metemos todo eso, mi capitán?

—¡Lo tiráis por la borda! —clama él sin concesiones.

La Soberbia es un viejo buque de guerra, y no ayuda el hecho de que lleve las bodegas colmadas de bastimentos para su venta en Tierra Firme. Es difícil mantener los límites a raya, pues son los propios oficiales los primeros en incumplir la norma: el sobresueldo por ese comercio supera con creces la propia soldada. Por eso todas las maniobras, ya de por sí lentas, cuestan aún más en medio de una tormenta. Si además la nave va mal lastrada, las probabilidades de hundimiento se multiplican. Eugenio de Ron se dedica a reorganizar la carga para equilibrar el peso y a evaluar el orden en el que habrá que empezar a deshacerse de las mercancías. En un caso extremo, solo se salvarán el azogue y las bulas de Su Majestad. De momento, agarra a todo el que puede y da órdenes para que rectifiquen la carga.

Arriba, los hombres trabajan sin tregua afirmando las jarcias y maniobrando el velamen para tratar de impedir que la nave se desgobierne. Llevan varias horas luchando contra la naturaleza sin saber quién ganará la batalla, pero lo cierto es que la tormenta se recrudece y el agua va conquistando terreno. Solo moverse por el barco en mitad del temporal ya es en sí una hazaña. De vez en cuando un alud de agua penetra enloquecido y revuelca a varios marineros, que se aferran a cualquier aparejo para que la ola no se los lleve consigo. Hay quien ha de detener sus esfuerzos para vomitar las tripas antes de regresar a la tarea. Un grumete cae de lo alto de la cofa y al instante el mar lo devora, al mismo tiempo que engulle los gritos de «¡hombre al agua!». Varios tratan de rescatarlo sin éxito, y la moral decae entre la tripulación.

Sin embargo, los juramentos solo se trocan por oraciones a santos y vírgenes cuando llega la noticia de que se ha perdido el timón. El miedo a la muerte refuerza la devoción de cualquiera, y hasta el niño Diego sabe que las circunstancias son extremas. Mientras el galeón zozobra entre las embestidas del mar como una cáscara de nuez, comienzan las declaraciones de fe a voz en cuello, los arrepentimientos de pecados pretéritos y las promesas de sacrificios y peregrinaciones.

—¡Lo dije! ¡Esta flota está maldita! ¡Maldita! —grita Fermín sujetándose a las jarcias para no acabar devorado por la próxima acometida.

—¡El maldito eres tú, demonio de calafate! —gruñe el maestre, que lo engancha por la oreja después de que la ola se recoja—. ¡Ayuda al carpintero a taponar las vías de agua o por mis barbas que no lo cuentas!

Ya en el fondo del navío y con el agua por las rodillas, Fermín obedece las instrucciones del carpintero, que compone una suerte de mezcla con lienzo alquitranado, estopa y sebo cuya función es tapar los agujeros abiertos en el casco. Tiene un cabo amarrado al cuerpo para evitar que un bandazo lo deje fuera de juego y lucha contra los surtidores de agua a presión que se cuelan sin concesiones.

El calafate se suma a la tarea mientras sigue rezongando que nunca debió haber embarcado. Recuerda todos y cada uno de los malos presagios y se culpa por haber sucumbido a cambio de un aumento de la soldada. No hay dineros que puedan conjurar una maldición como esa. Alterna las quejas con las plegarias a todos los santos conocidos y, cada vez que culmina una oración, se lleva la mano al amuleto del cuello, la higa protectora. Si hay algo que pueda auxiliarle en este trance, ha de ser una fuerza divina.

—Mientras no os detengáis ni para coger aliento, rezad cuanto os plazca —le dice el carpintero, hastiado de ese calafate supersticioso con quien lleva conviviendo desde que embarcaron en Sevilla.

En la sentina, otro puñado de hombres dan a la bomba sin desfallecer. Algunos oran como el calafate, otros concentran todas sus energías en el achique. Desde el paje más joven hasta el oficial más veterano trabajan a una. Cada vez son más las vías de agua y hay que rebajar a toda prisa.

—A Dios rogando y con el mazo dando —masculla un oficial que ha dejado las oraciones para los más creyentes.

—El Señor nos amparará —dice el capellán, a quien también han puesto a trabajar sacando cubos de agua.

—Mejor será que espabilemos nosotros —replica el oficial. Tiene la frente perlada de sudor y agua de mar que le escurre hasta los ojos, pero no hay tiempo para enjugarlos.

En otras circunstancias, el capellán le habría afeado el comentario. Ahora hasta él mismo duda de que su Dios vaya a salvarlo de esta.

Podría parecer que todos los hombres están concentrados en los trabajos de achique, el gobierno del barco o los rezos y contriciones. No es así. Siempre hay algún rufián que prefiere ir por libre. Es el caso del tuerto Jerónimo, que hace galima buscando objetos de valor. Si está de encontrarse con Satanás, ese le parece un día bueno como otro cualquiera. Pero, si en cambio quiere la fortuna librarlo por esta vez, mejor que sea con un botín aparente. De ahí la idea de dirigirse al alcázar aprovechando el caos reinante.

Una ola inmensa salta por encima del buque como si quisiera engullirlo entero. La capea a duras penas y sigue avanzando en cuanto el agua se retira. Tiene clara la meta: dónde mejor que en los camarotes de los mandos para encontrar pertrechos de interés.

123

Damiana está que se sube por las paredes.

Si hay algo más claustrofóbico que llevar semanas encerrada es que ese cuartucho se balancee como un columpio mientras el viento huracanado ensordece cualquier otro ruido. En semejantes circunstancias, la soledad deviene intolerable. Eugenio le ha prohibido terminantemente que salga. Ha atrancado la puerta con la excusa de que entraña un grave riesgo, y le ha asegurado que en estos momentos menos que nunca puede permitirse la menor distracción. Distracción. Como si su presencia no fuera más que algo que incomoda o despista de lo importante. Pero lo que más rebela a Damiana son las prohibiciones. Sobre todo si de lo que se trata, como parece, es de morir ahí metida.

—Al cuerno —dice dispuesta a tirar abajo la puerta.

Justo cuando va a asir la manija, ve cómo esta se mueve. Alguien está forcejeando desde fuera para abrirla. Permanece alerta y, en apenas unos segundos, se topa de frente con quien menos querría encontrar: el bellaco al que le rajó las partes pudendas. Chorrea desde la cabeza hasta las puntas de los pies y parece tan sorprendido como ella.

Por un instante, el rostro de Jerónimo Pardo ha empalidecido como si hubiera visto una fantasmagoría. Pero es un hombre de hígados y se repone enseguida. Aun sin saber de números, no le cuesta gran esfuerzo sumar dos y dos.

—Sabía que me sonaba demasiado ese grumete de Garachico.

Damiana retrocede al tiempo que él penetra en la cámara.

—Lo busqué por todo el barco y nunca volví a verlo —dice con la mirada ladina de su único ojo—. Nos burlaste a todos, zorra endemoniada.

Ella extrae su daga, pero el jaque es más rápido. Desenfunda la espada y de un solo golpe manda el arma de Damiana a la otra punta del camarote. Luego la agarra del cuello y esboza una sonrisa torva.

—No querrías rajarme el otro huevo.

Con un gesto brusco, la tira sobre la cama y le levanta las faldas. Pero no se baja los calzones tal y como Damiana ya daba por hecho, sino que es su espada lo que le coloca a la altura del sexo. Ella se revuelve, asustada hasta los tuétanos.

—¡Suéltame, hideputa!

—A ver qué tal sienta que te paguen con la misma moneda.

—¡Que el diablo te lleve! —grita Damiana sin dejar de revolverse.

Una carcajada ronca sale de la garganta del rufián.

—Después de ti. Te voy a ensartar como a una gallina.

124

¡Craaash!

El golpe vibra en el galeón de parte a parte, levantándolo hasta hacer perder pie a todo aquel que lo habita. En el camarote del piloto mayor, los muebles y pertrechos se separan del suelo, proyectados con virulencia contra uno de los tabiques. Eso incluye la cama y sus dos habitantes. Damiana aprovecha el momento de confusión para hundirle el dedo en el ojo descubierto a Jerónimo, quien comienza a lanzar espadazos a ciegas. Ella trata de esquivarlo mientras busca su daga con desesperación.

Como ellos están a otra cosa, no prestan atención a los nuevos crujidos de las costillas del casco. Fuera del camarote, el palo de mesana se desploma, aprisionando a más de un hombre en su caída. Los alaridos se cuelan entre el ruido atronador del barco descuajeringándose en la tormenta. Al mismo tiempo, este comienza a voltearse hacia su lado estribor.

—¡Hemos chocado contra un arrecife!

—¡Nos vamos a pique!

Las órdenes del capitán no se hacen esperar.

—¡Desamarrad el batel, aprisa! ¡Hay que organizar la salida!

Rápidamente, los marineros más avezados se ponen manos a la obra. En la barca hay tan solo espacio para unas treinta personas, y no están dispuestos a esperar a que algún militar reivindique sus orígenes hidalgos para hacerse con un hueco a bordo. Hace horas perdieron de vista al resto de la flota, que podría haberlos socorrido caso de encontrarse en mejores condiciones. Ahora mismo, esa barca y un milagro son las únicas posibilidades que se atisban de supervivencia.

Pero el mástil ha caído y el batel se niega a desencajarse de debajo de la jareta. Los hombres tiran de él despavoridos, sacando fuerzas de donde no las hay; les va la vida en ello.

Transcurren unos minutos agonizantes en los que la nao se va yendo lentamente a pique. El resto del pasaje deja de achicar agua y sube a cubierta para gozar de unos minutos más de existencia. Ya no saben a qué santo rogar, ahora solo caben las peticiones de perdón y las ofrendas al Misericordioso. Los personajes más ilustres han dado por perdida la posibilidad de alejarse en el bote y se han retirado a la intimidad de sus cámaras para morir con dignidad, cosa que estiman por encima de cualquier otra consideración. En quienes no tienen ese pundonor, sin embargo, impera el pragmatismo: a qué disimular el terror de sus rostros o dejar de intentar salvarse hasta el último minuto.

Como la nao se hunde, al fin el batel queda sobre el nivel del agua. Quienes no habían perdido la esperanza pueden ahora meterse en él. Hay un protocolo que dicta el orden de entrada, pero prima el sálvese quien pueda. El general y el capitán se montan sin dudarlo, así como el contramaestre, el despensero, varios oficiales más y algún que otro fulano espabilado. También el capellán va a bordo. A este último, Eugenio le dedica una falsa sonrisa cargada de sarcasmo y amargura:

—¿Vuestra paternidad no se queda a velar por el alma de sus feligreses?

Pero el clérigo no está para ironías. Extenuado tras intentar rendir el agua durante horas, solo piensa en salvar su vida a toda costa. Para estar en el cielo ya tiene toda la eternidad.

El piloto mayor sí cumple el protocolo. No piensa huir el primero. Permanecerá en el barco hasta que le llegue el turno, cuando los que suben ahora al bote hayan sido alojados en alguna otra nao y un alma caritativa regrese a por ellos. Cosa que cree, dicho sea de paso, harto improbable.

Los hombres hacinados en el batel se disponen a bogar en mitad de la tormenta cuando uno más llega para exigir un hueco. Es Jerónimo Pardo y va pegando manotazos para ubicarse. Lleva la espada manchada de sangre, lo que sugiere que ya ha reivindicado ese puesto frente a algún otro. Ha perdido el parche, pero no se sabe muy bien cuál es el ojo bueno porque ambos párpados están entrecerrados, y tiene las facciones contraídas en una mueca de dolor o de miedo o de determinación o de todo junto. Se agarra las tripas, de las que emana sangre fresca. Nadie tiene los redaños para ponerse a discutir con él; ya lo volcarán al agua si muere.

Eugenio los ve alejarse al tiempo que el buque se hunde bajo sus pies. El cielo sigue encabritado. Nubes negras ametrallan ráfagas de agua con persistencia fulminante y la espuma blanca se estampa contra la precaria chalupa. Duda que esa treintena de hombres desesperados lleguen a ninguna parte con este temporal.

Todo está perdido. La Soberbia, el galeón armado de Su Majestad, el que debía velar por la buena arribada de la flota de Indias, desaparece lentamente en aguas caribeñas. El agua alcanza la vara de altura en la parte del combés en la que se encuentra y el mascarón de proa, maldito o no, ya está sumergido. El último lugar donde vio la cabellera pelirroja de su amada se ha desvanecido para siempre, al igual que lo hizo ella. El recuerdo de Violante lo lleva a pensar en Damiana, encerrada en el camarote. No puede dejarla así.

Agarrándose a aparejos y tablas despedazadas, logra llegar a la parte posterior de la nave, y de ahí encaramarse hasta el alcázar. Si ya no resta más que esperar la muerte, al menos lo harán juntos. Se sorprende al encontrar el compartimento abierto. Dentro descubre a Damiana ensangrentada, pero en pie y con un gesto de altivez que reconoce en ella.

Está alzando el cuaderno por encima de su cabeza en un intento pueril de evitar que se desintegre entre las aguas, y en la otra mano sujeta su daga manchada con la sangre de alguien. Eugenio no pregunta en qué entrañas la ha hincado. Para qué, si todos tendrán el mismo fin. En este momento solo siente lástima por que la muchacha no vaya a poder cumplir su objetivo, por que vaya a morir sin ver la tierra de sus antepasados, tan cerca como estaba. Y, para qué engañarse, por su propia vida. Le gustaba vivir, maldita sea. Pero navegar por mares ignotos en un galeón de guerra es el mejor adiestramiento hacia la muerte. Lleva mucho tiempo preparado y no le cuesta aceptar que las fuerzas de la naturaleza se han aliado para depararle este final. Y para que el secreto de Damiana permanezca silenciado.

La acoge entre sus brazos. Ella suelta la daga y lo aprieta con fuerza a su vez. Ambos saben que ya carece de sentido mantener las distancias; pueden permitirse este último acto de amor. Y así, abrazados, aguardan a que suceda lo inevitable.

125

19 de noviembre del año del Señor de 1580

Las malas nuevas recorren Sevilla de norte a sur.

En las tabernas del centro, en las gradas de la catedral o en el puerto, no hay persona que hable de otra cosa. El convoy maldito, el que nunca debió salir, ha sufrido pérdidas cuantiosas. De las cincuenta y seis naves que viajaban, al menos doce han naufragado ante el feroz ataque de las fuerzas de la naturaleza. Buques de guerra, pero también varias naos mercantes con todo su comercio a bordo. Las que no lo han hecho han debido arrojar al mar gran parte de la carga para mantenerse a flote, y han arribado a diferentes costas con grandes estragos.

Los mercaderes llevaban tiempo aguardando el navío que confirmara la correcta arribada de la flota. En lugar de eso, la información que llega desde el otro lado de la mar océana no podía ser más nefasta. Un desastre naval de proporciones gigantescas: toneladas de vino y aceite han acabado en el fondo del mar, así como animales de carga y de granja, herramientas, armas, cera, papel, terciopelos, sedas y rasos traídos de Damasco. El quebranto es enorme. Lo es para los comerciantes, pero también para la Corona, que ha perdido varios de sus buques de guerra. Solo la Soberbia está tasada en cuarenta mil ducados. Sin duda, el rey querrá recuperar todo ese capital. Ya hay más de uno debatiendo en las gradas sobre la responsabilidad en esta desgracia.

—Que ahorquen al general.

—No, quien tiene la culpa es el piloto mayor —rebate otro—. Todos esos detalles de conjunciones de la luna, vientos y ciclos de mareas son cosa suya. Debió preverlo.

—¡Siempre pagamos los mismos! —se queja un pechero—. Los hijosdalgo nunca se hacen responsables de nada.

—¿Y quién pagará por los marinos? ¡Tantas muertes en vano! —reclama una tendera.

—Vayan vuestras mercedes a saber.

—Y los soldados del rey, ahogados en esos mares remotos —se lamenta otra.

Y es que si algo ha removido a la ciudad de Sevilla son las pérdidas humanas. Cientos de hombres han fallecido a tan solo unas jornadas de coronar la travesía, y hoy muchas mujeres lloran por su suerte. Por la de sus maridos, pero también por la suya propia y la de sus hijos, cuyo sustento se les antoja ahora difícilmente imaginable. Demasiadas viudas que sumar a una ciudad donde la beneficencia ya se encuentra desbordada. Todos tardarán en reponerse de ese golpe.

El padre León lo sabe bien, acostumbrado a lidiar con la parte más débil de la sociedad. Ha cruzado el puente de Barcas para plantarse en Triana, el barrio marinero por excelencia, donde hoy las calles se pueblan de cirios, ayes y lamentos. Ofrece consuelo a esas mujeres: misas para sus difuntos, una comida caliente o unas simples palabras de aliento, más necesarias que nunca.

Hubo un tiempo en el que llegó a dudar de su vocación. En el que sus sentimientos hacia una mujer inteligente, hermosa y buena le hicieron cuestionar el destino elegido. Lo ha pensado mucho desde aquel aciago día, y sabe que habría sido capaz de quebrantar las estrictas normas impuestas por su religión. Claro está, si sor Catalina hubiera estado dispuesta a hacer lo mismo. Porque él nunca se atrevió ni a insinuarlo, aunque en su fuero interno estaba convencido de que ella le correspondía. Esa posibilidad le fue arrebatada por los mismos a quienes creía hermanos de fe, y ahora solo le resta el consuelo de seguir apoyando a los desamparados.

Durante estos meses se ha hecho si cabe más indispensable en la Cárcel Real, donde atiende las necesidades de los presos y acompaña a los condenados la noche anterior a su muerte. Además, recorre las plazas y casas de Sevilla recogiendo limosnas para fundar nuevos hospitales y sigue trabajando con ahínco en la casa de arrepentidas. En breve espera fundar otra, de forma que no haya mujer en la ciudad a quien falte la oportunidad de consagrarse a una vida sin pecado, ya sea dentro del convento o del matrimonio.

Dos mujeres caminan tambaleándose hacia él. Una es una esclava negra, tiene las mejillas herradas con la carimba que la distingue de las personas libres y cojea de una pierna. Llora con desconsuelo al tiempo que va sosteniendo a su dueña. El padre León no es capaz de entrever su rostro tras la toca con que lo cubre; pero, por la forma dificultosa en que se apoya en la otra, la intuye más anciana. Cuando llegan hasta él, la esclava se enjuga las lágrimas con la manga de la camisa.

—¿En qué puedo ayudaros, hijas mías? —dice con el tono afectuoso que siempre dedica a los prójimos más necesitados—. Estoy dando misas para los desaparecidos.

La mujer negra trata de contener una mueca de dolor.

—¿A quién habéis perdido? —insiste.

La otra aprieta fuerte su mano en un gesto que trata de infundirle coraje.

—Nos persigue la justicia, padre —se repone la esclava—. Necesitamos salir de la ciudad.

Pedro de León la mira sorprendido. Esa mujer ha admitido ser una delincuente, y le ha hecho partícipe sin estar protegida por el secreto de confesión. Debería avisar al alguacil ahora mismo. Debería. Pero él no ha ido hasta Triana para mandar a más desheredadas a la cárcel.

—Yo... no puedo ayudaros —contesta al fin—. Pero rezaré por vosotras.

La mujer embozada se retira el velo y al fin ve su rostro. Está lejos de ser una anciana. Tiene la piel blanca y tersa, aunque surcada por cicatrices de un rosado reciente. Una de sus orejillas despegadas está rebanada por la mitad y el párpado derecho aparece caído a causa de un golpe feo. Y, a pesar de todo, es bella. Siempre lo fue.

Al padre León algo se le anuda en la garganta y, con los ojos humedecidos, tarda en poder hablar.

—Sor Catalina...

—Me llamo Carlina —le interrumpe.

Ante el gesto de confusión del hombre, ella toma de nuevo la palabra.

—Sor Catalina murió en la cámara de los tormentos. Yo desperté en un carro sepultada por cadáveres. Me arrojé y logré esconderme donde lo hice durante mi infancia. —Mira un segundo a Ifigenia, que sigue sosteniéndola—. Y luego ella me salvó.

Pedro de León lleva la mano al rostro de esa mujer que ha sobrevivido a torturas infrahumanas. Recorre con infinita ternura cada una de las cicatrices. Ella cierra los ojos y le deja hacer.

Ifigenia contempla la escena conmovida, mas no hay tiempo que perder. Le sale una voz apremiante, de mando, de esas que lleva toda la vida escuchando, pero nunca de sus propios labios.

—Tenéis que sacarnos de aquí, padre.

Pedro de León reacciona. Mira de nuevo a Ifigenia, luego a Carlina. Traga saliva.

—Me han encargado una misión por los pueblos de Extremadura. Habré de partir en breve.

126

Carlos Freire está preocupado.

Los alguaciles no dejan de investigar el asesinato del padre de la Mancebía. En el Cabildo no gustó nada lo ocurrido y, aunque ya han transcurrido más de dos meses desde el suceso, continúan en busca de un cabeza de turco que pague por ello. Nadie ha husmeado en la muerte de la tusona del puerto ni en la de la tabernera, como no lo hicieron con las anteriores. Pero esto es diferente.

La gurullada ha seguido el rastro de todos los hombres que franquearon aquel día la puerta del Golpe, y a poco que hayan preguntado a cualquiera que le viese entrar o salir de la botica, se hallarán sobre su pista.

Su enlace debería haberlo ayudado a salir de esta, pero parece que se lo haya tragado la tierra. Lo esperó durante muchas noches en el lugar acostumbrado y, cuando vio que no iba a aparecer, comenzó a apostarse frente al palacio donde reside. Lo hizo hasta que las noticias de la muerte del caballero veinticuatro revolucionaron la ciudad. Duda mucho de que haya sido su intermediario quien acabó con Rafael de Zúñiga y Manjón, pues, a pesar de lo mucho que se quejaba del noble, no ve a ese tipo esmirriado con agallas suficientes como para mancharse él mismo las manos. Lo que sí tuvo claro desde entonces es que era mejor quitarse de en medio. Si el Cabildo se preocupa por un mercader de rameras, qué no hará por uno de los suyos. Además, el palacio ya ha pasado a propiedad de la familia Martinelli, con la que ese noble estaba endeudado hasta las cejas. No hay nada más que hacer allí.

Bien sabe Freire que las altas instancias que han movido los hilos en esta historia no van a ayudarlo. Él es el último títere. Así que ahora apenas se atreve a pisar la calle más que para acudir embozado de noche a trabajar al castillo. Su mujer no entiende qué hace en casa todo el día de brazos cruzados y empieza a cansarse de la situación, sobre todo porque a él se le está agriando el carácter. Ayer volvieron a discutir y tuvo que ponerse firme con ella. Eso hace que luego sienta una especie de malestar interno que, si supiera lo que es eso, podría identificar como culpa. Y entonces el carácter se le agria todavía más, y es una espiral que crece y crece.

Por suerte, su legítima no es mujer vengativa. Ahora ha vuelto del mercado y se le acerca con una sonrisa que augura una tregua.

—Tengo buenas nuevas.

Él la mira expectante. Sabe lo que significan esas palabras. Las ha repetido seis veces desde el día en que unieron sus vidas. Ella sigue con el ritual que él tan bien conoce: le toma la mano y la coloca sobre su barriga.

—Un niño viene en camino.

Freire sonríe. Dos de sus tres hijos varones murieron, y ahora solo tiene a Joselillo junto a las tres crías. Si las cosas salen bien, podría ser otro varoncito con el que el pequeño comparta sus juegos. Pero hoy ella añade algo más:

—Necesitaremos una casa más grande, Carlos. Tienes que volver a conseguir esos sobresueldos como sea.

El secreto de los griots

Año de 1562. Sevilla

La bebé gimotea sin descanso. Es como si echara de menos a su madre, aunque me la entregaron al poco de nacer. Al principio no lloraba, apenas tenía fuerzas para respirar. Era una criatura arrugada y fea, y tan frágil como un pajarillo recién salido del cascarón. Pensé que no sobreviviría un solo día. Pero desde que asistimos a la quema de Nali no ha parado de berrear. Lo hace con tal fuerza que a veces creo que va a asfixiarse y ahí acabará todo. No sé cómo pudo asimilar lo que presenció; sin embargo, hay demasiadas cosas que no comprendo y no por eso son menos reales. Yo necesitaba verlo con mis propios ojos, tener la certeza de que no había nada que pudiera hacer. Ahora sé que no debimos ir.

Aunque el mayor error fue regresar con Nali a Sevilla. Ella solo me tenía a mí. A mí y a la figura de palisandro de la que jamás se desprendía, única herencia de ese pasado que algunos se habían empeñado en borrar. Qué ingenuo fui al pensar que podríamos demandar justicia, reivindicar su historia ante el Consejo de Indias y obtener una reparación que nos permitiera vivir dignamente. Qué insensato al convencerla para pisar la tierra de quienes exterminaron a los suyos. Qué necio al creer que en esta ciudad llena de almas, si las cosas se torcían, ella y su hija podrían pasar desapercibidas. La traje hasta una muerte segura y jamás podré perdonármelo.

Quizá la bebé trata de borrar esa imagen de su madre en la hoguera, como trato de hacerlo yo. Querría quedarme con otras. Su cara cuando vio el mar por primera vez, o cuando sintió las patadas de la niña en su barriga. O ese día que llegamos a Sevilla y paseamos por el puerto, y luego hasta la Iglesia Mayor, y al tañer las campanas pegó un brinco y se echó a reír. También el día que dio a luz. Lo hizo sola, en ese calabozo inmundo en los sótanos del castillo. Mi valiente Nali. Solo me permitieron verla porque les aseguró que yo era el padre.

–Yo ya estoy condenada. Sálvate tú.

–¡No voy a dejarte sola! –le grité con desesperación.

Fue entonces cuando la puso en mis brazos.

–Se llama Obine. Obine Wilanugued. Y tú la cuidarás.

La bebé clavó en mí sus ojillos apenas entreabiertos y, al ver en ellos la misma determinación de su madre, lloré como no lo hacía desde aquel día en la aldea arrasada.

–No puede ser –susurré al fin–. Tienes que ponerle un nombre cristiano. Y su apellido se convertirá a Villanueva, como el tuyo.

Ella negó con la cabeza.

–«Obine» significa «la que regresa». Será la elegida del mar que regresa.

Nali tenía unas convicciones férreas. Supo que era una niña como supo su nombre nada más nacer, como sabía que, si yo les decía lo que querían oír, Obine tendría una posibilidad de salvar la vida. Pero me hizo prometer que le haría llegar la historia de su pueblo, y no podría hacerlo si daban con ella. Por eso la bauticé como Damiana de Villanueva. Para, llegado el momento, contarle todo hasta el final. El final que Nali y yo comprendimos. Aquel por el que su pueblo fue exterminado para no en-

sombrecer el derecho que dos imperios se arrogaron de repartirse el mundo amparándose en ser los primeros en llegar.

Ojalá hubiera podido salvarla también a ella. Perdóname, Obine. Quizá algún día yo también tenga que dejarte. Por eso he escrito estas líneas. Para que, si me ocurre algo, tengas una oportunidad de conocer el secreto de los griots. Te pertenece.

127

María de San José sostiene la carta con dedos temblorosos.

Su querida madre la fechó en septiembre, pero hasta hoy no ha llegado a sus manos. A la pena por la muerte de sor Catalina se había sumado la angustia por no tener noticia de la madre Teresa. El resto de sus amigos le contestó en breve, aunque ninguno pudo hacer nada. Sin embargo, la falta de respuesta de la santa la tenía en un sinvivir. Sabe que, si le hubiera ocurrido algo de gravedad, la información habría volado de una forma u otra. La fundadora de la orden es tan amada por unos como odiada por otros; si la hubieran denunciado otra vez, encerrado o algo peor, ella lo habría conocido al punto.

Pero se ha desvelado noche tras noche, incapaz de entender la falta de respuesta. La ha imaginado en el sufrimiento de una recaída, postrada con fiebres que la impiden discernir la noche del día o en un nuevo paroxismo, incapacitada para mover un solo músculo del cuerpo. Ahora ve que ni los padecimientos de Teresa de Jesús se agravaron ni tampoco ignoró sus súplicas. Han sido otras circunstancias más prolijas, concernientes a la precaria vía de comunicación, las que han hecho que la misiva llegara con dos meses de retraso.

Sin embargo, su contenido apenas la consuela. La madre mira por sus monasterios, como no puede ser de otra forma. Y ella también habría de mirar, se reprende, por el suyo propio y por el éxito de la Reforma. La lectura del cuaderno no hizo sino reforzarla en los principios que guiaron a la propia Teresa de Jesús a luchar por el cambio en el seno de la Iglesia: colocar la ayuda al prójimo en el centro, volver a la virtud de la pobreza y rebajar los privilegios y la hipocresía que habían ido agravándose. Hay fuerzas a las que no les conviene, claro está. El poder es demasiado atractivo para las almas débiles, y va unido de forma indisoluble a los dineros. Si un puñado de monjas entregadas pueden hacer temblar su autoridad, ¿qué no haría la verdad habitada en las páginas por las que tantos murieron?

Alza la cabeza hacia el crucifijo que preside su celda. Y así, con expresión firme, pronuncia un juramento: utilizará su pluma para plasmar esa historia. Como hizo Miguel de Arellano en el cuaderno que ya habrá sido devorado por los peces del mar Caribe. Su esfuerzo no ha de ser en vano, como tampoco las vidas de tantos inocentes. Lo contará sin guardarse nada. Y si es cierto que esos poderosos sin alma entran por la puerta grande del cielo, y si lo es también que mujeres como Damiana y Carlina van directas al infierno, entonces que el diablo la lleve también a ella.

Epílogo

Una sed angustiosa le saca de su sopor.

A Diego le cuesta despegar los párpados. La sal y la arena pegadas a sus pestañas junto al cegador sol de mediodía hacen que necesite aún unos minutos para ver con claridad. Lo que sus ojos le transmiten entonces se le antoja desolador: en torno a él se extiende un infinito mar de arena, fina y blanca como dicen que ha de ser la nieve. El panorama está desierto a excepción de algunas aves y un par de tortugas que van dejando con parsimonia su estela sobre el manto claro.

Más allá, solo el océano en el que ha ido a la deriva asido a un fragmento del casco, día y noche hasta perder la noción del tiempo y de sí mismo. Ahora está calmo y las aguas se ven de un límpido azul turquesa. Si no fuera por la penosa situación en la que se encuentra, cualquiera diría que ha llegado al paraíso.

Le duele todo el cuerpo, está famélico y exhausto, pero sabe que, si quiere tener alguna posibilidad de supervivencia, lo primero es beber algo. Por eso trata de ponerse en pie, pero las piernas le fallan y cae como un fardo de vuelta a la arena. Da igual. Tampoco sabría dónde hallar agua dulce. Se encoge sobre sí mismo y empieza a sollozar, aunque está tan deshidratado que le sale un llanto quedo y seco en el que no caben las lágrimas, solo el terrible desamparo de saberse más huérfano que nunca. Y así, convulsionándose en silencio, pierde de nuevo el conocimiento.

Vuelve en sí cuando una ola lo sacude hasta arrastrarlo varios metros tierra adentro. La noche ha comenzado a caer y el frío de las ropas húmedas se le cala hasta los huesos. Repta como una lagartija, tratando de ponerse a salvo para no ser de nuevo tragado por ese mar que sabe traicionero y que es ahora también oscuro y tenebroso. Justo entonces las ve. Dos sombras, del otro lado de la playa, avanzan trabajosamente hacia él como almas en pena. No está solo.

Unas notas finales

Este ha sido el proyecto literario más complejo y ambicioso que he acometido hasta la fecha y para ello he necesitado de un exhaustivo proceso de documentación. Algunos personajes pertenecen al territorio de la ficción y han pasado únicamente por mi cabeza y por estas páginas, mientras que otros forman parte de nuestra historia, lo cual ha hecho el camino sin duda más apasionante. Entre estos últimos se hallan el padre Pedro de León, santa Teresa de Jesús o María Salazar de Torres, más conocida como María de San José.

Me detengo en la priora letrera, talentosa escritora carmelita, así como principal heredera del pensamiento de santa Teresa de Jesús. Su seguimiento fiel de la ortodoxia teresiana le valió ser calumniada hasta el último de sus días. Tras su paso por el cenobio sevillano, la madre Teresa le encomendó la fundación de un Carmelo en Lisboa, y así se convertiría en la priora del convento de la capital portuguesa, donde se repitió la historia vivida en Sevilla: durante 1593 la destituyeron y encarcelaron dentro de su propio convento. Posteriormente repuesta en el cargo, siguió lidiando con las injurias dentro de su fe hasta que en el otoño de 1603 se decidió llevarla secretamente a Cuerva, en Toledo, donde murió en circunstancias muy extrañas pocos días después.

Además de ser la hija predilecta y defensora fiel del humanismo cristiano que alentó la doctrina teresiana, María de San José se caracterizó por ser la religiosa más culta de su tiempo, por su defensa de los derechos de las mujeres y por una pluma exquisita. Invisibilizada desde entonces, solo hay que leer sus escritos para confirmar la insigne escritora renacentista que fue, más cercana a los clásicos del Siglo de Oro en su forma y fondo que a la propia santa fundadora de la descalcez. Su obra abarca fundamentalmente la poesía, la epístola y las memorias, aunque, como sucede con tantas otras autoras, muchos de sus escritos se han perdido en el tiempo.

En cuanto a otras figuras que aparecen en la historia, no hay constancia documental alguna del piloto mayor de la Real Armada de la Guarda de la Carrera de Indias, también llamada menos ceremoniosamente Armada de la Avería o Los Galeones. Sí del cargo, mas no ostentado en la persona de Eugenio de Ron. Tampoco consta en ningún escrito registrado un caballero veinticuatro del Cabildo sevillano llamado Rafael de Zúñiga y Manjón.

Abubakari, Sundiata, Sogolon, Sassouma, Karandan y el resto de los personajes de la historia que transcurre en Malí están absolutamente documentados. Han sido para mí uno de los descubrimientos más fascinantes y todo lo que aquí se narra parte de la tradición oral de los griots que ha llegado hasta nuestros días. Al haber pasado de boca en boca durante siglos, hay versiones que difieren sobre cuándo y cómo ocurrieron algunos de los hechos. También las grafías de los nombres de los personajes o los lugares pueden variar según se consulte una u otra fuente. Hay dos únicas licencias en el texto: la primera, que las fuentes consultadas coinciden en afirmar que Sundiata murió en torno a 1255, con menos de cuarenta años. Se ha alargado aquí su existencia a fin de que pudiera conocer a su nieto. La segunda, que no existe constatación de que Abubakari II llegara a tierra firme. De las dos mil naves que partieron en el segundo viaje, ninguna regresó. Que algunas de ellas concluyeran con éxito su periplo o que todas sin excepción fueran engullidas por la mar sigue siendo un secreto que la historia no ha querido desvelarnos.

El «hombre más rico del mundo», Kankan Musa, aparece ya representado en 1375 en el *Atlas catalán o Mapa-*

mundi de los Cresques, considerado el mejor mapa de la época medieval. Le muestra sobre el vasto territorio que gobernaba, con corona de oro sentado en su trono, un cetro en una mano y una moneda gigante en la otra, demostrando así que su imperio era reconocido ya por los cartógrafos europeos. Aunque ahora no hablemos de ello.

La Carta del Mandén o Kurukan Fuga no solo existe, sino que está catalogada como Patrimonio Cultural Inmaterial de la Humanidad desde 2009 y, con vocación de universalidad, muchos la consideran la primera declaración de derechos humanos. Proclama conceptos tan novedosos para el siglo XIII como la paz social en la diversidad, la abolición de la esclavitud, la igualdad de todos ante la ley, la representación institucional de las mujeres o la protección del medioambiente.

La mayoría de los estudios sitúan los orígenes de la población dule —también llamada guna o kuna— en el cerro de Tagarcuna, en la cordillera montañosa del Darién, que traza la frontera actual entre Colombia y Panamá. Allí es donde se dirigían Eugenio y Damiana, y allí es también donde esta historia ubica los monolitos áureos que establecen las coordenadas del resto del Imperio mandinga y narran la leyenda desde la mujer búfalo.

En cuanto a la relación con los pájaros en la cultura dule, se consideran protectores de los seres humanos y tienen un papel protagónico en sus mitos. El *Bab Igar* (una compilación de historias míticas que guían al pueblo dule) los sitúa en una posición de igualdad con respecto a los seres humanos. No todas las culturas son especistas como la nuestra; lo que separa a humanos y no humanos es una construcción muy variable y así, en el caso de los dulemandingas, las aves, al igual que los espíritus de los humanos, tienen la capacidad de revivir en otro lugar.

Si bien no he encontrado evidencias de que la plaza de Garachico se encontrara amarmolada ya en el año en que se ambienta la historia, sí que hay constancia de que la villa, al concentrar gran parte del comercio internacional que conectaba la isla con Europa, África y América, era tan próspera que llegó a tener los suelos de mármol. Todo lo cual quedó arrasado con la erupción volcánica de 1706.

Santa Teresa de Jesús se carteó de forma constante con María de San José. En ningún momento ocultó su favoritismo ni el gran amor que le profesaba y, aunque en sus misivas está presente la idea de volver a verla antes de morir, no logró hacer realidad su deseo. La santa falleció el 4 de octubre de 1582 en Alba de Tormes sin haber vuelto a poner un pie en Sevilla, ciudad que la marcó para siempre. Al contrario que las cartas enviadas por María de San José a Teresa de Jesús, la mayoría de las que esta le hizo llegar a la prelada hispalense sí se han conservado. La que aparece en esta historia es una excepción.

En cuanto al auto de fe con que comienza la novela, las personas mencionadas fueron efectivamente condenadas a la hoguera en efigie o de cuerpo presente. Fue aquel un auto ejemplarizante debido a la condena impuesta a los frailes del monasterio de San Isidoro del Campo, donde se cometió la tremenda herejía de transcribir por vez primera la Biblia al castellano. Las únicas salvedades hechas con respecto a las víctimas son la de Leonor Gómez y sus tres hijas, quemadas en el auto de fe anterior, y la de una persona que no figura en la relación de auto de fe, así como tampoco ha sido posible hallar rastro alguno de su proceso inquisitorial: la hereje Nali de Villanueva.

Agradecimientos

A lo largo del tiempo durante el cual una se sumerge en una nueva historia, se hace deudora de los conocimientos de muchas personas. La inmersión acometida esta vez ha sido titánica, pero digerible y amable gracias a la generosa colaboración de personas mucho más cultivadas que yo en las diferentes áreas que he necesitado abordar. Valgan estas líneas como muestra de mi gratitud.

En los comienzos de mis exploraciones, fue de gran ayuda la bibliografía facilitada por Antonio Fuentes y Selina Gutiérrez, así como las conversaciones en las que me ilustraron sobre las diferentes órdenes instaladas en la capital hispalense.

Emilio Monjo fue increíblemente generoso al proporcionarme una extensa documentación sobre la Reforma en la Sevilla del XVI, incluido el corpus recopilado por Tomás López con las relaciones de autos de fe.

A Paula Palicio y Víctor Mojica les debo la bibliografía sobre el territorio panameño prehispánico y sobre la apasionante cultura dule. También que me salvaran en Chile, pero eso es otra historia.

Rufino Acosta siempre sacó un rato para responder a mis consultas. La ubicación del Hospital de Bubas y otras cuestiones varias de la sevillanía de la época se las debo a él y a los compañeros a los que implicó en la causa.

Las publicaciones de Esteban Mira Caballos me resultaron muy útiles a la hora de iniciarme en la navegación de la época, y contar con sus rápidas respuestas al otro lado de la línea fue un tesoro para el que no necesité desenterrar ningún pecio.

De entre toda la documentación acumulada, destacan los trabajos de Francisco Morales Padrón y de Pablo Emilio Pérez-Mallaína. Y, si sus estudios me han sido valiosísimos, no digamos ya el cara a cara con Pablo Emilio, cuya sapiencia es solo equiparable a su amabilidad genuina.

Gracias a la Fundación Nao Victoria pude navegar en un galeón del xvi, una experiencia fascinante. Me sirvió para entender mejor cómo vivieron la travesía Eugenio, Damiana o Gaspar, y así sufrí el almadamiento con el embate de las olas en la tormenta, me dormí escuchando los crujidos de las maderas y el aullar del viento, y hasta ayudé a trincar los aparejos o a izar la vela cebadera. Afortunadamente, no hubo ni pulgas, ni piojos, ni ratones, ni hacinamiento, ni agua podrida, ni agusanados bizcochos —porque las raciones, gracias a Rafa, sabían mejor que las de un estrella Michelin—.

Un agradecimiento muy fogoso para ese convoy capitaneado por mujeres que es Penguin Random House, y para esa nao de ensueño que es Alfaguara y en la que navego como si me mecieran los vientos alisios. Mención especial a Pilar Reyes por entusiasmarse con esta novela y a María Fasce por su confianza sin fisuras. Y, cómo no, a Ilaria Martinelli, que reúne cualidades excepcionales que la convierten en una editoramiga, el bien más preciado que una autora puede tener. Ilaria soñó con La Babilonia desde el principio y remó a mi lado durante todo el trayecto. Cómo no te iba a poner un palacio, Martinelli.

A la persona que pelea por cada una de mis historias con uñas, dientes, dagas de guardamano y lo que haga falta, Justyna Rzewuska. A tu lado me siento segura y privilegiada, porque nadie se bate como tú.

A David y Jorge, primeros lectores.

A Castro, por las gaviotas sombrías y las fragatas.

A mi familia, la de siempre y la escogida.

A quien hace todo esto posible: a ti, lectora, lector. Gracias por permitirme seguir tejiendo mundos al otro lado de las páginas.

¡Somos mujeres! Pregunto:
¿cómo seremos oídas?
¡Menos nos oirán caídas
en los males que barrunto!

Epístola, sor María de San José, 1586

Este libro se terminó
de imprimir en
Móstoles, Madrid,
en el mes de agosto
de 2023